ELLE CASEY

Die Bourbon Street Boys
FALSCHE NUMMER

Roman

Aus dem Amerikanischen
von Julia Becker

Montlake Romance

Die amerikanische Ausgabe erschien 2015 unter dem
Titel »Wrong Number, Right Guy« bei Montlake Romance, Seattle.

Deutsche Erstveröffentlichung bei
Montlake Romance, Amazon Media EU S.à r.l.
38, avenue John F. Kennedy, L-1855 Luxembourg
Januar 2019
Copyright © der Originalausgabe 2015
By Elle Casey
All rights reserved.
Copyright © der deutschsprachigen Ausgabe 2019
By Julia Becker

Die Übersetzung dieses Buches wurde durch AmazonCrossing ermöglicht.

Umschlaggestaltung: bürosüd⁰ München, www.buerosued.de
Originaldesign: Shasti O'Leary Soudant
Umschlagmotiv: © Bill Diodato / Getty; © Colin D. Young / Shutterstock;
© Suzanne C. Grim / Shutterstock
Lektorat und Korrektorat: Verlag Lutz Garnies, Haar bei München,
www.vlg.de
Printed in Germany
Gedruckt durch:
Amazon Distribution GmbH, Amazonstraße 1, 04347 Leipzig /
Canon Deutschland Business Services GmbH, Ferdinand-Jühlke-Str. 7,
99095 Erfurt /
CPI books GmbH, Birkstraße 10, 25917 Leck

ISBN 978-2-91980-538-9

www.montlake-romance.de

Kapitel 1

Meine Schwester ist völlig mit den Nerven runter, aber das ist nichts Neues. Ihre drei Kinder machen sie völlig verrückt. Ich werfe einen Blick auf mein Handy, um ihre SMS zu lesen.

> **Schwesterherz**: Ich brauch dringend 'ne Pause. Gehe mit den Arschkrampen ins Einkaufszentrum.

Ich runzle die Stirn. Seit wann bezeichnen wir ihre Kinder als Arschkrampen? Natürlich kleben sie ihr ständig am Hintern, aber …

> **Ich:** Arschkrampen?

Wenige Sekunden später kommt ihre Antwort.

> **Schwesterherz**: Ich meine Sparschweine. Verfluchte Autokorrektur.

Zwei Sekunden später kommt die nächste Nachricht:

Schwesterherz: Verdammt! Nicht Sparschweine! Und der Nachbarstöter hat schon wieder auf meinen Essen gewichst. Ist schon ganz Geld. Bringe ihn um.

Ich schmeiße mich mittlerweile weg vor Lachen.

Schwesterherz (schon wieder): Verfluchte Scheiße! Drecksautokorrektur! Gehe mit den ArschKEKSEN ins Einkaufszentrum, und ich bringe den Köter um, der auf meinen Rasen gepisst hat. Der ist schon ganz gelb. Bring mich am besten einfach Rum.

Schwesterherz (und schon wieder): Bring mich am besten einfach um, nicht bring mich am besten einfach Rum. Was ist bloß in diese verdammte Autokorrektur gefahren??? Was hat die denn gegen mich???

Ich treffe kaum noch die Tasten, weil ich mich so ausschütte.

Ich: Ruf ihren Vater an und nimm eine Beruhigungstablette. Ich komme später vorbei.

Schwesterherz: Ich brauche ein neues Handy. Gehe mir gleich eins saufen.

Ich: Kein Alkohol ist auch keine Lösung …

Schwesterherz: KAUFEN NICHT SAUFEN. Aber erst mal knalle ich die Autokorrektur.

Ich: LOL. Ja, besorg's ihr hart, große Schwester. Richtig hart.

Schwesterherz: Schnauze! Ich kille sie, nicht ich knalle sie. Verfluchtes Handy!

Sie muss aufgegeben haben, denn danach beschert mir ihre völlig aus dem Ruder gelaufene Autopsie … äh, Autokorrektur keine lustigen Nachrichten mehr.

Schmunzelnd gehe ich zurück auf den Startbildschirm, lege mich aufs Sofa und genieße das Dasein als kinderloser Single.

Meine Schwester Jenny hat früh angefangen. Wie ich konnte sie es kaum erwarten, von zu Hause auszuziehen, aus dem Zuhause, das mein Vater mit seinen Lügen und seiner Untreue meiner Mutter gegenüber in einen Albtraum verwandelt hatte. Jenny hat ihr erstes Kind mit zweiundzwanzig bekommen, das dritte und letzte mit achtundzwanzig. Jetzt ist sie zweiunddreißig, geschieden und dreht die meiste Zeit völlig durch, weil sie gleichzeitig Vollzeit arbeitet und versucht, ihren Kindern Mutter und Vater in einer Person zu sein, während ihr Ex so tut, als wäre er wieder achtzehn, und sich mit Frauen einlässt, die vielleicht gerade mal aufs College gehen. Der Typ ist wirklich erbärmlich.

Mir wird das auf gar keinen Fall passieren. Ich habe gesehen, was dabei rauskommt. O nein, vielen Dank. Es ist toll, wenn man sich an den richtigen Menschen bindet. Das habe ich bei Freunden erlebt.

Manche Leute haben Glück. Ich bin allerdings noch nicht einmal davon überzeugt, dass da draußen irgendwo der Richtige auf mich wartet. Wenn etwas auch nur entfernt nach einer Lüge riecht oder jemand kreativ mit der Wahrheit umgeht, bin ich sofort weg. Tschüss, bis dann, auf Nimmerwiedersehen, Pinocchio.

Ich bin liebend gern Single, neunundzwanzig und arbeite als freiberufliche Hochzeits- und Porträtfotografin. Auf eine Beziehung habe ich absolut keine Lust. Ich habe erst vor einer

Weile eine langwierige Affäre beendet, die eigentlich nur von kurzer Dauer hätte sein sollen, und den Männern fürs Erste abgeschworen. Meiner Auffassung nach ist es besser, gar nicht zu lieben, als zu lieben und betrogen zu werden. Ich brauche etwas Zeit für mich, und dass ich zurzeit nur wenige Aufträge habe, trifft sich in diesem Zusammenhang sehr gut. Mein Plan besteht darin, im Studio oder vor Ort zu sein, wann immer ich ein Shooting habe. Ansonsten öfter mal ein Nickerchen zu machen, im Garten zu arbeiten, abends ausgedehnte, entspannende Spaziergänge am Fluss zu machen und zwischendurch größere Mengen Wein zu trinken. Nichts wird mich davon abhalten, mein dreißigstes Lebensjahr zu genießen. Nichts, nicht mal die kleinen Arschkekse und ihre verrückte Mutter.

Dieses selbst auferlegte Zurück-zur-wahren-May-Wexler-Programm plane ich schon eine ganze Weile. Seit ich an der NYU meinen Master in Fotografie gemacht habe, konzentriere ich mich darauf, die Dinge zu verarbeiten, die mich dazu gebracht haben, zum Studium nach New York zu ziehen. Aber obgleich das schon über fünf Jahre her ist, bin ich diesem schwer erreichbaren Ziel kaum näher gekommen.

Verflucht, ich wusste, ich hätte meine Dämonen gleich nach dem Studienabschluss austreiben sollen, und deswegen bin ich auch in den Süden zurückgekommen und habe mich ein paar Kilometer entfernt von meiner älteren Schwester in New Orleans niedergelassen, wo sie nach dem College gelandet war.

Jenny ist mein Fels in der Brandung. Die Schulter, an der ich mich immer ausweinen kann. Aber der Umzug hierher, um in ihrer Nähe zu sein, hat den Ballast, den ich mit mir herumschleppe, nicht auf magische Weise verschwinden lassen. Noch immer suchen mich die Geister der Vergangenheit meiner Familie heim, beeinträchtigen meine Selbstwahrnehmung, mein Leben und jede Form von romantischem Kontakt mit Männern. Eigentlich ist das ganz schön jämmerlich.

Jenny hat das mit der Selbsthilfe viel besser drauf als ich. Nachdem sie das Scheitern ihrer eigenen Beziehung überwunden hatte, an dem ihr untreuer Exmann schuld war, ist sie an einen Ort gezogen, an dem sie sich eingestehen kann, was passiert ist, und ihr Glück in die eigenen Hände nehmen kann, ohne sich bei jemandem entschuldigen zu müssen, wenn sie scheitert. An diesem Teil arbeite ich noch. Ich gebe meinem Vater die Schuld an allem. Vergeben und vergessen ist bei mir noch nicht dran.

Fazit: Ja, ich werde mich irgendwann schon noch selbst verstehen. Das ist mein großer Plan. Abgesehen davon, dass ich absolut keine Ahnung habe, wie ich das anstellen soll. Ich hoffe, mehrere Flaschen Wein sind ein guter Ausgangspunkt.

Ein für alle Mal werde ich entscheiden, wer ich sein will, wenn ich erwachsen bin. Dann werde ich diese Erkenntnis irgendwie in die Tat umsetzen, selbst wenn es bedeutet, keine Fotos mehr von frisch vermählten Paaren und Familien in aufeinander abgestimmten weißen Hemden und Jeans zu machen. Das war nach dem College sowieso nicht mein Lebensziel. Es war nur der einzige Job, der sich angeboten hat. Aber ich kann mich nicht beklagen. Bis zur letzten Wirtschaftskrise vor ein paar Jahren ist es mir wirklich gut gegangen.

Mein Display leuchtet auf, als eine weitere SMS eingeht. Ich blinzle mir den Schlaf aus den Augen.

Offenbar war ich eingedöst, denn laut meiner Uhr ist eine Stunde vergangen.

Unbekannte Nummer: Mach dich auf was gefasst.

Ich: Aha?

Ich lächle. Meine Schwester wird mich für irgendetwas verantwortlich machen, das passiert ist, während ich geschlafen habe. Offenbar hat sie ein neues Handy und vorübergehend eine andere Nummer, bis ihre alte portiert ist. Sie lässt es sich natürlich nicht nehmen, mich in der ersten SMS von dem neuen Handy anzupflaumen. Na toll!

Ich: Wer sagt das?

Ich speichere ihre Nummer.

Jen: Na ich. Komm endlich her.

Ich: Nein. Ich schlafe schon. Hör mal, wie ich schnarche: Chrrrrr.

Jen: Lass den Blödsinn. Komm her, oder ich komme zu dir, und zwar nicht allein. Du bist meine Verstärkung, weißt du noch?

Ich stelle mir vor, wie ihre kleinen Monster auf meinen frisch gewischten Böden herumwuseln und überall klebriges Zeug verteilen, und lächle angesichts ihrer leeren Drohung. Ich würde den kleinen Scheusalen fast alles verzeihen. Sie mögen Wildfänge sein, aber sie sind auch verdammt niedlich. Ich habe leicht reden, schließlich erlebe ich sie nie länger als ein paar Stunden am Stück.

Ich: Bring sie ruhig mit. Mit deinen Arschkrampen werde ich schon fertig.

Jen: Wie bitte? Arschkrampen? Schwing du deinen Arsch hierher! Ich meine es ernst, du Schlappschwanz!

mein Leben und jede Form von romantischem Kontakt mit Männern. Eigentlich ist das ganz schön jämmerlich.

Jenny hat das mit der Selbsthilfe viel besser drauf als ich. Nachdem sie das Scheitern ihrer eigenen Beziehung überwunden hatte, an dem ihr untreuer Exmann schuld war, ist sie an einen Ort gezogen, an dem sie sich eingestehen kann, was passiert ist, und ihr Glück in die eigenen Hände nehmen kann, ohne sich bei jemandem entschuldigen zu müssen, wenn sie scheitert. An diesem Teil arbeite ich noch. Ich gebe meinem Vater die Schuld an allem. Vergeben und vergessen ist bei mir noch nicht dran.

Fazit: Ja, ich werde mich irgendwann schon noch selbst verstehen. Das ist mein großer Plan. Abgesehen davon, dass ich absolut keine Ahnung habe, wie ich das anstellen soll. Ich hoffe, mehrere Flaschen Wein sind ein guter Ausgangspunkt.

Ein für alle Mal werde ich entscheiden, wer ich sein will, wenn ich erwachsen bin. Dann werde ich diese Erkenntnis irgendwie in die Tat umsetzen, selbst wenn es bedeutet, keine Fotos mehr von frisch vermählten Paaren und Familien in aufeinander abgestimmten weißen Hemden und Jeans zu machen. Das war nach dem College sowieso nicht mein Lebensziel. Es war nur der einzige Job, der sich angeboten hat. Aber ich kann mich nicht beklagen. Bis zur letzten Wirtschaftskrise vor ein paar Jahren ist es mir wirklich gut gegangen.

Mein Display leuchtet auf, als eine weitere SMS eingeht. Ich blinzle mir den Schlaf aus den Augen.

Offenbar war ich eingedöst, denn laut meiner Uhr ist eine Stunde vergangen.

Unbekannte Nummer: Mach dich auf was gefasst.

Ich: Aha?

Ich lächle. Meine Schwester wird mich für irgendetwas verantwortlich machen, das passiert ist, während ich geschlafen habe. Offenbar hat sie ein neues Handy und vorübergehend eine andere Nummer, bis ihre alte portiert ist. Sie lässt es sich natürlich nicht nehmen, mich in der ersten SMS von dem neuen Handy anzupflaumen. Na toll!

Ich: Wer sagt das?

Ich speichere ihre Nummer.

Jen: Na ich. Komm endlich her.

Ich: Nein. Ich schlafe schon. Hör mal, wie ich schnarche: Chrrrrr.

Jen: Lass den Blödsinn. Komm her, oder ich komme zu dir, und zwar nicht allein. Du bist meine Verstärkung, weißt du noch?

Ich stelle mir vor, wie ihre kleinen Monster auf meinen frisch gewischten Böden herumwuseln und überall klebriges Zeug verteilen, und lächle angesichts ihrer leeren Drohung. Ich würde den kleinen Schcusalen fast alles verzeihen. Sie mögen Wildfänge sein, aber sie sind auch verdammt niedlich. Ich habe leicht reden, schließlich erlebe ich sie nie länger als ein paar Stunden am Stück.

Ich: Bring sie ruhig mit. Mit deinen Arschkrampen werde ich schon fertig.

Jen: Wie bitte? Arschkrampen? Schwing du deinen Arsch hierher! Ich meine es ernst, du Schlappschwanz!

Ich: Hast du mich grade Schwanz genannt? Das ist aber nicht nett.

Ich schmeiße mich schon wieder halb weg vor Lachen.

Jen: Dann verhalt dich nicht wie einer. Komm sofort her.

Ich setze mich auf und seufze. Sie scheint wirklich dringend eine Pause zu brauchen. Ich bin versucht, ihr noch eine SMS zu schreiben, entscheide mich aber dagegen. Genug herumgealbert. Sie ist kurz vorm Explodieren, und beim letzten Mal musste ich eine Woche lang Kinder hüten, damit sie in der familieneigenen Hütte wieder zu sich selbst finden konnte. Das muss ich diesmal unbedingt verhindern.

Ich: Na gut. Wo bist du?

Jen: Frankie's Pub. Innenstadt, in der Nähe der Lexington.

Ich halte mir das Handy dicht vor die Nase, um zu sehen, ob ich richtig gelesen habe. Ja, da steht Frankie's.

Ich: Ist das nicht eine Bikerbar? Meinst du wirklich, dass deine Kleinen da gut aufgehoben sind?

Jen: Wenn du sie noch mal meine Kleinen nennst, erschieße ich dich.

Ich starre eine Weile auf das Display, spare mir jedoch die Klugscheißerantwort, die mir in den Fingern juckt. Wenn Jen ihre Kinder verleugnet, ist es höchste Zeit, dass Tante May angebraust kommt und wieder mal den Tag rettet.

Ich stehe auf, seufze tief, weil ich so ein großartiger, selbstloser Mensch bin, und tippe auf dem Weg zur Haustür die nächste SMS.

Ich: Alles klar. Bin in 20 Minuten da.

Jen: Vergiss den Phoenix nicht.

Mit der Hand bereits an der Türklinke bleibe ich stehen. *Den Phoenix?*

Als könne er meine Verwirrung spüren, spitzt mein Fellknäuel, das halb Chihuahua, halb Zwergspitz ist, die Ohren und erhebt sich aus seinem Hundekörbchen, um zu mir in den Eingangsbereich zu kommen. Seine winzigen Pfötchen klackern auf den Fliesen. Wenn ich Felix dabeihabe, bespaßt er die Kinder, sodass Jen und ich reden können. Sie bittet mich oft, ihn mitzubringen, wenn sie Dampf ablassen muss und nicht will, dass es die Kinder mitbekommen.

»Ich glaube, sie möchte, dass du mitkommst, Felix.« Ich nehme meine größere Handtasche vom Haken hinter der Tür und werfe meinen Geldbeutel, meine Schlüssel und meinen Taser hinein. Selbst wenn wir nicht in eine Bikerbar gingen, würde ich Letzteren einstecken. Ich bin am College einmal überfallen worden und werde nie wieder ein leichtes Opfer sein. Wenn mich jetzt jemand angreift, kriegt er einen ordentlichen Elektroschock ab. »Komm schon, kleiner Mann, hoch mit dir.«

Er wartet geduldig darauf, dass ich ihn hochnehme und mit den Füßen voran in seine Tasche setze. Nachdem er es sich bequem gemacht hat, streckt er oben den Kopf heraus und hechelt mich mit ausgestreckter Zunge fröhlich an.

»Wehe, du pinkelst in meine Tasche, Felix. Ich mache keine Witze.«

Während ich in meine rosafarbenen Espadrilles schlüpfe, überprüfe ich mein Spiegelbild in der Fensterscheibe, streiche mein schulterlanges braunes Haar glatt und achte darauf, dass das hellblaue Plastikhaarband, das im Schlaf ein wenig verrutscht ist, gut sitzt. Meine taillierte, blau gestreifte Bluse und die beigefarbene Hose sind noch faltenfrei und sauber. Man sieht ihnen nicht an, dass ich darin einen Tag lang gearbeitet und dann ein Nickerchen gehalten habe. Ich habe heute im Studio gearbeitet, es wäre also nicht notwendig gewesen, mich elegant zu kleiden, aber ich trage bei der Arbeit nie Jeans. Ich will nicht, dass meine Kunden mich für unseriös halten. Ich nehme meinen Beruf ernst, selbst wenn er manchmal so langweilig ist, wie Farbe beim Trocknen zuzuschauen, und möchte auch entsprechend aussehen. Mehr Make-up, als ich bereits trage, brauche ich nicht. Ein wenig Lippenstift sowie etwas Eyeliner und Mascara reichen, um meine hellblauen Augen zu betonen. Ich überprüfe noch, dass bei meinem Nickerchen nichts verschmiert ist, ehe mich jemand außer Felix zu sehen bekommt.

Wir verlassen das Haus und setzen uns in meinen zauberhaften kirschroten Chevrolet Sonic, dann fahren wir zu der Bar in der Innenstadt, die meine Schwester eigentlich niemals mit ihren Kindern betreten würde. Hoffentlich falle ich in meinem lässigen Vorstadtoutfit nicht zu sehr auf. Ich war noch nie im Frankie's, gehe aber nicht davon aus, dass es viel mit den Etablissements gemein hat, die ich frequentiere. Immer, wenn man in den Nachrichten davon hört, ist dort nichts Gutes passiert.

Ich: Wir sind auf dem Weg. Halt durch! Bring so lange niemanden um.

Jen: Ich kann nichts versprechen.

Kapitel 2

Ich stehe auf einem Parkplatz voller Oldschool-Motorräder und großer Limousinen, die vermutlich schon lange den letzten Weg zum Schrottplatz hätten antreten sollen. Außerdem sehe ich zwei Pick-ups, einer davon neu. Außer meinem eigenen Auto ist er das einzige Fahrzeug, in dem ich mich sehen lassen würde, ohne vor Scham im Boden zu versinken, und das, obwohl es ein Pick-up ist, Himmelherrgott noch mal. Ich hasse Pick-ups. Sie sind so ... groß und prollig.

Das hier muss die schlechteste Entscheidung sein, die meine Schwester in ihrer Eigenschaft als Mutter je getroffen hat. Was ist nur los mit ihr?

Dafür kann auch nicht allein die Autokorrektur verantwortlich sein. Ihr Exmann Miles muss es diesmal wirklich zu weit getrieben haben.

Felix und ich betreten die Bar und bleiben direkt hinter der Tür stehen, um uns umzusehen. Ich versuche, mir einzureden, dass ich keine Angst haben muss – schließlich bin ich eine erwachsene Frau, die schon in vielen Bars war, und ich habe keinen Grund, mich vor irgendjemandem hier zu fürchten –, aber es klappt nicht. Meine Handflächen werden immer verschwitzter. Ich lasse den Blick durch den Raum schweifen, suche nach einer verzweifelten Frau, die sich die Haare rauft, und ihren drei kleinen Kindern, die an den Deckenlampen schwingen.

Stattdessen sehe ich Barhocker mit großen, männlichen Hintern darauf und Geldbeutel, die an ihre Taschen gekettet sind. Weitere Männer, allesamt in Lederwesten und -chaps, stehen in Grüppchen um die Billardtische herum, Queues in den Händen. Auf Barhockern in einer Ecke sitzen ein paar Frauen, die ziemlich sicher dem ältesten Gewerbe der Welt nachgehen.

Ganz kurz frage ich mich, ob hier jemand eine Hochzeitsfotografin braucht. Aber dieser Gedanke entspringt meiner Verzweiflung, dem Teil von mir, der ständig über mein Konto und dessen geringen Füllstand nachdenkt. Dann gewinnt die Vernunft wieder die Oberhand, und mir wird klar, dass die Leute hier, wenn überhaupt, dann eher standesamtlich heiraten und mit Whisky aus Shotgläsern darauf anstoßen würden. Leute, die ihre Lebensereignisse so begehen, buchen normalerweise keine Fotosessions, bei denen sie Kleidung tragen müssen.

Apropos unpassend gekleidet ... ich schaue nach unten auf meine Füße. Vielleicht waren die rosafarbenen Espadrilles keine so gute Idee. Die schrägen Blicke, die mir die Ledergewandeten zuwerfen, lassen meine verschwitzten Handflächen auch nicht gerade trockener werden.

Auf der anderen Seite des Raums gibt es einen Durchgang zu einem weiteren Schankraum, den ich von da, wo ich stehe, nicht genau sehen kann. Da ich keins meiner Familienmitglieder im Hauptraum entdecke, gehe ich davon aus, dass sie dort drüben sein müssen. Ich kann nur Vermutungen anstellen, was sich dort befindet. Vermutlich eine Drogenhöhle. Wahrscheinlich noch mehr Leder und weitere angekettete Geldbeutel. Jetzt sind auch meine Achseln schweißnass. Na super.

Was hat sich meine Schwester nur dabei gedacht? Sie ist in diese Bar gegangen, und dann auch noch ins Hinterzimmer? Da kann doch einfach gar nichts Gutes passieren. Im besten

Fall wird dort gepokert. Das wäre ein gefundenes Fressen für ihren Ex. Er hat sie immer mit großer Begeisterung auf ihre mütterlichen Fehlleistungen hingewiesen. Es wäre schlimm, wenn er jetzt auch noch Glücksspiel auf seine Mängelliste setzen könnte. Ich mache mir Vorwürfe, weil ich mich am Handy mit ihr angelegt habe. Sie ist eindeutig auf dem schmalen Grat zwischen gestresster und total durchgeknallter Mutter gewandelt, und jetzt hat sie die Grenze überschritten und befindet sich an einem sehr dunklen Ort. Meine arme Schwester. Ihre armen Kinder!

Ich bin noch nie zuvor mit Jenny über fragwürdige Entscheidungen in Sachen Erziehung aneinandergeraten. Klar, sie hatte schon mal Stress, aber so vollkommen aus dem Ruder gelaufen ist es noch nie. Als sie ganz schlimm unter ihrer Scheidung litt, hat sie sich eine Auszeit genommen, doch sie hatte im Vorfeld alles für mich und die Kinder vorbereitet und dafür gesorgt, dass wir klarkämen, ehe sie eine Woche abgetaucht ist.

Ich bin nicht sicher, aber ich glaube, ich kann eine Solo-Intervention durchziehen, ohne dass alle Anwesenden mitbekommen, dass ich der Auffassung bin, meine Schwester befinde sich hier nicht in bester Gesellschaft – meine arme, ältere, aber fehlgeleitete Schwester, die *so was von* dafür büßen wird, dass sie mich hierherzitiert hat.

Meine Füße kleben regelrecht am Boden fest. Um mich zu bewegen, muss ich sie gewaltsam vom – was ist das eigentlich … Teppich? Linoleum? Schwer zu sagen – lösen. Ich erschauere beim Gedanken, wie viele Bakterien ich mir gerade einfange. Nach dem Besuch hier werde ich definitiv meine Schuhe vor der Haustür ausziehen. Ich sollte sie wahrscheinlich einfach verbrennen, um eine weitere Ausbreitung der Infektion zu vermeiden. Das macht mich traurig, denn ich liebe meine rosafarbenen Espadrilles.

Mehrere Blicke folgen mir und starren mich an, als ich mich wieder in Bewegung setze.

Als ich die Tasche mit Felix höher auf meine Schulter ziehe, streckt er den Kopf heraus und sieht sich um.

»Was meinst du, Fee?«, frage ich mit etwas zu hoher Stimme leise. »Bock auf ein Bierchen?«

Statt ins Hinterzimmer zu stürmen und zu verlangen, dass meine Schwester sofort den Abgang macht, entscheide ich mich dafür, cool zu bleiben, weil ich das in Anbetracht der Umstände für die beste Vorgehensweise halte. Manchmal kann sie ganz schön stur sein. Schon zu häufig habe ich gesehen, wie sie sich dadurch ins eigene Fleisch geschnitten hat. Ich will auf keinen Fall, dass mein Auftritt hier nach hinten losgeht und ich in eine dieser Situationen gerate, wo jemand die Polizei ruft, weil wieder mal eine geschiedene Frau durchgedreht ist. Ich stelle mich einfach für ein paar Minuten hier an die Bar, bis ich genug Mut für den unvermeidlichen Showdown gesammelt habe.

Felix keucht aufgeregt. Ich nehme das als *Vielleicht* auf meine Frage nach dem Bier.

Mein Smartphone summt, während ich zur Bar gehe, und lässt mich so wissen, dass ich eine SMS erhalten habe.

Jen: Wo zum Teufel steckst du?

Ich: Mach dich locker. Ich bin ja da.

Jen: Wo? Ich sehe nur eine Tussi mit ihrer Fußhupe.

Mir fällt die Kinnlade herunter, als ich auf ihre Nachricht starre. Jetzt hat sie wirklich den Verstand verloren. Tussi?

Seit wann bin ich eine Tussi? Sie weiß doch, dass ich summa cum laude abgeschlossen habe. Meine Finger fliegen über die Tastatur.

Ich: Du kommst jetzt besser mal runter, sonst verteilt dein Rettungstrupp nämlich hier mal ein paar Sätze heiße Ohren, und du stehst definitiv auf der Liste meiner Zielpersonen.

Jen: Du bist so was von tot. Ich habe dich gewarnt.

Ich glaube, sie muss total voll sein. Ich verzichte auf mein Bier und wende mich direkt dem Hinterzimmer zu. Meine Angst ist Empörung gewichen. Meine liebe Schwester hat mich gerade Tussi genannt und mich mit dem Tod bedroht. Sie hat sich offenbar vor ihren Kindern betrunken, und damit ist Schluss mit den liebevollen, fürsorglichen Interventionen der kleinen Schwester. So geht es echt nicht. Ich knacke mit den Fingerknöcheln und bereite mich darauf vor, ihr tatsächlich wie versprochen einen Satz heiße Ohren zu verpassen.

Im Hinterzimmer ist es dunkler als im Hauptraum. Es gibt keine Tanzfläche, keine Paare und keinerlei Deko, es sei denn, man betrachtet kaputte Bierreklameschilder und Nikotinflecken an den Wänden als Inneneinrichtung.

Der Raum ist völlig leer, aber in der gegenüberliegenden Ecke sehe ich etwas, das WC-Türen sein könnten. Dort müssen sie sein.

Ich befinde mich im Durchgang zwischen dem Hauptraum und dem Hinterzimmer, als hinter mir ein lauter Knall ertönt. Ich habe nicht die Zeit, mich umzudrehen, ehe mich etwas mit Wucht ins Kreuz trifft.

»Was zum Teufel …?«, stoße ich hervor, während ich zunächst kurz ins Hohlkreuz gehe und dann nach vorn falle.

Es riecht nach Rauch. Adrenalin durchströmt mich, als ich mich aufrappele. Felix bellt wie ein sehr wütender, vom Teufel besessener Halbchihuahua. Ich habe das Gefühl, jeden Moment eine Herzattacke zu kriegen.

Der Mann, der mich geschubst hat, packt mich an den Oberarmen und hebt mich praktisch hoch, dann schiebt er mich ins Hinterzimmer, ohne zu fragen, was ich davon halte.

»Was tun Sie denn da?«, brülle ich und versuche, mich aus seinem Griff zu winden. Jetzt bin ich gleichzeitig ängstlich und sauer. Ich habe keine Ahnung, was hier läuft, aber ich lasse mich nicht gerne herumschubsen. Es erinnert mich zu sehr an einen Raubüberfall, nach dem ich ein blaues Auge, ein aufgeschürftes Knie und eine Geldbörse weniger hatte.

Als ich mich endlich umdrehen kann, sehe ich ein Gebirge von einem Mann hinter mir stehen, mit einem langen schwarzen Bart und ebensolchem wuscheligen Haarschopf, der von einem gefalteten blauen Stirnband zusammengehalten wird. Könnte ebenso gut dreißig wie sechzig sein. Das ist unmöglich zu sagen, weil weite Teile seines Gesichts unter … igitt … Grizzlybärenfell verborgen sind.

»Ich haue ab«, knurrt er und stößt mich beiseite.

Ich taumele ein Stück zurück, ehe ich mich wieder fangen kann. »Ich muss meine Schwester und ihre Kinder finden!« Der Kerl packt mich wieder, und ich versuche, meinen Taser aus der Handtasche zu ziehen und diesem Tiermenschen ein paar Manieren beizubringen. Meine Angst ist vergessen. Irgendwo hier ist meine Schwester, und sie braucht mich. Abgedrehte Gehirnchemikalien haben mich in eine Art Superheldin verwandelt. Ich habe sogar einen Sidekick namens Felix. Wir sollten zueinanderpassende Capes tragen.

»Hier gibt es keine Kinder. Sind Sie verrückt?« Er wartet meine Antwort nicht ab. Ich bin schon auf halbem Weg durch das Hinterzimmer, als mir klar wird, was er gerade gesagt hat. Also höre ich auf, unter Felix' Fellhintern nach dem Taser zu kramen, und versuche erst mal, mich nicht weiter mitzerren zu lassen.

Er hat recht. Ich habe meine Schwester zwar nicht gesehen, aber das bedeutet nicht, dass sie nicht hier ist. Sie könnte im WC oder in einem anderen Teil der Bar sein, den ich von hier aus nicht einsehen kann. Jenny hat mir eine SMS geschrieben, und ich bin hergekommen. Jetzt werde ich ohne sie und die Babys nicht wieder gehen.

»Wo zerren Sie mich eigentlich hin?« Ich versuche, mir im Vorbeigehen einen Stuhl mit hoher Rückenlehne zu schnappen, bekomme ihn aber nicht richtig zu fassen, und er kracht einfach nur hinter uns zu Boden. Das Gebrüll im Nebenraum wird immer lauter. Aus dem Barbereich mischen sich Schreie in den Lärm, und nicht alle stammen von Frauen.

»Zum Ausgang«, sagt er. »Sie müssen weg.«

Ich halte mich an der Kante eines Tisches fest, der dankenswerterweise mit dem Boden verschraubt ist, sodass wir erst mal nicht weiterkommen.

»Ich gehe gar nirgends hin«, schnaube ich und knicke in der Körpermitte ein, als er versucht, mir den Arm um die Taille zu legen und mich weiterzuzerren. »Ich muss meine Schwester finden.« Ich trete nach ihm und erwische ihn am Schienbein.

»Uff!« Er krümmt sich, überrascht von dem Schmerz, und lässt mich los.

Ich höre ein Knacken und einen Knall. Mit weit aufgerissenen Augen registriere ich ein großes Einschussloch im Holz neben mir, das gerade eben noch eine weitgehend glatte Oberfläche hatte. Als ich den Blick hebe, sehe ich im Durchgang einen Mann stehen, der eine Waffe auf uns gerichtet hat. Für ein paar Sekunden bleibt mir das Herz stehen, und ich habe das Gefühl, als schnüre mir die Angst die Luft ab.

Ich schäme mich nicht zuzugeben, dass ich in diesem Augenblick einen Schrei ausstoße, und zwar keinen dieser süßen, damenhaften Schreie. Es klingt eher nach einem durchgeknallten Huhn, das jemand vergeblich zu erwürgen versucht.

Das Gebirge von Mann, das versucht hat, mich aus der Bar zu schaffen, packt meine Handtasche und reißt mich daran zu Boden. Ich falle unkontrolliert zitternd auf die Knie.

Felix bedankt sich bei ihm mit einem Biss in die Hand.

»Du Drecksko...!« Der Typ schiebt sich für einen Augenblick die Hand in den Mund, dann zieht er sie wieder hervor. »Weg hier!« Geduckt packt er meine Hand und zerrt mich aus dem Raum, wobei er die Tische und Stühle als Deckung nutzt. Halb stolpernd, halb rennend versuche ich, den Abstand zu dem Irren, der es tatsächlich gewagt hat, auf mich zu schießen, zu vergrößern.

Weitere Schüsse ertönen, und Holzsplitter fliegen mir um die Ohren, etwas streift mein Gesicht.

Es brennt sofort wie Hölle.

»Er hat mich getroffen!« Mit der freien Hand berühre ich mein Gesicht, etwas Feuchtes, Klebriges. Als ich die Hand wegnehme und einen Blick darauf werfe, sehe ich, dass sie mit etwas Dunklem verschmiert ist. Heilige Scheiße, ist das Blut? »O mein Gott, blute ich?«

Jetzt dröhnt etwas in meinen Ohren, aber es kommt nicht von außerhalb meines Körpers. Ich habe das Gefühl, mein Herz müsse jeden Augenblick bersten. Das hier ist die schlimmste Schwesternrettung aller Zeiten!

»Einfach weiterrennen!«, ruft mein Retter und schiebt mich durch eine Tür ins Freie.

In einer stinkenden, schmutzigen, schmierigen Gasse lande ich auf allen vieren, meine Handtasche liegt neben mir.

Felix kullert heraus und rappelt sich dann auf, wobei er wie besessen kläfft. Ich weiß genau, wie er sich fühlt. Mir wird übel.

Hinter mir fällt die Tür donnernd ins Schloss. »Bringen Sie diesen Köter zum Schweigen«, brüllt der Typ.

»Sie sind immer noch hier?«, rufe ich. Das freut mich überhaupt nicht, denn ich bin sicher, diese Kugeln haben ihm gegolten, nicht Felix und mir. Ein solches Maß an Hass haben wir noch bei niemandem ausgelöst. Vielleicht ein paar harte Worte über winzige Hundehaufen auf dem Rasen des Nachbarn, ja, aber Kugeln? Niemals. Der Typ ist gefährlich. Er ist unübersehbar ein krimineller Rocker oder ein Drogendealer, und ich will ihn nicht in meiner Nähe haben.

Dann rieche ich auf dem Boden etwas, was ziemlich sicher einmal der Mageninhalt einer anderen Person war, und im nächsten Augenblick fliege ich durch die Luft. Allerdings bin ich nur leicht desorientiert, als ich wieder auf den Füßen lande.

»Was ist da gerade passiert?«, flüstere ich in einer Tonlage, die viel zu hoch für einen normalen Menschen ist. Eine halbe Sekunde später wird mir klar, dass ich aufrecht stehe, weil er mich so locker hochgehoben hat, als sei ich federleicht.

»Schnappen Sie sich Ihren Hund, dann hauen wir ab.« Seine Hand liegt auf der Hintertür, über der ein Neonschild mit der Aufschrift AUSGANG leuchtet, und er hält sie zu. Hätte ich nicht solche Angst um mein Leben, würde mich seine Ritterlichkeit beeindrucken. Wenn er nur um sein eigenes Wohlergehen besorgt gewesen wäre, hätte er wahrscheinlich schon zwei Kilometer weit weg sein können.

Mein gesamter Körper einschließlich meiner Stimme zittert. »Hierher, Felix. Ab in die Tasche.«

Felix verbellt alles und jeden. Sein ganzer Körper hüpft vor wütender Energie auf und ab. »Hierher, Felix! Wir müssen weg!« Als ich ihn schließlich zu fassen kriege, bin ich beinahe beeindruckt, wie besessen er von seiner Empörung ist. Er vibriert wie eine frisch angeschlagene Gitarrensaite. Noch bevor ich Felix richtig verstaut habe, setze ich mich in Bewegung. Der Typ mit dem Bart hat recht. Meine Schwester ist nicht in dieser Bar. Wie bin ich nur auf diese Idee gekommen? Vielleicht betrinkt sie sich zu Hause und hat mir von dort in ihrem betrunkenen Kopf eine SMS geschickt. Ich werde sie umbringen.

»Komm schon, Fee, rein da. Mach jetzt keinen Ärger.« Ich schiebe Felix mit dem Kopf voran in die Tasche und halte sie zu, indem ich sie mit dem Oberarm gegen meine Rippen klemme. »Höchste Zeit abzuhauen.« In Gedanken setze ich hinzu: und diesen Gangster loszuwerden. Doch als ich mich rasch in Richtung Mündung der Gasse bewege, packt er mich erneut am Ellbogen.

»Was ist denn jetzt schon wieder?«, brülle ich und wirble zu dem Tiermenschen herum, der offenbar weder an Körperpflege noch an Manieren glaubt. »Was wollen Sie jetzt noch?« Mein Herz hämmert in meiner Brust, während mein Blick zwischen der Tür und meinem Gegenüber hin und her huscht. Ich weiß, dass der Irre mit der Knarre jeden Augenblick die Tür erreichen wird, und ich will nicht mehr hier in der Gasse sein, wenn er herauskommt.

»Da lang können Sie nicht … die werden auf Sie warten. Folgen Sie mir.«

Es tut mir fast ein bisschen leid, dass ich schlecht von ihm gedacht habe, denn er versucht offensichtlich, mir aus der Klemme zu helfen. Aber als er losjoggt und mich einfach stehen lässt, verschwindet der Anflug von Schuldgefühlen wieder. So viel zum Thema Ritterlichkeit. Der Arsch überzeugt sich nicht mal, dass ich ihm folge.

Meine Füße setzen sich aus eigenem Antrieb in Bewegung. »Wer sind *die*? Warum sollten sie auf mich warten?«

Er antwortet nicht. Stattdessen biegt er mehrere Meter weiter vorn um eine Ecke und lässt mich in der vermüllten, vollgekotzten Gasse allein. Als ich in die andere Richtung schaue, wo auf dem Parkplatz mein Auto auf mich wartet, bin ich sicher, die Silhouette eines bösen Mannes mit Knarre zu sehen. Also renne ich dem Typ mit dem furchtbaren Bart hinterher und bete, dass ich diese Entscheidung nicht ebenso bereuen werde wie die, jemandem zu Hilfe eilen zu wollen, der das gar nicht nötig hatte.

Kapitel 3

Nachdem ich den bärtigen Gangster eingeholt habe, lässt er mich zitternd im Schatten eines Müllcontainers vier Straßen weiter stehen, verspricht aber zurückzukommen. Felix ist inzwischen wieder ganz entspannt. Er streicht nun um meine Füße und markiert den Container für alle Hunde, die in den nächsten paar Tagen vorbeikommen, während ich meiner versoffenen Schwester eine SMS schreibe und langsam wieder normal schnell atme. Ich kann nur raten, wie seine Urinbotschaft lautet. Wahrscheinlich so was wie: »Mann, du würdest nicht glauben, was mir heute Abend passiert ist!« Ich zumindest bin aufgrund der ganzen Sache ziemlich geschockt, und dabei bin ich nicht mal ein Chihuahuamischling. Ich kauere mich hin, damit mich niemand sieht, und lausche auf Schritte. Eine Weile höre ich nur meinen eigenen rasenden Herzschlag, aber dann ertönen auch Sirenen, die Musik in meinen Ohren sind, sobald ich gecheckt habe, dass sie aus Richtung der Bar kommen.

Ich bete, dass es meiner Schwester gut geht. Dass ich weder sie noch die Kinder gesehen habe, tröstet mich ein wenig.

Sie hat allerdings noch keine meiner letzten SMS beantwortet. Ich schaue vorsichtshalber noch mal auf mein Display.

Noch immer zeigt es nur meine Nachrichten an. Von ihr kommen keine verrückten SMS mehr.

Sie muss auf der Couch bewusstlos geworden sein. Das sieht ihr überhaupt nicht ähnlich. Ich muss so schnell wie möglich zu ihr nach Hause und nachschauen, ob es allen gut geht.

Wo bist du?

Geht's dir gut?

Ich hoffe, du bist nicht in dieser Bar.

Ich könnte dich umbringen, weil du mich hier raus gelockt hast.

Bitte schreib zurück. Ich mache mir langsam Sorgen.

Der große, schicke Pick-up, der auf demselben Parkplatz stand, auf dem auch ich mein Auto gelassen habe, fährt neben mir rechts ran. Die Innenbeleuchtung geht an und zeigt mir, dass die bärtige Bestie ihn steuert. Ich bin zugegebenermaßen ein wenig überrascht, dass der ekligste Typ im ganzen Laden den teuersten Schlitten fährt. Mein Handy piept und lässt mich wissen, dass eine weitere SMS eingegangen ist. Ich lese sie, während ich mich vorbeuge, um mir Felix zu schnappen.

Jen: Wir sind aufgeflogen. Geh nicht zurück. Triff mich in dreißig Minuten am nächsten Abladepunkt.

Ich bleibe an der Beifahrertür stehen und starre aufs Display. Sie öffnet sich von innen, und als ich aufblicke, schaue ich meinem Retter ins Gesicht.

»Steigen Sie ein«, sagt er. Er schaut auf sein eigenes Handy und wartet darauf, dass ich seiner Aufforderung nachkomme.

»Ähhh, nein danke.« Ich werfe einen Blick über die Schulter. Die dunkle Deckung, die der Müllcontainer bietet, sieht ziemlich einladend aus.

»Sie können nicht hier draußen bleiben, wo man Sie von vorbeifahrenden Autos aus sehen kann.«

»Aber ich soll zu einem Gangster und Drogendealer, der mich wahrscheinlich töten und meine Leiche in den Mississippi werfen wird, ins Auto steigen?«

Er stößt ein zischendes, genervtes Seufzen aus. »Ich bin weder ein Drogendealer noch ein Gangster. Kommen Sie schon, hören Sie mit dem Quatsch auf. Ich möchte hier nicht gesehen werden.«

»Weil Sie Drogendealer sind.«

Seine Stimme ist übertrieben geduldig. »Nein, weil mich Drogendealer in ihrem Revier sehen würden, und das dürfte ihnen gar nicht gefallen.«

Ich sehe mich um, von neuer Furcht erfasst, die sich anfühlt, als wolle mich jemand ersticken. »Ist das das Revier eines Drogendealers?«

Er deutet aus dem Fenster. »Schauen Sie sich doch mal um. Was glauben Sie?«

Irgendwelche Leute an Straßenecken, die aus Papiertüten trinken. Gruppen von Männern, die herumstehen und uns beobachten. Ja. Nicht gut. Ich beiße mir auf die Lippe und gehe meine Möglichkeiten durch. Natürlich könnte ich die Polizei rufen und dann was weiß ich wie lange – meiner bisherigen Erfahrung nach zu urteilen Stunden – warten, bis sie mich abholt, aber in der Zwischenzeit wäre ich ein leichtes Ziel. Ich könnte zu diesem Typen ins Auto steigen und möglicherweise vergewaltigt, ausgeraubt und dann sogar noch ermordet werden. Was habe ich sonst noch für Alternativen? Es gibt in der

Nähe keine Läden, die mir ungefährlich vorkommen, und auf keinen Fall will ich die Straße entlanggehen. Eine Wahl wie zwischen Pest und Cholera.

»Ich gehe das Risiko ein«, sage ich und klemme Felix fester unter den Arm.

Der Typ hebt eine Hinterbacke an. »Hier. Schauen Sie.«

Ich weiche zurück, sicher, dass ich gleich in die Mündung einer Knarre sehen werde.

Stattdessen zückt er einen Geldbeutel. Ihm entnimmt er eine Karte, die er mir gibt.

Ich lese den Text auf der Vorderseite der weißen Visitenkarte. Darauf stehen nur eine Firmenbezeichnung und eine Adresse, kein Name: »Bourbon Street Boys Security«. Mit zusammengekniffenen Augen sehe ich zu ihm auf. »Wollen Sie mir damit sagen, Sie sind einer von den Guten?«

»Korrekt. Jetzt steigen Sie ein.«

Ich strecke die Hand mit der Karte aus, fotografiere sie und maile sie mir selbst als Anhang.

»Na schön, Mister Bourbon Street, ich habe Ihre Firmenadresse gerade an meine Schwester und an mich selbst geschickt, wenn mir also etwas zustößt, wird man Sie dafür zur Rechenschaft ziehen.«

»Prima. Steigen Sie ein.«

Ich weiß, mein Plan ist nicht narrensicher, aber ein besserer fällt mir gerade nicht ein. Vor meinem geistigen Auge sehe ich noch immer ganz genau das Gesicht dieses Schützen, und es wird von Sekunde zu Sekunde bedrohlicher.

Zuerst hole ich meinen Taser aus der Handtasche und schiebe ihn unauffällig in meinen Hosenbund. Dann verfrachte ich meine Handtasche und Felix ins Führerhaus des Pick-ups und steige danach mithilfe der Tür und eines Griffs im Wageninneren selbst ein.

Sobald ich sitze, schnalle ich mich an und tippe schnell eine Antwort auf die SMS meiner Schwester. Ich habe gedacht, ich hätte mich beruhigt, aber mein Puls rast noch immer. Ich spüre regelrecht, wie er an meiner Kehle pocht.

Ich: Du bist ja wohl betrunken. Wo sind die Kinder?

Ich höre ein Piepsen neben mir, dann vergehen zwei Sekunden, in denen der bärtige Tiermensch auf sein Handy starrt, und schließlich brüllt er auf und schlägt auf sein Lenkrad ein.

Ich zucke zurück, quetsche mich ganz in die Ecke des Führerhauses, und mir wird klar, dass die Visitenkarte, die er mir gegeben hat, überhaupt nichts bedeutet. Ich bin aus dem Regen direkt in die Traufe geraten. Ist er verrückt? Muss wohl. Wer schlägt schon auf sein Auto ein, wenn er eine SMS bekommt? Über wen regt er sich eigentlich so auf? Muss seine Freundin oder so was sein, auch wenn ich mir nicht vorstellen kann, was für eine Frau sich mit einem solchen Typen einlassen würde.

Vielleicht eines dieser Gewichtheber-Mädels mit richtig dickem Hals und Bartwuchs vor lauter Steroiden in ihren Proteinshakes. Langsam ziehe ich den Taser aus meinem Hosenbund und presse ihn an die Außenseite meines rechten Beines. Wenn er auch nur die kleinsten Anstalten macht, mir wehzutun, werde ich ihn unter Strom setzen wie einen Weihnachtsbaum.

Er wirft sein Handy aufs Armaturenbrett und atmet lange zischend aus, gleichzeitig legt er den Gang ein.

»Wo wohnen Sie?«, fragt er. »Ich fahre Sie heim.«

Ich lache und zittere gleichzeitig. Vielleicht liegt es am angestauten Stress oder so, auf jeden Fall aber ist der Impuls zu lachen so mächtig, dass ich gar nicht aufhören kann. Ich mache mir gleich in die Hose. Offenbar drehe ich total ab, kaum dass mir mal der Tod droht.

An einer roten Ampel hält er an. »Ich verstehe nicht, was so witzig an der Frage nach Ihrer Adresse ist.« Bei jedem Wort bewegt sich sein Bart, was alles nur noch schlimmer macht. Oder besser. Jedenfalls höre ich endlich auf zu zittern.

Ich antworte nicht sofort, sondern versuche erst einmal, normal zu atmen. »Das Lustige ist, dass Sie offenbar wirklich glauben, ich würde Ihnen diese Information geben.« Ich schnaube spöttisch. »Ja. Klar. Hey, unheimlicher Typ mit der Mann-aus-den-Bergen-Gedächtnisfrisur, warum kommen Sie nicht mit zu mir nach Hause und ermorden mich in meinem Wohnzimmer? Ist doch bestimmt witzig.« Den Gedanken finde ich so lächerlich, dass ich beim Blick durch die Windschutzscheibe schiele. »Sie halten mich wohl für die dümmste Frau auf Erden, dass Sie meinen, ich würde auf so einen Scheiß hereinfallen.«

Vergessen wir mal für einen Augenblick, dass ich aufgrund einer Visitenkarte, die wahrscheinlich nicht mal seine ist, in seinen Pick-up gestiegen bin. Was weiß ich, sie könnte genauso gut dem letzten Typen gehört haben, den er umgelegt hat, verdammt! Ich muss mal meinen Kopf untersuchen lassen. Die Furcht um mein Leben hat mich völlig verblöden lassen. Gott sei Dank habe ich meinen Taser.

Die Ampel springt auf Grün, und er gibt Gas. Der Motor röhrt, aber er hält sich an die Geschwindigkeitsbegrenzung.

Ich schätze, er ist so eine Art Pfadfinder. Vielleicht ist er auch ein Mörder, der nicht von den Bullen angehalten werden will. Das erscheint mir deutlich wahrscheinlicher.

»Hätte ich mir die Mühe gemacht, Sie aus der Bar zu retten, wenn ich vorhätte, Sie zu töten?«

»Woher soll ich das wissen? Ich bin schließlich nicht verrückt.«

»Ich auch nicht.«

»Die einen sagen so, die anderen so«, murmele ich halblaut. Dann deute ich auf ein 24-Stunden-Diner ein Stück die Straße entlang. »Setzen Sie mich einfach da drüben ab. Ich rufe mir ein Taxi, lasse mich zur Bar zurückfahren und hole mein Auto ab.«

»Wie Sie wollen.« Er wechselt die Fahrspur und biegt auf den Parkplatz ab. Ein fast berauschendes Gefühl der Erleichterung erfasst mich. Es ist, als habe man das Ende einer wirklich wilden, wirklich schlimmen Achterbahnfahrt erreicht, und die Wagen rollen aus, damit man aussteigen kann. Tatsächlich wird mir ein wenig schwindelig.

Als wir einparken, piept mein Handy.

Schwesterherz: Hey Süße. Hast du Lust auf ein Glas Wein? Ich habe die Arschkrampen endlich im Bett.

Ich starre wirklich lange auf das Display. Das Brummen des Motors des Pick-ups versetzt mich in eine Art Trance, während ich darüber nachgrüble, was zum Teufel mit meiner Schwester los ist. Leidet sie seit Neuestem unter Persönlichkeitsspaltung? Hat der Stress, alleinerziehende Mutter zu sein, doch noch ihr Hirn in Mitleidenschaft gezogen? Sollte ich sie fortan Sybil nennen?

Warum wird sie mir jetzt als »Schwesterherz« angezeigt? Wurde die Nummer endlich korrekt übertragen?

»Was ist los?«, fragt er. »Schlechte Nachrichten?«

»Wie kommen Sie darauf?« Ich reiße den Blick von meinem Handy los, um ihn anzusehen.

»Weil Sie so sehr die Stirn runzeln, dass es aussieht, als schmelze Ihr Gesicht.«

Ich starre wieder auf mein Display. »Schon gut. Meine Schwester verliert nur gerade ihren verdammten Verstand.« Oder ich meinen. Das ergibt alles keinen Sinn. Ich fürchte, der Stress des Beschossenwerdens hat mein Hirn vom Netz genommen. Ich kann keinen klaren Gedanken fassen. Was zum Teufel läuft hier?

Felix schiebt sich weit genug aus meiner Tasche heraus, um mir das Kinn zu lecken.

»Danke, Kumpel.« Ich seufze. »Komm, machen wir uns vom Acker.« Ich lege die Hand an die Tür und taste nach dem Türgriff. Wahrscheinlich geht es dem Mann aus den Bergen nicht schnell genug, denn er greift über uns beide hinweg und öffnet sie mir.

Überrascht zucke ich zusammen und glaube für einen Sekundenbruchteil, er wolle mich schlagen. Sobald ich erkenne, dass er nur höflich war, erwarte ich, von seiner Nähe abgestoßen zu sein, ertappe mich aber dabei, tief einzuatmen, den Duft seines Parfüms bis in mein Gehirn aufzusaugen. Wow! Das riecht ja toll.

Es ergibt außerdem natürlich überhaupt keinen Sinn. Er sieht aus wie ein durchgeknallter Prepper aus »Duck Dynasty«, der schon eine ganze Weile von der Zivilisation abgeschnitten lebt, aber er duftet wie ein Metrosexueller auf dem Weg in seinen Lieblingsclub. Was ist das denn?

Mit diesem Jungen stimmt etwas ganz gewaltig nicht, aber es interessiert mich nicht genug, um der Sache auf den Grund zu gehen. Ich will nur so schnell wie möglich zu meiner Schwester und auf ihrer Couch zusammenbrechen. Sobald ich durchschaut habe, was zum Teufel eigentlich los ist, werde ich entscheiden, ob ich sie zehn Minuten am Stück anbrülle, weil sie beinahe meinen Tod verschuldet hat.

»Danke«, sage ich und gleite vom Sitz hinunter auf den Parkplatz, dann angle ich mir meine Handtasche und Felix.

»Nichts zu danken.«

Ich schlage die Tür hinter mir zu und ziehe die Tasche mit Felix höher auf meine Schulter. Mit einem elektrischen

Summen fährt das Beifahrerfenster herunter. Im Pick-up sehe ich nur Dunkelheit.

»Fahren Sie mit dem Taxi heim. Holen Sie Ihr Auto erst morgen ab.«

»Warum?«

»Weil ich es sage.«

Ich schnaube erneut. Heute Abend bin ich offenbar halb Mensch, halb Stier. »Als ob mich das interessiert. Schönes Leben noch.« Ich gehe auf das hell erleuchtete Diner zu, hinter dessen Tür sich ein Kuchenkarussell dreht.

Mein Retter schweigt. In einer Wolke aus Staub und Schotter zieht sein Pick-up von dannen, und ich bleibe allein mit Felix zurück, der sich wieder einmal die Seele aus dem winzigen Leib bellt.

»Komm schon, Fee. Lass uns ein Stückchen Kuchen essen, und dann holen wir das Auto.« Unter meinen Sohlen knirscht der schotterbestreute Asphalt. Ich sollte wahrscheinlich die Polizei rufen und alles zu Protokoll geben, was gerade passiert ist, aber ich weiß, es sind bereits Beamte in der Bar. Ich habe schließlich die Sirenen gehört. Außerdem kann ich der Polizei auch morgen noch alles erzählen, oder? Nach allem, was ich durchgemacht habe, ist das Letzte, was ich will, die ganze Nacht auf einem Polizeirevier herumzusitzen. Ich weiß, wie das läuft. Nach dem Überfall auf mich hat man mich ignoriert, dann Stunden mit Befragungen und Berichten vergeudet, und am Ende wurde der Täter nicht geschnappt. Reine Zeitverschwendung.

Nein. Keine Polizei. Jedenfalls nicht jetzt. Ich muss zu meiner Schwester, muss mit ihr reden und die Geschehnisse erst mal in meinem Kopf sortieren, ehe ich versuche, sie einem Kriminalpolizisten zu erklären.

Mein Gewissen meckert an meinem Plan herum, und der Rat des verwilderten Mannes, mein Auto nicht zu holen, geht mir nicht aus dem Kopf. »Der Typ ist nicht mein Chef«, flüstere ich, während wir auf die Tür zugehen. Ich kann mein Auto holen, wann ich will, und muss nicht bis morgen warten. Das wäre viel zu umständlich.

Felix bellt verständnisvoll. Ich nehme das als Zustimmung zu meinem Plan, das Auto zu holen und nach Hause zu fahren. Egal, was der Typ gesagt hat.

»Genau, Fee. Ich bin eine erwachsene Frau. Du bist ein erwachsener Halbchihuahua. Wir können selbst auf uns aufpassen. Wir brauchen keinen durchgeknallten Wookie, der uns erzählt, was wir wann zu tun haben, stimmt's?« Irgendwelche bösen Jungs, die bei Frankie's gewesen sind, werden längst fort sein, bis wir unseren Kuchen gegessen haben. Schützen bleiben nach der Tat nicht am Tatort, oder? Das wäre Selbstmord, und so, wie ich die Welt sehe, leben die bösen Jungs ewig.

Felix winselt und verschwindet in meiner Tasche.

»Strolch.« So viel zur Loyalität des besten Freundes des Menschen. Ich betrete das Diner und inhaliere den Duft gerösteten Specks. »Hmm, riechst du das, Felix? Das ist Speck. Zu schade, dass du wegen deiner Verdauungsprobleme keinen kriegst.« Ich muss über meine eigenen rachsüchtigen Gedanken lächeln. Das hat der kleine Scheißhaufen jetzt davon, dass er mir in den Rücken gefallen ist.

Ich spüre, wie er in meiner Tasche herumrumort.

Ich senke die Stimme zu einem knurrenden Flüstern. »Felix, wenn du in meine Tasche pinkelst, bist du ein toter Hund, ist das klar?«

Er knurrt. Dann pinkelt er. Ich höre, wie es in die kleine Urinschale plätschert, die ich genau für solche Fälle mit mir herumschleppe.

So viel zum Thema Kuchen und Speck. Ich verbringe fünf Minuten im WC und verlasse dann das Diner wieder, um sofort mein Smartphone zu zücken und die Auskunft anzurufen. Ehe ich noch nach der Nummer der Taxizentrale fragen kann, fährt hinter mir ein Taxi rechts ran. Dieser seltsame Zufall verblüfft mich ziemlich, bis der Fahrer aussteigt und mir über das Autodach hinweg zuruft: »Sind Sie die Dame mit dem Hund, die nach Hause will?«

Zugegeben, der Gedanke, dass mein Retter tatsächlich ziemlich gut darin war, Felix und mich zu retten, wärmt mein Herz ein wenig. Er hätte auch einfach davonfahren und uns unserem Schicksal überlassen können, aber das hat er nicht getan. Er hat uns ein Taxi gerufen. Eine weitere Überraschung von dem verwilderten Mann, der so traumhaft riecht.

Wie bitte? Habe ich das eben wirklich gedacht? O Mann!

»Ja, das bin ich.« Ich gehe über den Gehsteig auf ihn zu und bleibe an der hinteren Tür stehen, wo ich zunächst die Tasche in den Wagen lege, ehe ich einsteige.

Der Fahrer schwingt sich hinters Steuer und schnallt sich an. »Adresse?«

»Frankie's Bar«, sage ich, »zwei oder drei Kilometer da lang.« Ich deute grob in die Richtung, aus der ich gekommen bin.

»Tut mir leid, Lady, das geht nicht. Meine Anweisung lautet, Sie heimzufahren, nicht in die Bar.«

Langsam kriege ich rote Ohren. Der Taxifahrer denkt wahrscheinlich, ich sei eine Alkoholikerin, die ihr Sponsor zu ihm ins Auto gesetzt hat, mit ganz klaren Anweisungen. *Verdammt!* Ich warte ein paar kostbare Sekunden, ehe ich etwas sage, um sicher zu sein, dass ich nicht aus Versehen ein paar wilde Flüche ausstoße.

»Ist egal, was dieser Neandertaler gesagt hat … ich brauche mein Auto, und das steht vor Frankie's. Fahren Sie mich zu dieser Bar.«

Der Fahrer kratzt sich unsicher am Kopf. »Aber er hat sich sehr unmissverständlich ausgedrückt.«

»Ist mir egal. Wenn Sie Ihre Fahrt bezahlt haben wollen, bringen Sie mich zu Frankie's.«

»Er hat die Fahrt schon bezahlt. Einschließlich Trinkgeld.« Der Typ grinst mich im Rückspiegel an.

»Wie konnte er für die Fahrt bezahlen, wenn er gar nicht weiß, wo ich wohne?«

Der Typ lacht und starrt wieder durch die Windschutzscheibe. »Er hat aus Ihrer Kleidung geschlossen, dass Sie in einem der wohlhabenderen Viertel wohnen. Hat mich für eine komplette Fahrt hin und zurück bezahlt.« Er dreht sich zu mir um. »Hat er recht?«

Ich verdrehe die Augen, so nervt es mich, dass ich so leicht zu durchschauen bin. Mir kommt der Gedanke, ich sollte vielleicht in die Innenstadt ziehen, um die Sache interessant zu machen. Dann ärgere ich mich über mich selbst, weil es mir nicht vollkommen scheißegal ist, was ein dämlicher Grizzlybart über mein Leben denkt.

»Ja, hat er. Aber wenn Sie glauben, ich lasse Sie das Geld behalten, obwohl Sie nicht tun, was ich Ihnen sage, sollten Sie besser noch mal nachdenken. Sie fahren mich jetzt entweder zu Frankie's, oder ich nehme Ihnen die Kohle wieder ab. Ihre Entscheidung.« Ich funkle ihn an.

Der Taxifahrer lächelt. »Er hat mich schon vorgewarnt, dass Sie wahrscheinlich Ärger machen würden.«

»Wie das denn?« Ich schreie, aber es ist mir egal. »Er kennt mich doch überhaupt nicht!«

Der Typ wagt doch tatsächlich zu kichern. »Sind Sie sich da sicher?« Er wendet sich wieder ab und legt den Gang ein. »Geben Sie mir jetzt die Adresse?« Wieder schaut er mich im Rückspiegel an.

Ich will mir den Fahrersitz schnappen und ihn aus der Verankerung reißen, beschließe aber, stattdessen unfair zu spielen. Verzweifelte Situationen erfordern verzweifelte Maßnahmen. Er hat mich dazu gebracht. Ich habe keine andere Wahl. Wasser marsch!

Heftiges, tiefes Schluchzen steigt aus den Tiefen meines Herzens auf, während meine Schultern beben und meine Brust sich heftig hebt und senkt. Ich vergieße Krokodilstränen, als wäre ich gerade leibhaftig Zeugin des Untergangs der *Titanic* geworden. Ich rufe mir jeden traurigen Gedanken, jedes melancholische Gefühl ins Gedächtnis, die ich je hatte, und lasse den Tränen freien Lauf. In diesem Augenblick könnte ich den Oscar für die beste schauspielerische Leistung auf dem Rücksitz eines Taxis gewinnen.

»Ach nein, nicht weinen!« Er klingt genauso bekümmert, wie ich zu sein vorgebe. Ich muss mich anstrengen, nicht triumphierend zu lächeln. »Ich hasse es, wenn Frauen weinen! Kommen Sie, entspannen Sie sich, ja? Es ist zu Ihrem eigenen Besten. Er hat gesagt, in der Bar ist es im Augenblick nicht sicher.«

»Aber ich brauche mein Auto zum Arbeiten!«, schluchze ich. »Ich werde meinen Job verlieren, und dann muss ich umziehen, und ich kann nirgends hin, und niemand wird mir helfen, und ich hab nur noch zwanzig Mäuse, kann also morgen früh nicht mit dem Taxi zurückkommen, und mein Hund ist krank, und es wird wahrscheinlich ein Missgeschick in meiner Handtasche geben, weil er wieder Speck gefressen hat, und Speck bekommt ihm nicht und …«

»He! He! Ist ja schon gut! Ich fahre Sie zu Ihrem Auto, ja? Danach werde ich Ihnen einfach … Ich werde Ihnen einfach nach Hause oder wohin auch immer nachfahren und aufpassen, dass Sie auch unbeschadet ankommen, ja? So können wir es machen, oder?« Er dreht sich wieder zu mir um und legt den Arm um seine Rückenlehne. »Einverstanden? Mir ist das recht. Das kann ich machen.«

Ich nicke und schluchze noch ein paar Mal, damit er nicht merkt, dass ich nicht völlig am Boden zerstört bin, weil mein Hund möglicherweise in meine Handtasche kacken wird. Ja, das wäre eine Tragödie, aber ich würde deswegen keine Träne vergießen. Ich habe noch andere Taschen. Außerdem sind Felix' Kackwürstchen etwa so groß wie Ikeableistifte.

Wir fahren vom Parkplatz des Diners, und ich wische mir mit großem Getue schniefend die Tränen ab.

Das ziehe ich durch, bis wir Frankie's Bar erreichen. Am Straßenrand stehen Streifenwagen, aber nirgends sind uniformierte Beamte zu sehen.

»Danke«, sage ich und klopfe dem Taxifahrer auf die Schulter, während ich über die Sitzbank rutsche, um auszusteigen. »Sie müssen mir nicht nach Hause folgen. Ich komme schon klar. Sehen Sie?« Ich deute aus dem Fenster. »Die Polizei ist schon da.«

»Ja, na schön. Tschüss dann.« Er klingt gestresst. Ich bin nicht sicher, ob das an meiner oscarreifen Leistung liegt oder an der Tatsache, dass er nicht tut, wofür er bezahlt worden ist, aber das ist mir egal. Ich habe mein Auto wieder und fahre heim.

Als ich die Tür hinter mir geschlossen habe, öffne ich meine Handtasche, um meinen Schlüsselbund herauszuholen. Der unverkennbare Gestank von Hundeurin steigt mir in die Nase.

»Oh, um Himmels willen, Felix. Musste das sein?«

Er leckt mir die Hand ab.

Ich seufze und schließe die Finger um meinen Schlüsselbund. »Ich werde Jen so was von umbringen, wenn ich sie treffe.« Glas Wein? Am Arsch! Ich werde rüberfahren und ihr eine runterhauen.

Kapitel 4

Ich bin schon halb bei meiner Schwester, doch dann biege ich scharf rechts ab und fahre heimwärts. Ich bin müde, Felix stinkt, morgen kommt eine Großfamilie, die sich fotografieren lassen will, und ich habe das Studio noch nicht aufgeräumt. Ich muss früh ins Bett. Das ist der einzige Auftrag in diesem Monat, ich kann also unmöglich nicht auftauchen.

Während ich mich durch die Straßen meines Viertels schlängele, schweifen meine Gedanken ab. Diese SMS von Jenny ergeben keinerlei Sinn. Wie konnte sie eben noch völlig daneben sein und im nächsten Moment tippen: »Komm doch auf ein Glas Wein zu mir«? Es ist wirklich, als habe sie heute eine gespaltene Persönlichkeit. Oder als habe jemand ihr Handy geklaut.

Dann kapiere ich plötzlich. *Ja!* Ein einfacher Handydiebstahl! Das ist die einzig sinnvolle Erklärung. Meine Schwester ist keine verrückte Trinkerin. Sie bringt niemals ihre Kinder in Gefahr und würde lieber sterben, als einen Laden wie Frankie's zu betreten. Entweder hatte jemand anders ihr Handy, oder es hat eine Fehlschaltung gegeben, als sie sich heute ihr neues gekauft hat.

Ich bin so glücklich, dass ich heulen könnte. Das ist so viel besser, als wenn ich sie einliefern und ihr die Kinder wegnehmen lassen müsste.

Apropos ... mein Smartphone piept wieder. Es befindet sich auf der Ablage neben dem Radio, und ich drehe das Display in meine Richtung.

Jen: Nicht das Auto abholen, hab ich gesagt!

Einen Sekundenbruchteil, nachdem ich diese Worte gelesen habe, ist es, als explodiere ein Feuerwerk in meinem Hirn: Licht und Lärm, ein Durcheinander aus Gedanken, Worten und Bildern. Nichts ergibt mehr Sinn. Diese Nachricht muss vom Bart stammen, aber wie kann er das neue Handy meiner Schwester benutzen, um mir eine SMS zu schicken?

Dann fällt es mir wie Schuppen von den Augen.

Er benutzt nicht das neue Handy meiner Schwester, um mir SMS zu schreiben.

Er benutzt sein eigenes.

Die ganze Zeit schon.

O mein Gott. O mein Gott, o mein Gott, o mein Gott. Das kann nicht ... es hat nicht ... es ... ach du meine Güte.

Falsch verbunden! Die ganze Katastrophe nur wegen einer falschen Verbindung! O Mann!

Mit quietschenden Reifen fahre ich hastig rechts ran. Ich schnappe mir mein Handy und scrolle rasch von oben bis unten durch die SMS. Zum ersten Mal an diesem Tag dämmert es mir wirklich.

»Heilige Scheiße, Felix.« Ich schaue hinüber zu meinem kleinen Kumpel, der mich vom Beifahrersitz aus mit schief gelegtem Kopf anstarrt. Er ist offenbar genauso verwirrt wie ich. »O Mann, ich glaube, ich habe die ganze Zeit einem völlig Fremden SMS geschrieben.«

Ich bin beinahe erleichtert. Das klingt viel sinnvoller, als dass meine Schwester mit ihren Kindern in einer Bikerkneipe war.

Es macht allerdings meine Situation nicht besser.

Wie es aussieht, bin ich nicht unbeschadet aus der Sache herausgekommen. Ein Blick in den Spiegel bestätigt diese Vermutung. Ich habe Kratzer im Gesicht, die aussehen, als hätte mich ein Rudel sehr kleiner Katzen angegriffen. Dafür werde ich mir morgen eine verdammt gute Erklärung für meine Kunden einfallen lassen müssen. Der Rückspiegel lässt keinen Zweifel daran, dass ich meine kleine Nahtoderfahrung nicht werde überschminken können.

Licht fällt in meinen Wagen und reißt mich aus meinen Gedanken. Stirnrunzelnd schaue ich erneut in den Spiegel, um zu sehen, was da hinter mir vor sich geht. Ich bin in einer ruhigen Gegend, aber vielleicht habe ich jemandes Einfahrt zugeparkt oder so.

Als die Scheinwerfer, die in meinen Wagen geleuchtet haben, ausgehen, sehe ich, dass einen halben Block hinter mir ein Auto parkt. Ich warte, doch es steigt niemand aus. Aber ich nehme eine Silhouette hinter dem Lenkrad wahr. Der Größe nach zu urteilen ein Mann.

»Hm.« Ich zucke die Achseln, inzwischen fast überzeugt, dass ich mir die finsteren Aspekte meiner Situation nur einbilde. »Ach, was soll's. Das hier ist nicht meine Gegend. Da muss ich mir keine Sorgen machen, weil schräge Typen in geparkten Autos rumsitzen, oder?« Es gibt mir ein gutes Gefühl, mich laut mit Felix zu unterhalten, fast, als hätte ich keinerlei Grund zur Sorge. Ich bin nur ein normales Mädchen, das zum Spaß zusammen mit einem Handtaschenhund durch eine dunkle Gegend fährt. Hier gibt es nichts zu sehen, Leute – bitte gehen Sie weiter.

Ich lege den ersten Gang ein und fädele mich langsam wieder in den Verkehr ein. Alles scheint in Ordnung zu sein, doch dann werfe ich einen Blick in den Rückspiegel, und mir bleibt vor Angst beinahe das Herz stehen. Das Auto hinter mir ist auch wieder angefahren, allerdings ohne Licht.

Wow! Mein Herzmuskel zuckt so, dass es regelrecht wehtut. Nach ein paar wirklich heftigen Schlägen findet mein Herz seinen Rhythmus wieder. Meine Ohren brennen, als die Angst mich überkommt. Soll ich die Polizei anrufen? Was soll ich ihr erzählen? Dass mir *möglicherweise* jemand in einem Auto folgt? Wahrscheinlich würde der Beamte einfach auflegen. Die Polizei von New Orleans muss sich jeden Tag mit Morden und Raubüberfällen herumschlagen, und da soll sie sich um eine paranoide Frau Sorgen machen, die auf dem Heimweg von einer Bar ist, in die sie überhaupt nie hätte fahren sollen? Ja, klar. Ich werde weder meine Zeit noch die der Polizei verschwenden. Diesen Nicht-Vorfall kriege ich schon allein in den Griff. Ich werde einfach fahren und mir nicht dauernd einbilden, alle hätten es auf mich abgesehen. Nur weil ein Typ ein paar Mal auf jemanden geschossen hat, der neben mir stand, bin ich doch jetzt nicht selbst eine Zielscheibe, oder?

Ich versuche, mich zu beruhigen, indem ich mit Felix rede. »Niemand folgt mir irgendwohin, Fee. Sei nicht albern.« Zumindest bin ich mir dessen ziemlich sicher. Seien wir ehrlich: Für neunundneunzig Prozent der Weltbevölkerung bin ich komplett bedeutungslos. Absolut nicht stalkwürdig. Das Wertvollste an mir ist meine Canon Rebel, und die habe ich nicht mal dabei.

Meine Beruhigungsversuche zeigen wenig Wirkung. Die Paranoia hat mich voll im Griff, und bald bin ich überzeugt, dass mich tatsächlich jemand stalkt. Ich kann erkennen, dass das Auto, das mich verfolgt, nicht der große Pick-up ist, in dem ich zuvor mitgefahren bin. Es ist also nicht Mister Grizzlybär, der gekommen ist, um mir Vorhaltungen zu machen, weil ich mich nicht an seine Anweisungen gehalten habe. Aber wer sonst könnte es sein?

Niemand.

Ich seufzte tief, versuche, meinen Stress wegzuatmen. Natürlich ist es niemand. Haha, das ist so was von verrückt! Ich bin nur eine Fotografin mit einem Chihuahuamischling in einer vollgepinkelten Handtasche auf dem Beifahrersitz. Warum sollte mir schon jemand folgen? Ich meine, all meine Exfreunde sind inzwischen in neuen Beziehungen glücklich, und bisher habe ich von einem Stalker nichts gemerkt. Allein die Vorstellung ist absurd. In meinem kirschroten Chevy Sonic bin ich absolut sicher.

Ich fahre weiter, schaue aber ständig in den Rückspiegel. Statt direkt nach Hause zu fahren, biege ich vier Blocks vorher links ab. Nur für den Fall der Fälle. Ein bisschen Vorsicht schadet nie, oder? Obwohl ich ja keinerlei Grund habe, mir Sorgen zu machen. Mein Leben ist stinklangweilig. Autoverfolgungsjagden gibt es nur in Filmen. Auftragskiller haben es auf Präsidenten und die Oberhäupter von Drogenkartellen abgesehen, und von beidem bin ich so weit entfernt, wie es ein Mädchen nur sein kann.

Das Auto hinter mir blinkt und biegt ebenfalls ab.

Ein seltsamer Schauer überläuft mich von den Füßen bis zur Schädeldecke, und meine Nackenhärchen stellen sich auf. Dann fange ich an, am ganzen Körper zu schwitzen. Der plötzliche Temperatursturz, den ich mir ziemlich sicher nur einbilde, lässt mich frösteln. Ich widerstehe dem Drang, die Heizung einzuschalten.

»Felix, ich fürchte, wir werden verfolgt. Das ist mal paranoid, was?« Ich versuche, darüber zu lachen, aber Felix lacht nicht mit. Er springt auf den Rücksitz und von dort auf die Hutablage. Mehrfaches scharfes Bellen verrät mir, dass auch er der Auffassung ist, dass mit dem Typen hinter uns etwas nicht stimmt.

»Es gibt nur eine Möglichkeit, das herauszufinden.« Ich komme mir lächerlich vor, wie in einem wirklich schlechten Spionagefilm, aber biege scharf rechts in eine Straße ab, von der ich weiß, dass es eine Sackgasse ist.

Meine schweißnassen Hände haben Schwierigkeiten, das Steuer ruhig zu halten. Ich wische sie mir nacheinander an der Hose ab. Es hilft nicht viel. Ich nähere mich dem Ende der Straße und habe das Gefühl, mich übergeben zu müssen. Beim Abbiegen schien mir das noch wie eine großartige Idee, aber jetzt sieht es aus wie eine Falle, die ich mir selbst gestellt habe. Wie dumm kann sich ein Mensch eigentlich verhalten?

Offenbar ziemlich dumm.

Die Gartenleuchten in einer der Einfahrten lassen diese aussehen wie das Ende einer Landebahn, aber ich setze gerade alles andere als zur Landung an. *Das ist eine Falle, das ist eine Falle, das ist eine Falle!* Meine Gedanken überschlagen sich, mein Gehirn beschimpft mich, weil ich so eine idiotische Idee durchgezogen habe.

Warum bin ich in eine Sackgasse abgebogen? Bin ich wahnsinnig? *Will* ich, dass man mich vergewaltigt und ausraubt?

O Gott, wenn all das hier vorbei ist, muss ich dringend meinen Kopf untersuchen lassen. Ich hoffe nur, ich habe ihn morgen überhaupt noch auf den Schultern.

Als ich den Wendehammer am Ende der Straße erreiche, bremse ich, lasse das Auto hinter mir aufholen und hoffe, einen Blick auf den Fahrer werfen zu können, wenn ich in der Gegenrichtung an ihm vorbeifahre. Inzwischen hat er die Scheinwerfer an.

Langsam, ganz langsam durchfahre ich den Wendehammer und bete, dass er in eine der Auffahrten abbiegen, den Motor abstellen, aussteigen und sein Haus betreten wird. Dann werde ich den gesamten Heimweg über lachen und nach einem schönen Schaumbad ins Bett gehen. Vielleicht werde ich sogar im Vorbeifahren hupen, um ihm für die Tour durch diese hübsche Wohngegend zu danken.

Das andere Auto kommt näher. Es biegt nicht in irgendwelche Einfahrten ab, es fährt einfach nur immer dichter auf.

Meine Scheinwerfer leuchten jetzt in die Gegenrichtung, und endlich sehe ich den Mann hinter dem Steuer durch seine Windschutzscheibe. Auf Schulterhöhe hält er eine Waffe in der Hand.

Ich schreie auf, ducke mich unters Armaturenbrett, trete das Gaspedal durch und rase los wie eine Fledermaus auf der Flucht aus der Hölle. Der Motor heult auf, weil die Drehzahl so steigt, also schalte ich in den dritten Gang und spendiere dem Auto noch ein paar Pferdestärken, während ich in der Gegenrichtung die Straße entlangrase. Ich kann nur beten, dass ich geradeaus fahre und nicht direkt auf jemandes Briefkasten zuhalte.

Es knallt laut, dann prallt etwas gegen meine Tür. In weniger als einer Sekunde zähle ich eins und eins zusammen. Felix fängt an zu bellen, und ich fange gleichzeitig an zu schreien. »O mein Gott, er hat auf mich geschossen! Dieses Arschloch hat tatsächlich das Feuer auf mich eröffnet!«

Ich muss mich aufsetzen, denn zum Fahren muss ich etwas sehen, aber ich ziehe den Kopf so weit wie möglich ein und bete, dass meine Kopfstütze verhindern wird, dass eine Kugel in meinen Schädel eindringt. Ich sehe aus wie Quasimodo am Steuer des Fluchtwagens eines extrem missglückten Bankraubs.

»Wenn Sie meinen Hund erschießen, mache ich Sie *fertig*!«, brülle ich und schalte herunter, als ich viel zu schnell in eine Kurve biege.

Offensichtlich hat mich dieses ganze Szenario ein bisschen aus dem Gleichgewicht gebracht. »Felix, geh sofort vom Fenster weg! Komm her! *Hierher*, du räudiger Köter!«

Mit quietschenden Reifen biege ich erneut ab, um aus diesem Viertel wegzukommen und mich so weit wie möglich von zu Hause zu entfernen. Felix' Krallen suchen Halt. Als ich höre, wie sein kleiner Körper auf den Rücksitz prallt, weiß ich, dass er den Kampf verloren hat. Aber ich bin froh, dass er jetzt aus der Schusslinie ist, also fahre ich weiter und schalte in den vierten Gang, als ich eine Schnellstraße erreiche.

Als ich vor ein paar Monaten meinen Chevy Sonic mit Fließheck gekauft habe, hielt ich das für eine praktische, vernünftige Entscheidung. Doch jetzt, als er geschmeidig um die nächste Ecke biegt und im zweiten Gang losschießt wie eine Rakete, danke ich den Göttern von General Motors, dass sie so klug waren, so viele Pferdestärken unter seine Haube zu packen.

Die Entfernung zwischen mir und dem Irren wächst schnell. Nach drei weiteren Abbiegungen, die ich genommen habe, als trainiere ich für die Formel eins, habe ich das Gefühl, jetzt ausreichend Zeit zu haben, um mein Handy zu zücken und den grünen Knopf zu drücken. Es ist nicht die Polizei, aber für mein panisches, völlig verwirrtes Hirn ist es immerhin die nächstbeste Option.

Eine raue Stimme antwortet. »Ich hoffe, es ist wichtig«, sagt sie.

»Sind Sie der Typ mit dem schrecklichen Bart?«, frage ich atemlos mit viel zu hoher Stimme. Felix winselt. Wahrscheinlich tun meine Worte dem armen, kleinen Kerl in den empfindlichen Ohren weh.

»Wie bitte?«

Gut. Er klingt verwirrt. Gut zu wissen, dass ich nicht die einzige Idiotin hier bin.

»Sie sind der Bourbon-Street-Typ, stimmt's? Nun, ich bin die Tussi mit dem Hund aus der Bar, die im Übrigen gar keine Tussi ist. Ich brauche Ihre Hilfe. Schon wieder.«

»Was ist los?« Er ist jetzt vollkommen ernst.

»Ein Typ ist mir mit dem Auto gefolgt und hat auf mich geschossen. Mit einer Knarre.«

»Wo sind Sie?«

»Keine Ahnung. Ich war auf dem Heimweg, aber dann habe ich bemerkt, dass mir jemand folgt, deshalb bin ich nicht heimgefahren. Ich habe mich irgendwie in diesem anderen Stadtteil hier verirrt.«

»Braves Mädchen. Unterbrechen Sie die Verbindung. Ich rufe wieder an.«

Zack, weg ist die Verbindung. So viel zum Thema Rettungstrupp.

Ich muss zweimal schalten und schaue zwischendurch mehrfach auf mein Handy. Ich weiß nicht, was gerade eben mit dem Bart los war, aber ich bin ziemlich sicher, dass ich jetzt echt geliefert bin. Ich dumme Geizhälsin habe mir beim Autokauf kein Navi gegönnt, und deshalb finde ich jetzt nicht aus diesem Vorstadtlabyrinth heraus, und der Typ, von dem ich dachte, er könne mir helfen, hat einfach aufgelegt.

Verdammt! Warum muss das ausgerechnet mir passieren?

Mein Handy klingelt, und der Klang dringt durch den Nebel meiner Panik. Ich nehme den Anruf an und lasse in meiner Hektik beinahe das Handy fallen.

»Hallo!«, schreie ich.

»An der nächsten großen Straße links.« Er ist wesentlich ruhiger als ich.

»Links …?« Ich halte das Handy vor mich und starre es einen Augenblick lang an, ehe ich es mir wieder ans Ohr halte.

»Wovon reden Sie?«

»Biegen Sie links ab!«, brüllt die Stimme.

Ich packe das Steuer mit beiden Händen, wodurch das Handy an den Lederbezug gepresst wird, und biege links ab. Rasch schalte ich herunter, und wir rasen die Straße entlang, jetzt in nördlicher Richtung, wenn der Digitalkompass an meinem Armaturenbrett recht hat.

»Woher wussten Sie, dass ich links ab musste?« Ich schnaufe und keuche so, dass ich kaum klar sehen kann.

Durch mein hektisches Atmen wird mir schwindelig. Ich schaue in den Rückspiegel, aber da ist nur Schwärze. Es dröhnt in meinen Ohren. Ich habe das Gefühl, als sei mein Blutdruck ins Unermessliche gestiegen.

»Ich orte Ihr Handysignal«, sagt die leise Stimme aus meinem Smartphone. »Biegen Sie rechts auf die Wilson Avenue ab.« Das Dröhnen in meinen Ohren lässt ein wenig nach.

Über mir auf einem Straßenschild sehe ich die leuchtend weißen Buchstaben auf grünem Hintergrund, die die entsprechende Abzweigung ankündigen. Ich kann gerade noch bremsen, ehe ich abbiegen muss. Meine Reifen hinterlassen eine kleine Gummispur.

»Jetzt etwa achthundert Meter geradeaus bis zur Lincoln,« sagt mein Retter. »Dort dann links ab.«

»Wohin leiten Sie mich?« Ich bin nicht hundertprozentig sicher, dass es gut für mich ist, seiner Wegbeschreibung zu folgen, aber es ist die einzige Option, die ich im Augenblick sehe. Tatsächlich bin ich völlig panisch.

»Zu mir. Dort sind Sie sicher.«

Als er das mit seiner leicht erschöpften, aber beruhigenden Stimme sagt, glaube ich ihm trotz des Bartes beinahe.

Kapitel 5

Zwanzig Minuten später fahre ich auf ein Gebäude in einem etwas fragwürdigen Teil der Stadt zu, im Hafen von New Orleans am Mississippi. Warum bin ich nicht auf dem Polizeirevier? Na ja, weil ich nicht weiß, wo eins ist. Außerdem habe ich offenbar den Verstand verloren. Ich denke dauernd, dass ich diesem Mörder direkt in die Arme fahren werde, wenn ich weiter ziellos durch die Gegend eiere. Ich brauche einen Unterschlupf. Warum ich glaube, dass dieser bärtige Typ mir den bieten kann, weiß ich allerdings selbst nicht so genau. Es fühlt sich richtig an, hierherzukommen. Richtiger als heimzufahren, richtiger als die Polizei zu rufen und definitiv richtiger, als meine Schwester zu besuchen.

»Hier bin ich ganz bestimmt nicht richtig«, sage ich laut.

Ich habe mit mir selbst geredet, aber der Bart antwortet. »Doch. Ich sehe Sie durchs Fenster. Fahren Sie rein.«

Bei diesen Worten öffnet sich das riesige Rolltor des Lagerhauses vor mir. Ich glaube nicht, dass jemand es von Hand bewegt, denn dafür gleitet es zu gleichmäßig auf, und ich höre ein elektrisches Heulen, das durch einen Spalt des heruntergelassenen Fensters in mein Auto dringt.

Heute Nacht herrscht hohe Luftfeuchtigkeit, und normalerweise hätte ich die Klimaanlage eingeschaltet, aber ich musste die Wegbeschreibung hören können, die er mir über den Lautsprecher meines Smartphones gab, deshalb habe ich sie nicht benutzt. Jetzt wünschte ich, ich hätte stattdessen lieber das Handy lauter gemacht, denn ich bin sicher, ich habe Schweißflecken unter den Achseln und bestimmt auch an allen möglichen anderen Stellen.

Während ich warte, dass die Tür sich weit genug öffnet, um Felix und mich durchzulassen, wische ich mir den Schweiß von den Schläfen. Vor lauter Panik habe ich in der letzten halben Stunde bestimmt anderthalb Kilo Wasser verloren. Ich bin immer noch nicht ganz sicher, was hier eigentlich läuft, habe aber einen Verdacht. Meine Vermutung ist, dass ich in einen geplatzten Drogendeal oder so hineingeraten bin. Ich kann nur beten, dass der Typ mit dem Bart kein Dealer ist, glaube es aber nicht.

Ich bin echt nicht sicher, warum ich mir eingeredet habe, er sei einer von den Guten. Wahrscheinlich hätte ich vorsichtiger sein und nicht einfach so in seine Bathöhle fahren sollen, deren Tür sich wahrscheinlich hinter mir schließen wird. Aber er hat versucht, mich aus dem Kugelhagel zu retten. Er hätte mich dort einfach meinem Schicksal überlassen können, das darin bestanden hätte, dass mich Kugeln durchlöchert hätten. Das muss doch etwas bedeuten, oder?

»Ich glaube, ich fahre nicht rein«, sage ich und schaue nach links und rechts, um zu entscheiden, ob ich nicht doch einfach heimfahren soll. Oder in ein Hotel. Da wäre ich sicher. Wahrscheinlich sicherer als hier. Das hier sieht aus wie der ideale Tatort für einen Mord. Keine Menschen weit und breit, relativ ruhig. Mein Mörder könnte einen lauten Motor anlassen, um meine Schreie zu übertönen. Vielleicht würde mir auch gar keine Zeit bleiben zu schreien. Vielleicht wäre im Handumdrehen alles vorbei.

Ich gerate schon wieder in Panik. Ich schwöre, ich kann schon meinen eigenen Schweiß riechen. Igitt.

»Sie müssen nicht reinkommen, wenn Sie nicht wollen«, sagt er, »aber ich an Ihrer Stelle würde es tun.«

»Warum?«

»Weil Ihr Auto für jeden, der danach sucht, leicht zu entdecken ist.«

Ich lache kurz und bellend auf. Langsam wird es lächerlich. »Als ob mich hier draußen jemand finden könnte. Ich habe diesen Typen vor zwanzig Minuten in einem der Vororte abgehängt.« Vorsichtshalber schaue ich in den Rückspiegel.

»Der Typ arbeitet nicht allein. Er hat Komplizen überall in der Stadt. Der Kerl muss nur Bescheid sagen, dass die auf Ihr Auto achten sollen, und schon hat er sie. Dieses grelle Rot ist schwer zu übersehen.«

Mir rutscht das Herz in die Hose, und meine Stimme versagt. Schließlich piepse ich: »Ist das Ihr Ernst? Wer ist das, und warum hat er es auf mich abgesehen? Ich bin ein Niemand. Ich rauche nicht mal Gras. Um Himmels willen, ich rauche gar nicht.«

»Fahren Sie schon rein«, sagt die Stimme, als habe er die Geduld mit mir verloren.

Felix winselt.

Ich streckte die Hand aus und kraule ihn unter dem winzigen Kinn. »Entspann dich einfach, Kumpel. Es wird alles gut.«

»Sie sagen mir, ich soll mich entspannen?« Er klingt ein wenig ungläubig.

»Nein, ich sage Felix, er soll sich entspannen.«

»Wer ist Felix? Ich dachte, Sie wären allein.«

»Felix ist mein Hund. Na schön, ich komme jetzt rein.« Ich beschließe, es für Fee zu tun. Er hat es nicht verdient, wie ein räudiger Köter abgeknallt zu werden, nur weil er ein winziger Engel in einem Hundekostüm ist.

Ich lege den ersten Gang ein und rolle langsam durch das Tor, das jetzt endlich komplett offen ist. Sobald die hintere Stoßstange die Schwelle passiert hat, schließt es sich wieder. Während ich beobachte, wie das Tor hinter mir in seine Ausgangsstellung zurückgleitet, versuche ich, normal zu atmen, aber es fällt mir schwer. Ich habe Angst, gerade mein Schicksal besiegelt zu haben, indem ich hierhergekommen bin. Ein rascher Blick in mein Auto bestätigt, dass es hier nichts gibt, was ich als Waffe verwenden könnte. Ich kann höchstens hoffen, dass Felix meinen Angreifer in den Knöchel beißen wird, ehe der ihn zusammen mit mir in den Himmel schickt.

Schnell tippe ich eine Nachricht an meine Schwester.

Ich: Kann nicht auf ein Glas Wein vorbeikommen. Bin in einem Gebäude am Hafen. Wenn du bis morgen früh nichts von mir gehört hast, ruf die Cops.

Ehe ich auf »Senden« drücke, zögere ich. Ich denke an sie, die Kinder und die Tatsache, dass ich ihre einzige Babysitterin bin und es ihr manchmal nur mit Mühe und Not gelingt, vor Stress nicht den Verstand zu verlieren. Das Letzte, was sie braucht, ist, dass ich auch noch Sperenzchen mache.

Ich lese meine Nachricht erneut und frage mich, ob ich sie abschicken soll.

Nein. Das geht nicht. Sie wird die SMS lesen und definitiv durchdrehen. So kann ich sie auf keinen Fall senden. Ich lösche sie und versuche es erneut, suche nach einer Formulierung, die ihr nicht sofort verrät, dass etwas nicht stimmt, aber dafür sorgt, dass eher früher als später jemand nach mir sucht, wenn ich es nicht schaffe, einigermaßen zeitnah in die Realität zurückzukehren.

Ich: Kann nicht auf ein Glas Wein vorbeikommen. Bin mit jemandem am Hafen von New Orleans. Rufe dich morgen früh gegen acht an.

So. Das wirkt doch ziemlich unverdächtig. Wenn ich sie nicht anrufe, kann sie den Cops wenigstens sagen, wo sie anfangen sollen zu suchen. Ich schicke die SMS ab und drehe den Zündschlüssel gegen den Uhrzeigersinn. Der Motor geht sofort aus, und ich höre noch das Ticken meiner Swatch. Es ist etwa halb so schnell wie mein Herzschlag.

Felix springt auf meinen Schoß, stemmt die Vorderpfoten auf meine Brust und leckt wie verrückt über mein Kinn.

»O Gott, du stinkst furchtbar aus dem Maul, Fee. Hör auf!« Ich schiebe ihn weg, um seine Leine aus dem Handschuhfach zu holen und an seinem Halsband zu befestigen. Gemeinsam warten wir, dass der Bart auftaucht. Schließlich habe ich keine Ahnung, von wo aus er seine Anweisungen geschickt hat. Ich kann nur beten, dass er nicht mit einer Knarre in der Hand und Mordlust im Blick hier erscheint.

Kapitel 6

Ich warte geschlagene zehn Minuten, dann schnalle ich mich endlich ab.

»Kommen Sie jetzt her oder was?« Ich werfe einen Blick auf mein Smartphone, da fällt mir wieder ein, dass wir schon lange nicht mehr miteinander verbunden sind.

Schön, ich rede also mit mir selbst. Klasse.

Ich drücke die Home-Taste, und die letzte gewählte Nummer erscheint. Mit einem Druck auf die grüne Taste wähle ich sie erneut.

»Ja?«, fragt der Bart. Ich glaube zumindest, dass er es ist.

»Wie geht's jetzt weiter? Soll ich heute Nacht im Auto schlafen oder was?«

»Wenn Sie wollen.«

Unwillkürlich seufze ich tief. Ich habe dieses mysteriöse Getue so satt. Mal im Ernst – können wir uns nicht zur Abwechslung mal wie normale Menschen verhalten?

»Eigentlich möchte ich lieber heimfahren und in meinem Bett schlafen, aber offenbar ist Ihr kleiner Drogendeal, oder was immer das bei Frankie's war, geplatzt. Und ich bin in die Schusslinie geraten, weswegen ich jetzt in unserem stinkenden

Hafen in einem schäbigen Lagerhaus festsitze. Mein Hund muss unbedingt Gassi.«

Er antwortet nicht. Ich schaue auf das Display meines Smartphones und sehe, dass er wieder die Verbindung unterbrochen hat.

»Verdammt!« Der Blick durch die Windschutzscheibe verrät mir gar nichts. Der Raum, in dem ich mich befinde, ist hell erleuchtet, aber größtenteils leer, wenn man von einem zerkratzten Holztisch, um den ein paar Stühle stehen, einem Sandsack, der in der Ecke von einem Deckenbalken hängt, ein paar Trainingsgeräten, einigen Spinden und einer Metalltreppe absieht.

Hier wäre Platz für etwa sechs Autos, aber mein Wagen ist der einzige. Lebt der Typ hier? Das könnte den Bart erklären, sonst aber nicht viel.

Während ich über meine Alternativen nachdenke, öffnet sich die große Tür hinter mir wieder. Ich lege die Hand an den Zündschlüssel, bereit, wenn nötig meinen Sonic zu starten und einen Abgang zu machen.

Der große schwarze Pick-up, in dem ich zuvor mitgefahren bin, hält neben mir. Wegen der getönten Scheiben kann ich den Fahrer nicht sehen.

Jetzt bin ich vollkommen verwirrt. Der Bart hat gesagt, er könne mich durch sein Fenster sehen, und ich habe angenommen, er meine, vom Lagerhaus aus. War er die ganze Zeit draußen? Wenn ja, warum hat er draußen gewartet und nicht hier drinnen, und warum ist er jetzt hereingefahren? Was hat er in der Zwischenzeit getan, nur im Auto gesessen? Vielleicht hat er Angst vor mir. Möglicherweise hat er deshalb so lange gebraucht, um hereinzukommen. Vielleicht glaubt er, ich gehöre zu den bösen Jungs.

Das Motorengeräusch verstummt, und die Tür öffnet sich einen Spalt. Dann schwingt sie weit auf. Mein Hirn kann nicht verarbeiten, was ich da aussteigen sehe.

Zunächst mal trägt er keinen Bart. Er ist auch etwa zehn Zentimeter kleiner. Außerdem fehlen fünfzehn Zentimeter Schulterbreite. Das ist definitiv nicht mein Retter.

Der Typ beugt sich zu meinem Beifahrerfenster herunter. »Hallo«, sagt er und grinst mich an. Strahlend weiße Zähne. Natürlich. Warum müssen Typen wie er auch immer noch strahlend weiße Zähne haben?

Sollten sie nicht wenigstens irgendeinen Makel haben, zum Beispiel Kaffeeflecken oder schiefe Schneidezähne?

Also gut – wenn der Typ versucht, mich umzubringen, weiß ich nicht recht, wie ich damit umgehen soll. Ich habe mir Mörder immer als große, haarige, eklige Gestalten vorgestellt. Ein bisschen wie den Bart. Aber der Typ? Niemals. Er könnte bei Modenschauen mitlaufen. Wenn der versucht, mich umzubringen, bin ich sauer. Es würde mich extrem ankotzen, mich mein ganzes Leben lang so geirrt zu haben. So gut aussehende Typen sollten keine Verbrecher sein. Das beeinträchtigt das Gleichgewicht des Universums oder so.

»Hi«, sage ich, denn ich habe keine Ahnung von den gesellschaftlichen Konventionen zur Begrüßung Fremder in Lagerhäusern, nachdem man aus einer Bikerbar geflohen ist, weil man beschossen wurde.

»Kommen Sie mit hoch?«, fragt er und deutet auf die Treppe.

Mein Blick folgt seinem Finger, und ich runzle die Stirn. Will ich mit in sein Versteck kommen und mich ihm als Opfer anbieten? Vielleicht besser nicht.

»Nein, lieber nicht. Ich glaube, ich bleibe besser hier.«

Er zuckt die Achseln und nimmt eine Einkaufstasche aus dem Auto. »Wie Sie wollen.«

Ich sehe ihm nach, als er mit langen Schritten zur Treppe geht und dann nach oben eilt, wobei er drei Stufen auf einmal nimmt. Seine Cargoshorts betonen seine muskulösen Waden und seinen Hintern und lassen mich ahnen, wie der Rest von ihm unter seinem T-Shirt aussehen könnte. Die Trainingsgeräte gehören offensichtlich ihm.

Felix winselt mich erneut an.

»Na schön. Ich lasse dich raus.« Für den Fall der Fälle habe ich Kotbeutel dabei. Hier gibt es doch bestimmt irgendwo eine Mülltonne. Ich öffne die Fahrertür halb und setze Felix auf den Boden, in der Hoffnung, er werde sich damit zufriedengeben, sich nur umzusehen.

Erst als ich an der Leine ziehe und sie widerstandslos in meinem Schoß landet, kriege ich mit, dass er mir entwischt ist.

»Was zur …? Felix!«, rufe ich im Flüsterton. »Komm sofort hierher zurück, du kleiner Strolch!« Ich sehe einen winzigen Schatten in der Nähe des Sandsacks über den Boden flitzen.

»Felix!« Ich halte inne und warte auf das Geräusch winziger Pfoten, die an meine Seite eilen. »Felix!« Doch ich höre nur einen Chihuahua, der sich an einem neuen Ort umschaut. Er hat sich den schlechtestmöglichen Zeitpunkt ausgesucht, um seine abenteuerlustige Seite zu entdecken. Mein kleiner Bursche kann sehr naseweis und beharrlich sein, wenn sein walnussgroßes Hirn sich erst einmal auf eine Vorgehensweise festgelegt hat.

Verdammt! Jetzt muss ich aussteigen. Wenn hier irgendwo Pfützen mit Kühlflüssigkeit sind, wird Felix sie für Gatorade halten und bis zum letzten Tropfen auflecken. Meine Schwester nennt ihn einen Ministaubsauger. Das wäre sein sicheres Ende.

Im Lagerhaus ist es deutlich kühler als in meinem aufgeheizten Auto. Ich nutze die wenigen Augenblicke, die mir in der mehr oder weniger frischen Luft bleiben, um mein klebriges Shirt von meiner Brust zu lösen und Luft darunter zu fächeln. Der Geruch, der mir ins Gesicht schlägt, ist unangenehm. *Na toll.*

»Felix, komm schon, hör auf, hier rumzupupsen.«

Er ignoriert mich natürlich. Er ist ein Chihuahua auf einer Mission, und ich bin nur die Frau, die ihn rund um die Uhr füttert, badet, knuddelt und verwöhnt.

»Keine Leckerli, Felix. Eine Woche lang keine Leckerli. Ich meine es ernst.« Ich starre in die leere Ecke des Raums und hoffe, einen Blick auf seinen vermaledeiten kleinen Hintern zu erhaschen.

Dann entdecke ich aus dem Augenwinkel kurz sein braunes und cremefarbenes Fell in der Nähe eines der Trainingsgeräte und schlage eine andere Richtung ein, um ihn abzufangen. Er arbeitet sich in Richtung des Tores vor, durch das wir hereingefahren sind. Wenn er nach draußen gelangt und im Hafen herumrennt, werde ich weinen. Ich schwöre bei Gott, ich werde weinen wie ein großes, schluchzendes Baby. Da draußen wird er bestimmt von einem Gabelstapler oder etwas ähnlich Tödlichem zerquetscht. Der Hafen ist kein Ort für drei Kilo schwere Chihuahuamischlinge.

Er ist damit beschäftigt, den Teil der Maschine zu beschnuppern, wo die schwarzen Metallgewichte gestapelt sind, und ich weiß genau, was er vorhat.

»Nicht, Felix! Nein! *Wag* es ja nicht!«

Er hebt das Hinterbein und pinkelt das Metall an.

Panisch werfe ich einen Blick über die Schulter, überzeugt, dass gleich jemand die Treppe herunterkommen und Felix wegsperren wird, weil er die schlechtesten Hundemanieren der Welt hat.

Halt, nein. Das waren erst die *zweitschlechtesten* Hundemanieren der Welt. Jetzt hockt sich Felix neben die Stelle, an die er gepinkelt hat. Er macht auch noch ein Häufchen! Super, Felix! Wenn ich ihn zu fassen kriege, bringe ich ihn um.

Ich renne zum Auto zurück und schnappe mir meine Handtasche. Als ich darin herumkrame, finde ich einen kleinen

Beutel und Feuchttücher. Felix hat sein Geschäft gerade beendet, als ich am Tatort eintreffe.

Ich schnappe ihn mir, bevor er entkommen kann, und schiebe ihn in meine Handtasche. Diese klemme ich zwischen meine Knöchel, während ich mich um seine Hinterlassenschaft kümmere. Als ich fertig bin, sehe ich mich nach einem Mülleimer um.

Verdammt! Wo entsorgen die hier ihren Müll? Entschlossen marschiere ich zu dem automatischen Tor hinüber und lege die Plastiktüte davor ab, die Handtasche unter den Arm geklemmt. Wenn ich gehe, werde ich den Beweisbeutel mitnehmen, aber es kommt nicht infrage, ihn bis dahin im Auto zwischenzulagern.

Auf dem Weg zurück zum Wagen öffne ich die Handtasche. »Keine Houdini-Tricks mehr heute, ist das klar, Fee? Bleib bei mir. Fuß. *Fuß.*« Ich funkle ihn an.

Er verzieht das Schnäuzchen und versucht, mich abzulenken. Ich hasse es, wenn er das tut. Auf einen lächelnden Chihuahua kann ich nie lange sauer sein.

Vor meiner Fahrertür bleibe ich stehen. Es ist da drin so verdammt heiß, dass ich wirklich nicht wieder einsteigen will. Aber was soll ich sonst tun? Die Polizei anrufen? Das kommt mir ein bisschen albern vor. Auf dem Betonboden schlafen? Ich schaue hinüber zu den Trainingsgeräten. Die Hantelbank ist nicht breit genug zum Schlafen. Ich würde hinunterrollen und mir dabei etwas brechen, vermutlich die Nase. Allerdings ist es mir sehr wichtig, dass meine Nase die schmale, gerade Form behält, die sie mein ganzes Leben über hatte.

Ein Blick auf die Uhr verrät mir, dass es kurz vor elf ist. Meine Kunden werden morgen früh um neun in meinem Studio eintreffen, und ich brauche eine Stunde Vorbereitungszeit. Damit bleiben mir sieben Stunden Schlaf sowie eine Stunde, um nach Hause zu fahren, zu duschen und dann zur Arbeit zu fahren. Was zum Teufel soll ich in diesen sieben Stunden machen? Inzwischen habe ich mich nämlich an den Gedanken gewöhnt, dass hier nicht der Tod auf mich lauert, der Typ aber, der auf mich geschossen hat, möglicherweise noch immer in der Nähe meines Hauses Ausschau nach mir hält. Wenn sie mich umlegen wollten, hätten der Bart und Hollywood es inzwischen sicher schon getan, oder? Ich bin hier wahrscheinlich in Sicherheit. Dessen bin ich mir zu rund fünfundsechzig Prozent sicher.

Das große Lagerhaustor öffnet sich erneut, und ich ducke mich sofort hinter mein Auto. Wer zum Teufel kommt da jetzt? Ein weiterer scharfer Typ? Eine weitere Bikerbestie?

Ein weiterer Mörder oder ein weiterer Retter?

Kapitel 7

Diesmal ist es ein SUV mit getönten Scheiben. Er erinnert mich an die FBI-Fahrzeuge aus Filmen. In der Hälfte aller Fälle fahren darin die Guten herum, aber in der anderen Hälfte … die weniger Guten. Ich spähe über meinen Kotflügel, versuche, trotz der getönten Scheiben etwas zu erkennen. Der SUV parkt auf der anderen Seite des Pick-ups. Ich werde warten müssen, bis die Insassen aussteigen und sich vom Fahrzeug entfernen, um etwas sehen zu können.

Ich höre eine Männer- und eine Frauenstimme.

»Ist mir egal. Das passt mir nicht«, sagt die Männerstimme.

»Das kannst du ihm gerne selbst sagen«, antwortet die Frauenstimme.

»Worauf du dich verlassen kannst. Sieh zu und lerne, kleiner Grashüpfer.«

Die Frau lacht. »Ja klar. Mein Smartphone ist voll geladen. Ich mache ein Video für die Nachwelt.«

»Fahr zur Hölle«, gibt er zurück.

»Da war ich schon, und es hat mir nicht gefallen«, erwidert sie. »Da gehe ich nie wieder hin. Na ja, zumindest nicht heute Nacht.«

Sie lachen beide.

Dann tritt sie in mein Blickfeld. Sie ist zierlich, schmalgliedrig und hat langes pechschwarzes Haar. Ich kann nicht sagen, ob sie Jeans oder Lederhosen trägt, aber sie sind auf jeden Fall verdammt eng. Mit dieser Hose, dem weißen Oberteil mit den Spaghettiträgern und den hochhackigen Stiefeln sieht sie aus wie etwa neunzehn. Wenn ich so einen Körper hätte, würde ich wohl auch hautenge Klamotten tragen. Ich kann ihr keinen Vorwurf daraus machen, dass sie ihre Vorzüge zur Schau stellt. Aber neben ihr fühle ich mich ein bisschen wie ein Trampel, wie ich hier in meinem Ann-Taylor-Outfit hocke.

Der Mann steht hinter ihr. Er ist auch eher klein, hat dieselbe Haarfarbe, wobei seines vielleicht etwas heller ist, und ist kompakt gebaut. Er trägt Jeans und ein schwarzes Hemd mit hochgekrempelten Ärmeln. Seine Schuhe sind schwarz, die Sorte, die Männer tragen, wenn sie in Clubs gehen. Beide haben einen Cajun-Akzent, etwas, worauf ich total stehe. Er ist ein Grund, warum ich vor zwei Jahren von New York nach New Orleans gezogen bin.

Der andere Grund ist meine Schwester. Seit ich mit achtzehn ausgezogen bin, interessiert mich unser Familiensitz in Florida nicht mehr.

Ich richte mich ein wenig auf, als sie die Treppe hochgehen und versuche, einen besseren Blick auf sie zu erhaschen und gleichzeitig die Durchblutung meiner Knie wieder in Gang zu bringen.

»Kommen Sie mit hoch?«, fragt der Mann und wendet sich in meine Richtung um.

Ich drehe mich um.

Nein. Da ist niemand. Hier sind nur Felix und ich, und wir stinken das Lagerhaus voll.

»Wer, ich?«, frage ich vorsichtshalber nach.

»Ja, Sie. Wer sonst?« Er lacht freundlich. Ich schwöre, ich kann von da, wo ich stehe, das Blitzen in seinen Augen sehen. Er muss viel lächeln.

Ich zucke die Achseln und fühle mich total dämlich. Der Bärtige muss sie angerufen und ihnen alles von mir erzählt haben.

Er winkt mich zu ihnen hinüber. »Kommen Sie. Es gibt Abendessen.«

Ich runzle die Stirn. *Abendessen?* Als Reaktion auf dieses Wort knurrt mein Magen und erinnert mich daran, dass ich seit dem Mittagessen nichts mehr zu mir genommen habe.

Die Frau hat die Tür oben an der Treppe erreicht und sie geöffnet. Der Mann wartet noch auf meine Antwort.

»Nein, danke«, sage ich, immer noch nicht sicher, ob nicht ich heute Abend auf der Speisekarte stehe, obgleich mir klar ist, dass es immer unwahrscheinlicher wird, je mehr Leute hier eintreffen. Morde in Gruppen sind doch seit den Siebzigern außer Mode, oder?

»Wenn Sie es sich anders überlegen, klopfen Sie einfach.« Er folgt der Frau, und die schwere Tür schlägt hinter ihm zu.

Felix winselt mich wieder an.

»Was?«, frage ich ihn. »Willst du da rauf?«

Felix keucht mit strahlenden Augen und aufgeregtem Blick.

»Du hast doch gar keine Ahnung, wer die sind. Es könnten Verbrecher sein. Das hier könnte ein Mafia-Versteck sein. Wenn ich da raufgehe und zu viel mitkriege, muss ich bei denen mitmachen. Dann wird man mir einen Spitznamen wie May ›Fleischklops‹ Wexler verpassen. Oder sie zwingen mich, bei einem Initiationsritus irgendeine durchgeknallte Waffe zu verwenden, und dann heiße ich May ›die Axt‹ oder May ›Machete‹ Wexler. Du weißt doch, ich kann kein Blut sehen. Das klappt niemals. Ich werde ihren Eignungstest nicht bestehen, und dann werfen sie mich ins noch nasse Betonfundament eines neuen Gebäudes und lassen mich in frischem Zement ertrinken. Man wird meine Leiche niemals finden. Jenny wird an gebrochenem Herzen sterben. Meine Nichten und Neffen werden nirgends hin können, wenn sie als Teenager von zu Hause abhauen wollen.«

Felix legt den Kopf schief und starrt mich ein paar Sekunden lang schweigend an.

»Schau mich nicht so an. Das kann passieren – und glaub bloß nicht, du würdest dann nicht neben mir im Beton liegen, Kumpel.«

Das Tor hinter uns war dabei, sich wieder zu schließen, doch jetzt ändert es erneut die Richtung.

Scheinwerfer verraten mir, dass noch ein weiterer Partygast eintrifft. Das kann doch keine Mordparty sein, oder? Oder?

Diesmal ducke ich mich nicht mal. Ich bleibe in der geöffneten Tür meines Wagens stehen und sehe dem Auto entgegen. Das ist eine ziemlich gute Fluchtposition. Ich bin noch immer ziemlich sicher vor direktem Schaden.

Ein altes Auto, das vielleicht in den Siebzigern mal neu war, fährt langsam neben den SUV. Es ist orange-golden und hat Weißwandreifen. Der Fahrer hat den Arm lässig ins offene Fenster gestützt. Er winkt mir kurz zu, ehe er aus meinem Blickfeld verschwindet.

Mit quietschenden Bremsen hält er an. Ich halte den Atem an und warte ab, was als Nächstes passiert. Wird auch er mich ignorieren, einfach die Treppe hochgehen und mich mit der ungelösten Frage zurücklassen, was es zum Abendessen gibt? Oder wird er mich von hinter dem SUV angreifen? Ich schaue vorsichtshalber nach. Da ist niemand.

Eine Autotür schlägt zu.

Schritte auf dem Betonboden.

Dann kommt der größte Mann, den ich je gesehen habe, um den SUV herum direkt auf mich zu.

Ich weiche einen Schritt zurück, aber es hilft nichts. Mit drei Schritten seiner Stelzenbeine steht er direkt vor mir.

»Hallo«, sagt er und streckt mir die Hand hin. »Ich bin Devon. Sie können mich Dev nennen.«

Ich starre zuerst diese riesige Hand von der Größe eines Esstellers und dann sein Gesicht an. Ich will etwas sagen, aber mir fällt nichts ein. Er hat keine Haare. Ich meine, *gar* keine. Keine Augenbrauen, keine Wimpern, keinen Bart, nicht einmal einen Bartschatten. Gehört er irgendeiner Sekte an? Werde ich gleich in die Hare-Krishna-Bewegung aufgenommen werden?

Er grinst und deutet auf seinen Kopf. »Alopezie. Kein Haarwuchs. Ich rasiere sie weder, noch zupfe ich sie, falls Sie sich das fragen sollten.«

Ich schüttle den Kopf, bin mir nicht einmal mehr sicher, ob und was ich mich gerade frage. Trotzdem nehme ich die Hand, die er mir hinhält, einfach weil mir alles andere unhöflich erscheint, zumal er ja jetzt seine Krankengeschichte mit mir geteilt hat.

»Kommen Sie zum Abendessen mit rauf? Es gibt Eintopf. Manche bezeichnen ihn auch als Wochensuppe. Vertrauen Sie mir, das wollen Sie nicht verpassen. Ozzie ist der beste Koch von uns, und heute Abend hatte er Küchendienst.«

»Ich bin nicht sicher, ob ich Sie richtig verstehe.« Es fühlt sich so gut an, dies einem völlig Fremden zu gestehen.

Er lässt meine Hand los und bedeutet mir, ihm zu folgen. »Kommen Sie. Ich stelle Sie den anderen vor.«

»Den anderen?«

»Ja, den anderen.« Am Fuß der Treppe zögert er und dreht sich zu mir um. »Ozzie haben Sie ja schon getroffen, stimmt's?«

»Wenn Sie die riesige Bestie mit dem Bart meinen, dann ja.«

Dev reißt die Augen auf. »O Mann!«

Jetzt mache ich mir Sorgen. »O Mann? Was soll das heißen?«

Er lacht, dann schenkt er mir ein Lächeln. »Nichts. Gar nichts. Kommen Sie. Ich will noch mindestens einmal Nachschlag.« Er nimmt zwei Stufen auf einmal und erwartet offensichtlich, dass ich ihm folge.

»Was ist mit Felix?«

»Wer ist Felix?«, fragt er, ohne auch nur einen Blick an uns zu verschwenden.

»Mein Hund.« Ich nehme Felix aus meiner Handtasche und halte ihn ihm hin.

Dev steht oben an der Treppe. Er gibt irgendetwas in ein Zahlenfeld ein und öffnet die Tür.

»Bringen Sie ihn mit. Mag er Wurst?«

Ich gehe hinüber und setze einen Fuß auf die erste Stufe. »Er mag Wurst, aber ich bin nicht sicher, ob die Wurst ihn mag.«

»Wir finden schon was für ihn«, versichert mir Dev. »So groß kann sein Magen ja nicht sein.«

»Oh, Sie wären überrascht«, sage ich. Ich bin inzwischen halb die Treppe hoch. »Er hat mal einen kompletten Joggingschuh gefressen.«

»Halten Sie ihn nur von Oz fern. Er ist alles andere als ein Fan.«

»Alles andere als ein Fan? Von Felix?« Ich stehe neben Dev auf dem Treppenabsatz. Mein Blick fällt auf meinen winzigen Hund, und ich frage mich, wie man ihn nicht lieben kann, sobald man seiner ansichtig geworden ist.

»Von kleinen Hunden. Er steht auf große. Sie werden gleich sehen, was ich meine.«

Ich folge Dev nach drinnen und frage mich, in was für Ärger ich dadurch wieder geraten werde. Ich will wirklich nicht, dass man mich May »Fleischklops« Wexler nennt, und auf gar keinen Fall werde ich eine Machete anfassen.

Kapitel 8

»Wow! Hübsche Machete«, sage ich und betrete eine Art Wohnzimmer. Ich sehe Couches, einen Teppich und einen Couchtisch, aber damit endet die Ähnlichkeit zum Sortiment eines Innenausstatters auch schon. Die schwere Metalltür schlägt hinter mir zu.

Überall hängen Waffen, manche sind ausgestellt wie Antiquitäten, andere scheinen für den täglichen Gebrauch gedacht. Ich habe einen Kloß im Hals, und die Angst überkommt mich wieder. Wer benutzt solche Waffen? Ninjas? Auf keinen Fall die Guten. Auf gar keinen Fall. Aber ich habe noch keinen Asiaten gesehen, es muss sich also um ein Mafia-Versteck handeln. Als ich mich umschaue, fällt mir auf, dass sich an der Innenwand neben der Tür, durch die ich gerade gekommen bin, ein digitales Eingabefeld befindet. Eingesperrt. *Ich sitze in der Falle!*

Jetzt stecke ich so tief in der Scheiße, dass es nicht einmal mehr lustig ist. Vielleicht werde ich mich aufs WC zurückziehen und per SMS einen Hilferuf an Jenny, die Polizei oder die Nationalgarde absetzen können.

»Das ist keine Machete«, stellt Dev klar. »Das ist ein Katana.«

May »Samurai« Wexler. Hmmm … nein. Mir gefällt die Idee, mich ihrer Mafiazelle, oder was immer das hier ist, anzuschließen, immer noch nicht. Kann ich jetzt heimfahren? Zögernd stehe ich im Eingangsbereich des Raumes und versuche zu entscheiden, was ich als Nächstes tun will. Nur fällt mir leider nichts ein. Alles hier macht mir eine Heidenangst, mit Ausnahme dieses Typen. Ich würde mir gerne eine Schachtel Popcorn kaufen und mit ihm einen Film anschauen, denn er wirkt auf mich eher wie ein Bruder oder Kumpel, nicht wie ein Mörder. Dieser Gedanke hilft mir, meine Atmung unter Kontrolle zu bringen.

Felix hat offenbar lange genug auf meine Entscheidung gewartet und trifft sie für mich. Er springt aus meiner Tasche und rennt los, verschwindet um eine Ecke in, wie ich annehme, einen angrenzenden Raum.

»Felix!«, brülle ich und habe Angst um das Leben des Winzlings.

»O Scheiße«, sagt Dev. Dann legt er die Hände an den Mund und schreit: »Achtung! Freilaufender Chihuahua!«

Ich höre, wie Möbel gerückt werden, dann leises Bellen und schließlich etwas, das klingt, als hätte jemand die Höllenhunde losgelassen, damit sie in ihrem mörderischen Zorn über uns kommen. Ich renne an Dev vorbei, stoße ihn aus dem Weg, ohne auf meine eigene Sicherheit zu achten, als ich meinem Baby zu Hilfe eile.

»Felix, neeeeeein!«

Ich haste um die Ecke und bete dabei, dass ich meinen Hund nicht zerfetzt über den Boden verteilt sehe. Ich bin nicht sicher, ob meine Beine oder mein Herz dabei mehr rasen.

Aber was ich sehe, als ich den Nebenraum betrete, lässt mich abrupt stehen bleiben. Ich glaube, alle anderen Beteiligten sind ebenso verblüfft wie ich.

Mitten in einer großen Küche von Restaurantausmaßen steht stocksteif ein Hund, der größer ist als jedes Haustier, das ich zuvor gesehen habe, und hat den Schwanz senkrecht erhoben. Die Leute, die ich zuvor die Räumlichkeiten habe betreten sehen, stehen reglos daneben und starren die Hunde an. An der Spüle steht ein Typ, der die Hände in einer beruhigenden Geste ausgestreckt hat, ein Küchenhandtuch über der Schulter.

Wow, *der* ist ja mal scharf. Ich habe noch nie so wohldefinierte Muskeln in freier Wildbahn gesehen, nur in Sportzeitschriften. Die werde ich später genauer unter die Lupe nehmen. Nachdem ich meinen Hund vor dem sicheren Tod gerettet habe.

Felix ist der Körperbau dieses Typen total egal. Er tanzt um den großen Hund herum und versucht, ihm das Gesicht, die Rippen und den Hintern zu lecken – eben alles, was er mit seiner kleinen Zunge erreichen kann. Er kommt aber nicht höher als bis zu den Knöcheln des Hundes, womit er sich dann auch ziemlich schnell zufriedengibt.

Der Monsterhund senkt seinen Schwanz in eine natürlichere Position und neigt den Kopf Richtung Felix, dann leckt er ihn so heftig ab, dass mein Hündchen seitlich umfällt. Felix springt natürlich sofort wieder auf und stürzt sich wieder auf die Beine des Hundes. Schleck, schleck, schleckedischleck. Er benimmt sich wie eine vollautomatische Hochleistungs-Leckmaschine. Ich habe ihn noch nie zuvor so enthusiastisch jemandes Knöchel säubern sehen.

»Heilige Scheiße, Mann«, sagt der kleine Mann, der mit dem SUV gekommen ist, zu dem an der Spüle. »Dein Hund ist ein totales Weichei.«

Der Typ wirft ihm das Küchenhandtuch blitzschnell mitten ins Gesicht. »Sag das noch mal und lass dich überraschen, was dann passiert!«

Mein Herz setzt kurz aus, als ich die Stimme erkenne.

Ich starre ihn an und vergesse alles andere um mich herum. Er muss mit meinem Retter verwandt sein. Dieselbe Stimme, dieselben Augen, derselbe mächtige Körper, aber sonst komplett unterschiedlich. Militärisch kurzer Haarschnitt. Sein Gesicht ist glatt rasiert, seine Augenbrauen sind säuberlich gezupft, und ich sehe nirgendwo ein Stirnband oder eine Lederjacke. Er trägt Jeans und ein schwarzes T-Shirt wie seine im Raum verteilten Freunde, und sein Bizeps spannt die Ärmel so, dass ich mir Sorgen um die Nähte mache. Über der linken Brust ist ein kleines Emblem eingestickt und darunter die Worte: »BSB – die Sicherheitsspezialisten.«

»Braver Hund«, sagt die Frau und schaut zu mir auf.

Sie sieht großartig aus, wie so ziemlich jeder hier, und ich wünschte, ich hätte mir wenigstens die Haare gebürstet, bevor ich heute Abend aus dem Haus gegangen bin. Ich kann nur ahnen, was diese Leute im Raum über mich denken, wie ich hier in meinen Espadrilles stehe.

»Danke.« Ich wende meine Aufmerksamkeit wieder den Hunden zu. »Hierher, Felix. Hör auf zu nerven.« Mein Puls beruhigt sich, jetzt, wo ich sehe, dass mein Hund heute nicht sterben wird.

Der große Hund legt sich mit angezogenen Beinen hin und rollt sich auf die Seite. So kann ich erkennen, dass es kein Hund, sondern eine Hündin ist. Ich weiß nicht, warum mein Gehirn großer Hund mit männlicher Hund gleichgesetzt hat, wo ich doch ein Drei-Kilo-Tier in meiner Handtasche mit mir herumschleppe, das definitiv kein Weibchen ist.

Felix erklimmt den Brustkorb der Bestie, dreht sich mehrfach um die eigene Achse und legt sich dann hin, den Kopf auf die Pfoten gebettet. Offenbar hält er diese riesige, menschenfressende Wölfin irrtümlich für ein Sofakissen.

»Das kann doch nicht dein Ernst sein«, sagt der Koch, und es klingt ernsthaft beleidigt. »Sahara, leg mal ein bisschen Stolz an den Tag, ja?«

Sie hebt den Kopf, um ihn anzusehen, legt ihn dann aber wieder ab und seufzt laut und lange. Die Hündin blinzelt ein paar Mal, regt sich aber ansonsten nicht. Es ist, als sei ihr vor allem wichtig, dass Felix bequem liegt, und wenn sie sich dafür auch demütigen lassen muss.

Mir geht das Herz auf, als ich sie da liegen sehe. Offenbar ist sie eine ziemlich erstaunliche Hündin, auch wenn ihre Kackhaufen wahrscheinlich so groß sind wie Felix.

»Lasst uns essen!«, sagt Dev begeistert.

Der Koch deutet mit einem weiteren Küchenhandtuch auf den Herd. »Schlagt zu. Brot ist im Backofen.« Er wirft das Handtuch auf die Arbeitsfläche und verlässt mit unbekanntem Ziel die Küche.

Alle bewegen sich gleichzeitig Richtung Spüle, nehmen sich eine Schale von der Arbeitsplatte und wenden sich dann dem Topf auf dem Herd zu. Rasch bildet sich eine Schlange.

»Was ist denn jetzt los?«, frage ich in die Runde.

»Es gibt Suppe. Bon appétit.« Der kleine Cajun grinst.

Ich schaue zu, wie sie ihre Schalen füllen, sich ein oder zwei Scheiben Brot von einer Platte im Backofen nehmen und sich dann an einen langen Metalltisch am anderen Ende der Küche setzen.

Als alle sitzen, spricht jemand ein kurzes Gebet, und sie schlagen zu. Sie scheinen eine ganze Weile nichts zu essen bekommen zu haben. Es wäre untertrieben zu sagen, dass sie sich regelrecht auf die Suppe stürzen.

»Hmm, mmmm, lecker«, schwärmt Dev mit vollem Mund. Ich wende den Blick ab, um keine Einzelheiten sehen zu müssen.

»Wie immer«, sagt die Frau.

»Ich hole mir Nachschlag«, verkündet der Hollywood-Beau. »Ich habe den ganzen Tag Dienst gehabt.«

»Wer zuerst kommt, mahlt zuerst«, meint der Cajun-Typ, »und Ozzies Freundin hat noch nichts gegessen.«

Ich glaube, sie sprechen über mich. »Ist Ozzie der mit dem schrecklichen Bart?«, frage ich, ehe mir ein anderer Begriff für seine Gesichtsbehaarung einfällt. *Ups.*

»Ja«, antwortet die Frau. »Genau der.«

»Ich dachte, Ozzie sei der Koch«, sage ich vollkommen verwirrt.

»Ist er auch. Unser bester.« Dev löffelt eifrig Suppe in seinen Mund, weswegen seine Worte etwas feuchter klingen als geplant.

»Es gibt so was wie Servietten.« Das Mädchen wirft Dev eine ins Gesicht.

Er schnappt sie sich, unmittelbar bevor sie seine Stirn trifft, ohne seinen Löffel auch nur eine Sekunde aus den Augen zu lassen. »Ich genieße meine Suppe erst und wische mir hinterher das Kinn ab.«

So genau habe ich das eigentlich gar nicht wissen wollen, aber ich sehe ganz deutlich, was er meint. Er wird einiges zu wischen haben, wenn er mit der Suppe fertig ist. Ich bin nicht einmal sicher, ob er zwischen zwei Löffeln jeweils kurz Luft holt.

Wie kann es sein, dass er nicht erstickt? Ich glaube, einen Tropfen Suppe auf seiner Wange zu sehen, unmittelbar unter dem Auge.

»Holen Sie sich besser eine Schale, bevor nichts mehr da ist«, rät mir der Cajun und deutet mit dem Löffel auf die Spüle. »Lucky würde seine eigene Großmutter ermorden, um die letzte Kelle zu kriegen.«

Ich schätze, dann heißt Hollywood Lucky. Er scheint nichts gegen diese Charakterisierung zu haben.

Langsam gehe ich hinüber zu den Schalen, während sich meine Gedanken überschlagen. Wer sind diese Leute? Wohnen sie hier zusammen? Wie kann es sein, dass Ozzie sowohl der Koch als auch der Typ mit dem Bart ist? Aber wenn der scharfe Typ an der Spüle nicht Ozzie war, wer war er dann? Offenbar ist die Suppe nicht vergiftet, denn sie essen sie alle. Warum bin ich hier? Warum stellen sie mir keine Fragen? Warum schläft Felix auf einer Wölfin?

Das ergibt alles überhaupt keinen Sinn, also nehme ich mir einfach erst mal Suppe.

Verwirrung und Bärenhunger sind keine gute Kombination. Aber ich rühre das Brot nicht an. Ich hätte wirklich gerne ein Stück, aber ich habe dauernd Angst, jemand könnte mich von hinten attackieren, und in den Backofen zu fassen, würde mich zu angreifbar machen. Ich wünschte, Felix würde nicht so verdammt ruhig bleiben. Aus meiner Sicht ist dies noch immer eine halbe Notfallsituation.

Mit einer Schale voll Suppe und dem Kopf voller Bedenken nähere ich mich wieder dem Tisch. Es gibt vier freie Stühle, aber nur von einem, dem, der der Tür am nächsten steht, hätte ich gute Fluchtchancen. Ich will mich gerade darauf setzen, da bekomme ich fast einen Herzanfall, als alle Personen am Tisch gleichzeitig »Nicht dahin!« schreien.

Ich stehe auf und springe zurück.

»Da sitzt Ozzie. Nehmen Sie den.« Lucky klopft auf den Stuhl neben sich. Damit säße ich genau zwischen ihm und dem Mädchen. Mit ihr würde ich wahrscheinlich fertig werden. Bei ihm bin ich mir da nicht so sicher.

»Wir beißen nicht, versprochen«, sagt sie.

»Beziehungsweise nur auf Wunsch«, fügt Lucky hinzu.

Sie schnaubt, widerspricht aber nicht.

Mein Magen trifft die Entscheidung für mich und knurrt wie ein wütender Bär. Ich stelle meine Schale ab und nehme die Handtasche von der Schulter.

Das Mädchen rümpft die Nase, als ich meine Tasche auf den Boden stelle. »Ich rieche Hundepisse.« Sie dreht sich um und funkelt die Hunde an. »Du bist doch angeblich stubenrein, Sahara.«

»Das ist nicht sie ... das bin ich«, sage ich.

Alle hören gleichzeitig auf zu essen und starren mich an.

Ich werde knallrot. »Also eigentlich ist es meine Handtasche, nicht ich. Felix hat vorhin reingepinkelt.«

Das Mädchen starrt mich ein paar Sekunden lang angewidert an. »Oh! Das ist natürlich viel besser, als wenn Sie es gewesen wären.«

Mir bleibt der Mund offen stehen. Ich bin nicht sicher, ob sie versucht hat, einen Witz zu machen, oder einfach total unhöflich ist.

Der Cajun-Typ lüftet das Geheimnis für mich. »Sei nicht so fies, Toni. Sie steht ein bisschen unter Schock. Würde dir das nicht genauso gehen?« Er schüttelt den Kopf, möglicherweise aus Enttäuschung, und wendet sich wieder seiner Suppe zu. Unter lautem Schlürfen löffelt er sie in seinen Mund.

Toni schweigt. Sie beißt einfach in ihr Brot, als hätte sie mich nicht gerade gebeten, sie mit meiner vollgepinkelten Handtasche zu verprügeln.

Da ich gegenüber den Muskelpaketen rings um den Tisch, die vermutlich so eine Art von Familie für sie sind, massiv in der Unterzahl bin, beschließe ich, wenigstens meine Mahlzeit zu genießen. Wer weiß? Es könnte meine letzte sein.

Der erste Löffel macht unmissverständlich klar, warum Lucky bereit wäre, für eine zweite Schale seine Großmutter zu töten.

»Wow!«, sage ich und kaue genüsslich auf einem Stück scharfer Wurst. »Die Suppe ist klasse.«

»Hab ich doch gesagt.« Dev lächelt mich an. »Warten Sie, bis Sie mal seine Jambalaya probiert haben. Unvergleichlich.«

Der Cajun wendet den Blick zum Himmel. »Oh, là, là, die wünsche ich mir für nächste Woche, darauf kannst du dich verlassen.« Er zwinkert mir zu. »Da habe ich Geburtstag.«

Ich nicke und widme mich wieder meiner Suppe. Drei Löffel, und ich bin noch verliebter in den Mann, der sie zubereitet hat. »Wo ist Ozzie eigentlich?«, frage ich. »Isst er nicht mit?« Ich bin nicht gerade versessen darauf, diesen Bart so bald wiederzusehen, aber ich möchte mich bedanken. Zuerst hat er mich nicht getötet, dann hat er mich vor einem Verfolger gerettet und mir zu essen gegeben. Dafür hat er zumindest eine gewisse Dankbarkeit verdient.

»Er hat wahrscheinlich schon gegessen. Er isst nur selten mit uns«, antwortet Lucky.

»Wie das?« Ich starre sein Brot an und frage mich, ob er es noch isst. Warum habe ich mir nur kein Stück aus dem Backofen genommen, als ich die Gelegenheit dazu hatte?

Dev steht auf und geht zum Herd. Ich höre, wie er sich hinter mir noch Suppe nimmt.

»Er hat viel Verwaltungskram zu erledigen«, erklärt Lucky.

»Außerdem ist er ein Einzelgänger«, fügt Toni hinzu. »Durch und durch.«

»Hm.« Dazu habe ich nichts zu sagen. Ich weiß nur, dass er ein großartiger Koch ist. Allerdings hoffe ich, dass ich keine Barthaare in der Suppe finde.

Dev legt ein Stück geröstetes Knoblauchbrot neben meiner Schale auf den Tisch. »Ich habe gesehen, wie Sie Luckys Brot mit den Augen verschlungen haben und wollte verhindern, dass er Ihnen die Finger abbeißt.«

»Klappe, du Depp, ich habe Hunger. Den hättest du auch, wenn du diesen Drecksack zwölf Stunden lang beschattet hättest.« Dev öffnet den Mund zu einer Antwort, doch eine wütende Stimme von der Tür her kommt ihm zuvor.

»Kein weiteres Wort mehr«, knurrt er. »Sie bleibt nicht.«

Ich hebe den Blick und sehe den Mann, der das Küchenhandtuch geworfen hat, unter der Tür stehen.

»Ach, komm schon, Oz, sei nicht so ein sturer Hund«, sagt der Cajun. »Sie kann doch ruhig ein Weilchen bleiben. Du hast selbst gesagt, dass sie möglicherweise in Gefahr ist.«

Mir fällt es wie Schuppen von den Augen. Dieser wunderbar aussehende Leckerbissen von einem Mann, der da steht und uns allen seine herrlichen Muskeln präsentiert, ist nicht Ozzies Bruder. *Er ist* Ozzie. *Er ist* der Bart. *Er ist* der Typ, der mir geraten hat, mein Auto stehen zu lassen, und mich dann hierherdirigiert hat, als ich nicht auf ihn gehört habe. *Er ist* auch derjenige, der schärfer aussieht, als ein Mann von Rechts wegen aussehen sollte, dessen Muskeln aus seinem Shirt quellen und an dessen Kinn genervt ein Muskel zuckt, als er mich ansieht. Er sieht total anders aus.

»Was ist aus Ihrem schrecklichen Bart geworden?«, frage ich, ehe ich die Worte unterdrücken kann.

Kapitel 9

Der Cajun lacht, sagt aber nichts, sondern starrt in seine Suppe und rührt mit dem Löffel darin herum.

Ozzie antwortet mir nicht. Stattdessen durchquert er den Raum, schnappt sich eine Schale und füllt sie bis zum Rand. Ich schaue in die Runde, als er zum Tisch herüberkommt und Platz nimmt. Niemand scheint es eilig zu haben, mir die komplette äußerliche Verwandlung zu erklären, die Ozzie irgendwie in weniger als einer Stunde durchlaufen hat.

»Gute Arbeit, Oz«, lobt Lucky das Abendessen. »Du hast dich wieder mal selbst übertroffen.«

Ozzie grunzt und beißt in ein Stück Brot. Er schaut niemandem in die Augen.

»Hör zu, Mann, wegen heute Abend …«, beginnt Dev.

Ozzie lässt seinen Löffel scheppernd in die Schale fallen. »Darüber reden wir später.« Er starrt auf die Tischmitte, offenbar bemüht, sich zusammenzureißen.

»Ich wollte nur, dass du weißt, dass ich versucht habe, vor Ort zu sein.«

»Klar«, sagt Lucky. Ich bin mir nicht sicher, ob er angewidert oder amüsiert ist. »Genau wie du letzte Woche bei Roscoe's sein wolltest und die Woche davor im Beat Street.«

»He, ihr wisst doch, ich habe Verpflichtungen.«

Schließlich hebt Ozzie den Blick. »Wir alle haben Verpflichtungen, Dev. Alle. Nur stehen deine der Ausübung deines Jobs häufiger im Weg, als sie sollten.«

Der Druck, der sich am Tisch aufbaut, ist einfach zu viel. Ich halte ihn nicht mehr aus.

»Was genau ist das für ein Job?« Ich versuche, beiläufig zu klingen, was mir aber nicht ganz gelingt.

Meine Stimme klingt zu hoch, zu angestrengt.

Alle schauen mich an, auch Ozzie, sie erwarten eine Erklärung von mir.

»Ich meine, ich habe Ihre Visitenkarte gesehen, Sie sind also offenbar keine Mörder. Zumindest hoffe ich das. Ich meine, würden Sie mir dann etwas zu essen geben?«

Niemand antwortet mir. Sie starren mich einfach nur an.

»Ich hoffe, Sie gehören nicht zur Mafia. Nicht, dass ich eine Bedrohung darstellen würde, ja? Ich werde niemandem gegenüber ein Wort über Ihr Versteck verlauten lassen.«

»Unser Versteck?«, fragt Toni.

Ich schaue mich um. »Ja. Die Bathöhle, oder wie immer Sie diesen Ort auch nennen.«

Der Cajun lacht leise.

»Schnauze, Thibault.« Ozzie scheint schon wieder schlecht drauf zu sein.

Ich seufze. »Ernsthaft jetzt, könnte mir mal jemand sagen, wo wir hier sind? Wer sind Sie? Denn meine Fantasie geht mit mir durch, und das ist schlecht.«

»Was glauben Sie denn?«, fragt Lucky, legt seinen Löffel weg und lehnt sich zurück, um mich genau in Augenschein zu nehmen.

Ich schaue wieder in die Runde. Erneut fällt mir das Emblem auf Ozzies Shirt ins Auge. »Wenn ich mal die Idee vom Serienmörder-Team vergesse, würde ich sagen, Sie sind entweder eine private Sicherheitsfirma oder ein Fanclub einer solchen.« Oder sie sind Drogendealer und benutzen diese T-Shirts und Visitenkarten, um Leute zu täuschen. Aber das werde ich nicht laut sagen.

Lucky zwinkert mir zu. »Gutes Auge.« Er macht mit dem Kinn eine auffallende Bewegung in meine Richtung. »Was sehen Sie sonst noch?«

Ich komme mir vor wie in einer Fernsehquizshow. Nachdem ich meinen Löffel ebenfalls weggelegt habe, sehe ich mich genauer um, versuche, mit meinem Fotografinnenauge so viele Details wie möglich wahrzunehmen. Jetzt, wo ich mich nicht mehr ganz so bedroht fühle, ist das leichter. Bisher hat niemand eine Knarre oder ein Messer auf mich gerichtet, obwohl es hier jede Menge davon gegeben hätte.

»Nun, ich sehe eine Gruppe von Menschen, die sich benehmen wie eine Familie, aber eigentlich nicht verwandt sind. Außer Sie beide vielleicht.« Ich deute auf Toni und den Cajun – der wohl Thibault heißt. Er nickt und bestätigt damit meine Annahme.

»Offenbar sind Sie alle eine ... äh ... eine sehr gesundheitsbewusste Gruppe. Ich schätze, im Sicherheitsgewerbe ist das wichtig.« Ich senke den Blick zu der Hündin. »Sie haben einen Wachhund, der sehr furchteinflößend sein soll, es aber in Wirklichkeit eigentlich nicht ist. Sie kommt mir vor, als hätte sie ein großes, weiches Herz.« Felix streckt sich, und ihre einzige Reaktion ist ein träges Blinzeln.

Ein paar Leute kichern, aber als ich aufschaue, um zu checken, wer es war, bekennt sich niemand dazu. Ozzies Gesicht ist so rot, dass es aussieht, als müsse er gleich explodieren.

»In allen Ecken hängen Kameras, hier wie unten, Sie bewahren hier also entweder etwas Wertvolles auf oder machen sich Sorgen, jemand könne hier eindringen, um gegen Sie vorzugehen. Ich habe Spinde gesehen, in denen sich Wertsachen befinden könnten. Vielleicht auch Waffen, denn der eine hat ausgesehen wie ein Gewehrschrank, und Sie scheinen auch hier oben eine Schusswaffensammlung zu haben.« Mir wird klar, dass ich mit Genauigkeit sowohl eine Sicherheitsfirma als auch das Versteck einer Drogenhändlerbande beschreibe.

Als Dev die Stellen hebt, wo eigentlich seine Augenbrauen sein müssten, erkenne ich, dass ich möglicherweise zu viel gesagt habe. Er hat wie gesagt keine Haare dort, aber das hindert ihn nicht daran, die entsprechenden Hautpartien in Richtung der Gegend zu heben, wo bei einem Menschen ohne Alopezie der Haaransatz wäre.

»Äh … Sie haben auch überall Schwerter, ich schätze also, jemand von Ihnen hat einen Ninja-Fetisch.«

Thibault lacht wieder und hält sich den Bauch. »O mein Gott, ich kann nicht mehr.« Er steht auf, umrundet mit seiner Schale den Tisch und stellt sie in die Spüle.

»Was?«, frage ich und schaue mich um. »Was hab ich denn gesagt?«

»Sie ist ziemlich aufmerksam«, stellt Lucky achselzuckend fest. »Die meisten Menschen übersehen die Kameras.«

Ich lächle. »Nun, ich bin Fotografin, ich habe ein Auge für solche Dinge.«

»Ein Auge, ja? Sollte das ein Wortspiel werden?«, fragt Toni. Ihr Gesichtsausdruck ist irgendwie schwer zu deuten, aber ich glaube, es könnte ein Lächeln sein. An dieser Stelle beschließe ich, es mir noch mal zu überlegen, ob ich sie mit meiner vollgepinkelten Handtasche verprügele.

Ich erröte. »Nein, sollte es nicht.« Ich verschränke die Hände im Schoß. »Also, Ozzie, verraten Sie mir jetzt, was aus Ihrer wirren Gesichtsbehaarung geworden ist, oder nicht?«

Jemand stößt einen leisen Pfiff aus. Ich glaube, es war Lucky.

Ich sehe mich um. »Was denn? Habe ich etwas Falsches gesagt?« Er konnte dieses Ding doch unmöglich gemocht haben, oder?

Devs nicht vorhandene Augenbrauen sind immer noch hochgezogen.

Ich runzle die Stirn, denn ich habe Angst, ich könnte den Chef verärgert haben. »Oh, ist er empfindlich, was seine Gesichtsbehaarung angeht?« Ich schaue zu Ozzie hinüber, dessen Miene undurchdringlich ist. »Haben Sie daran gehangen? Tut mir leid. Ich wollte Sie nicht kränken. Aber er war ziemlich lang, oder, und … buschig?«

»Dieser Bart hat es mir möglich gemacht, mich zusammen mit diesen Leuten in dieser Bar aufzuhalten.«

Ich lächle. »Oh, verstehe. Na, dann ist ja alles in Ordnung.«

»Nein, es ist nicht alles in Ordnung.« Er funkelt mich an.

»Oh.« Mir vergeht das Lächeln. »Es ist also schlimm, dass Sie den Bart und diese Leute verloren haben?« Ich schaue hinüber zu Toni. Sie nickt. Das verstehe ich nicht, denn jede Frau auf der ganzen Welt hätte einen Blick auf dieses Haarwirrwarr geworfen und dasselbe gedacht wie ich: eklig, unhygienisch und – na ja … eben eklig.

Was die Leute in dieser Bar angeht – nun, einer von ihnen hat auf uns geschossen, ich verstehe also wirklich nicht, warum der Verlust ihrer Freundschaft etwas so Fürchterliches ist.

»Der Verlust meines Bartes bedeutet, dass meine Deckidentität am Arsch ist und ich monatelang umsonst gearbeitet habe. Jetzt stehen wir bei Abteilung sechs wieder ganz am Anfang.«

Wieder gerate ich einfach so ansatzlos in Panik. »Abteilung sechs? Wie in Abteilung sechs, Block D? Ist das nicht eine Bande?« Am Ende versagt mir die Stimme. Ich erinnere mich noch genau, vor gar nicht allzu langer Zeit über eine Mordserie gelesen zu haben, die man dieser Bande zur Last legt.

»Die schlimmste in New Orleans«, sagt Dev und erhebt sich mit seiner Schale in der Hand. Es klingt, als sei er auf diese Tatsache ziemlich stolz.

Langsam lasse ich mich auf meinem Stuhl zurücksinken. »Oh, Scheiße. Ich wusste, das hier ist irgendein Geheimversteck.« Ich warte auf die Urteilsverkündung. Beim Blick auf meine Suppe geht mir ein verrückter Gedanke durch den Kopf: *Wenigstens hatte ich eine ordentliche Henkersmahlzeit.*

»Das hier ist kein Versteck«, sagt Ozzie und greift nach seinem Brot. »Es ist unser Firmensitz. Wir sind keine Bande, sondern eine private Sicherheitsfirma. Mehr müssen Sie nicht wissen.« Er beißt auf einmal ein größeres Stück Brot ab, als ich je für möglich gehalten hätte.

»Waren Sie je freiberuflich tätig?«, fragt mich Thibault und nimmt wieder am Tisch Platz.

»Ständig«, sage ich. »Ich bin selbstständig.«

»Hmm.« Er nickt und wirft Ozzie einen kurzen Blick zu, ehe er fortfährt: »Haben Sie je Überwachungstätigkeiten durchgeführt?«

Ich öffne den Mund, um zu antworten, aber Ozzie schneidet mir das Wort ab.

»Nein. Sie hat noch nie Überwachungstätigkeiten durchgeführt und wird auch jetzt nicht damit anfangen.«

Ich setze mich etwas aufrechter hin. »Entschuldigen Sie, aber ich muss Sie darüber in Kenntnis setzen, dass ich das sehr wohl bereits getan habe.«

Schön, das war ein bisschen übertrieben, aber das werden sie nie herausfinden.

»Wirklich?«, fragt Thibault. »Was für Überwachungstätigkeiten?« Jetzt schauen mich alle am Tisch Sitzenden an.

Ich erröte wieder. »Ich … äh … habe einen Ehebrecher fotografiert.« Eilig füge ich hinzu: »Im Park«, damit sie nicht denken, ich hätte mich bei jemandem im Schlafzimmer im Schrank auf die Lauer gelegt oder etwas ähnlich Geschmackloses.

»Haben Sie ihn auffliegen lassen?«, will Toni wissen, als sei meine Antwort für sie von persönlicher Bedeutung.

»Ja. Ich habe ein paar tolle Aufnahmen gemacht. Ihn auf frischer Tat ertappt, wie man so schön sagt.« Ich grinse vor Stolz. Ja, es war ein peinlicher Auftrag, aber manchmal, wenn die Hochzeitsbücher und die Familienporträts ausbleiben, kann ich mir meine Jobs nicht aussuchen. Ich werde ihnen nicht von dem sexy Hausfrauenshooting erzählen, das ich letzten Winter gemacht habe. Das fänden sie vermutlich weniger spannend, und einige der Bilder kriege ich immer noch nicht aus dem Kopf. Das Letzte, was ich will, ist, mir diese Erinnerung ins Gedächtnis zu rufen.

»Sie sind nicht aufgeflogen?«, erkundigt sich Lucky.

»Es fällt mir schwer, das zu glauben«, sagt Ozzie, ohne mir Gelegenheit zu einer Antwort zu geben.

Ich runzle die Stirn und schaue nachdrücklich auf die Uhr. »Tatsächlich konnte ich die Bilder direkt vor seinen Augen machen.« Stolz recke ich das Kinn. »Ich habe vorgegeben, die Blumen neben seinem Sitzplatz zu fotografieren. Er hat keinen Verdacht geschöpft.«

Lucky deutet mit seinem Brot auf mich. »Wenn sie mir in diesem mittelmäßigen Outfit begegnen würde, würde ich auch keinen Verdacht schöpfen. Du weißt, das ist unser größtes Rekrutierungsproblem, Ozzie. Wir haben kein einziges Mittelmaß in der Gruppe.«

Er grinst mich an, aber ich erwidere den freundlichen Gesichtsausdruck nicht.

»Was soll das denn heißen?«

Ozzie erhebt sich, und seine Stimme dröhnt über den Tisch. »Es bedeutet, dass Sie nicht hierhergehören. Es wird Zeit, dass Sie gehen.«

Alle schauen zu ihm auf. Dev wirkt besonders verwirrt. »Wo soll sie denn hin? Du hast gesagt, sie säße eine Weile hier fest.«

»Ich habe es mir anders überlegt.« Ozzie trägt seine noch halb volle Schale zur Spüle, und ich schaue ein weiteres Mal in die Runde. »Sie kann nicht bleiben.«

»Was ist denn los?« Meine Stimme ist beinahe nur ein Flüstern. Niemand antwortet mir. Alle schauen Thibault an.

»Zeit für eine Abstimmung«, seufzt Thibault.

»Worüber genau stimmen wir ab?«, fragt Toni und schaut mich an, ehe sie ihre Aufmerksamkeit wieder dem Typen zuwendet, der aussieht, als sei er ihr Bruder.

Er deutet mit dem Kinn auf mich. »Über sie. Bleibt sie oder nicht?«

Ich habe einen Kloß im Hals, denn mir wird klar, dass ich möglicherweise gerade bei der Verkündung meines eigenen Todesurteils anwesend bin.

Kapitel 10

»Wir müssen nicht abstimmen, denn ich sage, sie geht.« Ozzie steht wieder am Kopfende des Tisches.

»Mann, du musst ja viel stärker an dem Bart gehangen haben, als du zugegeben hast«, sagt Toni und lächelt ihn provozierend an.

Ihr Bruder funkelt sie an, aber sie tut, als sei ihr das egal, zuckt die Achseln, kehrt ihm den Rücken zu und wendet sich an Ozzie.

»Du weißt wie jeder andere hier, wie lange ich daran gearbeitet habe, diese Verbindungen zu knüpfen. Jetzt sind sie dank unserer Mittelmaßfrau da drüben alle am Arsch, und wir stehen wieder am Anfang. Wie soll ich denn jetzt ihre Liste in die Finger kriegen?«

»Wessen Liste?«, frage ich. Je mehr sie reden, desto interessanter wird das hier. Sie sind also nicht die bösen Jungs, versuchen aber trotzdem, eine Gang zu infiltrieren? Wieso das denn?

»Das geht Sie nichts an«, antwortet Ozzie und funkelt mich an.

Ich habe keine Ahnung, warum, aber wenn er das tut, muss ich einfach lächeln. Statt es zu unterdrücken, zeige ich einfach die perlweißen Zähne. Er erinnert mich an seine Hündin – total furchterregend und bedrohlich, aber am Ende des Tages eigentlich nur ein riesiges Sofakissen für einen winzigen Hund. Ich würde wetten, man kann beim Filmeschauen prima den Kopf auf seinen Bauch legen.

Wie bitte? Habe ich das wirklich eben gedacht?

Ich verliere augenscheinlich gerade den Verstand. Wahrscheinlich aufgrund von Kalorienmangel. Vorsichtshalber esse ich einen großen Löffel Suppe.

»Es handelt sich um eine Liste von Bandenmitgliedern samt Kontaktinformationen und Statistiken«, erklärt Dev.

»Statistiken?« Ich sehe mich im Raum um und versuche, aus ihrer Körpersprache eine Erklärung für diesen Begriff herauszulesen. Aber niemand hilft mir weiter. Sie alle funkeln einander weiter an, aber niemand sieht in meine Richtung. Bei »Statistiken« muss ich immer an Baseballergebnisse und Wettquoten denken. Gibt es bei Gangstern ein internes Bewertungssystem?

»Ja, Statistiken«, sagt Lucky. »Zum Beispiel Anzahl der Opfer, transportierte Kilos, Anzahl der assoziierten Dealer und so weiter.«

Ich schüttle den Kopf, weil ich kein Wort verstehe. »Leider habe ich keine Ahnung, wovon Sie reden.« Ich erschauere. »Ich hoffe, Sie meinen nicht tatsächlich Todesopfer, also ermordete Leute.« Ich esse noch einen Löffel Suppe. »Wer würde denn so was statistisch erfassen?«

Es wird sehr still im Raum. Ich hebe rechtzeitig den Kopf, um zu sehen, dass Thibault und Lucky sich einen bedeutungsvollen Blick zuwerfen.

»Was?«, frage ich.

»Suchen Sie Arbeit?«, fragt Thibault.

»Nein!«, brüllt Ozzie, ehe ich auch nur den Mund öffnen kann.

»Sie hat Erfahrung«, appelliert Lucky an den Mann, von dem ich annehme, dass es sich um den Boss handelt, auch wenn er jetzt seinen Tonfall mäßigt. »Zugegeben, nicht haufenweise Erfahrung, aber sie ist Profifotografin und kommt an jedem vorbei.« Er deutet auf mich. »Schau sie dir doch an.«

»Einen untreuen Versager im Park fotografiert zu haben zählt nicht als Überwachungserfahrung.« Ozzies Kopf sieht immer noch aus, als wolle er platzen.

Nicht, dass mich Überwachungstätigkeiten interessieren würden, aber die Art, wie er mir ständig Knüppel zwischen die Beine wirft, ärgert mich irgendwie. Er ist viel autokratischer, als ihm gut zu Gesicht steht. Ich wäre wahrscheinlich ziemlich geeignet für Überwachungstätigkeiten. Ich bin diskret, eine exzellente Fotografin und verfüge über die entsprechende Ausrüstung, zumindest für das Aufnehmen von Fotos und Videos. Während sich Ozzies Miene verfinstert, schiebe ich das Kinn etwas vor.

Dev deutet auf mich. »Sie könnte in Menschenmengen total unauffällig agieren. Ganz im Gegensatz zu Toni.«

»He!« Toni wirft einen Löffel nach ihm.

Er fängt ihn im Flug, ohne mit der Wimper zu zucken, und verhindert so, an der Stirn getroffen zu werden.

»Haben Sie mich gerade unscheinbar genannt?«, frage ich und bin ziemlich sicher, dass ich jetzt beleidigt sein sollte. Ich weiß, ich bin kein Supermodel, aber ich würde mich auch nicht gerade als hässlich bezeichnen.

»Sie ist alles andere als unscheinbar. Schau sie dir doch an!« Ozzie deutet auf mich und macht uns damit beide gleichermaßen zum Affen.

»Sie könnte doch gerade genauso gut eine Neonreklame mit der Aufschrift ›Schauen Sie mich an!‹ um den Hals tragen.«

Alle Anwesenden wenden mir den Kopf zu. Dann schauen sie einander offensichtlich verwirrt an.

»Tut mir leid, Oz, aber das sehe ich nicht so«, sagt Lucky. Er beugt sich zu mir herüber und legt den Arm auf meine Rückenlehne, dann sagt er mir ins Ohr: »Möchten Sie sich etwas dazuverdienen, indem Sie ein paar Bilder machen? Wir zahlen bei Rechnungseingang.«

Er ist mir unangenehm nah. Ich weiche so weit zurück, wie ich kann, ohne vom Stuhl zu fallen oder auf Tonis Schoß zu landen. »Das kommt drauf an, was für Bilder.«

Lucky lacht, richtet sich wieder auf und gewährt mir wieder meinen Freiraum. »Ich mag Ihre Art.«

Ich richte mich ebenfalls wieder auf, nicht sicher, ob das ein Kompliment gewesen ist.

»Ich habe gesagt, was ich davon halte, und was ich sage, gilt.« Ozzie verschränkt die Arme, wodurch seine Muskeln noch stärker hervortreten. Es sieht wirklich aus, als hätte er Brüste, die dringend einen BH brauchen.

Dev grinst und deutet auf Ozzies Brust, dann sagt er so, dass nur wir es hören können: »Guckt mal. Die Kleinen.«

Lucky versucht, nicht zu lächeln, und schaut zur Decke statt zu Ozzie.

Ich vermute, sie sprechen über Ozzies Brustmuskeln. Sie sind ziemlich beeindruckend. Dann fällt mir unser SMS-Austausch wieder ein, und ein Teil davon ergibt plötzlich Sinn. Als ich *die Kleinen* schrieb, meinte ich meine beiden Nichten und meinen Neffen. Er dachte, ich bezöge mich auf seine Brustmuskulatur. Kein Wunder, dass er plötzlich so bissig war. Ich versuche ebenfalls, ein Lächeln zu unterdrücken.

»Dies ist keine Diktatur«, sagt Thibault ruhig. »Wir stimmen ab. So haben wir es abgemacht, als wir vor fünf Jahren angefangen haben, und diese Abmachung gilt noch heute.« Behutsam legt er die Faust auf den Tisch. »Einer nach dem anderen ... was machen wir mit ihr?« Er deutet mit ausgestrecktem Finger auf mich. »Darf sie bleiben, oder schicken wir sie weg?«

»Ich finde, Sie sollten zuerst mal mich fragen, was ich tun möchte.« Es fällt mir schwer, nicht total genervt zu klingen.

Thibault hebt eine Braue. »Wollen Sie etwa heimgehen und die Zielscheibe für einen Drogendealer spielen, der Ihnen eine Kugel in den Kopf jagen will?«

Ich erbleiche. »Äh. Nein. Das möchte ich nicht.«

»Dachten wir's uns doch.« Er schaut in die Runde. »Sie bleibt hier. Alle dafür?« Er hebt die Hand.

Ich schaue ebenfalls in die Runde, und alle folgen seinem Beispiel – natürlich außer Ozzie und Toni.

Sie starrt nur auf den Tisch, als bekäme sie gar nicht mit, was um sie herum vorgeht.

Ozzies Reaktion macht mich stinksauer. »Wollen Sie, dass ich eine Kugel in den Kopf kriege?« Es tut mir irgendwie weh, dass Ozzie mich rausvoten will. Ich dachte, in dieser Gasse hätten wir beide einen ganz besonderen Augenblick geteilt. Er hat mich gerettet ... das muss doch etwas bedeuten! Verdammt, er hat mir sogar ein Taxi gerufen und es bezahlt, warum will er mich denn jetzt am Straßenrand aussetzen?

Sein Gesichtsausdruck wirkt gequält. »Natürlich will ich nicht, dass Sie eine Kugel in den Kopf kriegen ...«

Dev fällt ihm ins Wort: »Ausgezeichnet! Also bleibt sie. Jetzt lasst uns drüber abstimmen, ob wir ihr etwas zu tun geben.«

Ozzie und ich strecken beide Einhalt gebietend die Hand aus.

»Moment mal ...«, sagt er.

»Augenblick mal«, rufe ich.

Wir verstummen beide und starren uns an. Sein Blick funkelt. Ich kneife die Augen zusammen.

»Klar. Stimmen Sie ruhig ab«, sage ich und mache eine Geste, als sei ich mit allem, was gerade passiert, vollkommen einverstanden. »Ich könnte ein paar zusätzliche Jobs gebrauchen. Momentan wird wenig geheiratet.« Zum Teil meine ich das ernst, zum Teil will ich nur Ozzie provozieren. Ein bisschen Geld nebenher wäre nett, aber ich bin nicht sicher, ob das Fotografieren von Drogendealern ein guter nächster Karriereschritt für mich wäre.

Ozzie starrt mich an, beißt die Zähne zusammen und lockert sie dann wieder. Aus irgendeinem Grund erheitert es mich zu sehen, dass er total sauer ist, weil ich hier bin. Hat er Angst vor mir? Ha! Das muss es sein. Schon bevor mir Ozzie zu Hilfe geeilt ist, bin ich ganz gut mit dem Typen klargekommen, der mich erschießen wollte. Manch einer würde mich sogar als tapfer bezeichnen. Ich habe ihn in eine Sackgasse gelotst.

Vielleicht ist er auch noch wegen meiner Bemerkung über seinen Bart verletzt. Mein Lächeln gefriert. Dafür sollte ich mich vermutlich entschuldigen, zumal ich mich ja noch eine Weile an seiner Geschäftsadresse aufhalten will.

»Hör zu, Ozzie, die schrecklichen Kommentare über deinen Bart tun mir leid. Er war einfach nur … viel größer, als ein Bart von Rechts wegen sein sollte. Ich konnte mich nicht beherrschen.«

Thibault grinst mich an und lässt sich vernehmen: »O mein Gott … alle, die der Auffassung sind, wir sollten unsere Mittelmaßfrau auf Probe arbeiten lassen, sagen es jetzt.« Er lächelt mich immer noch an.

»Dafür.« Dreimal höre ich das Wort. Dann folgt eine lange Stille. Ich ignoriere Toni, wende mich stattdessen Ozzie zu und erkläre lächelnd: »Dafür.«

Er sieht aus, als wolle er noch etwas sagen, schweigt aber. Stattdessen stürmt er aus der Küche und brüllt dabei: »Sahara!« Die riesige Hündin erhebt sich langsam und trabt aus der Küche, dicht gefolgt von Felix.

Kapitel 11

Ich bekomme ein Feldbett, einen Schlafsack, und man weist mir eine Ecke der Küche zu. Die Alternative wäre, nach Hause zu fahren und zu riskieren, dass der Typ mich entdeckt, der mich durch das Viertel, das unangenehm nahe an meinem liegt, verfolgt hat. Ich starre meine Bettstatt an und frage mich, ob ich in dieser Nacht überhaupt ein Auge zutun werde. Das Ganze sieht nicht sehr vielversprechend aus. Ich hatte noch nie besonders viel für Camping übrig. Tatsächlich bin ich eher der Typ, der sich ein Hotelzimmer nimmt und am Pool herumliegt. Ich würde liebend gerne meine Schwester anrufen, aber ich weiß, dann würde sie in wilde Panik verfallen. Sie würde sich niemals mit halbherzigen Erklärungen und Ausflüchten zufriedengeben. Ich muss warten, bis ich mich mit ihr hinsetzen und ihr alles bis ins kleinste Detail erklären kann. »Geht das so?«, fragt Lucky. Er sieht nicht besonders besorgt aus. Eher amüsiert.

»Muss wohl.« Ich sehe mich im Zimmer um. Außer Ozzie, der sich noch nicht wieder hat blicken lassen, seit er davongestürmt ist, sind nur noch Lucky und ich da, aber auch er ist aufbruchsbereit. »Bleiben Sie nicht hier?« Ich kann mir einen flehenden Unterton nicht ganz verkneifen. Hier ist alles voller Katanas.

Was, wenn ich mitten in der Nacht über eine stolpere und mir einen Arm oder ein Bein abschneide? Ich brauche unbedingt alle Gliedmaßen, jedes einzelne.

»Nein. Ich muss meinen Goldfisch füttern gehen. Wir sehen uns morgen.« Er geht zu der Tür in den Ninjaraum.

»Übernachtet noch jemand hier, oder werde ich allein sein?«

»Oz bleibt hier. Er geht hier nie weg, außer um zu arbeiten. Sein Schlafzimmer ist gleich hier den Gang entlang.« Er deutet auf das Zimmer, in dem Ozzie eine halbe Stunde zuvor verschwunden ist. »Wenn Sie etwas brauchen, schreien Sie einfach.«

Ich schnappe mir den Schlafsack und halte ihn seufzend vor mich. »Gut. Danke.«

»Kein Problem. Willkommen in der Frühstückspension der Bourbon Street Boys.« Er zwinkert mir zu, verlässt den Raum und macht im Hinausgehen das große Licht aus. Ich höre sein Kichern und das digitale Piepsen des Zahlenfeldes, gefolgt vom Geräusch einer sich schließenden, schweren Metalltür.

»Bourbon Street Boys«, murmele ich vor mich hin, während ich im Licht der kleinen Lampe über dem Backofen versuche, den Schlafsack auf dem Feldbett auszubreiten. »Was ist das überhaupt für ein Name für eine Sicherheitsfirma? Wir sind nicht mal in der Bourbon Street. Die ist mehrere Kilometer entfernt.«

Ich schaue durch den Durchgang zu dem Korridor, von dem Ozzies Schlafzimmer abgeht. Felix ist auch noch nicht wieder aufgetaucht, und so langsam mache ich mir Sorgen. Sollte ich das? Ja, vermutlich schon. Felix könnte jeden Augenblick irgendwo hinpinkeln. Seine Blase hat ungefähr die Größe einer Traube. Ich muss ihn in meiner Nähe haben, um die Vorzeichen seines Bedürfnisses zum Gassigehen zu erkennen, bevor es zu spät ist.

»Felix«, flüstere ich, so laut ich kann.

Keine Antwort. Kein einziges Kratzen einer Kralle auf Fliesen dringt an meine Ohren.

»Felix!«, flüstere ich noch lauter, spitze die Ohren und konzentriere mich mit aller Macht auf die potenziellen Geräusche eines sich bewegenden Chihuahuas.

Nichts.

»Verdammt, Felix! Schaff dich jetzt hier rein!« Meine Stimme ist lauter als geplant.

Zuerst kommt keine Antwort, doch dann höre ich Flüche.

»Ups.« Ich setze mich auf den Rand des Feldbetts und warte darauf, dass Ozzie, der große, böse Wolf, aus dem Schlafzimmer kommt, um mich zusammenzustauchen, weil ich seinen Schönheitsschlaf gestört habe.

Bei diesem Gedanken schnaube ich laut und höhnisch. Vorhin, als er noch diese schreckliche Gesichtsbehaarung hatte, hätte ich gesagt, er bräuchte etwa sechs Monate Schönheitsschlaf, um wieder in Form zu kommen, doch im Augenblick würde ich eher sagen, er sollte besser mal ein paar Wochen wach bleiben. Vielleicht sogar Monate. Mit diesem unglaublichen Körper sieht er besser aus, als ein Mann von Rechts wegen aussehen sollte. So streng und wütend sein Gesicht heute Abend ausgesehen hat, es reicht aus, um mich auf Gedanken zu bringen, die ich eigentlich besser nicht haben sollte. Ich habe schon immer auf hohe Wangenknochen und kantige Kinne gestanden. Selbst die Narbe auf seiner rechten Wange trägt noch dazu bei, ihn auf verwegene Weise attraktiv wirken zu lassen. Verdammt! Der bloße Gedanke an ihn reicht aus, um den Raum aufzuheizen.

Ich hätte niemals, niemals gedacht, dass der Tiermensch, den ich bei Frankie's getroffen habe, sich als der wahre Ozzie, ein Mann mit diesem Äußeren, entpuppen könnte. Das war eine verdammt gute Tarnung. Irgendwie verstehe ich, warum er so genervt war, dass er sie hat fallen lassen müssen, denn jetzt ist er wirklich auffällig. Vorher war er nur ein großer, haariger

Biker unter vielen. Jetzt ist er ein fleischgewordener Traum. Ich muss ihn irgendwann mal fragen, ob das ein Theaterbart war oder ob er sich ihn wirklich wachsen lassen und dann abrasiert hat.

Plötzlich steht er im Eingang der Küche und sieht mich finster an. »Meinen Sie mich?«

»Nur, wenn Sie Felix heißen.«

»Wer ist Felix?«

Ich schüttle den Kopf. »Für einen Sicherheitsprofi sind Sie echt ziemlich unaufmerksam. Zum dritten Mal: Felix ist mein Hund. Sie wissen schon … der Chihuahuamischling, der vermutlich im Augenblick gerade in Ihrem Bett schläft.«

Er verschränkt die Arme vor der Brust. Es sieht übrigens überhaupt nicht mehr einschüchternd aus. *Die Kleinen.* Mit Mühe unterdrücke ich ein Kichern.

»Hunde gehören nicht ins Bett«, verkündet er.

»Erzählen Sie das mal Felix. Vertrauen Sie mir, er findet immer einen Weg.« Ich habe es schon lange aufgegeben, ihn aus dem Bett zu schmeißen.

Außerdem ist er im Winter ein großartiger Fußwärmer, denn er schläft lieber am Fußende des Bettes unter der Decke als irgendwo sonst. Ich habe keine Ahnung, wie der kleine Kerl das atemtechnisch hinbekommt, aber er wacht jeden Morgen gesund und munter auf und zeigt keinerlei Anzeichen von Sauerstoffmangel.

Ozzie geht wieder, und ein paar Sekunden später höre ich ihn brüllen: »Verdammte Scheiße! Raus aus meinem Bett, du Köter!«

Dann vernehme ich ein leises, furchteinflößendes Knurren, das definitiv nicht von meinem süßen Baby stammt.

Ozzie ist eindeutig beleidigt. »Das darf ja wohl nicht wahr sein … he! Lady! Kommen Sie mal bitte rein?«

Ich schätze, er meint mich. Lady. May »Lady« Wexler. Ich seufze.

»Miss Mittelmaß! Ich brauche Sie hier mal einen Moment!«

Ich glaube, »Lady« war mir lieber als dieser Spitzname.

Also stehe ich auf und gehe den Gang entlang, vorbei an gerahmten Fotos der Leute, mit denen ich zu Abend gegessen habe, und einigen Briefen hinter Glas. Vor einem bleibe ich stehen und überfliege ihn. Es ist ein Dankesbrief des Polizeichefs von New Orleans, dem die Bourbon Street Boys geholfen haben, einen Verbrecher zu fangen.

Hmm. Ein weiterer Beweis dafür, dass ich tatsächlich im Unterschlupf der Guten bin. *Prima.* Das ist echt die Bathöhle. Jetzt traue ich mich schon eher, heute Nacht die Augen zu schließen und etwas zu schlafen. Vielleicht werde ich morgen während meiner Fotosession ja doch keine riesigen dunklen Augenringe haben. Träumen darf man ja wohl noch.

Ich erreiche einen Raum, aus dessen offener Tür Licht auf den Gang fällt. Nach zwei weiteren Schritten stehe ich unter dem Türrahmen und kann in Ozzies Schlafzimmer schauen. Es ist, wie man es bei einem Typen wie ihm erwarten würde – kalt, steril, viel Metall und ein Flachbildfernseher samt großen Boxen an der Wand, ein Computer auf einem Glastisch und ein Handy in einer Ladestation. Sein Bettzeug ist schwarz. Die Tatsache, dass es aus Satin ist, erzeugt bei mir leichte Hitzewallungen. Damit habe ich überhaupt nicht gerechnet. Unwillkürlich frage ich mich, wie viele Frauen darin schon mit ihm Spaß gehabt haben. Dann erröte ich, als mir klar wird, dass er in der nächsten Szene dieses Films in meiner Fantasie nackt auftritt.

Hoppla. Das reicht, Gehirn. Keinen Schritt weiter.

»Was ist denn?«, frage ich und lehne mich an den Türrahmen, als sei ich total cool und nicht total durcheinander, weil ich in seinem Schlafzimmer mit der schwarzen Satinbettwäsche bin. Oje, diese Muskeln … was machen die nur mit mir?

Ozzie deutet auf die Matratze. »Ihr Hund ist in meinem Bett.«

Ich zucke die Achseln. Felix ist so was von tapfer. Tatsächlich bin ich im Augenblick etwas neidisch auf ihn. Ich will auch auf diesem Satinlaken liegen, mich darauf rekeln, auf diesem Bett herumrollen ...

Oh! Aufhören, Gehirn! Sofort aufhören!

»Ja und?« Ich zucke die Achseln. Ich bin so was von cool. Der ganze Satin macht mir überhaupt nichts aus. »Dann scheuchen Sie ihn doch raus.«

»Ich hab's versucht.« Er funkelt mich eine Sekunde lang an, dann bewegt er sich Richtung Bett.

Ein großer, orangefarbener Kopf hebt sich auf dem Boden neben dem Bett. Sahara. Sie knurrt ihn an und klingt dabei wirklich wie ein Höllenhund. Ach du Schande!

»Machst du Witze?« Ozzie klingt am Boden zerstört.

Der arme Ozzie. Ich kann nur ahnen, wie es wäre, wenn sich mein kleiner Felix gegen mich wenden würde, und dass das hier gerade passiert, ist zum Teil meine Schuld. Eigentlich ist Felix daran schuld, weil er so süß ist, aber ich trage eine Teilschuld, denn ich habe ihn überhaupt erst hierhergebracht.

Das kann nicht sein. Ich darf nicht zwischen einem Mann und seiner Hündin stehen. Rechtschaffene Entrüstung macht sich in mir breit und verdrängt meinen gesunden Menschenverstand.

Ich schüttle den Kopf und betrete das Zimmer. »Das reicht jetzt«, sage ich in einem strengen Tonfall, ohne die große, grimmige Hündin weiter zu beachten. »Felix, schaff deinen Fellarsch *augenblicklich* aus diesem Bett raus.« Felix lässt den Kopf hängen und schaut mit seinen winzigen braunen Augen zu mir auf, denn er weiß, er hat sich danebenbenommen und flüchtet sich in sein Ich-bin-zu-süß-um-bestraft-zu-werden-Manöver.

Sahara knurrt weiter.

»Aus!«, brülle ich sie an.

Sie verstummt sofort und senkt den Kopf. Wow! Auch bei ihr wird es mir schwerfallen, Härte zu zeigen. Sie ist süß, wenn sie sich schuldig fühlt.

»Verdammich«, murmelt Ozzie.

Ich hebe Felix vom Bett hoch und klemme ihn mir unter den Arm. »Ich sage doch, er schläft gern im Bett. Sie sollten öfter mal auf mich hören. Ich habe nämlich üblicherweise recht, wissen Sie?« Ich verstumme, als mir klar wird, dass ich den Tonfall angeschlagen habe, den Jenny als »zänkisch« bezeichnet. Aus irgendeinem Grund möchte ich nicht, dass mich Ozzie für zänkisch hält, und das wiederum verwirrt mich. Warum interessiert es mich überhaupt, was er von mir denkt?

Zeit, von Bord zu gehen.

Ich nicke einmal und breche den Bann. »Gute Nacht.« Dann verlasse ich das Schlafzimmer, ohne einen Blick zurück, und kann mit Mühe dem Drang widerstehen zu rennen.

Kapitel 12

Ich lege Felix ans Fußende des Feldbettes und mache es mir so bequem wie möglich. Meine Schuhe stelle ich unters Bett, mein Haarband schiebe ich unter das winzige Kissen, das man mir gegeben hat. Ich lege mich auf den Rücken, decke mich mit dem Schlafsack zu, starre an die Decke und überdenke meine Situation.

Wahrscheinlich sollte ich mehr Angst haben, aber ich kann dafür einfach das Adrenalin und den Furchtreflex nicht aufbringen. Vielleicht bin ich irgendwie kaputt. Ich hatte heute Abend zwei Stunden lang praktisch durchgehend Todesangst. Wahrscheinlich habe ich all meine Angstenergie schon aufgebraucht. Jetzt kann ich nur noch analysieren, also werde ich genau das tun.

Ich nage an einer trockenen Stelle an meiner Lippe und gehe die Fakten durch. Diese Jungs arbeiten mit der Polizei zusammen, gehören also zu den Guten. Sie stehen auf meiner Seite. Wenn sie hier Waffen haben, dann ist das vermutlich einfach Teil ihres Jobs. Ich wäre das perfekte Ziel gewesen, wenn sie darauf aus gewesen wären, eine unschuldige Frau zu töten, aber statt mich zu erschießen, meine Leiche in die Tiefkühltruhe zu packen und dann durch den Häcksler zu jagen, haben sie mir Suppe angeboten, und zwar großartige.

Vor allem ... Ozzie ist irgendwie ein wunderbarer Koch? Ha! Damit hätte ich nicht gerechnet. Ich lächle über all die Dinge an diesem Typen, die einfach keinen Sinn ergeben. Er ist ein Riesenbrocken von einem Mann, aber niemand hat Angst vor ihm, nicht mal, wenn er schreit. Er genießt ihren Respekt, aber sie fürchten ihn nicht. Jetzt, wo ich so darüber nachdenke, komme ich zu der Auffassung, dass er auch meinen genießt. Er hat mich – obwohl er eindeutig nichts mit mir zu tun haben will – gerettet, und zwar nicht nur einmal, sondern gleich zweimal. Jetzt hat er mir auch noch Unterschlupf gewährt, damit ich bei Tageslicht nach Hause fahren kann, ohne mir Sorgen machen zu müssen, dass mich ein Stalker im Auto verfolgt. Die Bösen scheuen doch das Tageslicht, oder? Es ist viel riskanter für sie, etwas gegen mich zu unternehmen, wenn man sie dabei beobachten kann.

Vielleicht ist es naiv von mir, aber ich fürchte die Dunkelheit und die Deckung, die sie anderen bietet.

He, vielleicht könnte ich einen dieser Bourbon Street Boys dazu kriegen, sich mal mein Haus anzusehen, ehe ich es morgen wieder betrete und sicherzugehen, dass alles in Ordnung ist. Der Gedanke wärmt mich und macht mich zugleich müde. Sicherheit. Große, muskulöse Männer, die mich beschützen. Jawohl. Es muss nach Mitternacht sein, und das Feldbett ist erstaunlich bequem. Die Klimaanlage hier ist super – gerade kühl genug eingestellt, um die Luftfeuchtigkeit zu vertreiben, aber nicht so kalt, dass ich nicht wie ein Baby in den Armen seiner Mutter einschlafen kann ...

Ich bin gerade am Wegdämmern, als mir der Geruch in die Nase steigt.

»O mein Gott«, flüstere ich und atme tief ein, um sicherzugehen, dass ich nicht nur einen Albtraum gehabt habe. »Felix, warst du das?« Ich reiße die Augen auf.

Als ich ein Stöhnen, ein schleifendes Geräusch auf dem Boden und ein Grunzen höre, wird mir klar, dass Felix und ich nicht allein im Zimmer sind. Ich drehe den Kopf und sehe das Riesentier – Felix' Freundin – neben meinem Feldbett liegen.

»Heilige Scheiße, Sahara, hat dein Herrchen hier irgendwo eine Gasmaske? Sollte er nämlich. Verdammt!« Ich ziehe mir den Schlafsack übers Gesicht und versuche zu atmen.

So viel zum Thema warm und müde. Jetzt bin ich hellwach und durchlebe den Albtraum von Höllenhundfürzen.

»Mein Gott, was geben die dir denn zu fressen?«

Ich höre ein weiteres Geräusch und drehte den Kopf Richtung Eingang. Das Standby-Lämpchen eines der Küchengeräte erhellt Ozzies Kopf und Schultern.

»Kann ich Ihnen irgendwie behilflich sein?«, frage ich unter dem Schlafsack hervor, der mir als ziemlich ineffektive Gasmaske dient. Ich hoffe inständig, er glaubt nicht, ich sei die Urheberin dieses Gestanks.

Er seufzt tief. »Kommen Sie in mein Bett.«

Ich blinzle ein paarmal, nicht sicher, ob ich mich gerade verhört habe. Vielleicht beeinträchtigt der Gestank mein Gehör – stark genug wäre er dafür. Ich glaube, eine Einladung in den Himmel über seine Lippen kommen gehört zu haben, aber das kann nicht sein.

»Bitte?«

»Ich meine, nehmen Sie mein Bett. Ich kann Sie nicht hier draußen auf diesem Feldbett schlafen lassen.«

Beim Gedanken an die Satinbettwäsche bricht mir der kalte Schweiß aus.

»Ähhh, nein danke.« Kommt nicht infrage. Ich bin keine Nymphomanin, aber auch ich habe meine Grenzen.

Ich in seinem Bett, auf den Satinlaken, und er steht davor mit dieser Brust und diesen Armen. Nein. Einfach … nein.

»Ich nehme das Feldbett«, sagt mein ewiger Retter.

Meine Stimme klingt schrill, so sehr bemühe ich mich, total unbeschwert rüberzukommen. »Nein, ist schon gut. Ich liebe Camping. Das Feldbett ist super. Wirklich. Behalten Sie das Bett. Mir macht das nichts aus.«

Er kommt weiter in die Küche herein. »Thibault wird mir gehörig den Kopf waschen, wenn ich Sie hier draußen schlafen lasse. Kommen Sie – ich verspreche, ich werde Sie nicht belästigen. Nehmen Sie einfach das Bett. Ich habe es heute frisch bezogen.«

Ich habe einen Kloß im Hals. Vor meinem geistigen Auge sehe ich sehr deutlich seinen nackten Körper. Die Tatsache, dass er dieses enge Shirt trägt, hilft mir auch nicht gerade, das Bild wieder loszuwerden. Manchmal hasse ich die Tatsache, dass ich Fotografin bin. Ich brauche nur die Umrisse von ein paar Muskeln, den Rest macht dann mein Hirn.

»Ich werde Thibault sagen, ich hätte mich geweigert. Keine Sorge.« Ich warte darauf, dass Ozzie geht. Ich habe ihm ja praktisch die gedruckte Aufforderung überreicht, endlich die Küche zu verlassen.

Er legt den Kopf schief, was mich an einen verwirrten Hund erinnert. »Ich kapiere es einfach nicht.«

»Was denn?« Ich ziehe den Schlafsack halb von meinem Gesicht. Vorsichtiges Einatmen verrät mir, dass die Luft vermutlich nicht mehr komplett toxisch ist, was gut ist, denn so langsam ist es unter dem Ding furchtbar heiß.

»Ich biete Ihnen ein richtiges Bett in einem Zimmer an, dessen Tür Sie abschließen können, und Sie sagen, Sie möchten lieber auf diesem harten Feldbett hier draußen in der Küche schlafen?« Er schnuppert. »Hier riecht es nach Würstchen.«

Ich seufze und erkenne, dass eine kleine Dosis Ehrlichkeit möglicherweise sehr hilfreich sein könnte, um diesen Typen loszuwerden, auch wenn es schwierig werden dürfte, sie ihm zu verabreichen. Ich habe langsam das Gefühl, Ozzie denkt sehr stark in Schablonen. Also los …

»Hören Sie, Ozzie, ich weiß Ihre Gastfreundschaft zu schätzen, aber ich werde nicht in Ihrem Bett schlafen. Das liegt nicht an möglicherweise schmutzigen Laken oder der Tatsache, dass das Feldbett so schrecklich bequem ist. Es liegt daran, dass wir von Satinbettwäsche reden, und zwar von Ihrer. Gehen Sie einfach ins Bett, ja? Aber nehmen Sie Ihre stinkende Hündin mit, denn was man hier riecht, sind keine Würstchen. Sie hat Blähungen.«

Er steht da und starrt mich an. Die Hitze seines Blicks trifft mich bis ins Mark. Die Zeit der Ehrlichkeit ist ein für alle Mal vorbei. Jetzt muss ich lügen, um ihn loszuwerden.

»Ehrlich, Ozzie, Sie machen mir gerade ein bisschen Angst.«

»Liegt es am Bart?«

Er klingt so verletzlich, dass ich unwillkürlich lachen muss. Ich glaube, mit dieser Beleidigung habe ich wirklich einen Nerv getroffen.

Ups!

»Nein, es liegt nicht am Bart. Der war furchtbar, aber er hat mir keine Angst gemacht. Er hätte mich nicht davon abgehalten, in Ihr Bett zu steigen.«

Heilige Scheiße! Ich kann nicht glauben, dass ich das gerade gesagt habe. Ich kriege rote Ohren. Hau ab, Ehrlichkeit!

»Tut mir leid, wenn ich vorhin unhöflich war.«

Gott sei Dank hat er auf die Zweideutigkeit, in der ich meinen Satz geradezu getränkt habe, nicht reagiert. Ich kann wieder normal atmen. Beinahe zumindest.

»Sie waren nicht unhöflich. Na gut, ein bisschen vielleicht, aber es hat mir nichts ausgemacht.«

»Warum nicht?«

Ich zucke die Achseln und bin mir über die Antwort selbst nicht sicher. »Ich weiß nicht. Es hat mir einfach nichts ausgemacht.«

Nach einer weiteren Pause fährt er fort: »Sie sind anders, als ich gedacht habe.«

»Ach ja?« Ich gähne laut, und mir fallen die Augen zu. Für mich ist längst Schlafenszeit, und jetzt ist Ozzie auch noch nett. Das weckt in mir den Wunsch, mich in sein Bett zu kuscheln und einzuschlafen.

Morgen werde ich wieder Energie für einen verbalen Schlagabtausch mit ihm haben. Morgen. »Wahrscheinlich, weil ich Miss Mittelmaß bin. Ich falle nicht auf.«

In Gedanken kehre ich zurück zu dem Tag, an dem ich diesen miesen Ehebrecher im Park fotografiert habe, und ich lächle im Halbschlaf. So ein Arsch. Ich habe über fünfzig Bilder von ihm gemacht, auf denen er den Arm um dieses Mädchen gelegt hat, das halb so alt war wie er, auf denen er ihren Hals geküsst und ihr ein Geschenk in einem Schmuckkästchen überreicht hat. Vielleicht ist er der Typ, der heute Abend auf mein Auto geschossen hat. Ich runzle ein wenig die Stirn, als dieser potenzielle Albtraum durch meinen Geist huscht.

»Ich schätze, Sie würden wirklich nicht besonders auffallen«, sagt eine tiefe Stimme rechts von mir.

Ich bin zu müde, um sie zu erkennen.

»Dann zählen Sie mal Schäfchen, Miss Mittelmaß«, brummt die Stimme in beruhigendem Tonfall. »Wir sehen uns morgen.«

Ich stelle mir ein paar wollig weiße Schafe vor, die über einen Zaun springen. Hüpf, hüpf, hüpf. So friedlich. So schön. So ermüdend. Aber das riesige schwarze mit den gekrümmten Hörnern auf dem Kopf nähert sich dem Zaun, steht dann einfach nur da und starrt mich an.

»Na?«, murmle ich, genervt, weil es mich vom Schlafen abhält. »Mach schon. Spring endlich, du haariges Vieh.«

Jemand kichert.

Das ist das Letzte, woran ich mich erinnere. Dann wache ich in jemandes Küche auf, komplett verwirrt, und starre die SMS meiner Schwester an, die mich aus dem Tiefschlaf gerissen hat.

> **Schwesterherz**: Wenn du mich nicht innerhalb von zehn Minuten zurückrufst, alarmiere ich die Cops. Kein Witz. Ruf mich an. Sofort.

Kapitel 13

»Hi, Jenny.« Das Handy fühlt sich kühl an meiner Wange an.

»Selber hi. Wo hast du gesteckt? Ich versuche schon den ganzen Morgen, dich zu erreichen.«

Ich gähne und strecke mich. Das Feldbett war gar keine gute Idee. Ich habe Schmerzen an den unmöglichsten Stellen. »Das würdest du mir nicht glauben. Wie spät ist es?« Mit zusammengekniffenen Augen schaue ich Richtung Backofen, kann aber von da, wo ich bin, die Digitaluhr nicht ablesen.

»8:45 Uhr. Hast du nicht heute ein Shooting? Wo bist du? Daheim?«

»Heilige Scheiße! Nein, ich bin nicht daheim. Nicht mal annähernd.« Ich springe auf und drehe mich um mich selbst, halte Ausschau nach meinen Schuhen. Natürlich, ich habe sie unters Feldbett geschoben.

»Oh, Mist. Soll ich rübergehen und die Kunden schon mal in Empfang nehmen?«

»Ja! Geh bitte sofort! Ich komme in … ich weiß nicht. Bald.« Ich versuche, mich zu erinnern, wo genau ich bin. Am Hafen. Klar. Es fällt mir wieder ein. »Ich bin in zwanzig Minuten da.«

Meine Schwester lacht. »One-Night-Stands sind abscheulich, was?«

»Das war kein One-Night-Stand.« Beim Versuch, im Stehen meine Schuhe anzuziehen, kippe ich um. Meine Worte verwandeln sich in ein Grunzen. »Warum bist du eigentlich nicht auf der Arbeit und tippst Computerprogramme, bis dir die Finger abfallen?«

»Es sind Apps, May, Apps. Ich habe das Wochenende frei. Außerdem ist Sammy krank. Selbst wenn ich gewollt hätte, ich hätte ihn nicht in den Kindergarten schicken können.«

Ich setze mich aufs Feldbett, um mir nicht wehzutun, ziehe meine Schuhe an und nutze dabei meinen Zeigefinger als Schuhlöffel. »Gut, geh ins Studio und halt sie hin.«

»Hinhalten. Gut. Wie genau soll ich das anstellen?«

»Ich weiß nicht – deute an, dass ihre Frisur nicht sitzt oder was auch immer. Bring sie ins Schminkzimmer und sag, ich muss ein neues Objektiv abholen und bin um halb zehn Uhr da.«

»Roger. Aber wenn du mit dem Termin fertig bist, erwarte ich eine ausführliche Erklärung.«

»Kriegst du. Mit allen schmutzigen Details, versprochen. Bis in dreißig Minuten.«

»Bis gleich.«

Sie unterbricht die Verbindung, und ich werfe das Handy aufs Feldbett. »Felix!« *Tut mir leid, dass ich Sie geweckt habe, Ozzie, ich muss weg, und zwar schleunigst.*

Ich habe meine Schuhe angezogen und mein Haarband umgebunden und den Schlafsack gefaltet aufs Feldbett gelegt, ehe mir klar wird, dass niemand auf mein Gebrüll reagiert hat.

»Felix! Komm schon, Süßer, wir müssen los!«

Nichts.

Ich starre den Gang an, der zu Ozzies Schlafzimmer führt. Soll ich hineingehen? Was ist, wenn er nackt ist?

Meine Füße bewegen sich wie auf Autopilot. Eben habe ich noch neben meinem Feldbett gestanden, und im nächsten

Augenblick stehe ich unter der Tür zu seinem Schlafzimmer, aber von Nacktheit kann keine Rede sein.

Verdammt! Das Bett ist militärisch exakt gemacht, aber es sind weder Menschen noch Hunde zu sehen.

Nach einem raschen Zwischenstopp im Bad bin ich wieder in der Küche, wo ich auf der Arbeitsplatte einen Zettel finde.

> *Bin mit den Kötern Gassi. Bis gleich. Bringe Sie dann heim.*

Ich schaue auf die Küchenuhr. Es ist schon fast neun. Ich werde es niemals rechtzeitig ins Studio schaffen, wenn ich auf Felix warte, und kann es mir nicht leisten, diesen Job zu versauen.

»Verdammt!«

Ich renne zurück zu meinem Handy und schicke Ozzie eine SMS, aber der piepsende Empfangston erklingt aus seinem Schlafzimmer und verrät mir, dass er ohne Telefon unterwegs ist.

»Doppelt verdammt!«

Ich schnappe mir den Kuli, mit dem er den Zettel geschrieben hat, und kritzle eine Antwort auf die Rückseite.

> *Musste weg, Kunden warten, Studioadresse: 1001 Vet. Mem. Blvd., würde mich freuen, wenn Sie Felix vorbeibringen, kann ihn aber wenn nötig auch später selbst abholen. Danke für die Gastfreundschaft.*
>
> *Habe eine SMS geschickt, aber Sie haben Ihr Handy hiergelassen.*

Ich habe gehofft, Ozzie werde zurückkommen, während ich die Nachricht schreibe, aber ich habe Pech. Ich will gerade gehen, als mir etwas einfällt, und ich kehre um und ergänze zwei Sätze. Ich will nicht, dass er wegen der Dinge, die ich am Vorabend gesagt habe, sauer ist – nicht, solange er den Babysitter für mein Fellbaby spielt.

Das mit dem Bart tut mir leid. Er war gar nicht so furchtbar, aber ohne sehen Sie viel besser aus.

So. Das sollte alle denkbaren emotionalen Verletzungen heilen. Lächelnd renne ich durch den Ninjaraum, und aus meinem Lächeln wird ein Grinsen, als ich sehe, dass er die Tür weit genug offen gelassen hat.

Kein digitaler Code hält mich auf. Das Garagentor ist auch weit offen. Ich werfe einen kurzen Blick auf das Einschussloch in meiner Fahrertür, dann steige ich in meinen Sonic und verlasse so zügig den Hafen, als sei mir ein Drogendealer auf den Fersen.

Kapitel 14

Die überaus glückliche, überaus gut fotografierte Familie ist noch keine dreißig Sekunden aus der Tür, als Jenny tatsächlich alle schmutzigen Details wissen will.

»So, erzähl, Schwester. Ich will alles hören, von Anfang bis Ende. Lass nichts aus.«

Ich setze mich auf meinen Hocker und nehme eine Flasche Wasser aus dem kleinen Kühlschrank daneben. Seufzend drehe ich sie auf. »Es war verrückt. Vollkommen, total verrückt.« Ich trinke die Flasche halb leer, während meine Schwester meine Einleitung verdaut.

Mein Neffe Sammy lässt sich aus der Spielecke vernehmen: »Totaaal varückt.« Seine Schwestern sind Gott sei Dank auf einer Geburtstagsparty. Man hat mit ihm allein schon alle Hände voll zu tun. Dankenswerterweise hat er während des Shootings ein Nickerchen gemacht, sonst wären Jenny und ich längst völlig am Ende.

Ich senke die Stimme, denn ich weiß, dass man bei allem, was er hört, Gefahr läuft, dass er es vor seinem Vater wiederholt. »Weißt du noch, wie du gestern ein neues Handy kaufen gegangen bist?«

»Ja.« Sie hält es hoch und wedelt damit. »Gefällt's dir?«

»Ja.« Ich verdrehe die Augen, denn es hat eine hell lilafarbene Hülle. Auf diese Farbe steht meine Schwester schon ihr ganzes Leben lang. »Jedenfalls habe ich gestern Abend eine SMS bekommen und dachte, sie käme von deinem neuen Handy.«

Sie wirft einen Blick darauf. »Ich habe dir auch SMS geschrieben.«

»Ich weiß. Aber nicht nur du.« Ich zücke mein Handy und zeige es ihr. »Siehst du? Lies mal.«

Stirnrunzelnd überfliegt sie die SMS. »Das kapiere ich nicht.«

»Ich dachte, die kämen von dir. Meine Vermutung war, du hättest vorübergehend ein Prepaid-Handy, und das wäre deine Interims-Telefonnummer. Also glaubte ich, du hättest mich gebeten, ins Frankie's zu kommen, und bin sofort los. Ich dachte, du wärst mit den Kindern dort und hättest den Verstand verloren oder so.«

Ich warte darauf, dass sie diese Worte verarbeitet, während sie weiterliest.

»Oh! Wow!«

»Ja.«

Sie schaut zu mir auf. »Was ist dann passiert? Du warst im Frankie's, ich natürlich nicht. Übrigens kann ich kaum glauben, dass du es wirklich für möglich hältst, ich würde mit den Kindern ins Frankie's gehen. Das ist doch voll die Kaschemme.«

»Ich will ins Fwankies!«, schreit Sammy. Er ist zu sehr damit beschäftigt, einer Barbie den Kopf abzureißen, um uns anzusehen, aber das bedeutet nicht, dass er nicht ganz Ohr wäre.

»Oh, mein Gott.« Meine Schwester schließt die Augen und holt tief Luft, dann stößt sie sie ganz langsam wieder aus, um ihren Körper zu entspannen. Diese Beruhigungsmeditation nutzt sie häufig, um nicht auszurasten. Früher hat sie sie einmal am Tag durchgeführt. Inzwischen mindestens einmal pro Stunde.

»Wir haben nicht *Frankie's* gesagt, sondern *McDonald's*«, sage ich laut und zwinkere Jenny zu.

Sie verdreht die Augen, als Sammy aufspringt und im Studio herumrennt.

»McDonawd's, McDonawd's, hurra, hurra, wir gehen zu McDonawd's!«

»Na toll.« Sie hebt resignierend die freie Hand. »Lass uns den Jungen mit Transfetten und Natrium vollpumpen. Toller Plan, May.« Sie schließt die Augen, lässt den Kopf hängen und schüttelt ihn.

Ich tätschle ihr Bein. »Keine Sorge. Er kann warten. Außerdem kann ich ohne Felix nirgends hin.«

Jenny lässt ihre Blicke über den Boden schweifen. »Warum merke ich eigentlich erst jetzt, dass er nicht hier ist?« Sie reißt den Kopf hoch. »Wo ist er?«

»Da, wo ich die Nacht verbracht habe.«

Jetzt glitzern Jennys Augen wieder. »Nämlich?«

Ich deute auf die SMS in meinem Handy. »Ich bin an den hier erwähnten Ort gefahren, der nicht McDonald's ist, und während ich im Hinterzimmer gesucht habe, ist etwas passiert – ein Schuss hat sich gelöst oder so, und so ein Typ, so ein großer, haariger Biker, hat mich durch die Hintertür in eine Gasse geschoben.«

»Waaaas?« Jenny packt mich am Arm und schüttelt mich. »Geht's dir gut?« Ihr Gesicht ist nur fünf Zentimeter von meinem entfernt, und ihre Augen sind voller schwesterlicher Sorge.

Ich entwinde mich ihrem Griff. »Wie du siehst, geht es mir gut.« Während ich meine Geschichte beende, versuche ich, meine Bluse glatt zu streichen. »Jedenfalls wollte ich dann nach Hause fahren, aber als ich bemerkt habe, dass mir jemand von der Bar gefolgt ist, habe ich einen Umweg genommen und ihn abgehängt. Dann hat mir der Typ, mit dem ich per SMS korrespondiert habe, die Wegbeschreibung zu der Adresse dieser Sicherheitsfirma gegeben, und dort habe ich die Nacht verbracht.«

Sie sieht mich mit zusammengekniffenen Augen an. »Warum habe ich nur den Eindruck, du erzählst mir nicht alles?«

Ich grinse. »Weil es so ist?«

Sie boxt mir gegen den Arm. »Red schon! Du weißt, wie langweilig mein Leben ist.« Sie wirft einen Blick auf ihren Sohn, der sich gerade in ein Kleid quält. Rosafarbene High Heels hat er bereits an. Mein Studio ist toll für Kinder, die sich gerne verkleiden.

»Ich vermute, ich bin in eine Polizeiaktion oder eine verdeckte Ermittlung hineingestolpert, und wer auch immer dort herumgeballert hat, war offenbar der Auffassung, es könne sich lohnen, mir zu folgen.«

»O mein Gott, das ist ja furchtbar!« Sie hat Tränen in den Augen.

»Nein, es ist alles in Ordnung.« Ich weiß nicht, warum ich auch nur ansatzweise hoffe, sie würde mir glauben. Ich glaube mir ja nicht mal selbst richtig. Dieser Schütze wird nicht einfach so verschwinden. Ich schätze, ich habe Glück, dass er zumindest nicht meine Adresse kennt.

»Es ist natürlich nicht alles in Ordnung.« Sie nimmt mich genauer in Augenschein. »Bist du verletzt?«

»Nein, ich habe nicht mal eine Schramme abbekommen.«

Sie deutet auf mein Gesicht. »Ich sehe Schrammen.«

»Na schön, ich habe ein paar kleine Schrammen. Die kommen von den Holzsplittern.«

Sie wartet auf eine Erklärung, aber ich schweige.

»Holzsplitter«, sagt sie mit ausdruckslosem Gesicht.

»Ja, Holzsplitter. Sie sind durch die Gegend geflogen und haben mich im Gesicht getroffen. Keine große Sache.«

»Ich begreife nicht, wie du in eine Bar geraten und am Ende Schrammen im Gesicht haben konntest.«

Langsam wird sie wütend. Ich muss ihr entweder alles erzählen oder taktisch ebenfalls wütend werden.

»Erzähl einfach.« Sie seufzt tief. »Du weißt ja, ich habe kein Leben. Wenn dir irgendetwas zustößt, muss ich die Scherben auflesen.«

»Das sind eigentlich zwei sehr gute Gründe, dir gar nichts zu erzählen.«

»Na schön. Du willst es auf die harte Tour? Kannst du haben. Wie wäre es mit … wenn du es mir nicht erzählst, ziehe ich mich eine Woche in die Blockhütte zurück und lasse die Kinder bei dir.«

Furcht durchbohrt mein Herz. »Na schön. Ich werde es dir erzählen. Aber nicht, weil ich meine Nichten und meinen Neffen nicht liebe.«

Sie lächelt wissend. »Alles klar.«

»Na schön, ich bin also in diese Bar gegangen und dann in diese Gasse gerannt, nachdem jemand einen Tisch in meiner Nähe zerschossen hat …«

»Zerschossen?« Meine Schwester packt wieder meinen Arm, ihre Nägel bohren sich in meine Haut.

Ich hebe die freie Hand, um zu verhindern, dass sie komplett durchdreht. »Warte, heb dir deine Fragen bitte bis zum Schluss auf.«

»May, mein Gott, man hat auf dich geschossen! Wie kannst du ernsthaft erwarten, dass ich darauf nicht reagiere?«

Vorsichtig löse ich ihre Hand von meinem Arm. »Schon klar … aber lass mich dir erst die ganze Geschichte erzählen, dann kannst du reagieren, wie du willst.«

»Einverstanden. Aber ich behalte mir vor, am Ende total auszurasten.«

Als ich Jenny alle Details unterbreitet habe, starrt sie mich einfach nur an. Ich bleibe ruhig und lasse ihr Zeit, das Gehörte zu verarbeiten. Dann wandert ihr Blick zu einem Punkt irgendwo über meiner Schulter.

»Heiliger Bimbam«, sagt sie schließlich leicht atemlos. Sie starrt durch das Panoramafenster meines Studios nach draußen.

»Heiwiger Bambam«, wiederholt Sammy. »Heiwiger Bambam noch mal.«

Es klingelt an meiner Studiotür, dann wird sie auch schon geöffnet. Ich stehe auf und bin plötzlich nervös, als ich sehe, wer da gekommen ist. Ich zupfe am Saum meiner Bluse und versuche, die Baumwolle einigermaßen faltenfrei zu kriegen.

»Hi«, sagt Ozzie und schaut sich um, während sein Körper den Eingang komplett ausfüllt.

Kapitel 15

Sofort steht Jenny neben mir. »Hallo«, sagt sie, ehe ich antworten kann. Sie zieht ihr Shirt über ihre kleinen Rettungsringe und wischt sich dann nervös die Hände am Po ab. »Wer sind Sie denn? Der Hundesitter?«

Er sieht meine Schwester kurz stirnrunzelnd an, ehe er mir seine Aufmerksamkeit zuwendet. »Ich habe Ihnen Ihren Hund zurückgebracht.«

»Und, wie heißt er?«, frage ich, um durch die kleine Neckerei den peinlichen Moment zu überspielen.

»Köter«, antwortet Ozzie, ohne eine Miene zu verziehen, doch ich könnte schwören, den Hauch eines Funkelns in seinen Augen gesehen zu haben. Er setzt Felix ab und richtet sich wieder auf. Felix rennt zu Sammy.

»Fee-Fee!«, brüllt der und bückt sich, um den Hund zu umarmen. Er weiß, er darf ihn nicht hochheben, aber erstickende Umarmungen fallen nicht unter dieses Verbot. Felix tut seine Pflicht und lässt sich die Zuneigungsbekundung gefallen, ohne ihn zu beißen.

»Er heißt nicht Köter. Sein Name ist Felix.« Ich deute auf Jenny. »Das sind meine Schwester Jennifer und ihr Sohn Sammy. Jenny, das ist Ozzie.«

Wir schauen alle drei rechtzeitig zu Sammy hinüber, um zu sehen, wie er Felix in eine paillettenbesetzte Handtasche schiebt und sie sich über den Arm hängt.

Felix' Hintern und Hinterbeine hängen heraus, sein Kopf ist nirgends zu sehen.

Ich renne hinüber, um einzugreifen, während meine Schwester das Gespräch weiterführt.

»Lassen Sie mich raten ... Sie sind der Typ, der meine Schwester gestern Abend gerettet hat, richtig?«

»Ich habe sie bei mir übernachten lassen.«

Sie verschränkt die Arme vor der Brust und nickt langsam. »Ja, und Sie haben auf ihren Hund aufgepasst.«

»Tatsächlich war ich mit ihm Gassi, und sie ist abgehauen, bevor ich wieder da war.«

Ich komme zu den Erwachsenen zurück. »Das tut mir wirklich leid. Ich hatte einen Fototermin, den ich nicht verpassen durfte. Ich wusste nicht, wo Sie hingegangen waren.«

»O mein Gott!«, schreit Jenny. Ihr Gesicht ist eine Maske des Schreckens, als sie wieder zum Fenster hinausstarrt und ein paar Schritte zurückweicht.

Ein großer, orangefarbener Kopf und eine Sabberspur zieren meine Vordertür.

»Sahara!«, brüllt Ozzie. »Du solltest doch im Wagen bleiben!«

Jenny rennt zu Sammy, schnappt ihn sich und hebt ihn hoch.

»He! Lass mich runter, Mamma! Ich will pielen!« Er bemüht sich, auf den Boden zu kommen, aber sie hält ihn eisern fest.

»Was ist das?«, fragt sie eindeutig verängstigt.

Ich gehe zur Tür und öffne sie. »Das ist Sahara, Felix' neue Freundin.«

Die riesige Hündin kommt lässig ins Studio getrottet und schaut sich um, bis sie Felix entdeckt, der sich vor dem

Wiesenhintergrund, vor dem ich gerade die Familienfotos aufgenommen habe, die Eier leckt. Sahara trabt zu ihm hinüber, lässt sich auf die Decke fallen, auf der auch Felix sich breitgemacht hat, und legt den Kopf auf die Pfoten.

»Ach du meine Güte. Irgendwie ist sie ja auch süß.« Jenny lässt Sammy langsam an ihrem Bein zu Boden rutschen. »Beißt sie auch nicht?« Sie schaut Ozzie an. »Ist sie kinderlieb?«

»Würde ich schon sagen«, antworte ich an seiner statt. Bestätigung heischend schaue ich Ozzie an.

Er ist zu sehr mit Stirnrunzeln beschäftigt, um mir recht zu geben oder zu widersprechen. Ich habe den Eindruck, er würde gern sagen, sie sei ein kinderfressendes Monstrum, aber dann würde Sahara als Reaktion wahrscheinlich einfach furzen und einschlafen, und dann stünde er dumm da, also sagt er gar nichts. Kluger Mann.

Er seufzt schicksalsergeben. »Komm, Sahara, wir müssen los.«

Ich schnappe mir die Kamera und gehe zu den Hunden hinüber. Sie sind einfach zu süß, um nicht ein paar Bilder zu machen, wenn ich schon die Gelegenheit dazu habe. Felix dreht sich direkt neben Saharas Bauch um die eigene Achse und versucht so, die Decke in das perfekte Hundebett zu verwandeln. Sobald er sich hingelegt hat, betätige ich den Auslöser, und die Canon klickt mehrfach.

»Soll ich die Scheinwerfer einschalten?«, fragt Jenny.

»Ja.« Ich suche mir einen besseren Winkel. Saharas Gesichtsausdruck ist unbezahlbar. Sie ist verliebt.

»Nein. Wir müssen gehen«, sagt Ozzie.

»Es dauert nicht lange«, antwortet Jenny leise. »Warten Sie nur. Meine Schwester ist eine geniale Fotografin.«

Ich presse meine Wange und meine Nase hinten gegen das Gehäuse meiner Canon. »Ich bin nicht nur als Fotografin genial«, schnaube ich.

»Na ja, in Physik warst du eine Niete. Ich glaube, als Universalgenie muss man das auch draufhaben.«

»Das war in der Highschool, und ich hatte immerhin eine Drei und keine Sechs.« Ich lasse die Kamera sinken und wechsle den Standort, ehe ich wieder hindurchschaue. »Im College hatte ich dann eine Eins, also vergiss das mal endlich.« Sie wird mir die eine schlechte Note, die ich je hatte, ewig unter die Nase reiben.

Ich schaue auf mein Display und scrolle durch die letzten paar Fotos. *Wow!* Die wären kalendertauglich. Sie kommen definitiv auf meine Website.

»Sie haben nichts dagegen, wenn ich die zu Werbezwecken nutze, oder, Ozzie?«

Er antwortet nicht, aber ich fotografiere weiter. Die Scheinwerfer gehen an, und es wird noch besser. »O Mann! Ich bin gerade im Himmel.«

Plötzlich schiebt sich etwas Großes, Schwarzes in mein Blickfeld, das Bild stellt sich scharf, und mir wird klar, dass es sich um einen Hintern handelt. Sogar einen sehr knackigen. Nur zum Spaß mache ich ein paar Fotos. Ozzie hat sich vornübergebeugt und versucht, seine Hündin zum Aufbruch zu bewegen.

»Hoch mit dir, Sahara, los.« Er zieht an ihrem Halsband, aber sie rührt sich nicht.

»Drehen Sie sich mal kurz, ja?«

Ozzie macht Anstalten zu widersprechen, und ich erwische ihn im perfekten Licht und mache ein paar Bilder, ehe er aus meinem Blickfeld tritt.

Ich lasse die Kamera sinken. »Was ist denn los?«

»Ich bin nicht gekommen, um mich fotografieren zu lassen, sondern um Ihnen Ihren Hund zurückzubringen und Sie nach Hause zu begleiten!«

Schweigen senkt sich über den Raum.

»Der strahlende Ritter wider Willen. Das gefällt mir.« Jenny grinst von einem Ohr zum anderen.

Wir schauen sie beide finster an. Ich, weil sie den Eindruck erweckt, ich stünde irgendwie auf ihn, und er aus einem mir unbekannten Grund. Vielleicht ist er sauer, weil er mich immer noch am Hals hat.

Jenny bewegt sich zuerst. »Jedenfalls viel Spaß, Kinder. Ich muss Sammy mal Mittagessen machen, bevor er total unterzuckert ist.« Sie schnappt ihn sich – samt Kleid, High Heels und Handtasche – und trägt ihn zur Tür. Auf dem Weg nach draußen greift sie sich ihre eigene Tasche.

»Ich dachte, wir essen zusammen zu Mittag«, rufe ich ihr nach.

»Mach das mal besser mit deinem Begleiter. Ich habe einiges zu erledigen. Ciao!«

Ich will gerade auf Ozzies unübersehbare Verärgerung darüber, dass er mich schon wieder retten muss, reagieren, da rieche ich den Gestank. Rasch schließe ich den Mund wieder.

»O mein Gott.« Ich schnappe mir ein Hemd, das Sammy vom Garderobenständer gezerrt hat und halte es mir vors Gesicht.

Ozzie rümpft die Nase, als ihm klar wird, was passiert ist. »Oh, um Himmels willen, Sahara! Was hast du denn bloß?«

»Wenn ich raten müsste, würde ich sagen Wurst.« Ich zwinkere Ozzie über das Hemd hinweg zu.

Der versucht, weiter sauer zu sein, aber es gelingt ihm einfach nicht. Er wird ein bisschen rot, dann entspannt sich seine Miene. »Man kann einfach nicht cool bleiben, wenn sie das tut.«

Ich boxe ihm spielerisch gegen den Arm. »Keine Sorge, bei mir müssen Sie nicht cool bleiben. Es bedarf weit mehr als eines Hundefurzes, um mich abzuschrecken.«

Mein gesamter Körper erstarrt, als mir klar wird, was ich gerade gesagt habe. Zu Ozzie. Dem Mann mit all den Muskeln, dem schwarzen Shirt und den engen Jeans. O mein Gott!

Erst als er den Kopf in den Nacken wirft und laut auflacht, kann ich endlich wieder atmen.

Kapitel 16

»Hier wohnen Sie also.« Ozzie geht durch den Eingangsbereich direkt hinter der Tür meines Stadthauses ins Wohnzimmer und sieht sich aufmerksam um. Ich bin nicht sicher, ob ihm gefällt, was er sieht, denn sein Gesichtsausdruck ist vollkommen neutral. Sein Angebot, sich zu überzeugen, dass bei mir zu Hause alles in Ordnung ist, war zu verführerisch, um es abzulehnen.

Ich werde mal so tun, als hätte ich Ja gesagt, weil ich mir um die Sicherheit meines Heims Sorgen gemacht habe und nicht, weil ich seinen Muskeln noch ein bisschen dabei zuschauen wollte, wie sie dieses T-Shirt dehnen.

»Ja. Trautes Heim, Glück allein.« Ich gehe durchs Wohnzimmer in die Küche, hole das Hundefutter aus einem der Hängeschränke und fülle zwei Näpfe – einen großen und einen kleinen.

Sahara verschlingt ihre Portion in etwa fünf Sekunden, rülpst dann lautstark und bricht auf dem Boden zusammen. Felix nimmt ein paar Bissen ins Maul, schleppt sie durch die Küche und frisst sie in der Ecke, ehe er sich neue holt.

»Was macht er da?«, fragt Ozzie und starrt Felix verwirrt an.

Ich beobachte den Hund mit ihm, fasziniert von den Idiosynkrasien meines Babys. »Wir nennen es Essen zum

Mitnehmen für Hunde. Felix frisst nie direkt aus seinem Napf. Das findet er uncool.«

Sahara sitzt auf den Hinterbeinen und beobachtet, wie Felix immer wieder hin und her läuft. Es ist fast komisch anzuschauen, wie sie ihm mit dem Kopf folgt, als betrachte sie ein Tennismatch in Zeitlupe.

Ozzie sieht sich in dem Zimmer hinter ihm um. »Wirkt irgendetwas hier verändert?«

Ich brauche ein paar Sekunden, bis ich begreife, was er meint. »Was? Warum sollte es?« War ich eben noch ganz bezaubert von unseren wunderbaren Hunden, habe ich jetzt Angst. Die Ereignisse der vergangenen Nacht drängen sich wieder in den Vordergrund meines Denkens.

Er zuckt die Achseln. »Man weiß nie. Ich will nur sichergehen.«

Ich stütze mich am Küchentresen ab, um nicht umzukippen. Mir ist ein wenig schwindelig. »Wollen Sie damit sagen, dass die Person, die mich zu erschießen versucht hat, hier eingedrungen sein könnte?«

Ozzie geht aus der Küche Richtung Treppe. »Ich schaue mich mal kurz um, wenn Sie nichts dagegen haben.«

»Nein, natürlich nicht. Schauen Sie sich nach Herzenslust um.« Meine Gedanken überschlagen sich. Ich bin gestern Nacht nicht heimgefahren, woher also hätte der Schütze wissen sollen, wo ich wohne? Das konnte er nicht, oder? Ich habe keine Firmenwerbung auf dem Auto. Eigentlich plane ich das schon lange, habe es aber bisher nicht über mich gebracht, den roten Metalliclack bekleben zu lassen.

Ich dachte, wenn ich mich ein bisschen an dem Auto sattgesehen habe, kann ich immer noch Werbung anbringen. Jetzt bin ich froh, es nicht getan zu haben. Anonymität hat ihre Vorteile, vor allem auf der Flucht vor Mördern.

Ich höre Schritte über mir. »Ist da oben alles in Ordnung?«, rufe ich.

»Schätze schon. Hier lauern keine komischen Typen.«

»Haha!« Das war überhaupt nicht witzig. Er hätte wissen müssen, dass er keine Witze darüber machen sollte, dass es jemand auf mich abgesehen haben könnte.

Was ist das denn für ein Sicherheitsexperte?

Ich eile die Treppe hoch und frage mich, ob ich daran gedacht habe, mein Bett zu machen. Ob Sie's glauben oder nicht, die Angst, dass meine mangelnde Ordnungsliebe auffliegen könnte, ist in diesem Moment größer als die davor, von einem Mörder verfolgt zu werden, vor allem, nachdem ich gesehen habe, wie blitzblank alles bei Ozzie war. Ja, ich habe ganz offensichtlich Probleme – und schuld daran sind Ozzies Muskeln. Er trägt schon wieder eins dieser engen BSB-Security-Shirts. Gibt es die nicht auch in seiner Größe?

Als ich mein Schlafzimmer erreiche, bin ich enttäuscht. Natürlich habe ich das Bett nicht gemacht. Jetzt weiß er, dass ich unordentlich bin und in Blumenbettwäsche schlafe. Die hasst er wahrscheinlich, schließlich steht er auf schwarzen Satin. Aus irgendeinem Grund macht mir das etwas aus. Dann fällt es mir wie Schuppen von den Augen. Ich will, dass er alles an mir mag, sogar meine Bettwäsche. Ich bin wahnsinnig oder zumindest sexuell ausgehungert genug, um komplett irrational zu agieren.

Er kommt aus dem Badezimmer, das sich an mein Schlafzimmer anschließt und bleibt unter der Tür stehen. »Sie haben hier drin auf der Ablage ein Paar Diamantohrringe liegen lassen, und meiner Erfahrung nach wird jemand, der in böser Absicht ein Haus betritt, so etwas einstecken, selbst wenn er normalerweise kein Dieb ist. Ich glaube, es ist alles in Ordnung.«

Ich seufze tief. »Oh, Gott sei Dank.«

Er runzelt die Stirn. »Machen Sie sich ernsthaft solche Sorgen?«

»Würden Sie das nicht tun?«

Er zuckt die Achseln. »Nein, aber ich lebe in einem gut gesicherten Lagerhaus.« Er sieht sich in meinem Schlafzimmer um. »Sie haben keine Alarmanlage, oder?«

Ich schüttle den Kopf. Mein Entschluss, mir dieses Geld zu sparen, kommt mir jetzt gerade sehr dumm vor.

»Ich schicke jemanden vorbei.« Ohne ein weiteres Wort verlässt er das Zimmer.

Ich eile ihm nach, möchte nicht, dass er so schnell schon wieder verschwindet. »Jemanden? Wen? Warum?«

Er rennt praktisch die Treppe hinunter. »Thibault. Vielleicht auch Toni. Sie werden ein paar grundlegende Dinge installieren, um Sie zu beruhigen.« Als er unten an der Treppe angekommen ist, wirft er einen Blick in die Küche. »Sahara! Auf geht's!«

Ozzie und ich stehen im Eingangsbereich. *Peinlich* beschreibt die Atmosphäre nicht einmal annähernd.

Er hat mein Schlafzimmer gesehen. Meine Bettwäsche. Er war in meinem Bad, und sicher stand eine Schachtel Tampons auf der Ablage. Er schickt jemanden vorbei, um etwas zu installieren. Er ist so scharf, dass es mir an dunklen, verborgenen Orten regelrecht wehtut. Ach, verdammt!

Die Hündin trottet aus der Küche und durch das Wohnzimmer und schließt sich ihrem Herrchen an der Ausgangstür an.

»Brauchen Sie sonst noch etwas?«, fragt Ozzie, und zum ersten Mal schaut er mir direkt in die Augen und wartet auf eine Antwort. Die Zeit steht still, als mich seine hellgrünen Augen in ihren Bann ziehen. Mein Blut kocht, aber nicht vor Zorn. Das hat ganz andere Gründe.

Ja, Ozzie, denke ich bei mir, *ich brauche etwas.* Etwas, das ich schon ewig nicht mehr gehabt habe.

Jede Menge Sex.

Ozzie legt den Kopf schief. »Geht's Ihnen gut?«

Ich schüttle den Kopf und versuche, ihn zumindest ansatzweise freizubekommen. »Äh, ja, es geht mir gut. Wirklich.« Ich lege ihm die Hand auf den Arm, um mich dadurch selbst zu beruhigen und ihn von meiner seltsamen Reaktion auf eine einfache Frage abzulenken.

Hoppla. Das war ein Fehler.

Ich spüre seine Wärme und seine Muskeln, die sich unter der Haut bewegen. Um überhaupt normal sprechen zu können, muss ich mich räuspern. Es funktioniert mehr oder weniger gut. »Danke für alles, Ozzie. Wirklich. Sie sind eine herausragende Erscheinung.«

Er entzieht mir seinen Arm nicht. Klar sollte er das tun, aber er unterlässt es. Wo unsere Haut sich berührt, entsteht sengende Hitze.

»Das ist eben mein Ding.«

Ich lache und lächle ihn dann an. »Jungfrauen in Nöten retten?«

»Nein, das Richtige tun. Ich tue immer das Richtige, so sehr es mich auch schmerzt.«

Autsch! Das kam mir vor wie eine kalte Dusche. Wow, habe ich die Situation so falsch gedeutet?

Ich nehme die Hand von seinem Arm. Das Ganze ist mir fast schmerzhaft peinlich. »Tut mir leid, dass ich Ihnen so viel Ärger gemacht habe.«

Für einen Augenblick ist sein Gesichtsausdruck verwirrt, dann nimmt er meine Hand in seine Pranke. Die Wärme kommt wieder, diesmal doppelt so stark. Er hält meine Hand! Ich bin wieder sechzehn!

»Nein, nein, Sie haben mir keine Schmerzen bereitet.« Er schüttelt den Kopf und schwenkt dabei meine Hand ein bisschen hin und her. »Verdammt, ich mache alles verkehrt.« Er seufzt tief und fängt von vorne an. »Was ich sagen wollte, ist, dass es richtig war, dafür zu sorgen, dass Sie gut nach Hause kommen, und obwohl ich im Augenblick etwa zehn andere Dinge zu tun hätte, bin ich froh, hier zu sein und dafür zu sorgen, dass Sie in Ihrem eigenen Zuhause sicher sind.«

Ich grinse. Nicht gerade ein Heiratsantrag, aber den wollte ich ja auch nicht. »Wow, Ozzie. Das war ja fast schon nett.«

Er lässt meine Hand los und runzelt die Stirn. »Rufen Sie an, wenn es Probleme gibt.« Er dreht sich um und öffnet ohne ein weiteres Wort die Tür.

Panisch denke ich, dies ist sicher das letzte Mal, dass ich ihn sehe. Schnell, Gehirn! Lass dir etwas Charmantes, Witziges und Interessantes einfallen, was ich sagen könnte!

»War es die Blumenbettwäsche?«

Ich habe keine Ahnung, warum ich das gerade gesagt habe. Schlafentzug ist wirklich etwas Furchtbares.

Schrecklich, abscheulich, furchtbar.

Er bleibt auf der Treppe vor der Haustür stehen und dreht langsam den Kopf. »Blumenbettwäsche?«

»Laufen Sie deshalb weg? Weil meine Blumenbettwäsche so schrecklich ist?«

Genau! Das sieht mir ähnlich! Ich kann einfach die Klappe nicht halten. Mein Gesicht wird krebsrot, als mir klar wird, dass jetzt kein Weg mehr zurück führt. Es ist, als hätte ich noch nie zuvor Kontakt mit einem Mann gehabt. Wie lange ist es eigentlich her, dass ich Sex hatte?

»Tatsächlich mochte ich die Bettwäsche.« Er lächelt verunsichert, als verwirre ihn das genauso wie mich.

Als hätte er mich nicht gerade komplett für sich eingenommen, indem er nicht erwähnt hat, dass ich augenscheinlich total neben der Spur bin.

Er geht ohne ein weiteres Wort die Treppe hinunter und nimmt dann den Weg zur Einfahrt.

Sahara wirft mich beinahe um, als sie an mir vorbei hinter ihm her rennt.

Ich sehe zu, wie er in seinen Pick-up steigt und rückwärts aus meiner Einfahrt fährt, kaum dass Sahara sicher auf der Ladefläche liegt, und frage mich, ob ich ihn je wiedersehen werde. Ich hoffe es doch sehr.

Kapitel 17

Ich habe Popcorn auf dem Herd, als es klingelt. »Es ist offen!«, überschreie ich den Lärm der aufplatzenden Körnchen.

Die Tür fällt zu, dann folgen Schritte. Erst als mir auffällt, wie schwer und schnell sie sind, wird mir klar, dass ich vermutlich meine Tür hätte abschließen sollen und den Leuten besser nicht einfach zugerufen hätte, sie könnten ruhig hereinkommen, wenn ihnen draußen ein Mörder auf den Fersen ist. Ich schnappe mir ein Messer aus dem Messerblock auf der Arbeitsfläche und wende mich meinem Besucher zu.

»Hier riecht es aber gut.« Als Thibault um die Ecke kommt und mein Messer sieht, verlangsamt er seinen Schritt. »Ganz ruhig.« Er hebt in einer Geste der Kapitulation die Hände. »Ich komme in Frieden.«

In Sekundenschnelle beruhigt sich mein rasendes Herz. »Oh, hey. Sie sind es.« Ich lasse das Messer auf Hüfthöhe sinken.

»Ja, ich bin es. Wen haben Sie denn erwartet? Ozzie?« Er kichert über seinen eigenen Witz, aber ich bin nicht sicher, ob er darauf anspielt, dass ich Ozzie mag und gehofft habe, er werde vorbeikommen, oder glaubt, ich wolle ihn erstechen. Ich stecke das Messer dahin zurück, wo es hingehört, ehe ich antworte:

»Ich wusste nicht, mit wem ich rechnen sollte. Möchten Sie Popcorn?«

»Unbedingt. Aber nach der Arbeit. Erst die Arbeit, dann das Vergnügen.« Er schaut sich in der Küche um. »Darf ich mich ein wenig umsehen?«

»Ja, nur zu. Ich bin an meinem Rechner im Wohnzimmer, ich muss an ein paar Fotografien arbeiten. Rufen Sie einfach, wenn Sie mich brauchen.« Diesmal habe ich keine Angst, mich zu blamieren. Ich habe mein Bett gemacht und die Ablage im Bad aufgeräumt, nachdem Ozzie weg war.

»Ich würde nur die Zugangspunkte zählen und festhalten, was wir brauchen, um sie abzusichern und ins Netzwerk einzuklinken.«

»Netzwerk?« Ich kaue auf meiner Lippe herum und frage mich, was mich das kosten wird. Ich habe nicht mehr viele Ersparnisse. Während meines letzten Tiefs herrschte völlige Flaute.

»Es ist ein überwachtes System. Wenn es Alarm gibt, ist innerhalb von zwanzig Sekunden jemand mit Ihnen in Kontakt. Das Neueste vom Neuesten. Drahtlos. Sie können es, wenn Sie wollen, mit Ihrem Handy überwachen und die Einstellungen ändern.«

»Toll.« Ich klinge weniger enthusiastisch, als ich sollte, aber das fällt Thibault nicht auf. Er verlässt das Wohnzimmer und geht die Treppe hoch, und ich hole eine kleine Schüssel und fülle sie mit Popcorn. Wenn ich im Panikmodus bin, esse ich Popcorn. Ich schiebe mir eine ganze Handvoll auf einmal in den Mund. Überall fliegen Bröckchen herum.

Dann bin ich wieder am Computer und versuche vergeblich, mich auf die Retusche unerwünschter Haare und Pickel in den Familienporträts zu konzentrieren, die ich am Vormittag aufgenommen habe. Ich muss ständig an die Alarmanlage denken, die mir bald installiert werden wird. Ich bin nicht einmal sicher, ob ich sie will. Brauche ich sie? Der Mörder hat jede Menge Gelegenheiten gehabt, mich anzugehen, und es ist den ganzen Nachmittag nichts passiert.

So vernünftig er auch ist, dieser Gedanke trägt nicht dazu bei, dass ich mich sicherer fühle. In Filmen sind Mörder immer sehr geduldig, wenn sie ihrem Opfer auflauern.

Ich lehne mich auf meinem Stuhl zurück und starre an die Decke. Geld, Geld, Geld. Ich brauche mehr Kohle. In wirtschaftlich schlechten Zeiten gehören Fotografen zu den ersten Leidtragenden. Wenn es ihnen nicht gut geht, haben die Leute kein Interesse daran, irgendwelche Augenblicke festzuhalten. Schau mal! Hier sieht man gut, wie grau Papas Haar geworden ist, nachdem er arbeitslos geworden war! Ach, und hier sieht man die zehn Kilo, die Mami durch Frustfressen zugelegt hat!

Nein. In Zeiten einer Wirtschaftskrise geht die Porträtfotografie den Bach runter, und es dauert lange, bis sie sich davon wieder erholt. Bis dahin muss ich mir etwas einfallen lassen. Bisher hatte ich keine besonders guten Ideen, um die Löcher in meiner Finanzdecke zu flicken. Selbst die Hochzeitsaufträge werden immer weniger.

Eine Bewegung auf der Straße fällt mir ins Auge. Ich lege den Kopf schief und sehe ein Auto im Schneckentempo die Straße entlangfahren, vorbei an meinem Stadthaus. Ich setze mich aufrechter hin. Ist das der Typ, der mir gestern Nacht gefolgt ist?

Ich gerate in Panik. Schnell stehe ich auf und weiche vom Fenster zurück. Der Fahrer hält nicht an, sucht aber definitiv etwas, dreht den Kopf ständig von rechts nach links. Als er in meine Richtung schaut, hält er an, und mir stockt der Atem. Nein, nein, nein, nein, nein! Nicht auf mein Haus schießen!

Dann fährt er weiter, und ich seufze auf. Den Sternen sei Dank, dass ich heute in die Garage gefahren bin.

Ich lasse den Wagen oft in der Auffahrt stehen, hatte aber Angst, wer auch immer käme, um mir mit der Sicherheitstechnik zu helfen, fände keinen Parkplatz, wenn ich die Auffahrt blockierte. Ich habe langsam das Gefühl, ich werde nie wieder ein gutes Gefühl haben, wenn ich da draußen parke.

Als Thibault die Treppe herunterkommt, erschrecke ich.

»Nervös.« Er tritt neben mich und schaut aus dem Fenster. »Haben Sie da draußen was gesehen?«

»Ich bin nicht sicher.« Ich stelle mich näher zu ihm. »Möglicherweise habe ich das Auto gesehen, das mir letzte Nacht gefolgt ist, aber wahrscheinlich habe ich mich geirrt.«

»Marke und Modell?«

Ich lege die Stirn in Falten, als ich mich zu erinnern versuche. »Groß? Ford? Cadillac? Buick?« Ich schaue ihn an. »Tut mir leid. Bei älteren Modellen kenne ich mich einfach nicht aus. Fragen Sie mich nach den sparsamen Modellen aus dem Jahr 2014, und ich kann Ihnen alles sagen.«

»Ist das ein Hobby von Ihnen?« Er lächelt.

»Nein, ich musste mir vor ein paar Monaten ein Auto kaufen. Ich habe viel recherchiert, bevor ich eine Entscheidung getroffen habe.«

»Ah, eine Autonärrin.«

»Nein, eher eine Budgetnärrin. Ich wollte für die wenige Kohle, die ich hatte, das Beste kriegen.« Mit diesen Worten gehe ich zu meinem Computer hinüber und setze mich wieder. Thibaults Lockerheit hat mich ein Stück weit wieder entstresst. Außerdem ist das Auto, das ich draußen gesehen habe, inzwischen verschwunden, und die Straße ist wieder leer.

»Wir könnten wirklich Ihre Hilfe gebrauchen, wenn Sie gerade Arbeit suchen.« Er stellt sich neben mich und sieht zu, wie ich ein Foto am Computer bearbeite. »Ich bin gut im Installieren von Dingen, aber eine Flasche bei allem, wozu man durch einen Sucher schauen muss.«

Lächelnd schaue ich zu ihm auf. »Ich nehme mal an, Überwachungsarbeit erfordert nicht so viel künstlerisches Talent.«

»Sie wären überrascht.« Er deutet auf meinen Bildschirm. »Benutzen Sie ein Bildbearbeitungsprogramm?«

»Ja, Photoshop.« Rasch entferne ich ein Haar, das über dem Kopf der Mutter senkrecht hochsteht.

»Ich kann Ihnen gar nicht sagen, wie oft wir jemanden bei so schlechtem Licht fotografieren, dass man hinterher auf dem Film überhaupt nichts sieht. Das könnten Sie hinkriegen, richtig?«

Ich zucke die Achseln. »Bis zu einem gewissen Grad. Ich kann aufhellen oder abdunkeln, Dinge entfernen und hinzufügen. Aber ich kriege auch nicht alles hin. Wenn die Bilder nicht aus dem richtigen Winkel aufgenommen sind, ist möglicherweise nicht viel zu retten.«

»Genau darum geht es. Dieses Talent fehlt uns. Die meisten Sachen haben wir drauf, das aber nicht.«

Ich lasse die Maus los und drehe meinen Stuhl ein wenig, um Thibault besser ansehen zu können. »Was haben Sie denn so alles drauf?«

Thibault schnappt sich einen Stuhl vom Esstisch und zieht ihn zu mir herüber. Dann zählt er an den Fingern auf: »Schauen wir doch mal … Für Kampfkunst haben wir Dev. Er trainiert uns mithilfe von Toni. Lucky ist gut mit Zahlen. Er kennt sich mit Finanzkram aus und kann in diesem Bereich alles finden, was andere zu verstecken versuchen. Er ist auch ein recht guter Schütze. Ich bin der Sicherheitsmensch, und Ozzie ist die treibende Kraft hinter allem. Er ist auch das Gesicht unserer Firma. Er arbeitet mit der Polizei oder sonstigen Auftraggebern zusammen, verschafft uns einen Überblick über den Job und zählt zwei und zwei zusammen. Er schreibt auch am Ende den

Bericht. Das hasst er zwar, aber es will kein anderer machen, deshalb bleibt es an ihm hängen.«

Es liegt mir auf der Zunge, dass ich es liebe, Berichte, Zusammenfassungen und dergleichen zu schreiben, aber dann behalte ich es für mich. Er will das gar nicht hören. Stattdessen beschließe ich, ihn nach etwas zu fragen, das mir am Vorabend aufgefallen ist und woran ich mich heute wieder erinnert habe.

»Ich habe den Eindruck, Sie kennen sich alle von woanders her.« Ich stütze den Arm auf meine Rückenlehne, den Kopf in die Hand und warte auf seine Antwort.

»Wir sind zusammen aufgewachsen. Haben, als wir jünger waren, ab und zu drüben auf der Bourbon Street Ärger gehabt.« Er grinst. »Ozzie ist zum Militär gegangen, und als er wieder rauskam, hat er uns zusammengerufen und uns ein Angebot gemacht, das wir nicht ausschlagen konnten.«

»Nämlich …?«

»Macht bei mir mit, oder ich reiße euch den Arsch auf. Er hat uns die Entscheidung sehr leicht gemacht.«

Ich lächle und stelle mir vor, wie Ozzie genau diese Worte sagt. »Er versucht, so krass zu sein.«

»Versucht?« Thibault hebt die Brauen. »Sie meinen, es gelingt ihm nicht?«

Ich zucke die Achseln, und meine Sicht verschwimmt, als ich mir Ozzie vorstelle, wie er versucht, ernst zu bleiben, aber trotzdem lächeln muss, wenn seine Hündin etwas Trotteliges tut. »Ich weiß nicht. Schätze schon. Aber auf mich wirkt er nicht so furchterregend, wie er es, glaube ich, gerne möchte.«

»Die meisten Menschen glauben, er sei der fieseste Drecksack, dem sie begegnet sind.«

Ich schnaube. »Ja klar. Die haben ja keine Ahnung.«

Thibault starrt mich mit einem schwer deutbaren Lächeln auf den Lippen an.

»Was?« Ich habe Angst, ich könnte Popcornbröckchen im Gesicht haben oder so.

»Nichts.« Sofort wendet er seine Aufmerksamkeit dem Notizblock zu, den er auf den Tisch geworfen hat, nachdem er sich einen Überblick über mein Haus verschafft hatte. »Also … hier meine Einschätzung Ihrer Bedürfnisse, was Sicherheitstechnik angeht.«

Ich beuge mich über seine Notizen, aber seine Handschrift ist nicht zu entziffern. Ich warte, bis er sie mir vorliest.

»Sie haben oben fünf Fenster, zwei pro Schlafzimmer und eins im Bad. Unten gibt es drei und zwei Türen, eine vorn und eine hinten, dazu die aus der Garage. Das sind insgesamt elf Zugangspunkte, die wir ausrüsten müssen.«

»Ausrüsten?«

»Mit Sicherheitstechnik. Ich würde auch einen Glasbruchsensor an den Fenstern zur Straße und den Schiebetüren zur Terrasse empfehlen, Bewegungsmelder im Flur und in diesem Raum, und außerdem brauchen Sie Haustierimmunität.« Er macht sich ein paar Notizen auf seinem Block.

»Was ist das denn?«

»Nur ein Gerät, das dafür sorgt, dass Ihr Hund nicht ständig die Bewegungsmelder auslöst.« Er hebt den Blick und sieht meinen Gesichtsausdruck. »Was ist denn?«

Mit gesenktem Blick versuche ich, mein Unbehagen in den Griff zu bekommen. »Ich mache mir nur Sorgen über die Kosten dieser ganzen Maßnahme.«

Er schlägt mir heftig auf den Rücken. »Das kostet keinen Cent!« Er steht auf, schnappt sich den Stuhl und stellt ihn schwungvoll dahin zurück, wo er ihn herhat.

»Was?« Ich stehe auf, nicht sicher, wie er das meint.

»Es kostet Sie überhaupt nichts. Das ist eine Sonderzulage.«

»Eine Sonderzulage? Wozu?«

»Jeder, der für Bourbon Street Boys Security arbeitet, bekommt für zu Hause eine Alarmanlage umsonst.«

»Wow! Das ist … großzügig. Schätze ich.« Ich kann mich gar nicht erinnern, gesagt zu haben, dass ich für sie arbeiten wolle, auch wenn ich wohl meine Talente ziemlich vehement angepriesen habe. Warum zum Teufel habe ich das nur getan?

»Nein, nicht großzügig. Smart. In unserem Beruf kann man gar nicht vorsichtig genug sein.«

Mir fällt die Kinnlade herunter. »Das ist wirklich nicht die beste Methode, mich dazu zu überreden, für Sie zu arbeiten, das wissen Sie schon?«

Er kratzt sich am Kopf. »Wahrscheinlich nicht. Aber he, fotografieren? Das ist kein Problem. Es birgt praktisch kein Risiko. Keins Ihrer Ziele wird Sie je zu sehen bekommen. Sie wären wie der Unsichtbare.«

»Der Unsichtbare …« Ich grüble darüber nach, wie riskant das Leben des Unsichtbaren wohl ist, da unterbricht Thibault meine Gedanken.

»Wir bezahlen dreihundert pro Stunde plus Spesen. Die meisten Überwachungsjobs dauern mindestens fünf Stunden, manchmal etwas mehr, manchmal etwas weniger, und wir übernehmen im Durchschnitt fünf Aufträge pro Monat. Zumindest sagt das Lucky.«

Mir fallen fast die Augen aus dem Kopf. Ich bin noch beim ersten Teil seiner Erklärung. Sicher habe ich mich verhört, was den Stundensatz angeht. »Wie bitte?«

Er grinst. »Dreihundert plus Spesen.«

»Und ich soll glauben, dass das Ganze überhaupt kein Risiko birgt?« Mein Blutdruck geht an die Decke. Ich könnte dreihundert pro Stunde wirklich gebrauchen, selbst wenn es nur eine Stunde im Monat wäre, aber nicht, wenn ich dafür mein Leben riskieren muss.

»Nicht für das Überwachungsteam. Trotzdem spielt es eine entscheidende Rolle. Ohne es müssen wir uns taub und blind in Situationen stürzen. Wir berechnen hohe Honorare, wenn ein Job Überwachung erfordert.« Er geht Richtung Tür. »Sie sollten mal unser Equipment ansehen. Damit wir wissen, ob wir noch etwas dazubestellen müssen.«

»Dazubestellen? Wie meinen Sie das?«

»Wenn Sie den Job machen, brauchen Sie auch die richtige Ausrüstung, oder?«

»Ich habe Kameras.«

»Ozzie will, dass jegliche Ausrüstung der Firma gehört, wenn er also nicht schon hat, was Sie brauchen, wird er es erwerben.«

Ich bleibe an der Haustür stehen, während Thibault zu seinem SUV geht. »Erwartet er einen Anruf von mir oder so?«

»Vielleicht.« Thibault öffnet die Heckklappe und entnimmt dem Wagen eine große Kiste. In die andere Hand nimmt er eine weitere. Er stellt sie ab und holt dann einen großen Karton aus dem Auto.

Ich eile hinaus, um ihm zu helfen.

»Was ist das denn alles?«, frage ich und hänge mir eine der schweren Reisetaschen über die Schulter.

»Das Zeug, das ich brauche, um Ihre Anlage zu installieren.«

»Aber ich habe den Job doch noch gar nicht angenommen.«

»Das werden Sie. Vertrauen Sie mir. Niemand sagt Nein zu Ozzie.«

Kapitel 18

Mein Handy piepst, weil eine SMS eingeht. Ich stehe am Eingabefeld der Alarmanlage an der Haustür und versuche, mich an alle Anweisungen zu erinnern, die mir Thibault vor einer Stunde gegeben hat. Welche vier Zahlen soll ich noch mal eingeben, wenn jemand durch die Tür kommt und darauf besteht, dass ich den Alarm ausschalten soll, damit er mich ausrauben oder ermorden kann?

Ozzie: Was dagegen, wenn ich gegen 7 vorbeikomme?

Ich vermute, er will mir heute Abend das Angebot machen, das ich nicht ausschlagen kann. Aber meine Entscheidung steht bereits fest. Ich werde nicht für sie arbeiten. Schließlich bin ich keine Spionin. Ich bin nur Fotografin mit einem besonderen Talent dafür, Augenblicke im Bild festzuhalten. Außerdem stehe ich nicht gerade darauf, in Gefahr zu geraten. Eine Nacht, in der ich verfolgt wurde und in einem Lagerhaus schlafen musste, reicht mir.

Ich: Wenn Sie möchten. Will aber nicht Ihre Zeit verschwenden.

Ozzie: Wir sehen uns um 7.

Er versteht den Hinweis nicht. Seufz. Ich schaue mich um und beschließe, noch ein bisschen aufzuräumen, bevor er vorbeikommt. Zum einen liegen meine Socken neben dem Schreibtisch auf dem Boden. Außerdem sollte ich vermutlich eine Flasche Wein besorgen. Nicht, dass wir fürstlich zusammen essen werden, aber es wäre unhöflich, nichts zu trinken im Haus zu haben, richtig? Rasch gehe ich zur Tür, schlüpfe in meine Sandalen und schnappe mir meine Handtasche, die im Eingangsbereich auf dem Boden steht.

Die Tür piept und erinnert mich damit daran, die Alarmanlage scharf zu stellen. Ich schließe sie wieder und starre das Eingabefeld an. Thibault hat seinen Geburtstag als Code verwendet, damit ich beides nicht vergesse. In einer Woche, hat er gesagt.

Ich gebe die vier Zahlen ein, an die ich mich zu erinnern glaube, verlasse das Haus und schließe hinter mir zu.

Dann warte ich ein paar Sekunden, und als ich nichts höre, gehe ich davon aus, dass ich jetzt beruhigt aufbrechen kann.

Der Laden an der Ecke hat nicht gerade die beste Weinauswahl der Welt, aber für mehr habe ich keine Zeit. Im Supermarkt wird es zu voll sein, um den Einkauf in maximal fünfzehn Minuten zu erledigen.

Ich schnappe mir eine Flasche Merlot und beschließe dann, für den Fall der Fälle besser zwei zu kaufen. Für den Fall welcher Fälle eigentlich? Ich verstehe den Gedanken selbst nicht so richtig. Vielleicht für den Fall, dass er einen Freund mitbringt. Ich erwarte jedenfalls nicht, dass er für zwei Flaschen bleibt.

Das würde bedeuten, dass ich mit dem Gedanken spiele, ein Glas zu viel zu trinken und möglicherweise ein wenig übergriffig zu werden. Aber das werde ich natürlich nicht tun. Kommt gar nicht infrage. Schon der Gedanke macht mich auf eine sexy Art und Weise ganz kribbelig.

Ich fahre in die Garage und betrete das Haus durch die Verbindungstür. Sofort ertönt der Alarm. Ich weiß, mir bleiben ein paar Sekunden, um ihn auszuschalten, aber bin ich deswegen weniger panisch? Nein. Ich komme mir vor, als sei ich in mein eigenes Haus eingebrochen.

»Wie war der Code noch mal?«, murmele ich und starre das Eingabefeld an. Das laute Piepsen lenkt mich total ab. Er fällt mir nicht ein! Ich zerre mein Handy aus der Handtasche, starte die Kalender-App. »Wann hast du Geburtstag, Thibault?!« Ich starre die Wochentage an, kann mich aber nicht mehr erinnern, ob es Samstag oder Sonntag war.

Also rate ich und gebe die vier Zahlen ein.

Sirenen ertönen.

»Verdammt!«

Felix kommt lauthals bellend um die Ecke gerannt. Besser spät als nie, schätze ich.

Aus einem irgendwo verborgenen Lautsprecher ertönt eine Stimme. »BSB Security. Bitte geben Sie Ihren Zugangscode ein.«

»Ich weiß meinen Zugangscode nicht mehr!«, brülle ich.

Mein Telefon klingelt.

»Hallo!«, überschreie ich die Sirenen.

»Hallo, hier spricht Amy vom Bourbon-Street-Boys-Security-Heimüberwachungsservice. Mit wem spreche ich?«

»May hier. Ich bin May. Mir gehört dieses Haus.« Ich drücke noch ein paar Tasten auf dem Eingabefeld, probiere das andere Datum, aber es ändert nichts. Meine Trommelfelle schmerzen von der Sirene und Felix' Toben.

»Geht es Ihnen gut?«

»Mir geht's prima! Ich habe nur den blöden Code für dieses Ding vergessen, verdammt!«

»Erinnern Sie sich an Ihr geheimes Passwort für die Telefonabfrage?«

Meine Gedanken überschlagen sich. Thibault hat gemeint, der Name meines Hundes wäre zu leicht zu erraten und ich solle ihn deshalb nicht nehmen. Ein früheres Haustier wäre in Ordnung, oder der Name eines Freundes. Auch Charaktere aus Disneyfilmen seien beliebt. Aber wofür habe ich mich entschieden? Als er da war, hatte ich so viele Ideen, aber ich kann mich nicht mehr erinnern, wofür ich mich letztlich entschieden habe …

»Sahara!«, rufe ich. »Sahara ist das geheime Passwort!«

»Super. Ich werde die Sirene abschalten und der Polizei Bescheid sagen, dass es sich um einen Fehlalarm gehandelt hat.«

Die Sirene verstummt, und ich lehne mich erschöpft an die Wand.

»Brauchen Sie sonst noch etwas?«, fragt Amy.

»Ja. Ein Glas Tequila.«

Sie lacht. »Vielleicht besser eine Tasse Tee?«

»Wenn Sie es sagen. Danke.«

»Bitte. Schönen Abend noch.«

»Ihnen auch. Wiederhören.« Ich unterbreche die Verbindung und schiebe mein Handy zurück in die Handtasche, ehe ich mich zu Felix hinunterbeuge, um ihn zu beruhigen. Er ist völlig aufgedreht.

Als ich ihm einen Kuss auf den Kopf gebe, dreht er sich und versucht, mich abzulenken. »Ganz ruhig, kleiner Mann. Alles gut. Heute kommen hier keine bösen Männer rein.« Jetzt, wo ich das System in Aktion gesehen habe, bin ich ziemlich beeindruckt. Nicht, dass ich wirklich glauben würde, irgendein Mörder habe es noch immer auf mich abgesehen, aber trotzdem … Vorsicht ist die Mutter der Porzellankiste, stimmt's? Zumindest würde er von der Sirene sofort taub werden.

Es klingelt an der Tür, und Felix dreht erneut durch. Ich setze ihn ab, sodass er hinrennen und unseren Besucher zu Tode erschrecken kann. Ich schaue auf die Uhr. Es ist wahrscheinlich Ozzie, auch wenn es erst 18.50 Uhr ist.

Ich stelle die beiden Flaschen Wein auf den Küchentresen und gehe ebenfalls zur Tür. Durch den Spion sehe ich, dass mein Gast tatsächlich zu früh dran ist. Ich schließe auf und öffne die Tür.

»Hey.«

»Hey«, sagt er. Er hat zwei Papiertüten im Arm. Sahara schiebt sich schwanzwedelnd an uns beiden vorbei ins Wohnzimmer. Felix führt seinen Willkommen-in-meiner-Junggesellenbude-Tanz auf, während Sahara sich in engen Kreisen dreht und versucht, an seinem Hintern zu schnüffeln.

»Sie bringen Geschenke«, sage ich und versuche, in die Tüte zu spähen, die mir am nächsten ist.

»Ich bringe Abendessen. Hoffentlich sind Sie hungrig.«

Ich halte die Tür offen, bis er eingetreten ist, und schließe sie dann hinter ihm. Er geht durchs Wohnzimmer in die Küche, als sei er hier zu Hause.

Hm. Ich bin nicht sicher, was ich von dieser improvisierten Abendessensache halten soll. Hat er das in seiner SMS erwähnt? Ich schaue nach … hat er nicht.

»Wie läuft's mit der Alarmanlage?«, fragt er, während er seine Papiertüten auspackt. Weiße Schachteln verschiedener Größe stapeln sich auf dem Küchentresen.

Beide Hunde scharwenzeln um unsere Füße in der Hoffnung, es könne etwas herunterfallen.

»Super. Hatte gerade schon den ersten Vorfall.«

Er hält inne und sieht mich an. »Vorfall? Es gab einen Einbruch?«

Ich lache ein wenig beschämt. »Nur, wenn Sie es als Einbruch zählen, dass ich versucht habe, mein eigenes Haus zu betreten, und den Code vergessen hatte.«

Sein Gesichtsausdruck verfinstert sich ein wenig. »Sie hätten sich einen Code aussuchen sollen, den Sie sich leicht merken können.«

»Habe ich. Mehr oder weniger.«

»Was war es denn?«

»Thibaults Geburtstag.«

Ozzie seufzt angewidert. »Typisch.« Er packt weiter aus. Zwischendurch wirft er Sahara einen strengen Blick zu und deutet auf die Ecke des Raums. »Platz!« Sie gehorcht sofort. Felix folgt ihr und kuschelt sich an sie.

Ich bin nicht nur erstaunt darüber, wie gut er unsere Hunde im Griff hat, sondern auch darüber, wie viel Essen er mitgebracht hat. Kommt der Rest des Teams etwa auch?

»Denken Sie sich vier Zahlen aus, die Sie sich merken können, dann programmiere ich sie Ihnen nachher ein.«

Ich bin irgendwie ein bisschen kess drauf, denn ich antworte: »Wie kommen Sie auf die Idee, dass ich Ihnen meinen Geheimcode verrate?«

Ohne mit der Wimper zu zucken, packt er weiter aus. »Ich stelle keine Bedrohung für Sie dar.«

»Haben Sie eine Ahnung«, sage ich, bevor ich es mir verkneifen kann. Ich habe mir gerade vorgestellt, wie er mich berührt und ich daraufhin jegliche Selbstbeherrschung verliere, aber das weiß er Gott sei Dank nicht.

Er hat die letzte Schachtel aus der Tüte genommen und zerknüllt sie jetzt. »Was soll das denn heißen?«

Ich zucke die Achseln. »Nichts.« Tatsächlich habe ich gemeint, dass er eine Bedrohung für meinen gesunden Menschenverstand darstellt, aber wenn er es so verstehen möchte, dass ich ihn furchterregend finde, werde ich ihm nicht widersprechen. Vielleicht tut es ja seinem Ego gut. Außerdem werde ich unter keinen Umständen zugeben, dass ich in ihn verknallt bin, wenn er ganz offensichtlich völlig desinteressiert an mir ist.

Er wendet sich mir zu, und es sieht aus, als habe er Wortfindungsstörungen. Ozzie öffnet den Mund, aber es ertönt kein Laut. Er sieht sich ein wenig in der Küche um und versucht es erneut.

»Ich ... äh ... äh ... ich wollte sagen ... äh ...«

Ich schnappe mir eine Flasche Wein vom Küchentresen und halte sie ihm hin. »Wein?«

»Ja, klar. Ein Glas geht.« Er klingt erleichtert.

Wer ist jetzt eine Superheldin? Grinsend öffne ich die Flasche, hole zwei Gläser aus dem Schrank und fülle sie zur Hälfte.

»Ich kann nicht versprechen, dass er gut ist, aber es ist Alkohol drin.« Ich gebe ihm ein Glas und hebe meines.

Wortlos mustert er mich. Dann stößt er mit mir an. »Prost.«

Mir fällt kein dummer Spruch ein, deshalb wiederhole ich: »Prost.« Ich nehme einen tiefen Schluck, wodurch ich mein Glas zur Hälfte leere. Dann wende ich mich ab, damit er nicht merkt, dass mir die Augen aus den Höhlen treten, als der Alkohol in meiner Kehle brennt.

»Teller?«, fragt er.

Ich öffne einen Schrank und hole zwei heraus. Dann halte ich inne, ehe ich die Schranktür wieder schließe. »Kommt noch jemand?«

»Nein. Wir bleiben zu zweit.« Seine Stimme ist barsch.

Mein Herz klopft wie verrückt. Irgendwie gelingt es mir, die korrekte Anzahl von Besteck und Servietten herauszuholen, obwohl ich mit meinen Gedanken ganz woanders bin. Ganz automatisch decke ich in meiner kleinen Küche den Tisch.

Warum hat er Abendessen mitgebracht? Ist dies ein Date oder will er mich einfach nur dazu bringen, sein Jobangebot anzunehmen? Letzteres kommt nicht infrage, egal wie sehr er herumschleimt.

»Ich hoffe, Sie mögen Hummer«, sagt er.

»Was zur Hölle …?« Scheppernd und krachend lasse ich das letzte Messer auf den Tisch fallen.

Seine Hand, die gerade nach einer der Schachteln greifen will, erstarrt. »Sind Sie etwa allergisch?«

»Nein, ich bin nicht allergisch. Ich bin angepisst.«

Er tritt einen Schritt zurück und lässt die Arme steif an den Seiten herabhängen. Jetzt fehlt nur noch die Uniform und dass er salutiert. »Sie sind wütend.«

Ich schmolle ein bisschen. Der Lobster sieht in all seiner wohlriechenden, in zerlassener Butter schwimmenden Pracht verlockend aus. »Nein, nicht wütend. Frustriert. Sie haben mich schachmatt gesetzt.«

»Schachmatt gesetzt?«

»Ja. Schachmatt gesetzt. Sie wissen schon, Schach, das Spiel der Könige? Sie haben mich voll erwischt.«

Seine Maske verrutscht ein bisschen. »Dem entnehme ich, dass Sie Hummer mögen.«

»Von mögen kann keine Rede sein, Sie Trottel, ich liebe Hummer. Wenn ich genug Kohle hätte, würde ich jeden Tag Hummer essen.« Ich lasse mich auf meinen Stuhl fallen. »Aber ich werde trotzdem nicht für Sie arbeiten. Egal wie viel geklärte Butter Sie in diesen kleinen Schalen haben.« Es sind mehrere davon. Verdammt! Aber was soll das? Erwartet er wirklich, dass ich einfach so für ihn arbeite, nur weil er mich zum Hummeressen einlädt? Der Job könnte gefährlich sein. Dafür ist die Alarmanlage doch da, oder?

Er stellt einige der Schachteln auf den Tisch und öffnet sie. »Ich habe auch frische Zitronen.«

»Natürlich. Idiot.«

Er kichert. »Ich glaube, das ist das erste Mal, dass ich eine Frau auf die Palme gebracht habe, indem ich ihr Hummer mitgebracht habe.« Aus mehreren Schälchen rührt er einen Pilaw-Reis zusammen, dann gibt er mehrere Löffel auf beide Teller.

»Ich weiß nicht genau, warum Sie das so glücklich macht«, knurre ich.

»Ich auch nicht.«

Ein riesiger Hummer landet auf meinem Teller. Der feuerrote Panzer glitzert noch von dem Wasser, in dem er gekocht wurde. Felix löst sich von Saharas Seite und legt sich mir zu Füßen. Das kleine Biest kennt mich gut. Er wird am Ende von allem auf meinem Teller etwas abbekommen, aber nicht, weil ich ihn absichtlich vom Tisch füttere. Mir fällt nur dauernd etwas herunter.

»Wo haben Sie denn diese Monster her?«, frage ich, als der zweite auf seinem Teller landet.

»Ich lasse sie ab und zu aus Maine einfliegen. Ich habe dort einen Freund.«

»Wow! Toller Freund.« Ich nehme einen weiteren großen Schluck Wein. Mein Glas ist fast leer, also gieße ich mir nach.

»Er schuldet mir was.«

Ich frage mich, was er von mir verlangen würde, wenn ich ihm einen Gefallen schulden würde. Schon der Gedanke macht mich ganz kribbelig. Ich weiß jedenfalls, was ich ihm gern anbieten würde.

He! Mach mal langsam, du alte Nymphomanin! Er ist gerade erst reingekommen. Meine Güte.

Ozzie setzt sich und rückt näher an den Tisch. »Bon appétit.« Ehe ich auch nur die Gabel heben kann, hat er eine Schere abgerissen.

Kapitel 19

Wir essen ein paar Minuten lang in einem prächtigen Schweigen, und ich nutze die Zeit, um ein Stück Hummer in Butter zu tunken, die Augen zu schließen und vor Glück zu seufzen. Ich habe laaaange nicht mehr so gut gegessen. Den letzten Hummer hatte ich, glaube ich, als ich mit einem Anwalt namens Alfred ausgegangen bin.

Er war ein Idiot, aber er stand auf schicke Restaurants. Doch ich musste mit ihm Schluss machen, als er sich weigerte, meine gebackenen Ziti zu essen. Bei mir wird gegessen, was auf den Tisch kommt. Fragen Sie Felix.

Ozzies Stimme durchdringt meine Gedanken. »Thibault sagt, Sie beide haben sich heute unterhalten. Über den Job.«

Der letzte Bissen bleibt mir im Halse stecken. Ich muss ihn mit dem Rest meines Weins hinunterspülen.

»Ja«, sage ich angestrengt. Jetzt schwitze ich auch noch. Verdammt noch mal! Zu nervös, um ihm geradeheraus zu sagen, dass ich nicht interessiert bin.

Ozzie gießt mir noch dunkelroten Wein nach. Angesäuselt beobachte ich, wie die Flüssigkeit in mein Glas läuft. Wenn ich noch mehr trinke, wird es mir vielleicht leichter fallen, ihn abzuweisen. Ihn nie wiederzusehen. *Pah.* Wem versuche ich denn hier etwas vorzumachen? Ich weiß genau, dass mir das nie leichtfallen wird.

»Er sagt, Sie machen sich Sorgen um Ihre persönliche Sicherheit.«

Ich nicke. Das war leicht. Jeder wäre an meiner Stelle besorgt. Das ist total normal. »Ja. Sehr sogar. Ich will wenn möglich frühestens mit achtzig sterben – und auf keinen Fall unter Beteiligung von Kugeln.«

Er trinkt seinen Wein und beobachtet mich über den Rand seines Glases hinweg.

»Was?« Ich werde schon wieder paranoid. »Habe ich etwas im Gesicht?«

Er streckt die Hand mit einer Serviette aus. »Nur etwas Butter am Kinn.« Er wischt sie weg, bevor ich ausweichen kann. Obgleich ein Stück Stoff zwischen seiner Hand und meinem Gesicht war, spüre ich dort die Hitze. Wie armselig bin ich eigentlich drauf?

Ich werde ein kleines bisschen wütend. Vielleicht spricht auch der Wein aus mir. »He! Das dürfen Sie nicht.«

»Was?«, fragt er.

»Mir sagen, ich hätte etwas im Gesicht.« Ich wische mir mehrfach über das Kinn, bis es brennt.

Wie peinlich. Wie lange sitze ich hier schon mit einem butterglänzenden Kinn? Wie idiotisch.

Er zuckt die Achseln. »Na gut.«

»Wie, na gut?« Seine widerspruchslose Zustimmung beunruhigt mich. Ich empfinde die Reaktion nicht als normal.

Verspottet er mich?

»Na gut, ich werde Ihnen nicht sagen, dass Sie Reis im Gesicht haben.«

»Auch noch Reis?« Igitt! Ich wische mir die ganze Kinnregion ab und hoffe, dass das Korn nicht irgendwo höher klebt. *Was? Schmiere ich mir das Essen jetzt schon in die Augenbrauen?*

Er lacht.

»Sie sind ein Idiot.« Ich werfe meine Serviette nach ihm. Dann fällt mein Blick auf den Hummer, und ich beschließe, lieber zu essen, als mir über ein Reiskorn an meiner Lippe Gedanken zu machen. Wenn ich mich in seiner Gegenwart schon idiotisch benehme, dann wenigstens richtig. Er wird ja eh nie wieder hier auftauchen, und einen so guten Hummer sollte man einfach nicht vergeuden.

Lächelnd isst auch er weiter.

Ich genieße die Mais-Muffins, die ich in einer anderen Schachtel entdecke. So süß. So ... maisig.

»Hören Sie«, sagt er ein paar Minuten später, »ich weiß, ich habe sehr deutlich klargemacht, dass ich Sie nicht dabeihaben will, aber ich habe es mir anders überlegt. Ich will, dass Sie für uns arbeiten.« Er hält inne. »Ich kann für Ihre Sicherheit garantieren.«

»Warum ich ... und warum der Sinneswandel?« Ich beiße in meinen Muffin, kaue und beobachte Ozzie dabei, suche in seiner Miene nach Anzeichen für Falschheit. Aber dann habe ich plötzlich einen neuen Geschmack auf der Zunge, der mich sofort ablenkt. Mein Gott, da ist Schnittlauch drin. Genial! Wow! Ich kaue doppelt so schnell und freue mich auf den nächsten Bissen. Vielleicht summe ich auch ein bisschen vor mich hin.

»Ich habe mir online Ihre Arbeiten angesehen. Habe mich umgehört, Ihren Hintergrund überprüft und so weiter. Nach einem Gespräch mit Thibault, dessen Meinung ich höher schätze als die jedes anderen Menschen, glaube ich, dass er recht hat. Sie wären gut für das Team. Sie müssten eine Probezeit durchlaufen, aber das sollte kein Problem sein. Ich glaube, Sie würden es schaffen.«

Der Rest meines halb aufgegessenen Muffins fällt mir aus der Hand und landet lautstark auf meinem Teller und meiner

Gabel. »Es schaffen?« Ich spucke ein paar Krümel, deshalb kaue ich schnell und schlucke, ehe ich fortfahre: »Natürlich würde ich es schaffen. Die Frage ist, ob ich das überhaupt will.« Mein ganzer Mund ist voller Maismehl. Ich versuche, nicht total durchgeknallt auszusehen, während ich es mit der Zunge zusammenlecke.

»Nun, Sie bräuchten erst eine Grundausbildung. Sie könnten nicht einfach morgen loslegen, aber Sie könnten bald die Voraussetzungen erfüllen.« Er mustert mich von oben bis unten und beugt sich vor, um die untere Hälfte von mir unter dem Tisch sehen zu können.

Ich lehne mich zurück und falte in plötzlicher Nervosität die Hände im Schoß. »Was begutachten Sie?«

»Ihren Körper.«

»Was hat denn mein Körper mit irgendwas zu tun?« Ich spüre, wie ich rote Ohren bekomme. Als Übersprungshandlung hebe ich die Hand und streiche mein Haar glatt, doch dann höre ich sofort wieder damit auf. Um Himmels willen, er begutachtet ja nicht meine Frisur.

Was ist nur los mit mir? Seit wann bin ich denn so unsicher?

»Jeder im Team ist immer einsatzbereit. Wir nehmen keine Luschen auf.«

Ich wische mir über meinem Teller die Krümel von den Händen. »Was bedeutet einsatzbereit?«

»Das bedeutet, Dev trainiert Sie, genau wie uns andere auch.«

»Weil es körperlich so anstrengend ist, in einem Auto zu sitzen und zu fotografieren.« Ich gebe ihm gegenüber nicht zu, dass es tatsächlich schwierig ist, den ganzen Tag herumzustehen und Leute zu fotografieren, die man eigentlich lieber ohrfeigen möchte. Schließlich möchte ich nicht wie ein Weichei rüberkommen.

»Sie werden nicht nur in einem Auto sitzen.« Er legt die Gabel weg, wischt sich den Mund ab und lässt die Serviette auf den Tisch fallen. »Der Job hat alle nur denkbaren Vergünstigungen: Krankenversicherung, vermögenswirksame Leistungen, die Alarmanlage für zu Hause, Firmenwagen, jegliche Ausrüstung, die Sie brauchen, und Referenzschreiben, wenn Sie noch Nebenjobs annehmen möchten.«

Ich habe einen Kloß im Hals. Er hat das magische Wort bereits gesagt, aber er ist noch nicht am Ende.

»Wir zahlen einmal im Jahr eine umfassende Vorsorgeuntersuchung, Sie hätten drei Wochen bezahlten Urlaub, Reisekostenübernahme bei auswärtigen Jobs, ein Spesenkonto, und wir übernehmen die Kosten für den Kindergarten.«

»Was ist mit denen für eine Hundepension?«

Er hebt eine Braue. »Verhandelbar.«

Ich nage an meiner Lippe und denke über das Angebot nach. Eigentlich ist es albern, ihn so hinzuhalten, denn ich weiß bereits, was ich sagen werde.

»Also, was meinen Sie?«, drängt er. »Möchten Sie für Bourbon Street Boys Security arbeiten?«

Ich proste ihm lächelnd zu. »Ich war schon beim Wort Krankenversicherung überzeugt.«

Kapitel 20

Bis wir mit dem Hummer und dem Dessert fertig sind, habe ich zwei Gläser Wein zu viel getrunken.

Als ich aufstehe, dreht sich das Zimmer. Zum Glück steht Ozzie an der Spüle und wäscht ab, sodass er mich nicht als angeheiterte Trinkerin erlebt.

»Ich mache mich nur mal kurz frisch«, sage ich und versuche angestrengt, in gerader Linie Richtung Bad zu gehen. Felix folgt auf dem Fuße und schafft es, durch die Tür zu schlüpfen, ehe ich ihn ausschließen kann.

Aufs Waschbecken gestützt, starre ich mein Spiegelbild an. »Reiß dich zusammen, May Wexler.« Ich spritze mir Wasser ins Gesicht und drehe beinahe durch, als mein Mascara in schwarzen Rinnsalen über meine Wangen läuft. »Igitt! Hör auf!«

Felix winselt und stemmt die Füße gegen meine Beine.

Es klopft an der Tür. »Alles klar da drin?«

O mein Gott! O mein Gott! Er glaubt, ich bräuchte Hilfe auf der Toilette!

»Alles klar!«, antworte ich so lässig und voller falscher Heiterkeit, wie ich nur kann. »Tatsächlich könnte es mir gar nicht besser gehen!« Halt die Klappe! Halt die Klappe! Halt die Klappe, du Idiotin! »Ich bin gleich wieder da!«

Felix bellt. Ich bücke mich und streichle seinen winzigen Kopf, seine Ohren und seinen Hals. Er verfällt in eine Glückstrance, während ich versuche, mein Hirn wieder hochzufahren. Ich muss mir selbst eine Motivationsansprache halten, ehe ich das Bad verlasse und mich Ozzie stelle.

»Tief durchatmen, May. Einfach tief durchatmen. Er ist jetzt dein Arbeitgeber, du musst aufhören, jedes Mal, wenn du ihn ansiehst, gedanklich schon dein Höschen auszuziehen. Das wird sonst bei Observationen wirklich peinlich.«

Ich erhebe mich schnell und flüstere: »Observationen?« Zumindest glaube ich zu flüstern. »Werden wir gemeinsam Observationen durchführen?«

Ich pinkle noch schnell, wasche mir die Hände und wische mir die verschmierte Wimperntusche aus dem Gesicht, ehe ich das Bad verlasse. Ozzie betrachtet im Wohnzimmer Familienfotos, die ich vor dem Tod meiner Großmutter aufgenommen habe.

»Werde ich Observationen durchführen?«, frage ich.

»Vielleicht.«

»Cool. Mit wessen Unterstützung?« Ich hoffe, ihn durch meinen überaus kultivierten Gebrauch des Genitivs zu beeindrucken.

Auch wenn der Raum sich dreht, ich dekliniere unerschütterlich.

Bumm. Nimm das, Mignon Fogarty. Versuch, nicht allzu neidisch zu sein.

»Kommt drauf an. Wir wechseln uns ab.«

Ich nicke, als wäre mir völlig klar, was er meint. In Wirklichkeit habe ich keine Ahnung. Absolut keine. Ich kann mich nicht einmal mehr erinnern, warum ich sein Jobangebot angenommen habe. Ich glaube, es lag an seinen Muskeln.

»Leben Sie allein?«, fragt er.

Ich erröte wie ein Backfisch. »Wenn Sie damit meinen, ob ich Single bin, lautet die Antwort Ja.«

Er dreht sich und sieht mich an. »Ich wollte nur wissen, ob Sie allein wohnen.«

»Oh.« Ich muss den Blick abwenden und mich darauf konzentrieren, aus diesem Fettnäpfchen wieder rauszukommen. Ich bin schon wieder davon ausgegangen, dass es sich hier um eine bilaterale Verknalltheit handelt. Idiotin. »In diesem Fall ist die Antwort Ja. Ich lebe allein.« Damit wende ich mich den Fenstern zu, damit er meinen Gesichtsausdruck nicht sieht, der sich mit dem Begriff »gedemütigt« am besten beschreiben lässt.

Plötzlich ist seine Stimme viel näher bei mir. »Haben Sie eine Beziehung?«

Mit dem Rücken zu ihm bleibe ich stocksteif stehen. Ist er hinter mir? Wird er mich gleich berühren? Küssen? Sich an meinem Körper ergötzen?

»Nein.« Meine Stimme ist kaum noch ein Flüstern.

»Gut.« Ich höre an seiner Stimme, dass er fast an der Tür ist. »Das macht es leichter.«

Ich wirble zu ihm herum und verliere dabei fast das Gleichgewicht. »Das macht was leichter?«

Er öffnet die Tür und lässt dabei seinen Schlüsselbund in der Hand klimpern. »Das macht es leichter, über Ihre Zeit zu verfügen. Wir arbeiten manchmal sehr lange.«

Ehe ich begreife, was gerade passiert, sind er und Sahara durch die Tür und gehen die Stufen zur vorderen Veranda hinunter.

Er geht! Warum so schnell? Ich bin doch gerade so gut drauf! He, die Party geht doch gerade erst los!

Ich renne zur Tür und reiße sie weit auf. »He! Sie da! Sie können mir doch nicht einfach ein üppiges Abendessen vorbeibringen und dann … und dann …« O mein Gott! Fast hätte ich gesagt »gruß- und kusslos gehen«! O mein Gott! Alarm, Alarm! Ruft die Feuerwehr!

Ich brenne!

»Dann, was?« Er steht an der Tür seines Autos und lächelt mich an. Sahara hockt bereits auf der Ladefläche des Pick-ups.

»Nicht Auf Wiedersehen sagen!«, rufe ich und schlage die Tür zu. Heilige Scheiße!

Ich renne zurück ins Wohnzimmer und raufe mir die Haare. »O mein Gott! Was habe ich getan?«

Ich greife mir ein Kissen von der Couch und schleudere es quer durchs Zimmer. Aber eines ist nicht genug. Das ist mir alles viel zu peinlich. Ich greife mir eins nach dem anderen und schleudere sie von mir, so weit und so schnell ich kann. Felix geht unter dem Couchtisch in Deckung.

Dann kommen die Sofakissen, diese Drecksäcke. Ich werfe sie durch die Gegend. Mist, Sofakissen eignen sich nicht besonders zum Abreagieren. Ich möchte etwas kaputt machen, aber ich hasse es, Dinge kaputt zu machen, die ich hinterher wegräumen muss, also raufe ich mir stattdessen wieder das Haar. Als ich fertig bin, bin ich ziemlich sicher, dass es aussieht, als wäre ich damit in einen Mixer geraten. Puh! All diese Energie einzusetzen, um eine Frisur und meine Einrichtung zu ruinieren, hat mich tatsächlich ein wenig beruhigt.

»In Ordnung. Es ist schon in Ordnung«, versuche ich mir schnaubend wie ein wütender Stier einzureden. »Ich habe ja nicht gesagt *gruß- und kusslos gehen*. Ich habe gesagt *Auf Wiedersehen sagen*. Total in Ordnung. Total normal, oder? Man sollte Auf Wiedersehen sagen, wenn man nach Hause geht, nachdem man mit jemandem Hummer und Wein geteilt hat. Üppig zu Abend essen und dann Auf Wiedersehen sagen. Das wäre höflich gewesen.«

Ein Klingeln an der Tür reißt mich aus meinen Gedanken. Ich gehe in den Eingangsbereich und stolpere unterwegs über eines der Kissen. Dadurch knalle ich gegen die Tür und kriege sie kaum auf. Vorgebeugt stehe ich da, keuchend und schnaufend, als sei ich gerade joggen gewesen. Als ich sehe, wer vor der Tür steht, öffne ich sie weiter.

Es ist Ozzie, ein riesiges Gebirge aus Muskeln und Coolness. Er hebt eine Braue, als er meiner ansichtig wird.

Ich richte mich auf und recke das Kinn. Jetzt hilft nur noch vorgetäuschtes Draufgängertum, um meinen letzten Rest Stolz zu retten. »Haben Sie etwas vergessen?«

Er mustert zuerst mein Haar und dann meinen Mund.

»Ja. Ich habe vergessen, mich zu verabschieden.«

Dann passiert etwas Verrücktes.

Er streckt den Arm aus, legt ihn um meine Taille und zieht mich problemlos an sich.

Ich öffne den Mund, als sein Gesicht immer näher kommt. Ich kann nicht atmen, nicht sprechen, nicht einmal einen klaren Gedanken fassen.

»Auf Wiedersehen«, flüstert er gegen meine Lippen, unmittelbar bevor er sie mit seinen berührt.

Ich schmelze. Ich schmelze in seinen Armen wie die Butter am Hummer, und ich schmelze auch innerlich. Alles wird heiß und weich.

Er hingegen ist steinhart. *Überall.*
Was geschieht hier?

Ich habe ihn kaum gekostet, da löst er sich wieder von mir.

Als mir klar wird, dass ich ein bisschen zu mitgenommen aussehe, reiße ich mich zusammen und löse mich aus seinem Griff. Er nimmt die Hand weg, und ich fühle mich plötzlich so einsam, dass ich heulen könnte. Der Alkohol fordert seinen Tribut.

Mit zitternden Händen streiche ich mir die Haare aus dem Gesicht. Cool sein kann ich auch. Ich kriege das hier hin … was auch immer es ist. Vielleicht küsst er all seine neuen Angestellten. In diesem Fall werde ich nicht die Erste sein, die ein Riesenaufhebens darum macht.

»Na ... dann auf Wiedersehen«, sage ich und starre seine Schulter an. Höher wage ich den Blick nicht zu heben.

Er macht zwei Schritte rückwärts, bevor er sich umdreht und zu seinem Pick-up geht. »Bis bald, Miss Mittelmaß.« Er steigt ein, schließt die Tür und fährt Sekunden später rückwärts aus der Einfahrt.

Ich warte, bis er außer Sicht ist, ehe ich die Tür schließe und komplett zusammenbreche.

»O mein Gott, *er hat mich geküsst!!*«

Kapitel 21

Nachdem mir Ozzie wieder per SMS Anweisungen geschickt hat, erscheine ich zwei Tage später, am Montag, zu meinem ersten Arbeitstag im Lagerhaus und lasse Felix allein daheim. Er ist das gewohnt. Ich arbeite oft ganze Tage im Studio. Deshalb bin ich sicher, er wird den Tag einfach verschlafen.

Obwohl ich ja gerade erst dagewesen bin, überrascht es mich ziemlich, dass ich das Lagerhaus problemlos wiederfinde.

Die Zeit seither scheint verflogen zu sein. Ich habe Ozzies Kuss bereits vollkommen überwunden. Dazu kam es nur, weil ich zu viel Wein intus hatte. Wenn ich ihn wiedersehe, werde ich ihn nicht einmal komisch anschauen. Er ist jetzt mein Chef, und deswegen werde ich seinen Prachtkörper und seine Lippen nie wieder berühren.

Als ich vor dem Lagerhaus vorfahre, winkt mich Thibault samt Auto hinein. Alle anderen parken draußen.

»Stimmt was nicht?«, frage ich, nachdem ich das Fenster heruntergelassen habe.

»Ich helfe Ihnen nur, nicht aufzufallen. Parken Sie da drüben.« Er deutet auf eine dunkle Ecke ganz rechts im Gebäude. Sie ist mir bei meinem ersten Besuch gar nicht aufgefallen. Das Lagerhaus ist riesig.

Als ich aussteige, stehen alle außer Ozzie in der Mitte des Erdgeschosses versammelt.

Er ist nirgends zu sehen. Sonnenlicht fällt durch das offene Rolltor, das sich jetzt langsam schließt, sodass sich Dunkelheit breitmacht.

»Seid alle willkommen«, sagt Thibault. »Heute ist Mays erster Tag bei uns, und da dachte ich, wir zeigen ihr mal, was wir normalerweise so vor der morgendlichen Besprechung tun.«

Ich nicke allen zu, und sie nicken zurück. Dev und Lucky schenken mir ein kleines Lächeln. Toni bleibt ernster. Das trägt ihr meinen Respekt ein. Sie sieht total geschäftsmäßig aus, und soweit ich das beurteilen kann, behauptet sie sich in dieser Männerwelt gut. Ich frage mich, wie hoch sie in diesen schwarzen Lederstiefeln treten kann.

»Wer fängt an?«, fragt Dev.

»Du.« Thibault nickt ihm zu. »Gib ihr die Einführung.«

Dev reibt sich die Hände. »Na schön, dann mal los.« Er verneigt sich knapp. »Betrachten Sie mich als Ihren Sportlehrer.«

Ich lächle bei der Erinnerung an den korpulenten, glatzköpfigen Mann aus der Highschool, der immer weite Jogginghosen und unter dem Arm einen Basketball trug. Mr Pritchard war so nett.

Devs Miene verfinstert sich. »Nur eine andere Sorte Sportlehrer, als Sie es gewohnt sind.«

»Das kannst du laut sagen«, murmelt Toni.

»Schauen wir mal, was Sie so draufhaben.« Er winkt mich näher heran. »Kommen Sie her und schlagen Sie mich.«

Ich lache, doch dann wird mir klar, dass er es ernst meint. Genau wie alle anderen.

»Sie schlagen?« Ich drücke meine Handtasche an mich, froh, dass ich Felix heute zu Hause gelassen habe. Er verabscheut jegliche Form von Gewalt, und ich kann ihm daraus keinen Vorwurf machen.

»Ja. Schlagen Sie mich.« Er deutet auf seine Brust. »So hart Sie können.«

Ich runzle die Stirn. »Ich werde Sie nicht schlagen.«

»Warum nicht?« Er beugt sich aus der Hüfte ein wenig vor, sodass unsere Gesichter eher auf gleicher Höhe sind.

»Weil … ich nicht gerne Leute schlage.«

»Was ist mit Leuten, die Sie schlagen wollen?« Er streckt die Hand aus, nimmt von einem Tisch einen Stock und hält ihn hoch. »Schlagen Sie die gerne?«

»Wenn Sie mich mit diesem Stock schlagen, wird es Ihnen sehr leidtun.« Langsam lasse ich die Hand in meine Handtasche gleiten. Ich bin noch nicht in Panik, denn ich bin sicher, dass Dev ein netter Typ ist, der mich nur auf den Arm nehmen will. Aber das bedeutet nicht, dass ich ihm nicht eine mit dem Taser verpassen werde, wenn er mich mit dieser Waffe schlägt. Was ist das überhaupt für ein Willkommenskomitee? Ich habe irgendwie mit Kaffee und Donuts gerechnet, nicht mit Stockschlägen.

Er lächelt. »Gut. Sie hat Eier. Das gefällt mir.« Er kommt auf mich zu.

»Ich mache keine Witze, Dev.« Dann weiche ich einen Schritt zurück. Es sieht aus, als meine er es ernst, aber das kann nicht sein, oder? Ich schaue in die Runde. Alle beobachten uns genau. Niemand wirkt bekümmert oder amüsiert. Das hier ist für sie rein geschäftlich.

Er bewegt sich schneller, als ich erwartet habe. Mit zwei Schritten steht er direkt vor mir und hebt den Stock.

Ich ducke mich, schließe die Augen und bereite mich auf den Schmerz vor. *Bitte schlag mich nicht, bitte schlag mich nicht, bitte schlag mich nicht.*

Er bremst den Stock unmittelbar vor meinem Arm ab, und ich öffne ein Auge, um mich erst einmal zu überzeugen, dass ich unverletzt bin.

»Sie bewegen sich ja gar nicht«, meint er und schaut frustriert.

Jetzt habe ich beide Augen offen und richte mich auf. »Nein. Ich hoffe, Sie hören jetzt bald mal auf.«

Toni schnaubt.

Ich sehe ihren spöttischen Gesichtsausdruck, und sofort schwillt mir der Kamm.

Ich werde nicht weiter den feigen Löwen spielen. Scheiß drauf, Mann! Ich bin nicht hergekommen, um mich verprügeln zu lassen. Was glaubt der Kerl eigentlich, wer er ist, sich hinzustellen und mich einfach so zu bedrohen? Weiß er, dass ich vor zwei Tagen mit dem Chef Hummer gegessen und auf meiner Türschwelle mit ihm geknutscht habe?

Dev kommt näher. »Ich höre erst auf, wenn Sie begriffen haben, wie ernst die Angelegenheit ist.«

»Na schön.« Ich sehe ihm in die Augen, und mein Daumen entsichert den Taser in meiner Handtasche. Drecksack! Er zwingt mich, den Taser einzusetzen. Diese Kartuschen sind teuer. Ich weiß das, weil ich mal eine nachkaufen musste, nachdem ich mir aus Versehen selbst in den Fuß geschossen hatte. Ein Treffer mit einem Taser tut auch sauweh, er wird hinterher also garantiert sauer auf mich sein.

»Jetzt hören Sie zu, Miss Mittelmaß … ich werde Sie mit diesem Stock schlagen, bis Sie etwas tun, um sich zu verteidigen.« Er sieht mich mitleidig an. Alle anderen sind still. »Dies ist kein Spiel. Wir spielen ums Überleben. So läuft das. Luschen werden verletzt, und das wird nicht passieren, solange ich hier das Sagen habe.«

»Ich wünschte wirklich, Sie würden das nicht tun«, sage ich so kleinlaut wie möglich. Ein Teil davon ist gespielt, ein Teil davon entspringt meiner tatsächlichen Gefühlslage. Es gehört einfach nicht zu meinem Repertoire, Gewalt anzuwenden. Ich hasse es, dazu gezwungen zu werden. Warum passiert das an meinem ersten Tag? Das ist die schlimmste Berufsorientierungsphase meiner gesamten Laufbahn.

»Ich werde versuchen, keinen allzu großen blauen Fleck zu hinterlassen.« Er hebt den Stock bis fast über den Kopf und schlägt zu. Diesmal wird er definitiv nicht abbremsen.

Ich reiße die Hand aus der Tasche und ramme ihm den Taser gegen die Brust. Dabei stoße ich irgendeinen verrückten Kriegsschrei aus und krümme mich gleichzeitig in Erwartung des Schmerzes durch den Stockschlag. »Auuuuuuuuahhh!«

Mein ganzer Körper verkrampft sich, und meine Finger drücken den Auslöser des Tasers. Die Widerhaken schießen daraus hervor, und dann bricht die Hölle los.

Devs Augen treten aus den Höhlen.

Er lässt den Stock fallen, der zwischen unseren Füßen auf den Boden kracht.

Das Knattern mehrerer tausend Volt Elektrizität gibt den Takt für die Zuckungen vor, die wenige Sekunden später seinen Körper schütteln.

»Was ist denn da unten los!«, brüllt Ozzie von oben herunter.

»Heilige Scheiße, sie hat ihn mit dem Taser erwischt!« Lucky ist vollkommen verwirrt.

Dev grunzt, verdreht die Augen und geht zu Boden.

Ich springe zur Seite, um nicht zerquetscht zu werden. Die Drähte aus meinem Taser spannen sich.

Lucky beugt sich vor und packt Devs Arm, um seinen Sturz abzufangen.

Beide gehen zu Boden, Dev fällt auf seinen dummen Stock, Lucky auf Dev, der stöhnt wie ein verwundeter Elefant, und meine Drähte wickeln sich um beide.

Ich drücke meine Handtasche an die Brust, den Taser in der einen, meinen Schlüsselbund in der anderen Hand.

»O mein Gott, ich glaub's nicht! Sie hat ihm tatsächlich den Arsch getasert!« Toni lacht.

»Das ist nicht witzig, Mann.« Thibault schüttelt den Kopf und sieht zuerst Dev und dann mich an.

»Tut mir leid. Wirklich.« Es ist mir so peinlich, dass ich die Worte kaum herausbringe. Ich fühle mich schrecklich. »Der Auslöser war viel empfindlicher, als ich erwartet hatte.« Ich sollte das vermutlich mal checken lassen. Zwei aus Versehen ausgelöste Taserschüsse können nicht gut sein. Ich schwöre, das wollte ich nicht. Ich wollte ihm nur Angst machen, damit er mich nicht schlägt. *Verdammt!*

Lucky erhebt sich und dreht Dev auf den Rücken. Die Drähte sind noch immer mit meiner Waffe verbunden. Ja, die Widerhaken stecken eindeutig in seiner Haut, nicht nur in seinen Klamotten. Ups.

»Warum zum Teufel liegt Dev auf dem Boden und hat die Widerhaken eines Tasers in der Brust?« Ozzie steht ganz in unserer Nähe, die Hände in die Hüften gestemmt.

»Wir haben ihr eine Einführung gegeben«, antwortet Toni, »genau wie du es wolltest.«

»Ich bin ziemlich sicher, ich habe euch nicht angewiesen, sie so zu provozieren, dass sie auf Dev schießt.« Er reibt sich den Hinterkopf. »Alles klar, Mann?«

Dev würde wirklich gerne antworten, bringt aber nur ein Grunzen und Stöhnen heraus. Dann rollen seine Augen in den Höhlen nach hinten.

»Ozzie, es tut mir leid.« Ich kann sein Kinn anschauen. Ihm in die Augen zu sehen schaffe ich nicht, aber das Kinn ist ja auch schon mal ein Anfang. Es ist gut genug, dass wahrscheinlich niemand bemerkt, was für ein Feigling ich bin. »Ich wollte ihm nicht wehtun.«

»Wag es bloß nicht, dich zu entschuldigen«, knurrt er. Dann funkelt er Thibault an. »Ich höre?«

»Schon gut, alles klar, alles klar. Ich übernehme die volle Verantwortung.« Thibault hebt in einer Geste der Kapitulation die Hände. »Wir haben das vor ihrem Eintreffen durchgesprochen und wollten sehen, ob sie über Selbstverteidigungsinstinkt verfügt.«

»Ach ja, und wie lautet das Ergebnis eures kleinen Experiments?« Ozzie schaut jeden Einzelnen an.

Toni zuckt die Achseln. »Ich würde sagen, sie hat bestanden.« Sie wendet sich ab, damit Ozzie ihr Lächeln nicht sieht.

»Ich denke, wir hätten es vermutlich anders angehen sollen«, erwidert Lucky.

»Ach, meinst du?« Ozzie deutet auf Dev. »Stell ihn auf die Füße und zieh diese verdammten Widerhaken aus seiner Brust. Wenn er jammert, verpass ihm eine Kopfnuss.«

»Alles klar, Chef.« Lucky sucht sich einen sicheren Stand und hilft dann Dev auf. Dann stehen beide etwas wacklig, Dev gestützt von Luckys Arm. Nachdem ich die Kartusche aus meinem Taser genommen und sie Lucky überreicht habe, entfernen sich die beiden, bleiben aber nach ein paar Schritten stehen.

Dev dreht den Kopf und sagt leicht verwaschen über die Schulter zu mir: »Ich will 'ne Revangsch. Sie hat mich ausgetricks'.«

»Von wegen ausgetrickst. Sie war dir über. Das ist ein großer Unterschied«, gibt Ozzie knurrend zurück.

Ich könnte schwören, Stolz in Ozzies Stimme gehört zu haben, aber ich möchte nicht, dass mir das zu Kopf steigt. Mir ist übel. Eine schlimmere Art, meinen neuen Job anzutreten, kann ich mir nicht vorstellen. Dev wird mir das niemals verzeihen.

Ozzie deutet mit dem Daumen auf die Treppe. »Wenn ihr dann mit eurem Blödsinn fertig seid, treffen wir uns oben zu einem dringenden Meeting.«

»Na dann mal los.« Toni hebt im Vorbeigehen die Hand. »Klatsch ab, Schwester. Gut gemacht.«

Vorsichtig klatsche ich sie ab. Ich will nicht zu begeistert darüber wirken, dass ich Dev Löcher in die Brust geschossen und ihn mit jeder Menge Volt flachgelegt habe.

Thibault kommt herüber und bleibt vor mir stehen. »Darf ich?« Er streckt die Hand aus und schaut auf meine entladene Waffe.

Ich drücke ihm den Taser in die Hand. »Klar. Tut mir leid, dass ich Ihren Freund attackiert habe.«

Thibault lächelt. »Entschuldigen Sie sich nicht. Er hat es verdient. Das nächste Mal wird er es sich zweimal überlegen, ehe er mit einem Stock nach Ihnen schlägt.«

»Ich hoffe, es wird kein nächstes Mal geben.«

»Oh, doch, verlassen Sie sich drauf.« Er geht die Treppe hoch.

Was zum Teufel ...? Er wird noch mal versuchen, mich zu schlagen? Dann brauche ich meinen Taser zurück. Ich frage mich, ob ich die Kartuschen auf die Spesenrechnung setzen kann. Meiner Auffassung nach sollte ich für den Schutz gegen durchgeknallte Kollegen nicht aus eigener Tasche zahlen müssen.

Ozzie und ich bleiben allein im Erdgeschoss zurück, ein Stück voneinander entfernt.

»Ich schätze, jetzt sollte ich dich bei den Bourbon Street Boys willkommen heißen und dir zeigen, wo du deine Jacke hinhängen kannst.«

Ich lache leise. »Ja, und ich sollte wohl antworten, dass ich froh bin, hier zu sein, und es kaum abwarten kann loszulegen.«

Er lächelt. »Wie wäre es, wenn wir von vorne anfangen und es diesmal richtig machen?«

»Klingt gut.«

Er deutet auf die Trainingsgeräte. »Du kannst deine Jacke überall hinhängen, wo du einen Haken findest. Willkommen bei den Bourbon Street Boys. Komm. Wir haben in fünf Minuten eine Besprechung.«

Mit flammend roten Wangen folge ich ihm. Er ist nett zu mir, nicht sauer, weil ich seinen Angestellten mit dem Taser attackiert habe. Vielleicht wird es doch kein Scheißtag.

»Ich bin wirklich froh, hier zu sein. Ich kann es kaum abwarten loszulegen.«

Er kichert, antwortet aber nicht. Wir gehen gemeinsam die Treppe hoch und betreten den Raum mit den Katanas.

Kapitel 22

Alle sitzen um den Tisch, an dem wir auch die Suppe gegessen haben. Jeder hat zwei Ordner vor sich, und in der Mitte steht ein Krug mit Eiswasser. Mein Glas hat Dev bereits gefüllt.

»Friedensangebot«, sagt er, stellt es mir hin und zwinkert mir zu.

»Friedensangebot angenommen«, antworte ich, trinke einen Schluck und zwinkere zurück. Sofort fühle ich mich etwas weniger gestresst. Vielleicht wird er ja doch keinen Groll gegen mich hegen.

»Schön, dann werfen wir mal einen Blick in die Harley-Akte«, beginnt Ozzie und schlägt den Ordner vor sich auf.

Ich öffne meinen und sehe ein Memo. Nach raschem Überfliegen wird mir klar, dass die Polizei von New Orleans die Firma Bourbon Street Boys Security angeheuert hat, um in einer örtlichen Bande verdeckt ermitteln und Indizien sammeln zu lassen, die für eine Verhaftung reichen. Die Aktion heißt Operation Harley, weil das der Spitzname der bärtigen, ledergekleideten Inkarnation Ozzies war.

Ich muss mir auf die Lippe beißen, um nicht zu kichern. Dieser Bart war so furchtbar. Ich werfe ihm einen raschen Seitenblick zu und versuche, ihn mir damit vorzustellen, aber es gelingt mir nicht. Er ist viel zu süß, um der hässliche Mann zu sein, der mir letzte Woche das Leben gerettet hat.

»Wie ihr alle wisst, musste ich aufgrund unvorhergesehener Umstände« – alle außer Ozzie sehen mich an – »von dort verschwinden. Thibault und ich haben diskutiert, ob wir ganz aussteigen sollen, sind aber zu der Auffassung gelangt, dass das vielleicht nicht notwendig ist.« Er sieht auf. »Wenn wir dieses Projekt noch retten können, würde ich es gerne tun. Wir haben viel investiert.«

Ich mache mir eine geistige Notiz, jemanden zu fragen, wodurch genau ich ihre Pläne durchkreuzt habe. Ist alles den Bach runtergegangen, nur weil ich in dieser Bar war? Das bezweifle ich. Es war wahrscheinlich der Bart. Selbst Kriminelle wissen, dass etwas so Hässliches nicht echt sein kann.

Lucky meldet sich zu Wort. »Aber wir haben niemanden mehr eingeschleust. Wie sollen wir an Informationen kommen?«

Ozzie klappt den Ordner zu, sieht mich an und legt die Hände flach vor sich auf den Tisch.

»Ich habe gehofft, durch Überwachung. Ich weiß, das haben die zuständigen Beamten bereits versucht, aber ich finde, ein eigener Versuch könnte nicht schaden.«

Oh, Scheiße. Ich glaube, jetzt komme ich ins Spiel. Wird das meine Strafe, weil ich ihn mit seinem albernen Kostüm und dem Bart habe auffliegen lassen? Ich winde mich auf meinem Stuhl, weil ich plötzlich im Zentrum der Aufmerksamkeit stehe.

»Könnte sein«, sagt Lucky. »Woran hast du gedacht?«

»An dem Abend, an dem du zu meiner Unterstützung erscheinen solltest«, Ozzie funkelt Dev an, »habe ich erfahren, wo man einen ihrer wichtigen Kuriere findet. Drüben, in einer Nebenstraße der Burgundy. Ich bin dort am Wochenende mal vorbeigefahren. Da geht was.«

»Denkst du an Fotos oder Video?«, fragt Thibault.

»Beides. Vielleicht auch ein paar Wanzen. Mal sehen. Dazu brauche ich Tonis Meinung.«

Sie nickt. »Alles klar. Wann?«

»Du und die Mittelmaßfrau könnt heute dort vorbeischauen, wenn das bei euch beiden passt.« Er schaut dabei Toni an, nicht mich.

Ich hebe die Hand.

Alle sehen mich an, als wäre ich verrückt.

»Möchtest du noch etwas hinzufügen?«, fragt Ozzie.

»Nein, ich habe eine Frage. Ihr könnt mich übrigens gern May nennen und duzen.« Ich lächle. »Ich frage mich nur, was genau Toni und ich tun sollen, wenn wir da nachher hinfahren.« Ich zeichne ein unsichtbares M vor mir auf den Tisch und versuche, so cool zu bleiben wie möglich. Egal, was es ist, wenn ich dazu eine Waffe tragen muss, werde ich es nicht tun.

»Nur mal kurz vorbeifahren«, meint Toni. »Keine große Sache. Es geht nur um eine Einschätzung. Wir schauen mal, was dort eigentlich ist, wo man am besten Beobachtungsposten stationiert, solches Zeug.«

»Was genau wollen wir denn beobachten?« Ich zeichne ein unsichtbares A und ein ebensolches Y auf die Tischplatte, um mein kleines Selbstablenkungsmanöver zu vervollständigen. Ich werde nicht ausflippen. Ich werde nicht knallrot anlaufen.

Sie zuckt die Achseln. »Was auch immer abgeht eben. Ob dort Leute vorbeikommen, ob Geschäfte gemacht werden, ob Geburtstagsfeiern stattfinden – alles.«

Ich nicke und frage mich, ob sie bewusst die gefährlicheren Situationen nicht erwähnt oder ob es tatsächlich keine gibt. Klingt ja alles ziemlich problemlos. Vorbeifahren. Wie lange kann das schon dauern? Fünf Sekunden?

»Das schaffe ich wahrscheinlich.« Ich nicke zuversichtlich.

Ozzie zieht einen zweiten Ordner unter dem ersten hervor. »Gut. Weiter. Wir haben ein neues Projekt von einem

Privatkunden. Ich spreche von dem Ordner mit der Aufschrift *Operation Blaue See* vor euch. Lucky, das ist bis auf Weiteres dein Projekt. Lass mich wissen, ob du Außenstehende hinzuziehen musst.«

»Außenstehende?«, frage ich.

»Leute mit Fertigkeiten, die uns fehlen«, erklärt Thibault.

»Wie zum Beispiel?«

»In erster Linie Computerexperten«, antwortet Lucky. »Ich kann mich um die Finanzen kümmern, aber wenn es darum geht … irgendwo reinzukommen …« – er hebt bedeutungsvoll die Brauen –, »bin ich noch Anfänger.«

Ich nicke. Meine Schwester ist ein Computergenie, aber sie ist ausgelastet und hat keine Zeit für Nebenjobs.

Sie droht ständig, zu kündigen und als Freelancerin zu arbeiten, aber ich weiß, das würde sie niemals tun, weil sie Angst hätte, nicht genug Geld zu verdienen, um die Kinder zu ernähren. Ihr Ex zahlt die Alimente nicht immer pünktlich. Nicht, weil er nicht in der Stadt wäre, sondern weil er ein blödes Arschloch ist, das sein Geld lieber für seine neue Freundin als für seine Exfrau und seine Kinder ausgibt.

»Worum geht es?«, will Dev wissen.

»Unterschlagung in einer Firma. Marinezulieferbetrieb. Auf den ersten Blick geht es nicht um viel Geld, aber man weiß ja nie.«

Alle nicken, als stecke hinter diesem Kommentar eine Geschichte, die nur mir unbekannt ist.

»Sonst noch was?«, fragt Thibault und schiebt seinen Stuhl zurück.

»Nur Miss Mittelmaß. Ihr kennt sie ja inzwischen alle. Sie hat neunzig Tage Probezeit, also seht zu, dass sie so schnell wie möglich umfassend informiert ist.«

»Ich zeige ihr die Ausrüstung«, erbietet sich Toni und nickt mir zu.

Ich nicke zurück und lasse den Spruch mit der Miss Mittelmaß erst mal unkommentiert. Ich denke, May »Fleischklops« Wexler gefällt mir besser. Es ist weniger beleidigend. Irgendwie.

Alle stehen auf. Ich folge ihrem Beispiel eilig.

»May, bleib bitte noch einen Augenblick«, sagt Ozzie.

»Klar. Kein Problem.« Nein, es macht mir überhaupt nichts aus, hier oben mit ihm allein zu sein, während alle anderen runtergehen.

Ich tue so, als sei es mir total wichtig, dass meine beiden Ordner mit dem Rücken genau parallel zueinander liegen, während das Team den Raum verlässt. Thibault geht als Letzter und schließt die Küchentür hinter sich.

Ozzie räuspert sich, also blicke ich auf.

»Hör zu, ich will dich nicht aufhalten, aber ich musste mich einfach … äh … entschuldigen.«

Er bedauert, was er getan hat. Ich spüre es. Es fühlt sich an wie ein Stich ins Herz. Autsch!

»Entschuldigen?«, frage ich völlig beiläufig. »Wofür?«

»Für neulich Abend.« Sein Gesichtsausdruck ist finsterer, als mir lieb ist. Verdammt, tut das weh.

»Sei nicht albern. Du musst dich doch nicht entschuldigen.« Ich winke ab und verziehe das Gesicht, als sei er verrückt.

»Ich habe mich danebenbenommen und hätte das nicht tun sollen.«

»Der Hummer war ein wenig übertrieben, aber ich verzeihe dir. Kann ich jetzt gehen? Ich will los, mit Toni dieses Aufklärungsding durchziehen. Sie und ich, wir werden uns sicher super verstehen.« Ich lasse meine Ordner auf dem Tisch und gehe zur Tür. Tränen des Bedauerns werde ich erst heute Abend vergießen, wenn ich mit einer Flasche Wein allein bin.

»Ich rede nicht über den Hummer.«

»Hummer, Wein, ein Abschiedskuss – was auch immer. Ich habe mit nichts davon ein Problem.« Ich gehe durch die Tür und schließe sie hinter mir, ehe er sieht, wie mir die Gesichtszüge entgleisen.

Als ich die Tür mit dem Digitalschloss erreiche, habe ich mich fast schon wieder im Griff. Ich habe das schon einmal durchgemacht. Er ist nicht der erste Typ, der mit mir herumgemacht und hinterher Reue empfunden hat. Ich schätze, ich bin manchmal einfach unwiderstehlich, und das ist der Preis dafür. Verdammt! Ich mochte ihn irgendwie.

Die Tür öffnet sich, ehe ich in Panik verfallen kann, weil ich den Code nicht kenne.

Dev steht vor mir, verblüfft, mich zu sehen. »Du willst aber nicht schon wieder auf mich schießen, oder?«

»Nur, wenn du mit einem Stock nach mir schlägst.« Ich deute auf das Schloss. »Darf ich den Code wissen?«

»Ja klar, tut mir leid. Ich schätze, du brauchst den und den für die Außenseite der Tür. Außerdem den für das Rolltor, den Waffenschrank und den Kameraspind.«

Ich krame in meiner Handtasche nach einem Stift.

»Du darfst sie nicht notieren. Merk sie dir.« Er deutet auf das Eingabefeld. »Das ist meine Tür, denn die Schwertsammlung in diesem Raum gehört mir. Deshalb ist der Code für diese Tür D-E-V-1. Die Buchstaben liegen auf den Zahlentasten.« Er schließt die Tür und deutet auf das Eingabefeld. »Los, probier mal.«

Ich drücke die Tasten, und ein Klicken ertönt.

Er schlägt mir auf den Rücken, und ich taumle unwillkürlich einen Schritt nach vorn. »Gut gemacht, Miss Mittelmaß. Jenseits dieser Tür liegt Thibaults Reich. Der Zugangscode für das Lagerhaus lautet T-B-O-1. Klar?«

Ich nicke. Wir gehen nach draußen und schließen die Tür hinter uns. »Versuch's«, befiehlt Dev.

Ich gebe T-B-O-1 ein, und das Schloss klickt.

»Du hast einen Lauf, Baby.« Dev öffnet die Tür, lässt sie aber wieder zufallen. Er deutet auf ein Eingabefeld neben dem Rolltor. »Das Eingabefeld da drüben gehört Toni. Warum? Keine Ahnung. Der Code ist T-O-N-1. Du kannst später hinter dir zumachen. Wir anderen haben Fernsteuerungen dafür. Du kriegst aber erst nach der Probezeit eine.«

»Was ist mit dem Waffenschrank und den anderen Sachen?«, frage ich auf dem Weg nach unten.

»Die kann dir Toni zeigen. Ich muss dringend weg.«

»Wartet da draußen jemand darauf, einen Stock an den Kopf zu kriegen?« Ich lache über meinen eigenen schlechten Witz.

»Ja, mein Sohn. Meine Mutter konnte heute nur ein, zwei Stunden auf ihn aufpassen, deshalb muss ich jetzt zu ihr und ihn wieder abholen.«

Seine Antwort hat mich überrascht. »Du hast einen Sohn? Wie alt?«

»Er ist vier und ganz schön anstrengend.« Dev grinst stolz. »Aber genau das liebe ich an ihm.«

Mir geht ein Licht auf. Das hat er also gemeint, als er Ozzie an seine Verpflichtungen erinnert hat. Wenn ich mich recht entsinne, hat Ozzie dafür wenig Verständnis gezeigt. Dabei wusste er doch sicher, dass Dev über seinen Sohn gesprochen hat …

»Viel Glück da draußen.« Dev hebt eine Hand, und ich will ihn abklatschen, verfehle sie aber.

Er boxt mir zweimal leicht gegen den Oberarm. »Zwei fürs Danebenschlagen. Versuch's noch mal.«

Diesmal klappt es, und er zwinkert mir zu. »Das wird schon alles.« Ehe ich antworten kann, entfernt er sich im Laufschritt.

»Pass auf, sonst kommt der Taser wieder zum Einsatz!«

Er lacht und steigt ins Auto, und ich lächle, als ich den Raum durchquere. Am anderen Ende erwartet mich Toni mit finsterem Blick.

Kapitel 23

»Wenn du mit dem Flirten fertig bist, kann ich dir die Spinde zeigen, zu denen du Zugang brauchen wirst.«

Mir verschlägt es die Sprache. Ich dachte, wir würden Freundinnen werden. Tja, falsch gedacht. Puh! Ich hasse Zickenkriege, vor allem bei der Arbeit.

Sie deutet auf den Waffenschrank, den ich schon bei meinem letzten Besuch bemerkt habe. »Da sind die Knarren drin, die wir von Zeit zu Zeit tragen. Ich bin nicht immer bewaffnet, aber wenn, dann hole ich meine Knarre von hier. Der Code lautet C-O-L-T-4-5.«

»Originell.« Ich bin zu zickig, um nett zu sein. Warum war sie so fies zu mir? War sie vorher nur nett, weil alle zugesehen haben? Das wäre scheiße. Wir werden schließlich weiß Gott wie lange zusammen in diesem Auto hocken. Wahrscheinlich zu lange.

Sie öffnet die Tür, und ich sehe mehr Waffen, als mir außerhalb eines Actionfilms je zuvor an einem Ort begegnet sind.

»Wow! Das ist mal eine Menge Feuerkraft.«

Sie zeigt auf die einzelnen Bereiche des Spinds. »Handfeuerwaffen. Gewehre und Schrotflinten. Die da ist eigentlich illegal, also frag Ozzie, bevor du dir die nimmst.«

»Oh, keine Sorge, ich werde hiervon nichts anrühren.«

»O doch. Wir machen alle regelmäßig Schießübungen. Nach der Prüfung ist das hier in der Firma einmal im Monat verpflichtend.«

»Prüfung?«

»Scharfschützenprüfung. Ozzie besteht darauf. Er will nicht, dass wir aus Versehen die Falschen umlegen.«

Ziemlich kraftlos erwidere ich: »Gute Idee. Finde ich.«

»Da sind die Granaten … man macht sie scharf, indem man diesen Stift zieht, aber ich empfehle dir, die Finger davon zu lassen.«

»Keine Sorge, werde ich.« Ich verdrehe die Augen. Die spinnen alle. Warum bin ich noch mal hier? Ach ja. Wegen des Geldes.

»Da ist Munition. Die Schachteln sind beschriftet, achte also darauf, die richtige Munition für deine jeweilige Waffe zu erwischen.«

»Ja, klar.« Das ist ja wohl ein Witz. Als ob ich wüsste, welche Munition in welche Waffe passt. Ha!

Kommt nicht infrage. Abdrücken werde ich nur bei einer Kamera.

»Hier sind Messer, Nunchakus und Schlagstöcke, und in der kleinen Schublade sind die Schlagringe.« Sie dreht sich halb zu mir um. »Fragen?«

»Ja. Wo sind die Raketenwerfer?«

»Die bewahren wir woanders auf.«

Ich habe keine Ahnung, ob sie das gerade ernst gemeint hat. Sie lässt mich mit offenem Mund wie eine Idiotin stehen und sagt im Weitergehen: »Sonstige Ausrüstung ist in den Spinden hier drüben.« Sie reißt die Türen von einem davon auf. »Gasmasken, Kevlarwesten, Handschuhe, Helme, Stiefel.« Sie schließt die Türen wieder und öffnet den nächsten Spind. »Campingausrüstung für Observationen im Gelände.« Die Tür schließt sich, und sie tritt zu einem verschlossenen Schrank. »Das hier ist deine Domäne. Lucky hat den Code bereits geändert.« Sie deutet auf das Schloss und lächelt tückisch. »Rate mal, wie er lautet.«

Ich nähere mich langsam dem blöden Schloss, mustere es und frage mich, was für einen Scherz sich Lucky wohl erlaubt hat. »Wie viele Stellen?«

»Vier.«

Ich seufze tief. Ihr Gesicht sagt alles. Ich gebe nacheinander drei Buchstaben und eine Zahl ein: M-M-M-1.

Klickend öffnet sich das Schloss, und Tonis Lächeln erlischt.

»Haha, sehr witzig.« Ich öffne die Tür und keuche auf, als ich den Inhalt des Schrankes sehe.

»Zufrieden?«, fragt sie. Jetzt lächelt sie wieder.

»Sehr.« Ich greife in den Schrank und nehme eine Kamera heraus, die ich seit fünf Jahren haben wollte, mir aber nie leisten konnte. »Heilige Mutter der Kameragötter …«

»Ja. Ozzie macht keine halben Sachen. Er sagt immer, wir sind nur so effektiv wie unsere Werkzeuge.«

Ich lächle und muss an Dev denken. »Was hat es dann mit Devs Auto auf sich?«

»Dem Phoenix?« Sie grinst. »Da passen etwa zehn Leichen in den Kofferraum. Wir haben ihn schon häufig eingesetzt, seit wir ihn letztes Jahr gekauft haben.«

Ich lasse beinahe die Kamera fallen.

Sie nimmt sie mir behutsam aus der Hand und legt sie zurück. »Mach dich locker, Miss Mittelmaß, das war nur ein Witz. Mehr oder weniger.« Sie schließt die Tür und verriegelt sie wieder. »Du kannst dich später mit deinem Spielzeug beschäftigen. Jetzt müssen wir los, bevor die ganzen bösen Jungs aufwachen.«

Sie lässt mich am Spind stehen. »Böse Jungs?«

Toni steigt in Thibaults SUV und erwartet offenbar, dass ich auf der Beifahrerseite einsteige. Der Motor läuft schon.

»Sollten wir nicht eine Kamera oder so mitnehmen?«

»Nein«, antwortet sie durchs offene Fenster. »Wir machen nur optische Aufklärung.«

Ich halte mich am Griff über der Tür fest und wuchte mich hinein. Der SUV ist höher, als er aussieht.

»Optische Aufklärung. Optische Aufklärung.« Ich sage den Begriff mehrfach vor mich hin, um ihn bei späteren Unterhaltungen parat zu haben.

Langsam nervt es mich gehörig, dass ich in dieser Gruppe als dumme Mittelmaßfrau auffalle. Wenn ich die ganze Kamera- und Videoausrüstung so sehe, möchte ich damit einen gehörigen Wirbel veranstalten.

»Anschnallen«, sagt sie und korrigiert den Rückspiegel leicht.

Ich habe mich kaum angeschnallt, da legt sie auch schon den Rückwärtsgang ein und rast aus dem Lagerhaus. Ich muss mich an dem Griff über der Tür festkrallen, um nicht auf ihren Schoß zu rutschen.

»Heilige Scheiße, wo brennt's denn?«

Mit quietschenden Reifen wechselt sie in den Vorwärtsgang. »Nirgends. Aber ich sehe keinen Grund, wie eine Oma zu fahren.«

Stirnrunzelnd versinke ich in meinem Sitz. Na toll. Ich bin eine Mittelmaßoma. Wie tief kann man sinken?

Kapitel 24

Ziemlich tief, wie sich bald herausstellt. Während des halben Tages mit Toni bin ich kilometerweit außerhalb meiner Komfortzone.

Angefangen haben wir in einem wirklich furchterregenden Teil der Stadt, in den ich nie wieder zurückkehren möchte, und gelandet sind wir in einem noch schlimmeren. Wie nennt man einen Ort, an dem die Leute tatsächlich am helllichten Tag ganz unverhohlen Drogen verkaufen? Hölle?

Tja, ob Sie es glauben oder nicht, hier soll ich – mit Tonis Hilfe – Überwachungstechnik installieren, damit wir Informationen über den Abschaum sammeln können, der hier lebt. Oder sein Crack verkauft oder was auch immer. Ha! Was für eine verrückte Stadt! Ich weiß nur, dass ich heute für meinen Geschmack schon deutlich zu viele Bauarbeiterdekolletés gesehen habe. Benutzt eigentlich niemand mehr Gürtel?

»Na, was meinst du?«, fragt Toni auf dem Rückweg zur BSB-Zentrale, während sie den Wagen durch den Hafen mit seinem Labyrinth aus Firmengebäuden und Lagerhäusern steuert. »Machbar?«

Ich zucke die Achseln. »Schätze schon. Ich habe die Ausrüstung noch nicht richtig begutachtet, aber theoretisch

– klar.« Man kann überall fotografieren, beobachten, spionieren. Die Frage ist, ob es gelingt, ohne dabei draufzugehen. Da habe ich bei den Örtlichkeiten, die wir uns heute angesehen haben, so meine Zweifel, aber Ozzie hat für meine Sicherheit gebürgt, also werde ich mich darauf konzentrieren und nicht auf die Knarren, die die Typen dort im Hosenbund hatten.

»Wart's ab, bis du unseren Van gesehen hast.« Sie grinst und umfasst das Lenkrad fester. Zwei Sekunden später reißt sie es nach rechts, und wir biegen viel zu schnell um eine Ecke. Die Reifen quietschen. Wieder mal. Sie braucht sicher alle paar Monate neue, so wie sie Gummi verbrennt.

»Welchen Van?«, frage ich.

»Unser Auge auf vier Rädern. Von wo aus wir alles beobachten, wenn wir nicht im Geschehen sind.«

»Im Geschehen?«

Sie fährt vor dem Rolltor vor, schnappt sich eine kleine schwarze Fernbedienung und gibt einen Zahlencode ein.

»Ja, zu Fuß vor Ort unterwegs, eben nicht im Van.« Sie seufzt, als hätte sie es langsam satt, die Dame am Hals zu haben, die ein bisschen schwer von Begriff ist.

Es ist sehr belastend mitzubekommen, dass ich eine solche Enttäuschung für sie bin. Ich bin sicher, dass ich ohne sie schon heute meine Probezeit verkackt hätte. Eigentlich spricht es für sich, dass sie mir zugutehält, dass ich ihrem Kumpel einen Stromstoß verpasst habe, mir aber ankreidet, dass ich keine suizidale Stuntfahrerin bin. Vermutlich sollte ich weniger mit ihr abhängen.

»Wer macht das?«, frage ich nach, um das Gespräch am Laufen zu halten. »Zu Fuß vor Ort unterwegs sein?« Ich sehe niemanden im Lagerhaus und befürchte, dass wir einander jetzt zwei weitere Stunden am Hals haben. Dann lasse ich das Gespräch mal besser nicht abreißen.

»Manchmal Thibault, manchmal ich. Eines Tages vielleicht du.«

»Ich?« Die Panik in meiner Stimme ist nicht zu überhören.

»Aber noch nicht jetzt. Erst, wenn du richtig trainiert bist.« Sie fährt ins Lagerhaus, kuppelt aus und macht den Motor aus. »In sechs Monaten bist du vielleicht so weit.« Sie öffnet die Tür und steigt aus.

»Sechs Monate?« Leicht beleidigt steige ich ebenfalls aus. »So sehr bin ich auch wieder nicht außer Form.« Um sicherzugehen, kneife ich mir unauffällig in den Hüftspeck. Nicht mehr als zweieinhalb Zentimeter zu viel. Vielleicht auch drei, ich stehe in letzter Zeit ziemlich auf Ben & Jerry's.

Sie geht die Treppe hoch. »Wie sehr du außer Form bist, wirst du erst wissen, wenn du angefangen hast, mit Dev zu arbeiten. Vertrau mir. Das war bei uns allen so.«

Ich spanne den Bizeps an und lächle der kleinen Erhebung, die sich bildet, zur Begrüßung stolz zu. Toni hat keine Ahnung, wovon sie redet. Ich schleppe den ganzen Tag klaglos Kameras. Ich kann stundenlang stehen. Drei Monate. Länger werde ich nicht brauchen, um hart wie Stahl zu werden. *Ka-wumm*, Baby, nimm dich in Acht!

Hart wie Stahl? Wo kam denn jetzt dieser Gedanke her? Das will ich doch gar nicht sein, oder? Ich lasse den Arm wieder sinken, während ich mir wieder vorstelle, wie dieser Mann mich im Auto verfolgt und auf mich geschossen hat, und nicke. Doch. Ich will hart wie Stahl sein. Bei Gott, ich will keine Angst haben, wenn ich mein Haus verlasse und jemanden langsam vorbeifahren sehe. Ich will hart wie Stahl sein, damit mich Ozzie attraktiv findet.

»O mein Gott«, sage ich laut zu mir selbst. »Mal ganz im Ernst, May, du brauchst dringend Sex.«

»Wie bitte?«, fragt eine Stimme rechts von mir.

Ich schaue stattdessen nach links. Nein. Ich werde die Person, die mich gerade belauscht hat, nicht einmal zur Kenntnis nehmen. Das ist gerade ganz einfach nicht passiert.

»Hast du mit mir gesprochen?« Ozzie tritt aus den tiefen Schatten und kommt auf mich zu.

Ruckartig wende ich ihm den Kopf zu. »Wer, ich? Nein, ich habe nichts gesagt. Ich habe mir nur laut meine Erledigungsliste für später vorgesagt.« Erster Punkt: mit einem Therapeuten sprechen, weil ich durchdrehe.

»Ich dachte, du hättest gesagt, du brauchst dringend Geld.«

Sofort deute ich auf ihn. »Ja! Das habe ich *tatsächlich* gesagt. Wow, hast du gute Ohren.« Danke, Gott!

»Du musst nur ein Formular mit deiner Bankverbindung ausfüllen, dann kann Lucky sich darum kümmern. Vergiss nicht, alle Quittungen aufzuheben. Er wird dir zeigen, wie du sie am Monatsende einreichen kannst.«

Ich nicke mit meinem ernstesten Gesichtsausdruck. Wenn wir strikt bei geschäftlichen Themen bleiben, habe ich auch nicht dauernd schmutzige Fantasien, wenn wir uns begegnen. Doch dann legt die Dichterin in mir los:

Muskeln, Hintern, Haut ohne Falten,
Warum muss ich meine Libido im Zaume halten?

Pfui! Lass das, schmutzige Fantasie!

»Wie war dein erster Tag?«, fragt er.

Das ist prima. Konzentrieren wir uns auf die Arbeit. »Gut, schätze ich. War's das?« Ich war insgesamt nur drei Stunden hier. Das kann er sich ja wohl kaum unter Vollzeit vorstellen.

»Nur noch eins, dann kannst du gehen.«

Ich schultere meine Handtasche. »Super. Was denn?«

»Training.«

»Training wie in ... Fitnessstudio?«

Ozzie nickt in Richtung der Trainingsgeräte in der anderen Ecke des Lagerhauses. »Ja, in unserem Fitnessstudio.«

»Gut.« Ich reibe mir die Hände und sehe mich um. »Wo ist Dev? Er trainiert mich, oder?«

»Normalerweise ja, aber heute muss er sich von einem Taserangriff erholen.«

»Oh!« Sofort habe ich wieder Schuldgefühle.

»Deshalb trainiere ich dich heute.«

Jetzt sind auch die schmutzigen Fantasien wieder da.

Er zieht sein Sweatshirt aus. Darunter kommt ein sehr enges, ärmelloses T-Shirt zum Vorschein. Es passt viel zu gut zu seiner sehr knappen Sporthose.

Schnell! Ausweichmanöver einleiten!

»Ich, äh, habe keine Sportklamotten dabei.«

»Das macht nichts. Wir haben welche da.« Er deutet auf einen Spind. »Da drin. Zieh dich um. Ich bin in fünf Minuten wieder da.«

Damit lässt er mich im Lagerhaus allein, damit ich mich so richtig in die angemessene Panik hineinsteigern kann. Ich weiß nicht, wie ich seine Muskeln bei der Arbeit sehen soll, ohne mich ihm sofort an den Hals zu werfen. Das wird die reinste Willenskraftprobe.

Kapitel 25

Es erweist sich als unerwartet leicht, die Finger von ihm zu lassen, während wir zusammen trainieren. Sobald er von mir verlangt, grunzend Dinge mit meinen Beinen wegzudrücken und dumme Hanteln zu schwingen, tritt seine Attraktivität in den Hintergrund, und seine militärische, sture Unattraktivität betritt die Bühne. Ich bin überrascht, dass er sich nicht gleich einen Zweifingerbart stehen lässt.

»Einmal noch!«, brüllt er. »Komm schon! Pressen!«

»Errrrgh!« Ich kenne jemanden, den ich zur Geburt meines ersten Kindes nicht einladen werde. Pressen? Am Arsch!

»Einmal noch. Komm schon, du schaffst das. Pressen!«

»Ich habe schon noch einmal gepresst!«, keuche und ächze ich, während meine Arme mit den Hanteln schlaff herunterhängen. Alles brennt. Alles. Sogar die Muskeln in meinem Hintern.

»Du bist noch nicht fertig. Komm schon, einmal geht noch, das sehe ich in deinen Augen. Hoch die Arme.«

»Was du in meinen Augen siehst, ist eine Todesdrohung.« Ich versuche trotzdem, die Gewichte zu heben. Vor allem, weil die Tür oben an der Treppe sich gerade geöffnet hat und Dev herunterkommt. Ich habe Angst, dass er mich doppelt so hart rannehmen wird, wenn er eine Schwäche in mir sieht, sobald er sich erholt hat, was gerüchteweise morgen der Fall sein wird. Er ist jetzt schon wieder ziemlich flott unterwegs.

»Komm schon, hoch die Arme!«, schreit mir Ozzie ins Gesicht.

»Zurück!«, rufe ich grunzend und reiße die Arme hoch. Wenn ich könnte, würde ich ihn treten, aber ich brauche alle potenzielle Energie für meinen Bizeps. Langsam biegt sich mein Körper nach hinten und versucht, meine mangelnde Kraft auszugleichen.

»Schlechte Haltung! Steh gerade!«

Mir bricht der Schweiß aus, als ich aufhöre, mich durchzubiegen und versuche, die zehn Kilo über Nabelhöhe zu heben.

»Ich kann nicht … ich kann nicht …«

Er legt einen Finger unter jede Hantel. »Warte, ich helfe dir.«

Ich möchte aufschreien, so lächerlich erscheint mir dieses sogenannte Hilfsangebot, aber ich kann nicht. So viel Energie habe ich nicht mehr. Ich habe solche Angst, pupsen zu müssen. Also kneife ich die Pobacken so fest wie möglich zusammen, und deshalb habe ich kaum noch Kraft, die Zehnkilohanteln ein zwölftes Mal bis zu den Schultern zu heben.

»Eeeerrrrrr!«

»Jawohl!«, brüllt er. »Du schaffst es!«

Dev bleibt nickend neben Ozzie stehen. »Du schaffst es. Du schaffst es.«

Meine Muskeln weinen, flehen mich an aufzuhören, aber ich zwinge sie zu funktionieren, denn wenn ich das nicht tue, bleibt mir nur, beschämt den Kopf hängen zu lassen. Ich weiß, dass sich alle bei BSB voll in dieses Training reinhängen, und ich kann nicht ewig die Mittelmaßfrau bleiben. Meine Arme zittern vor Anstrengung.

Bitte lass mich nicht pupsen, bitte lass mich nicht pupsen.

Schließlich gehorchen die Hanteln meinem Willen und erreichen den höchsten Punkt ihrer Aufwärtsbewegung. Ozzie nimmt sie mir aus den Händen, legt sie, als seien sie federleicht, auf den Ständer, wo schon mehrere andere mit verschiedenen Gewichten liegen, und entlässt mich damit aus dem Gefängnis seines Trainings. Meine Arme fühlen sich so leicht an, als würden sie jeden Moment himmelwärts schweben. Als ich sie senke, fühlt es sich an, als hätte mir jemand 25-Kilo-Gewichte an die Handgelenke gebunden.

»Das reicht für den ersten Tag«, sagt er.

Gott sei Dank kann ich jetzt, wo die Gefahr, aus Versehen zu pupsen, gebannt ist, endlich die Pomuskulatur entspannen. Ich beuge mich vor und stemme die Hände auf die Knie. Mein Schweiß gehorcht der Schwerkraft und läuft mir in die Augen. Wow, brennt das! Ich richte mich auf und versuche, den Schmerz wegzublinzeln. Sicher sieht es aus, als würde ich weinen, aber ich bin zu müde, um den Schweiß wegzuwischen.

»Hartes Training?«, fragt Dev. Er sieht aus, als würde er gleich loslachen.

»Ziemlich hart.« Ich zucke die Achseln und bemerke dabei, wie anstrengend es ist, Schultern zu heben, in denen man keinerlei Kraft mehr hat. Mein Blick fällt auf mein Auto, und ich frage mich, ob ich in der Lage sein werde zu fahren. Die Schaltung wird ein Problem werden. Vielleicht kann ich mir unauffällig ein Taxi rufen. Ich wünschte, ich hätte kein so auffällig lackiertes Auto gekauft. Sie werden es auf jeden Fall merken, wenn ich es über Nacht in der Ecke des Lagerhauses stehen lasse.

Ozzie klopft mir auf die Schulter. »Wir machen einen Tag Pause, am Mittwoch geht es weiter.«

Ich schnippe mit zitterndem Finger einen Schweißtropfen von meiner Schläfe. »Ich brauche keine Pause. Wir können morgen weitermachen.« Diese ganze Hart-wie-Stahl-Sache erwächst aus meinem primitiven Wesenskern. Ich bin ziemlich sicher, dass gerade eimerweise Adrenalin durch meine Adern fließt, ausgelöst durch das Gefühl, das ich noch vor ein paar Minuten hatte: die Überzeugung, durch das Gewichtheben zu sterben.

»Schauen wir mal, wie du dich morgen fühlst.« Dev schlägt mir auf den Rücken und nimmt dann angewidert die Hand weg, als er merkt, wie nass sie jetzt ist.

Ozzie ist schon wieder im Business-Modus. »Morgen musst du mit Toni und Thibault im Van rüberfahren und schauen, was ihr so aufgebaut kriegt.«

»Operation *Hässlicher Bart*?«, frage ich.

Dev lacht, verstummt aber augenblicklich, als Ozzie ihn anfunkelt.

»Harley«, korrigiert Ozzie. »Harley, nicht hässlicher Bart.«

Ich hebe mein verschwitztes Handtuch auf und murmle halblaut: »Wie man sich täuschen kann …«

»O Mann.« Dev reibt sich lächelnd die Hände. »Ich kann unser nächstes Training kaum erwarten.«

Seine Vorfreude ist ansteckend. »Ach ja?« Ich reibe mir mit dem Handtuch über Gesicht und Nacken und versuche, dabei nicht angeekelt zusammenzuzucken. Es riecht nach Metall. »Wieso das?«

»Weil du vor Kraft und Elan förmlich platzt. Ich glaube, es wird mir Spaß machen, dich zu brechen.«

Ich schnaube. »Ja klar. Träum weiter.« Ich riskiere eine dicke Lippe, aber tatsächlich bin ich den Tränen nahe. Warum fordere ich den Personal Trainer des Teams heraus? Mir war gar nicht bewusst, dass ich auf Bestrafungen stehe, aber langsam frage ich mich, wie gut ich mich eigentlich wirklich kenne. Diese Firma hat entweder mein wahres Ich zum Vorschein gebracht oder mich komplett verwandelt. An einem Tag. Was zum Teufel …?

Mein Handy piepst, und ich nehme es von der Hantelbank, um zu sehen, wer etwas von mir will. Jenny. Sie hat mir eine SMS geschickt, die ich nicht ignorieren kann.

Schwesterherz: Bitte ruf mich so schnell wie möglich an. Sammy krank, sitze fest.

»Festsitzen« kann bei ihr alles Mögliche bedeuten. Wie ich meine Schwester kenne, hat sie entweder keinen Babysitter gefunden oder sich versehentlich im Klo eingesperrt.

»War's das für heute, oder soll ich noch etwas erledigen?«, frage ich Ozzie.

»Nein, alles gut. Sei nach Möglichkeit einfach morgen um sieben hier. Ihr braucht Zeit, die Ausrüstung durchzugehen, ehe ihr aufbrechen könnt.«

Ich nicke und hoffe, dass ich auch früher gehen kann, wenn ich früher komme. Nicht, dass ich mich im anderen Fall beschweren würde.

Dieser Job unterscheidet sich von allen anderen, die ich bisher hatte. Er ist viel zu … anders. Ungezwungen. Irgendwie, als würde man mit einer verrückten Familie abhängen. Einer Familie, die gern trainiert und auf Nahkampf steht. Abgedrehte Leute. Ich stelle fest, ich stehe auf abgedreht.

»Hast du eine Minute?«, fragt mich Dev, als wir alle Richtung Treppe gehen.

»Klar, was gibt's?«

Er bleibt stehen und wartet, bis Ozzie sich ein Stück entfernt hat. Dann wendet er sich mir zu und sagt leiser: »Hör zu, ich weiß, du hast heute alles gegeben, wenn du also ein paar Tage Trainingspause brauchst, musst du es nur sagen. Daraus macht dir niemand einen Vorwurf. Wir sehen, wie sehr du dich anstrengst.«

Ich runzle die Stirn und frage mich, ob das ein Trick ist. »Okay.«

»Morgen wirst du Muskelkater haben. Dehn dich jetzt noch ein wenig, heute Abend dann noch mal und morgen früh wieder. Machst du Yoga?«

Ich schüttle den Kopf. »Damit kennt sich eher meine Schwester aus.«

»Du solltest damit anfangen. Es wird dich beweglicher machen. Vielleicht kann sie dir einige Stellungen zeigen.«

»Alles klar, mache ich. Dehnen und Yoga.«

Dev bleibt am Holztisch stehen und ordnet einige der Waffen darauf neu an. Ich habe nicht die geringste Sorge, dass er eine davon gegen mich richten wird. Wenn doch, gehe ich einfach nur zu Boden und mache dankbar ein nettes Nickerchen. Schon allein, hier zu stehen, beraubt mich meines letzten Rests an Energie.

Ich habe noch nie besonders gern trainiert, es ist also wahrscheinlich eigentlich ganz gut, dass mich jetzt jemand dazu zwingt. Etwas mehr Beweglichkeit könnte mir wirklich nicht schaden. Ich werde bald dreißig, und meine Schwester hat mir schon etwa hundertmal erzählt, dass es ab dreißig mit ihrem Körper bergab ging.

Beim Gedanken an sie fällt mir ihre SMS wieder ein. Rasch tippe ich eine Antwort.

Ich: Unterwegs.

»Bis morgen?«, fragt Dev und hebt die Hand.

Ich klatsche ihn kräftig ab. Diesmal kassiere ich keine zwei Boxhiebe fürs Danebenschlagen. »Ja. Bis morgen.«

»Willkommen im Team«, sagt er, geht zur Treppe, packt das Geländer und nimmt die ersten drei Stufen mit einem schwungvollen Schritt.

»Danke. Es ist schön, hier zu sein.«

Als er oben durch die Tür geht, kommt Ozzie heraus. Ich gehe ganz langsam zum Auto, falls er sich verabschieden möchte. Dann steige ich ein, krame im Handschuhfach herum, und endlich höre ich seine Stimme am Fenster.

Er beugt sich ein Stück herein und lächelt. »Guter erster Tag?«

Ich lächle auch, werde plötzlich nervös. Von dem militärischen Arschgesicht ist nichts mehr übrig, er ist wieder der charmante Ozzie, der nur Zentimeter von meinem verschwitzten Körper entfernt ist. Der Typ, der mir das Leben gerettet und mir einen verdammt coolen Job gegeben hat. Beim Gedanken an die Ereignisse, die mich hierhergeführt haben, wird mir warm ums Herz. Vielleicht war das Beschossenwerden doch nicht das Schlimmste, was mir je passiert ist.

»Du kündigst doch nicht, oder?«, fragt er.

»Machst du Witze? Jetzt, wo es gerade interessant wird?« Der Doppelsinn war nicht intendiert, aber das leichte Heben seiner rechten Augenbraue macht mir deutlich, dass er ihm nicht entgangen ist.

»Hast du heute Abend schon was vor?«, fragt er beiläufig.

»Ich fürchte schon.« Ich schaue auf mein Handy und bin traurig, dass meine Schwester eine Krise schiebt. Vielleicht wollte Ozzie mit mir ausgehen.

»Sehr gut. Pass auf dich auf.« Er klopft zweimal mit beiden Händen auf meinen Fensterrahmen und tritt zurück.

Ich sehe ihm nach und frage mich, ob ich ihm von meinen Plänen erzählen soll. Würde das zu aufdringlich wirken?

Keine Sorge, Ozzie! Da ist kein anderer Mann im Spiel! O mein Gott, ja. Total aufdringlich. Vielleicht lasse ich ihn lieber denken, was immer er will. Es ist besser, sich ein bisschen rar zu machen, oder? Aber seit wann ist das überhaupt relevant? Er ist mein Chef! Ich werde nicht mit ihm schlafen, verdammt!

Ich ramme den Autoschlüssel heftiger als geplant ins Zündschloss und breche mir dabei einen Fingernagel ab.

Nachdem ich ein paar Sekunden daran gelutscht habe, lege ich den ersten Gang ein. Ich hasse es, eine derartige Sklavin meiner übersteigerten Libido zu sein.

Ozzie beobachtet mich mit Adleraugen, als ich in dem großen Lagerhaus wende und auf die offene Tür zufahre.

»Bis morgen«, sage ich im Vorbeifahren so cool wie möglich.

»Bis morgen.« Er geht neben dem Auto her und reicht mir meinen Taser herein. »Park heute Nacht in der Garage.«

Ich stecke den Taser in meine Handtasche und salutiere im Hinausfahren. Mein Auto ruckelt und schlingert, als ich die Kupplung aus Versehen zu früh kommen lasse. Ich trete sie rasch wieder durch und greife nach dem Schaltknüppel, versuche, in den zweiten Gang hochzuschalten. Ein paar Sekunden später gelingt mir das auch, aber erst, nachdem ich mich vor dem einzigen Menschen, von dem ich wollte, dass er mich für cool hält, total blamiert habe.

Typisch. Warum mache ich mir überhaupt die Mühe?

Ich seufze tief, während ich auf dem Weg durch das Rolltor nach draußen knirschend hochschalte. Tschüss, Bourbon Street Boys, und hallo, New Orleans bei Nacht.

Kapitel 26

Ich höre das Geschrei, noch bevor ich das Haus betrete, woraufhin ich mich frage, ob ich, statt vorher noch Felix abzuholen, direkt hätte herkommen sollen. Als sich die Tür zum Haus meiner Schwester öffnet, ohne dass ich aufschließen muss, runzle ich die Stirn. Sie sollte wirklich mehr auf ihre Sicherheit achten. Ich mache mir eine geistige Notiz, nachzuschauen, wie viele Zugangspunkte sie hat. Vielleicht bin ich ja bald in der Lage, ihr eine Alarmanlage zu spendieren. Möglicherweise gibt es bei BSB so etwas wie einen Familienrabatt.

Felix stürmt in den rückwärtigen Bereich des Hauses, als die Stimme meiner Schwester in meinen Ohren dröhnt wie ein Donnerschlag. Sie klingt leicht echauffiert.

»Setz dich sofort wieder aufs Klo und steh erst wieder auf, wenn du Kacka gemacht hast! Ich meine es ernst! Mama muss noch arbeiten und Abendessen machen!«

Es folgt ein Klagelaut. Ich bin nicht sicher, ob es eines der Mädchen oder Sammy ist. Allerdings tippe ich auf den Jungen. Als jüngstes und einziges männliches Wesen im Haus steht es ihm irgendwie frei, eigentlich ständig herumzujammern. Mir gelingt es meist, ihn auszublenden, aber meine Schwester kriegt langsam graue Haare davon.

Ich werfe einen raschen Blick ins untere Bad und stelle fest, dass dort tatsächlich Sammy auf der Toilette hockt, während die beiden Mädchen zusammen in der Badewanne sitzen. Berge von Schaum türmen sich in der Wanne, und buntes Spielzeug schwimmt im Wasser.

Jenny steht mit den Händen in den Gesäßtaschen und wirrem Haar da. Ihre Bluse ist falsch geknöpft, sodass die eine Hälfte vorn tiefer hängt. Sie hat nasse Flecken an beiden Beinen und trägt nur eine Socke. Die Nägel des anderen Fußes sind vor mindestens sechs Monaten lackiert worden.

»Das hat ja ewig gedauert«, sagt sie, streicht sich die Haare aus dem Gesicht und funkelt mich an.

Das absolut Falscheste in einer solchen Situation wäre, mich von ihr provozieren zu lassen.

Das weiß ich aus Erfahrung, also halte ich meine Antwort oberflächlich und einfach. »Ich war auf der Arbeit. Was ist denn los?«

»Arbeit? Welche Arbeit? Ich habe im Studio angerufen, aber du hast nicht abgenommen.«

»Bei meinem neuen Job.« Ich schiebe mich neben sie und knie mich hin, sodass ich mit den Mädchen zusammen mit den Spielsachen in der Wanne spielen kann. Dann ziehe ich den Kopf ein und warte, dass das Geschrei losgeht.

Sophie und Melody sehen mich mit weit aufgerissenen Augen an. Sie wissen auch, was mir bevorsteht.

»Neuer Job? Was für ein neuer Job? Wovon zum Teufel redest du, May? Hast du jetzt ein komplettes zweites Leben, das du vor mir geheim hältst?«

Jetzt wissen wir, warum ich noch nichts gesagt habe. Ich drehe den Kopf, um sie anzusehen, und sage mit meiner beruhigenden Therapeutinnenstimme: »Du hattest einen harten Tag, Jenny-Schatz. Hol dir ein Glas Wein und setz dich auf die Couch. Ich bade die Mädchen, überrede Sammy, den Göttern des Töpfchens zu opfern, und dann setze ich mich zu dir, nachdem ich ihnen Abendessen gemacht habe. Betrachte dies als deinen freien Abend.«

Sie funkelt mich etwa eine halbe Sekunde lang an, dann kann sie nicht mehr wütend bleiben. »Okay«, sagt sie schwach und verlässt das Bad, ehe jemand sie weinen sieht.

Ich hasse es, wie sie kaum die Füße hebend davonschlurft. Sie ist bereits völlig fertig, ohne auch nur einen Tropfen Alkohol getrunken zu haben. Ich liebe meine Nichten und meinen Neffen mehr als alles andere auf der Welt, aber sie sind das effektivste Verhütungsmittel, das mir je begegnet ist. Mädchen auf der Highschool sollten die drei verpflichtend babysitten müssen, ehe sie das erste Mal mit einem Jungen ausgehen dürfen.

»Was stimmt nicht mit Mami?«, fragt Melody, das mittlere Kind, als Jenny weg ist. Wir nennen sie manchmal Melody Mittendrin. Mit sechs ist sie noch jung genug, um uns dafür nicht zu hassen.

»Pssssst«, wirft Sophie, die Achtjährige, ein, ehe ich antworten kann. »Sie ist gestresst. Sei einfach brav, bis es ihr wieder besser geht. Dann darfst du wieder böse sein.«

Melody spritzt ihre Schwester nass. »Ich bin nicht böse!«

»He!« Ich mache das Auszeit-Zeichen, kann es aber aufgrund meiner spaghettidünnen Armmuskeln, die mir den Dienst verweigern, keine zwei Sekunden halten. »Entspannt euch mal, ihr beiden. Seht ihr nicht, dass wir eine Sammykrise haben?«

Wir mustern alle drei den Kleinen und seinen traurigen Gesichtsausdruck.

»Wieder verstopft?«, frage ich.

Er nickt. »Wieda vastopft. Mein Popo un' mein Bauchi tun weh.«

»Streng dich nicht so an. Entspann dich einfach.«

»Ja, entspann dich einfach.« Melody kichert.

»He«, ich deute auf ihr Gesicht, »hör auf, deinen Bruder zu verspotten. Verstopfung ist scheiße.«

»Ja, Vastopfung is scheiße.« Sammy schnappt sich eine Zahnbürste von der Ablage und wirft sie nach seiner Schwester.

Ich stehe auf, so schnell ich kann, um die zweifellos drohenden Vergeltungsmaßnahmen Melodys zu unterbinden. »Okay, meine Kleinen, mal hergehört!«

Alle Kinder heben die Köpfe, um mich anzusehen. Im Bad ist es so leise, dass wir hören können, wie Jenny um die Ecke in der Küche eine Flasche entkorkt.

Ich mache mit den schmerzenden Armen eine Geste, als wolle ich die ganze Welt umarmen. »Tante May ist da!« Ich senke die Arme, um an den Fingern abzählen zu können. So tun meine Muskeln weniger weh. »Das bedeutet, es wird nichts geworfen, nicht gespuckt, es werden keine schlimmen Wörter gesagt, es wird nicht gefurzt, gekotzt, sich gegenseitig beschimpft und nicht über mein Essen gejammert. Ist das klar?« Ich starre sie der Reihe nach nieder und setze mich dann wieder auf den Boden, weil meine Beinmuskeln gerade nicht besonders glücklich mit mir sind.

Sie schauen einander wortlos an.

Aus der Toilettenschüssel erklingt ein seltsames Geräusch. Sammy versucht, nicht zu grinsen, als ich ihn anfunkle.

»Upsi. Ich hab gefurzt. Schulligung.«

Alle drei kichern.

Melody deutet auf ihren Bruder. »Er hat die Furzregel gebrochen!« Sie presst die Ellbogen gegen die Rippen und lässt mit großer Mühe drei Bläschen aus dem Wasser aufsteigen.

Sophie schaut sie entgeistert an. »Du hast auch gerade gefurzt! Igitt! Nicht in der Badewanne!« Sie springt auf und versucht, aus der Wanne zu entkommen, ist aber zu schaumbedeckt. In einem Durcheinander von Armen, Beinen, Ellbogen und Knien rutscht sie zurück ins Wasser. Seifenwasser spritzt.

Als ich wieder etwas sehe, lachen alle drei Kinder hysterisch.

»Tante May, du hast lauter Badeschaum auf dem Kopf!«, brüllt Melody.

»Au! Jetzt habe ich eine Schramme am Knie«, jammert Sophie.

»He! Ratet mal, was ich gemacht hab!«, schreit Sammy.

Wir sehen ihn alle an und warten auf die große Neuigkeit.

»Ich hab Kacka gemacht!«

Kapitel 27

Die Kinder essen am Küchentisch Spaghetti, während Felix darunter gierig darauf lauert, dass ihnen aus Versehen etwas herunterfällt. Sie sind ganz besonders brav, weil ich ihnen Eis zum Nachtisch versprochen habe, und ich schenke mir ein Glas Wein aus der Flasche ein, die meine Schwester bereits halb geleert hat.

Als ich mich in den Sessel neben ihrer Couch fallen lasse, starrt sie mich über den Rand ihres Glases hinweg an.

Ich nehme einen Schluck und starre zurück.

»Na? Erzählst du mir jetzt endlich von deinem neuen Job?«

Ich überlege, ob ich die Beine hochziehen und mich ganz in den Sessel schmiegen soll, aber als ich es versuche, protestieren meine Muskeln, also stelle ich die Füße lieber einfach auf den Boden.

»Eigentlich gibt es da gar nicht viel zu erzählen. Ich fotografiere nur für diese Leute.«

»Warum habe ich nur den Eindruck, dass es um viel mehr geht als nur um ein paar Fotos? Hat das irgendwas mit Pornos zu tun?« Sie wirft über die Schulter einen Blick in die Küche und fährt dann leiser fort: »Dir ist hoffentlich klar, dass man sich mit der Pornobranche nicht einlassen darf. Egal, was die erzählen, die wollen dich letztlich nur als Darstellerin!«

Ich muss lachen. Es ist so schön, hier mit ihr in ihrem Wohnzimmer zu sitzen. Ich liebe meine Schwester und ihre hirnrissigen Einfälle. »Du hast ja Ideen. Entspann dich, mein Job hat rein gar nichts mit der Pornobranche zu tun. Ich arbeite für eine Sicherheitsfirma.« So ausgedrückt klingt es deutlich ungefährlicher. Risikolos. Schwesterkompatibler. Wenn ich ihr die ganze Wahrheit sagen würde, dann würde sie nur herumglucken und mir Selbstzweifel einreden.

Sie blinzelt einige Male, während sie die Neuigkeit verdaut. »Erinnerst du dich noch an den Typen, der mir geholfen hat, als ich aus Versehen in Frankie's Bar gelandet bin?«

»Den Muskelprotz?« Zum ersten Mal seit meiner Ankunft sehe ich sie lächeln.

»Ja, genau der. Er hat mir einen Job angeboten.« Ich versuche, nicht zu grinsen, was mir äußerst schwerfällt.

»Er arbeitet also bei einer Sicherheitsfirma und hat dir einen Job als Fotografin angeboten? Was sollst du denn fotografieren?«

Ich zucke die Achseln und denke gut über die Antwort nach, um Jenny nicht noch argwöhnischer zu machen. Meine Schwester hatte schon immer einen sehr ausgeprägten Beschützerinstinkt, wenn es um mich ging. »Weiß nicht. Leute. Orte. Dinge.«

»Wenn das keine klar umrissene Aufgabe ist.« Sie mustert mich mit zusammengekniffenen Augen. »Keine Spielchen, kleine Schwester. Was verschweigst du mir?«

Ich zupfe an einem losen Faden an meinen neuen Trainingsshorts herum. »Eigentlich gar nichts. Es ist nur … es ist einfach ein bisschen schwer zu erklären.«

Sie trinkt einen großen Schluck Wein, leert beinahe ihr Glas.

Ich springe auf, um mir die Flasche zu schnappen, in der Hoffnung, das werde sie von meinen hilflosen Versuchen ablenken, die negativen Seiten meines Jobs herunterzuspielen.

»Du bist die schlechteste Lügnerin auf Erden«, verkündet sie und trinkt lachend aus.

»Besser als die beste, oder?« Ich beuge mich vor, gieße ihr nach und fülle bei der Gelegenheit auch mein eigenes Glas wieder auf, ehe ich die Flasche auf den Couchtisch stelle.

»Vielleicht. Also, worum geht's? Ohne Umschweife. Erzähl einfach. Ich reiße dir schon nicht den Kopf ab.«

»Ohne Umschweife? Gut. Es geht um Überwachung. Ich fotografiere Verbrecher auf frischer Tat.«

Sie verdreht die Augen bis zur Decke und knurrt mich ausgiebig mürrisch an: »Gggggggrrrrrhhhhh!« Dann wirft sie mir einen bösen Blick zu. »May, wie konntest du nur?«

»Wie konnte ich was?« Ich gebe mich als Unschuld in Person. »Mir einen Job suchen, um meine Rechnungen bezahlen zu können?«

»Wie oft habe ich dir schon angeboten, hier einzuziehen? Wir könnten dadurch beide so viel Geld sparen.«

Ihr kommen die Tränen.

»Ach, Süße …« Ich stehe auf und setze mich neben sie auf die Couch, ohne meinen Wein mitzunehmen. »Du weißt doch, das geht nicht. Ich brauche meinen Freiraum. Ihr braucht Platz, um euch als Familie zu entfalten. Ich will nicht, dass die Kinder sauer auf mich sind, weil ich dauernd nörgelig bin.«

»Du bist nicht dauernd nörgelig.« Jetzt weint sie. »Du bist immer glücklich.«

»Das liegt daran, dass ich alleine wohne.«

»Willst du damit sagen, es würde dich unglücklich machen, hier oder mit mir zusammen zu wohnen?«

Das ist eine gute Frage. Genau das sage ich praktisch seit einem Jahr. »Nein, ich will damit sagen, dass ich eine junge, ungebundene Frau bin, die manchmal daheim gerne nackt rumläuft und dann und wann lange Schaumbäder nimmt und sich ein Glas Wein dabei gönnt.«

Jenny seufzt und lehnt den Kopf gegen meinen. »Das klingt ziemlich gut.«

»Wann immer dir danach ist, ruf mich an. Oder schreib mir wie vorhin eine SMS, und ich eile herbei. Ich bin für dich da. Das weißt du doch.«

»Ja.« Sie tätschelt mein Bein und trinkt noch einen Schluck Wein. »Ich muss mich nur mal eine Runde selbst bemitleiden. Ignorier das einfach.«

»Was ist passiert? Hat es etwas mit Miles zu tun?« Ihr Ex. Das arrogante Arschloch, das sich weigert, seine Pflicht zu tun, indem er diesen Kindern ein ordentlicher Vater ist.

»Natürlich Miles, wer sonst? Der Scheck, den er mir für die Alimente ausgestellt hat, ist wieder geplatzt, und jetzt werden mehrere meiner Überweisungen nicht durchgehen.«

Ich nage an meiner Unterlippe, denn ich weiß, ich begebe mich auf gefährliches Terrain. Bei ihr einzuziehen würde viele ihrer Probleme lösen, aber ich fürchte, wenn ich das täte, würde Miles seine Pflichten komplett vernachlässigen. Ich wäre in seinen Augen dann der Ersatzvater für seine Kinder, und er könnte sich endgültig verdünnisieren. Geplatzte Schecks sind ein Witz gegen das, was meiner Schwester dann bevorstünde. Sie müsste sich 365 Tage im Jahr um die Kleinen kümmern, weil er sie im Sommer nicht mehr für zwei Wochen zu sich nähme und das eine Papawochenende im Monat bestimmt auch ausfallen würde, das er sich freundlicherweise für sie freischaufelt.

Es geht einfach nicht. Ich kann unmöglich mit Jenny zusammenziehen. Das würde vielleicht ein paar Probleme beseitigen, aber dafür noch schlimmere schaffen, da bin ich sicher. Ich würde es nicht ertragen, wenn sich unser Verhältnis dadurch verschlechtern würde. Dafür liebe ich sie und ihre Babys einfach viel zu sehr.

»Mein neuer Arbeitgeber zahlt ziemlich gut. Vielleicht kann ich ein paar Rechnungen für dich übernehmen.«

»Das ist dir gegenüber nicht fair.« Sie schnieft und lächelt mich an. »Wie willst du dir denn dann noch den teuren Badezusatz leisten?«

Ich stupse sie mit dem Ellbogen an. »Für Schaum ist immer gesorgt. Im Notfall lasse ich das Badewasser einfach über ein Stück Seife laufen.«

Sie schnaubt. »Na klar.« Sie rückt ein Stückchen von mir weg, um mich anzusehen. »Erzähl mir von diesem Typ.«

»Welchem Typ?« Ich tue völlig verständnislos, als hätte ich überhaupt keine Ahnung, wen sie meint, aber ihr Blick verrät, dass sie es mir nicht abkauft.

»Komm schon, du weißt genau, von wem ich rede. Der große, dunkelhaarige Schrank.«

»Ach, Ozzie?«

»Treib mich nicht zur Weißglut. Miles hat mich so fertiggemacht, dass ich meine Wut jederzeit an einer unbeteiligten Dritten auslassen und sie erwürgen könnte.«

»Na schön. Ozzie ist der Kerl, der mich gerettet hat.« Ich zupfe wieder am losen Faden meiner Shorts herum. »Du erinnerst dich vielleicht, dass er einen Tag auf Felix aufgepasst und ihn mir zurückgebracht hat, was echt nett von ihm war.« Ich nippe an meinem Wein, während ich den Kuss Revue passieren lasse. »Zwischen uns läuft überhaupt nichts. Er ist einfach nur mein neuer Boss.«

»Genau.« Jenny trinkt mehr Wein. »Und dass du gerade knallrot wirst und wie wild an deiner Hose herumzupfst hat was zu bedeuten? Wirst du krank? Hast du dir was eingefangen?«

Ich schließe die Augen und lege den Kopf auf die Sofalehne. »Wir haben uns geküsst, okay? Nur geküsst.«

Sie haut mir auf die Schulter. »Wann?!«, fragt sie, plötzlich ausgesprochen fröhlich.

»Samstagabend. Bei mir zu Hause. Als er Abendessen vorbeigebracht hat.«

»O mein Gott! Und das hast du mir bis jetzt verschwiegen?! Jetzt ist mir völlig klar, warum du nicht bei mir einziehen willst.«

»Halt die Klappe!« Ohne den Kopf zu heben, werfe ich ihr einen Blick zu. »Zwischen uns wird nichts mehr passieren. Wir arbeiten jetzt zusammen. Er ist mein Chef. Er hat sich entschuldigt.«

»Autsch!«

»Genau. Autsch. Das hat keine Zukunft, verstehst du? Reden wir einfach nicht mehr darüber.«

»Macht es dir etwas aus, ihm auf Arbeit zu begegnen?«

Ich seufze und denke über den Tag nach. »Nicht wirklich. Klar, ich schmachte ihn die ganze Zeit an, aber ich glaube nicht, dass er das mitbekommt.«

»Ach, stimmt ja«, sagt sie spöttisch, »du bleibst bei solchen Sachen ja immer völlig cool.«

Ich muss lächeln. Sie kennt mich einfach zu gut. »Ich versuche zumindest, cool zu bleiben. Das war heute echt kein Problem mehr, als er mich beim Training gequält hat.«

»Training? Ist das ein Codewort für etwas anderes?«

»Nein. Wir trainieren da wie im Fitnessstudio. Ich habe heute eine Stunde lang mit jedem einzelnen Muskel meines Körpers Gewichte gehoben.«

Sie streckt die Hand aus und kneift mir in den Bizeps.

»Au!« Ich zucke vor Schmerz zurück, stelle dabei jedoch fest, dass ich mich kaum noch bewegen kann. Je länger ich auf dieser Couch sitze, desto steifer werde ich.

»Du musst dich dehnen.«

»Das hat Dev auch gesagt.«

»Dev?«

»Ein Kollege. Der Personal Trainer.«

»Hast du nicht gesagt, dass Ozzie mit dir trainiert hat.«

»Hat er auch. Nächstes Mal übernimmt das Dev.«

»Du bist auf Arbeit also von lauter Typen umgeben, die dich ordentlich zum Schwitzen bringen. Ist Dev genauso heiß wie Ozzie?«

Ich lache. »Du denkst auch nur an das Eine. Wir nehmen den Job wirklich ernst.«

»Lass mir doch meine Träumereien. Ist er denn lecker?«

»Wenn man auf Typen steht, die zwei Meter groß sind und eine Glatze haben, ist er sicherlich kein schlechter Fang. Er ist irgendwie süß.«

»Du machst Witze.«

»Keineswegs. Vertrau mir.«

»Hmm.« Sie reibt mit dem Daumen über den Rand ihres Glases. »Vielleicht werde ich ihn ja eines Tages kennenlernen.«

»Vielleicht.« Ich setze mich aufrecht hin und stöhne, als meine Muskeln dagegen protestieren.

»Alles in Ordnung?«, fragt Jenny und legt mir eine Hand auf den Rücken.

»Muskelkater.« Ich atme gegen den Schmerz an.

»Dann gehst du besser mal heim und nimmst eins deiner viel zitierten Schaumbäder.«

Ich drehe mich ein Stück zur Seite und sehe sie an. »Kommt ihr klar?« Ich werfe einen Blick in die Küche, in der die Kinder verschwörerisch flüstern. Wahrscheinlich schmieden sie neue Weltherrschaftspläne oder stehen kurz vor einem Staatsstreich.

»Ja, wir kommen klar. Der Wein hat geholfen.«

»Ich habe ihnen Eis versprochen.«

»Hab ich gehört. Keine Sorge, ich übernehme das für dich.« Sie steht auf und reicht mir die Hand, um mir hochzuhelfen.

Ich nehme sie und rapple mich mühsam auf.

»Danke, dass du vorbeigekommen bist und mich davor bewahrt hast, völlig den Verstand zu verlieren.«

Ich nehme sie fest in die Arme und gebe ihr einen Kuss auf die Wange. »Ich bin immer, wirklich immer für dich da.«

»Ich auch für dich.« Sie tätschelt mir den Rücken. »Wenn du mich je brauchst, bin ich für dich da, darauf kannst du dich verlassen.«

»Ich weiß.« Ich löse mich von ihr und schleiche vorsichtig um die Möbel. Eine falsche Bewegung könnte mich zu Fall bringen, und wenn ich einmal am Boden liege, muss ich höchstwahrscheinlich die Nacht dort verbringen. Meine Kraft reicht gerade noch aus, um nach Hause zu kommen, danach ist Schicht im Schacht.

»Ruf mich morgen nach der Arbeit an und erzähl mir alles, was passiert ist.« Jenny öffnet mir die Haustür.

»Mache ich.« Ich hebe das Kinn und sage lauter: »Bis bald, Kinder!«

»Tschüss, Tante May!«, rufen drei Stimmchen im Chor.

»Dange für das Eis!«, fügt Sammy noch hinzu.

»Das habt ihr eurer Mama zu verdanken!«, rufe ich zurück, ehe ich das Haus verlasse. Felix klemme ich mir unter den Arm.

Es ist eine laue Nacht, und die Luftfeuchtigkeit lässt mir wieder einmal das T-Shirt am Körper kleben.

»Man muss das Wetter in New Orleans einfach lieben«, sagt Jenny und gestikuliert dabei mit ihrem Glas, als wolle sie der Nacht zuprosten.

»Es gibt keinen Ort auf dieser Welt, an dem ich lieber wäre.« Ich werfe ihr einen Kuss zu, steige ins Auto und setze Felix auf den Beifahrersitz, bevor ich geschmeidig den Rückwärtsgang einlege und Jenny und ihre verrückten Kinder sich selbst überlasse. Ich bin erschöpft, aber glücklich. So glücklich wie schon verdammt lange nicht mehr. Ich habe einen neuen Job, eine tolle Familie, einen entzückenden Hund und gehöre jetzt zu einer Gruppe Menschen, die sich als Team verstehen und mich sofort in ihren Reihen aufgenommen haben. Das Leben ist schön.

Kapitel 28

Mein Leben ist die Hölle. Mein Körper ist hin. Es ist Dienstagmorgen, und mein Wecker hat bereits geklingelt, was bedeutet, dass ich aufstehen und duschen sollte. Stattdessen liege ich im Bett, unfähig, mich zu bewegen. Felix leckt mir über die Wange, und ich habe nicht mal die Kraft, ihn davon abzuhalten.

Stöhnend versuche ich, mich auf die Seite zu rollen, um an mein Handy zu kommen. Felix weiß, dass ich mich im Augenblick nicht wehren kann, also leckt er mir jetzt das Ohr ab.

»Ooooooohhh, mein Gott, heilige Scheiße.« Jede Faser meines Körpers tut weh. Ich bin der festen Überzeugung, sie sind alle gerissen.

Das kann kein gewöhnlicher Muskelkater sein, dafür ist es viel zu schlimm.

Das einzige Körperteil, das mir nicht wehtut, ist mein Daumen. Nachdem ich Felix damit weggeschubst habe, tippe ich eine SMS, wobei das Telefon neben mir auf dem Bett liegt, weil meine Armmuskeln es wahrscheinlich ohnehin nicht halten könnten.

Ich: Ozzie, ich sterbe.

Wenige Sekunden später klingelt mein Telefon.

»Hallo?« Ich stöhne und halte mir das Handy an das vollgeschlabberte Ohr.

»Was ist los? Rede mit mir.« Ozzie klingt hellwach. Hat er mitbekommen, dass es erst sechs Uhr morgens ist?

»Mir tut alles weh. Ich glaube, ich sterbe.«

Ich höre ein lang gezogenes Zischen, bevor er wieder etwas sagt. »Stirbst du, weil dir das Training in den Knochen steckt, oder wurdest du angeschossen?«

Ich halte mir das Telefon vors Gesicht und starre es ungläubig an. Wahrscheinlich können Gespräche um sechs Uhr nur so verrückt ablaufen.

»Nein, wie kommst du denn auf die Idee? Wer sollte bei mir zu Hause auf mich schießen?«

»Woher soll ich wissen, wo du steckst?!« Er schreit und klingt dabei mächtig wütend.

»Entschuldigung, Mister Unflätig, aber ich dachte, das würde dir die Handy-Ortung verraten!« Jetzt bin ich auch sauer.

Statt Mitleid zu zeigen, schimpft er mit mir? Bin ich im falschen Film aufgewacht?

»Die schalte ich nur ein, wenn ich Grund zu der Annahme habe, dass jemand in Schwierigkeiten steckt, May!«

Ich blinzle ein paarmal und denke darüber nach. Jetzt, da ich tatsächlich langsam wach werde, erscheint mir das vollkommen verständlich.

»Na schön. Tut mir leid, wenn ich dich grundlos in Aufruhr versetzt habe, weil ich geschrieben habe, dass ich sterbe.«

Er schweigt eine ganze Weile.

»Ozzie? Bist du noch dran?«

»Ja, gib mir eine Minute.«

Während die Sekunden verstreichen, wächst in mir die Überzeugung, dass ich mein Handy an diesem Morgen besser nicht angerührt hätte. Er ist nicht mein Freund, sondern mein Boss. Er interessiert sich nicht für meinen Muskelkater, ihm ist nur wichtig, dass ich um sieben zur Arbeit erscheine und meinen Job erledige. Warum kann sich mein Gehirn nicht mal über Nacht merken, dass er nicht mein Freund ist? Was stimmt denn nicht mit mir?

»Willst du heute lieber zu Hause bleiben? Hast du so große Schmerzen?«

Mühsam setze ich mich auf. »Nein.« Das Wort klingt, als hätte mir eine achtzigjährige Frau das Telefon aus der Hand gerissen und für mich geantwortet. »Nein.« Beim zweiten Mal hört es sich schon besser an. Ich fühle mich stärker. Die Demütigung verleiht mir Flügel. »Ich will mir den Tag nicht freinehmen. Das wäre ja lächerlich, es ist schließlich erst mein zweiter Arbeitstag.« Felix klettert auf meinen Schoß, und ich spiele geistesabwesend mit seinen Ohren.

»Wenn die Schmerzen zu groß sind …«

»Sind sie nicht. Absolut nicht. Mir geht es gut. Wir sehen uns in einer Stunde. Tut mir leid, dass ich dir geschrieben habe. Wird nicht wieder vorkommen.«

Er antwortet nicht.

»Alles klar, bis später. Tschüss.«

»Bis später …«, er macht eine kurze Pause, »Miss Mittelmaß.«

Ich drücke auf den roten Button und schleudere mein Handy auf die Decke. »Mittelmaß. Pah! Du wirst mich noch kennenlernen.« Ächzend hebe ich Felix von mir herunter und schwinge die Beine aus dem Bett. Mir war vorher nicht klar gewesen, wie viele Bauch-, Rücken-, Arm- und Halsmuskeln man für so kleine Bewegungen braucht. Wow!

Eine zehnminütige Dusche und großzügiger Einsatz von Körperlotion im Rahmen einer raschen Selbstmassage tragen viel dazu bei, mich wieder beweglicher zu machen. Tatsächlich humple ich jetzt nur noch ein ganz klein wenig. Aber jede Stufe auf der Treppe nach unten lässt mich leise aufwimmern. Gegen

Ende ist das Ganze eher ein kontrollierter Sturz. Unten muss ich mich am Geländer festhalten, um nicht zusammenzubrechen.

Felix kommt angerannt und scheint sich große Sorgen um mein Wohlergehen zu machen. Er schaut immer wieder zu mir auf und winselt dabei jämmerlich.

»Keine Sorge, Fee. Ich sterbe heute ganz bestimmt nicht.«

Ich lasse ihn in meinen kleinen Garten, damit er sein Geschäft verrichten kann, fülle seinen Napf mit Trockenfutter und lasse ihn damit Essen zum Mitnehmen für Hunde, sein Lieblingsspiel, spielen.

Als ich eine halbe Stunde später ins Lagerhaus einfahre, habe ich vier Entzündungshemmer intus und singe »Walking on Sunshine« vor mich hin. Meine gute Laune leidet etwas, als ich Dev da inmitten der anderen stehen sehe, einen Singlestick in der Hand. Als er meiner ansichtig wird, grinst er echt fies und klatscht mit der Waffe in seine offene Hand.

Na schön. So will er es haben? Prima. Ist mir mehr als recht. Ich fahre in die Ecke des Lagerhauses, parke dort, nehme den Taser aus der Handtasche und steige aus. Noch bevor die Tür zugeschlagen ist, stürme ich auf ihn zu.

»Wenn du auch nur mit dem Gedanken spielst, mich mit diesem Stock zu berühren, jage ich dir so viel Strom durch den Köper, dass du den ganzen Block mit Elektrizität versorgen kannst, wenn du nur den Finger in die Steckdose steckst.« Ich halte den Taser mit beiden Händen ausgestreckt vor mich, weil ich zu schwach bin, um es mit einem Arm zu tun. Im besten Fall sehe ich dabei aus wie eine knallharte FBI-Agentin.

Alle brechen in Gelächter aus, einschließlich Dev.

Er legt den Stock auf einen Tisch und breitet die Arme aus. »Komm zu Papa, Miss Mittelmaß. Ich wusste, du hast Eier.«

Ich seufze erleichtert auf, senke die Waffe und humple in Richtung meines Teams.

Kapitel 29

»Das muss man dir lassen«, sagt Toni unvermittelt, während sie langsam das Lenkrad dreht, um den Van einen halben Block entfernt vom Haus unserer Zielperson zu parken. »Du hast dich Dev gegenüber heute Morgen ziemlich wacker geschlagen.«

»Mir blieb ja auch gar nichts anderes übrig.« Ich streiche mir das Haar hinters Ohr und drehe mich zu ihr um, als sie in den hinteren Teil des Wagens geht. Dort befindet sich eine kleine Kommandozentrale mit zwei niedrigen Hockern vor einer Reihe von Monitoren und zwei Laptops auf einem sehr schmalen Regal an der Innenwand des Vans. Ich war ziemlich erleichtert, als ich erfahren habe, dass das Ding kugelsicher ist.

»Du hättest alles Mögliche tun können. Ich habe Geld darauf gesetzt, dass du einfach umdrehst und abhaust.«

Mir fällt die Kinnlade herunter. »Oh!«

»Aber es wird dich wahrscheinlich freuen, dass alle anderen fest damit gerechnet haben, dass du bleibst.« Sie verkabelt irgendetwas unter dem Regal und runzelt die Stirn, als es nicht richtig funktioniert.

Ich möchte nicht auf ihrem mangelnden Vertrauen zu mir herumreiten, deshalb ändere ich das Thema. »Was machst du da unten?«

»Ich versuche« – sie verzieht das Gesicht – »die Stromversorgung für die Computer zu finden.« Sie zerrt heftig an irgendwelchen Kabeln, bis eines sich löst und sie am Kopf trifft. Lächelnd setzt sie sich auf. »Na also. So leicht kommst du mir nicht davon, du kleiner Drecksack.« Sie schließt die Laptops an und klappt den vor ihr auf.

»Was genau tun wir heute hier?« Ich setze mich anders hin, weil meine Muskeln zu verkrampfen drohen. Aber ich finde einfach keine bequeme Sitzposition. Mein Körper ist total am Arsch.

»Zunächst mal müssen wir herausfinden, welche Form von Überwachung hier angemessen ist, und dann müssen wir sie einrichten. Wir müssen heute fertig werden.« Sie schaut durch die Windschutzscheibe. »Komm hier nach hinten und zieh den Vorhang vor.« Sie deutet auf etwas hinter den Vordersitzen.

Ich begebe mich in den hinteren Bereich des Vans und löse den schwarzen Vorhang aus der Schlaufe hinter dem Beifahrersitz. Er lässt sich an einer Metallschiene in der Wagendecke einmal quer durch den Innenraum ziehen. Danach ist der rückwärtige Bereich mit Ausnahme des Lichts vom Bildschirm des Laptops dunkel. Toni beugt sich vor und drückt einen Knopf an der Konsole vor ihr, und ein schwaches Deckenlicht geht an.

»Das ist wie in einem Spionagefilm«, flüstere ich.

»Wenn du es sagst.« Sie ist vollauf damit beschäftigt, auf ihrer Tastatur herumzutippen, und schaut nicht auf.

Ich drehe mich um und ziehe den Hartplastikbehälter mit unserer Ausrüstung näher heran. »Ich glaube, ich schaue mir den Kram mal an.«

»Gute Idee. Probier mal ein paar Objektive aus. Vielleicht kannst du mit einem davon bis ins Haus sehen.« Sie hält inne und greift über mich hinweg nach dem Vorhang. »Du kannst diese kleine Klappe öffnen und das Objektiv hier durchschieben.

Aber mach sie erst auf, wenn du das Loch gleich mit dem Objektiv wieder schließen kannst.«

Der schwarze Vorhang hat ein Loch für die Kamera. Cool.

Gleich das erste Objektiv erfüllt die Anforderungen, zumindest, soweit das ein Kameraobjektiv kann. Als ich es durch das Loch im Vorhang schiebe, kann ich den kleinen Briefkasten neben der Haustür erkennen. Auf dem verblassten Namensschild steht »Juarez«. Sieht aus, als hätten unsere Zielpersonen seit dem Bau des Hauses in den Sechzigern nicht mehr die Fenster geputzt, ich werde also keinen Blick hinein werfen können.

»Ich bin nicht sicher, wie viel ich durch diese braunen Fenster sehen werde«, sage ich. »Das erinnert mich an ›Mein Vetter Winnie‹.«

Zu meiner Überraschung steigt sie darauf voll ein. »Ich liebe diesen Film. Einer meiner Lieblingsstreifen. Joe Pesci ist einfach großartig.«

Sie lacht und schüttelt seufzend den Kopf.

Ich versuche, mich nicht zu sehr darüber zu freuen, dass wir denselben Filmgeschmack haben. Immer, wenn ich denke, wir könnten Freundinnen werden, wirft sie mir Knüppel zwischen die Beine. Wie heute Morgen, als sie gegen mich gewettet hat.

Ich frage mich, was ich tun muss, um mir ihren Respekt zu verdienen. Hoffentlich muss ich mich dafür nicht abknallen lassen.

Die Haustür öffnet sich. »Da kommt jemand raus!« Mein Herz rast, und ich habe plötzlich Atemnot. Ich bin gleichzeitig aufgeregt und völlig verängstigt. Was, wenn man uns entdeckt? Was, wenn die genau wissen, was wir hier tun? Ist ein kugelsicherer Van auch bombensicher?

»Mach Fotos!«

»Ach so, ja.« Ich betätige den Auslöser. Schnell stelle ich auf die Zielperson scharf und gebe mein Bestes, den Mann im

Profil und von vorn zu erwischen. Er wendet sich in unsere Richtung und geht auf sein Auto zu, das nur wenige Fahrzeuge von uns entfernt steht.

»O mein Gott, ich habe ihn gerade voll im Visier.«

»Fotografier weiter. Man kann nie zu viele Bilder haben.«

»Gepriesen sei die Digitalfotografie, was?«

»Ja.« Toni macht sich hinter mir zu schaffen, aber ich kann gerade nicht nachschauen, was sie tut.

»Hör zu, wenn er näher kommt, solltest du dich vom Vorhang zurückziehen und ihn schließen.«

»Wie nah?« Ich fotografiere weiter.

»Auf drei Meter.«

Ich mache noch ein paar Bilder und ziehe mich dann zurück, nehme die Kamera aus dem Loch im Vorhang und schließe die Klappe.

Jetzt ist es im gesamten Van stockdunkel. Toni muss das Licht gelöscht haben, während ich in zehn Sekunden hundert Bilder gemacht habe.

»Warn mich das nächste Mal vor, wenn du das tust«, bittet Toni.

»Warum?«

»Weil es besser ist, wenn es hier drin schon dunkel ist, wenn du dich zurückziehst, damit der beleuchtete Ausschnitt im Vorhang nicht auffällt.«

»Oh! Tut mir leid.«

»Kein Problem. Ich habe damit gerechnet, also habe ich das Licht ausgemacht. Sag mir das nächste Mal einfach vorher Bescheid.«

»Was soll ich sagen?«

»Licht.«

»Oh! Das ist leicht zu merken.«

»Wir versuchen, alles so einfach wie möglich zu halten, damit man im Eifer des Gefechts nichts vergisst.«

»Guter Plan.« Ich kann mir durchaus vorstellen, ein Codewort zu vergessen, das komplizierter ist als *Licht*. Insgeheim bin ich dem Genie, das sich die Pass- und Codewörter ausdenkt, dankbar, wer auch immer das ist. Ozzie? Klingt nach ihm. Er kommt mir ebenso umsichtig wie praktisch begabt vor.

»Sind gute Bilder dabei?«, fragt sie.

Ich schalte die Kamera auf Ansichtsmodus und gehe die Fotografien durch. »Ja. Mehrere.« Ich halte ihr die Kamera hin. »Kennst du den Kerl?«

»Nein. Aber das muss nichts heißen. Wir lassen ihn durch unser Gesichtserkennungsprogramm laufen und schauen mal, was wir so finden.«

»Habt ihr so was? So ein Programm, meine ich?«

»Ja«, antwortet sie defensiv.

»Tut mir leid, es ist nur … Schwer zu glauben, dass eine Sicherheitsfirma über etwas so Abgefahrenes verfügt. Ihr seid schließlich nicht die Polizei oder so.«

»Zum einen sind wir nicht irgendeine Sicherheitsfirma. Ozzie übernimmt nur Topaufträge. Zweitens arbeiten wir mit der Polizei zusammen. Sie verschafft uns Zugang zu allen möglichen Datenbanken. Ohne könnten wir unseren Job gar nicht richtig machen.«

Ich nicke und denke über das Gehörte nach. »Das ergibt Sinn.« Jetzt finde ich Ozzie noch beeindruckender als zuvor. Wenn ich nicht aufpasse, fange ich demnächst noch an zu sabbern, sobald er den Raum betritt.

»Das ist interessant«, sagt Toni und starrt auf ihren Bildschirm.

»Was denn?«

Sie beugt sich etwas nach rechts, sodass ich auf ihren Laptopbildschirm schauen kann. Ich sehe eine Luftaufnahme eines Stadtbezirks mit Häusern, Straßen und sogar Autos.

»Was ist das?«

»Wir sind genau hier.« Sie zeigt auf einen Punkt auf der Karte.

»Aber ich seh unseren Van gar nicht.«

»Das Bild ist schon etwas älter. Es handelt sich nicht um einen Livefeed. Aber siehst du das hier?« Sie deutet auf ein Haus, das hinter dem, das wir beobachtet haben, an derselben Straße steht.

»Ja.«

»Ist es dir gestern, als wir vorbeigefahren sind, unbewohnt vorgekommen?«

»Ich weiß nicht. Keine Ahnung mehr.«

»Solche Dinge musst du dir merken.« Sie klappt ihren Laptop zu und klettert über mich hinweg.

»Jetzt bin ich verwirrt.« Ich habe Angst, schon wieder einen ihrer Tests nicht bestanden zu haben.

Toni späht ein paar Sekunden lang durch einen Schlitz im Vorhang, ehe sie ihn weit genug beiseiteschiebt, um auf dem Fahrersitz Platz nehmen zu können. »Schauen wir es uns an.«

»Kann ich nach vorne kommen?«

»Wenn du willst.« Sie startet den Motor und parkt aus.

Ich klettere auf den Beifahrersitz und schnalle mich an. »Was hast du damit gemeint, dass ich mir dieses andere Haus hätte merken müssen?«

»Wenn wir auf einer Überwachungsmission sind, ist es deine Aufgabe, Details wahrzunehmen und dir für die Zukunft zu merken.«

»Oh! Welche Details soll ich mir merken, welche ignorieren?«

»Du ignorierst gar nichts.«

Ich erteile mir die naheliegende Antwort, nämlich: *Oh, dann fahre ich wohl besser mal mein fotografisches Gedächtnis hoch.*

»Wenn du kein gutes Gedächtnis für Einzelheiten hast, solltest du zumindest viel fotografieren«, setzt sie hinzu.

Ich greife nach hinten und entnehme der Hartplastikkiste, die alles enthält, was ich zum Einsatz bringen soll, eine kleinere Kamera mit unauffälligem Objektiv.

»Gut. Fotografieren kann ich.« Das ist kein Problem. Wird ja auch kein bisschen auffallen, wenn eine Frau die Straße entlangfährt und jede kleinste Einzelheit im Bild festhält.

»Irgendwann wirst du lernen, was wichtig ist und was nicht.« Sie biegt auf die Straße ein, die hinter dem Haus vorbeiführt, für das wir uns interessieren. »Mach Bilder der Straße aus dieser Perspektive. Auch von den Häusern, die an das Haus grenzen, dem unser Interesse gilt, außergewöhnliche Dinge, die nicht ins Bild zu passen scheinen …«

»Wie zum Beispiel?«

»Zum Beispiel eine Frau, die auf der vorderen Veranda auf einem Stuhl sitzt. Das sieht man hier selten, aber wenn, dann handelt es sich entweder um eine Großmutter alter Schule, die gerne ein Auge auf ihre Nachbarschaft hat, oder um eine, die im Auftrag eines Dealers nach den Bullen Ausschau hält.«

»So was tun Omas?«

»Auch Omas müssen essen.« Als wir uns dem Haus nähern, bremst Toni ab und deutet auf das Satellitenbild. »Dachte ich's mir doch.« Sie lächelt.

Ich mache ein paar Bilder, auch wenn ich mir nicht sicher bin, warum.

»Was ist?«, frage ich und beuge mich vor, um das Haus im Vorbeifahren besser zu sehen.

»Ich bin ziemlich sicher, dass es leer steht. Ein Teil des Zauns grenzt an den des Hauses, dem unser Interesse gilt. Wenn wir in den Garten gelangen, können wir einen Blick auf unser Ziel werfen.«

»Ist das das Risiko wert?«

»Jede Wette. Komm, schauen wir es uns an.«

Langsam ergeben unsere ausgewaschenen blauen Overalls Sinn. »Du meinst, wir steigen aus?«

»Ja. Steck dein Haar hoch und setzt die Kappe auf. Sonnenbrille ist kein Muss.«

Ich bin zu schockiert, um ihr zu widersprechen. Meine Hände fahren in mein Haar und folgen ihren Anweisungen, binden es mit dem Haargummi, das ich ums Handgelenk getragen habe, zusammen. Ich habe Angst, aber ich werde das schaffen. Ich will nicht, dass meine Feigheit Toni anwidert, obgleich ich weiß, dass der Sinn dieses Gefühls darin liegt zu verhindern, dass ich mich mit den falschen Leuten anlege.

Das Ego ist manchmal etwas Furchtbares.

Während Toni aussteigt, setzt sie die Baseballkappe auf. Ich muss bis zehn zählen, ehe ich meine Finger dazu bringen kann, den Türgriff zu umfassen und daran zu ziehen. Meine Muskeln schreien vor Qual, als ich vom hohen Beifahrersitz des Vans auf den Boden springe.

»Nimm die Kamera mit, aber unauffällig.«

Ich schnappe mir die Ausrüstung und schiebe sie in die geräumigen Beintaschen meines Overalls, wo ich sie mit Klettband befestige.

»Hier.« Toni reicht mir einen Werkzeugkasten.

»Was ist da drin?«

»Nichts, worüber du dir Gedanken machen müsstest. Tu einfach so, als gehörtest du hierher, dann wird das schon.«

Ich schwitze bereits. Noch ist es im Freien nicht so warm, aber spielt das eine Rolle? Nein. Denn dieser Overall, der sich langsam in eine Sauna verwandelt und meinen Körper zu pochieren versucht, ist nicht wegen der Außentemperatur so warm. Das liegt einzig und allein an meiner Panik. Ich bin nicht kugelsicher!

»Wir gehen hinten rum. Wir sind von den Stadtwerken.«

»Oh. Ja, natürlich. Wir sind von den Stadtwerken.« Na klar, zwei Mädels von den Stadtwerken. Total unauffällig. Haha.

Ich folge Toni um das Haus herum und bemerke, dass die Fenster eingeschlagen sind oder zumindest Sprünge haben. Es riecht stark nach Schimmel. Ich frage mich, ob dies eines der Häuser ist, von denen ich gehört habe. Denen, die sich vom Hurrikan Katrina nie erholt haben.

Toni geht am Trafokasten des Hauses einfach vorbei. Ich folge ihr auf dem Fuße. Die Box, die ich trage, schlägt gegen mein Bein, und darin scheppert etwas Schweres, Metallisches.

»Es wäre eine gute Idee, jetzt echt leise zu sein«, raunt Toni.

Mir bleibt fast das Herz stehen. Ich versuche ziemlich erfolglos, auf Zehenspitzen durch das Gras zu gehen.

In der äußersten linken Ecke des Gartens bleibt sie stehen. Als ich zu ihr aufschließe, wird mir klar, dass wir uns auch am hinteren Zaun des Hauses befinden, dem eigentlich unser Interesse gilt. Ich habe Angst, mir in die Hosen zu machen.

Kapitel 30

Toni kauert sich hin und öffnet den Werkzeugkasten, den sie unter dem Arm getragen hat. Darin befinden sich neben einigen anderen Werkzeugen eine Akkubohrmaschine und verschiedene Bohrer.

»Mach deinen auch mal auf«, sagt sie und schnappt sich die Akkubohrmaschine. Sie dreht das Bohrfutter auf und setzt einen Bohrer ein, den sie anschließend gründlich fixiert.

Ich öffne meinen Werkzeugkasten ebenfalls, und das Herz schlägt mir bis zum Hals, als ich darin eine Handfeuerwaffe sehe.

»Ach, du meine Güte«, flüstere ich.

Toni schnappt sich die Waffe und legt sie neben sich ins Gras. Dann entnimmt sie dem Werkzeugkasten ein schwarzes Kästchen.

»Was ist das?«, flüstere ich.

»Sieh her und lerne, Miss Mittelmaß.«

Sie bohrt ein Loch in den Zaun zwischen den beiden Grundstücken. Obgleich die Bohrmaschine völlig lautlos arbeitet, weil sie irgendeinen irren Schalldämpfer hat und sie langsam genug arbeitet, dass das Holz kaum knackt, fließt mir der Schweiß in Strömen über das Gesicht. Ich denke darüber nach, die Waffe zu nehmen und sie bereitzuhalten, falls Toni sie braucht. Unter keinen Umständen werde ich das dumme Ding selbst benutzen.

Sie bringt das schwarze Kästchen mit vier winzigen Schräubchen an dem Holzzaun an. Toni dreht die Schrauben von Hand fest. Dann drückt sie einen Knopf an dem Kästchen, und ein grünes Licht leuchtet auf.

»Such mir Buschwerk.«

Ich blinzelte ein paar Mal und frage mich, wovon sie da redet.

»Oder Müll oder so. Ich brauche was, um das Ding hier abzudecken.«

Mir geht ein Licht auf, und ich erhebe mich rasch, um Müll und abgestorbene Pflanzenreste einzusammeln. Toni nimmt sie entgegen und bedeckt mit ihnen und einigen Dingen, die sie gesammelt hat, die Kamera, sodass weder diese selbst noch das grüne Licht sichtbar sind.

»Prima.« Lächelnd erhebt sich Toni. »Bist du abmarschbereit?«

»Klar.« Ich bin stolz, weil ich so ruhig bleibe. In Wirklichkeit würde ich am liebsten zum Van rennen, aber ich passe mich Tonis gemächlichem Tempo an und zucke zusammen, als mir Schweiß das Rückgrat entlangrinnt.

Zurück im Van, begibt sich Toni in den rückwärtigen Bereich und klappt den Laptop auf. Sie drückt ein paarmal auf das Touchpad und dreht dann den Bildschirm in meine Richtung. »Sieh mal.« Sie lächelt.

Die Kamera in dem schwarzen Kästchen hat ein Fischaugenobjektiv, das es ihr erlaubt, fast die gesamte Rückfront des Hauses und den Garten aufzunehmen. Wir sehen alles außer dem nördlichen Bereich des Gartens und der hinteren Ecke seitlich von der Kamera.

»Nicht schlecht.« Ich nicke anerkennend. »Wie lange hält die Batterie?«

»Ungefähr achtundvierzig Stunden.«

»Wow! Nicht schlecht.«

»Lithium-Ionen-Batterie. Im Übrigen auch wasserdicht. Ich liebe technische Spielereien.« Sie klappt den Laptop zu und erhebt sich, um in den vorderen Bereich des Vans zurückzukehren. Ich drehe mich nach vorn, damit sie nicht über meine Beine klettern muss.

»Wohin jetzt?«, frage ich.

»Jetzt kommt der letzte Teil, übrigens der, den ich am meisten mag.«

»Ich habe beinahe Angst zu fragen.«

Sie lacht. »Ich verspreche dir, du wirst es lieben.« Sie fährt aus der Einfahrt des leer stehenden Hauses zurück auf die Straße, auf der wir uns schon vorher befunden haben. An der Ecke hält sie an und parkt hinter einem anderen Auto.

Kaum ist der Motor aus, begibt sie sich wieder nach hinten. Diesmal ist sie ganz hinten im Van, sodass ich nicht sehen kann, was sie tut.

Ihre Stimme klingt gedämpft. »Komm raus, Polly, spielen. Will Polly einen Keks?«

»Bitte sag mir, dass du da hinten keinen Papagei hast.« Ich drehe mich weiter herum, um besser sehen zu können.

»O doch.« Sie kichert wie eine verrückte Wissenschaftlerin.

Sie kommt wieder in den vorderen Bereich des Vans, wobei sie in den ausgestreckten Händen etwas Schwarzes trägt. »Das ist Polly.«

»Was ist das?« Es sieht aus wie ein kleines schwarzes X mit Rotoren an den vier Enden.

»Eine Drohne. Mein Papagei.« Sie kichert vor Freude. »Heute wird sie sich auf einen Laternenmast setzen und für uns spionieren.«

Ich strecke die Hand danach aus, aber Toni verhindert es mit einem kräftigen Schlag auf meinen Handrücken.

»Au!«

»Nicht anfassen. Die gehört mir.«

Ich hebe eine Braue. »Da ist eine Kamera dran. Ich finde, damit gehört sie auch mir.«

Toni kneift die Augen zusammen. »Pfoten weg, sonst ...«

Mir bleibt vor Überraschung der Mund offen stehen. Droht sie mir?

Dann lächelt sie plötzlich. »Reingelegt.« Sie bedeutet mir, ihr zu folgen. »Komm hier nach hinten und hilf mir, dieses Ding zu steuern.«

Ich komme mir vor wie ein Kind im Spielzeugladen, so aufgeregt bin ich. Ich bin bisher nicht aus dem Alter herausgekommen, in dem man sich über technisches Spielzeug zu Weihnachten und zum Geburtstag freut, und das da ist ein hammermäßiges technisches Spielzeug. So etwas habe ich noch nie gesehen. Ich dachte immer, all die Nachrichtenmeldungen über Drohnen seien Science-Fiction.

Toni startet ein Programm auf ihrem Computer, und ein schwarzes Fenster öffnet sich. Sie drückt einen Knopf an der Drohne, und ein paar Sekunden später beginnt das Fenster auf dem Computer zu flackern. Mit etwas Mühe kann ich das Innere des Vans erkennen, das die Drohne aufnimmt.

»Wow!«

Sie reicht sie mir. »Hier. Sei vorsichtig damit. Ich schicke dich gleich damit raus.«

Die Realität dämpft meinen Enthusiasmus erheblich. »Du meinst, ich soll den Van damit verlassen?«

Sie hört auf zu tippen und schaut mich an. »Was sonst?« Enttäuscht schüttelt sie den Kopf und tippt weiter. »Sobald ich soweit bin, steigst du aus und legst Polly auf den Boden.

Dann werde ich sie starten, und dann will ich sie auf dem Laternenmast direkt hinter dem Van platzieren.«

»Warum?«

»Darum. Aus der Vogelperspektive kann man Aktivitäten bei Tage, Fahrzeuge und manchmal auch Menschen hervorragend beobachten.« Sie runzelt die Stirn. »Sie eignet sich nicht besonders für Porträtaufnahmen, wir sammeln aber auf diese Weise trotzdem wertvolle Daten.«

Sie beugt sich vor und greift sich ein großes schwarzes Kästchen. Es verfügt über Joysticks, Controller und Knöpfe. Sie legt einen Schalter um, und es schaltet sich ein.

»So, jetzt greif Polly von unten und halt sie von deinem Gesicht weg. Ich kontrolliere mal die Propeller.«

Ich tue, wie mir geheißen und halte das Ding so weit wie möglich von mir weg. Die Anstrengung lässt meine Armmuskeln schmerzen, obgleich es eigentlich federleicht ist.

Es vibriert, als die Propeller sich zu drehen beginnen. Sie drehen sich so schnell, dass sie mir vor den Augen verschwimmen.

»Gut. Alles bereit. Steig aus und leg sie hinter dem Van an den Straßenrand. Nimm das hier mit.« Sie gibt mir ein Walkie-Talkie. »Melde dich, sobald du auf ein Problem stößt.«

»Problem?« Vor meinem geistigen Auge sehe ich böse Buben mit Knarren.

»Ja, zum Beispiel Stromkabel, die ich möglicherweise auf dem Monitor nicht sehe, und so.«

»Oh! Verstehe. Das kriege ich hin.« Glaube ich zumindest. Fast einen ganzen Block von dem Haus entfernt zu sein, dem unser eigentliches Interesse gilt, führt dazu, dass ich mich etwas sicherer fühle als im Garten direkt dahinter, aber nicht viel.

»Los! Wir müssen bald zurück.«

Ein Blick auf die Uhr verrät mir, dass die Zeit wie im Flug vergeht, wenn man Todesängste aussteht, bei einer Überwachungsmission aufzufliegen. Darüber bin ich gar nicht so unglücklich. Es ist zweifellos besser, als wenn die Zeit zu langsam vergehen würde.

Mit der Drohne in der einen und meinem Walkie-Talkie in der anderen Hand verlasse ich den Van. Zwei Sekunden später lege ich die Drohne hinter dem Fahrzeug an den Straßenrand.

Über die Funkverbindung ertönt eine Stimme, die so leise ist, dass ich sie kaum hören kann.

»Alles klar?«, fragt Toni.

Ich suche ihr Gerät nach einem Knopf ab und drücke probehalber einen an einer Seite. Das statische Rauschen verschwindet. »Ähm, ja. Alles klar soweit.« Ich lasse den Knopf los.

»Gut. Jetzt geh einen Schritt zurück. Ich will dich mit dem Ding nicht rammen.«

Die paar Schritte, die ich rückwärtsgehe, reichen nicht aus. Die Drohne erhebt sich etwa dreißig Zentimeter senkrecht in die Luft, schwenkt dann seitwärts und rammt mein Schienbein.

»Au, Scheiße, verflu…« Ich hüpfe auf einem Fuß herum und versuche, nicht aufzuschreien.

»Was ist passiert?«, ertönt eine Stimme aus dem Lautsprecher.

Ich nehme das Walkie-Talkie hoch und drücke den Knopf. »Du hast mit dem Ding mein Bein gerammt!« Ich weiß, das wird einen blauen Fleck geben.

»Oh, tut mir leid. Neuer Versuch.«

Neuer Versuch? Ja, bin ich denn ein Crashtest-Dummy?

Grollend schnappe ich mir die Drohne, die zur Seite gekippt auf der Straße liegt. Ich lege sie wieder an den Straßenrand und begebe mich hinter den Van, sodass ich sie um dessen Ecke herum aus sicherer Entfernung beobachten kann.

Die Propeller beginnen sich wieder zu drehen, und das Gerät wackelt hin und her. Langsam hebt es ab und schwebt auf der Rückseite des Vans. Ich vergrößere den Abstand zu der Drohne. Jetzt kann ich sie noch hören, aber nicht mehr sehen.

Die Rotorblätter drehen sich mit einem leisen Flüstern. Ich bin sicher, dass das keinem der Nachbarn auffallen wird.

Plötzlich kommt sie um die Ecke des Vans geschossen.

»Oh!« Ich renne rückwärts, aber sie folgt mir.

Ich schnappe mir mein Walkie-Talkie. »Hör auf, mich mit dem Ding zu jagen!«

Sie rast auf mich zu und wechselt im letzten Augenblick die Richtung, fliegt seitlich nach hinten und prallt gegen die Seite des Vans, ehe sie auf die Straße knallt.

Ziemlich außer Atem vor Panik, weil sie mich so knapp verfehlt hat, drücke ich den Knopf meines Sprechfunkgerätes. »Was soll das, Toni, ist das irgendein komischer Initiationsritus?«

»Bring das verdammte Ding einfach wieder hier rein«, knurrt sie.

Ich nähere mich der Drohne vorsichtig und stoße sie erst mal mit der Fußspitze an. Sie regt sich nicht. Ich drehe sie auf den Rücken und bücke mich, um sie aufzuheben. Sie summt kurz, aber ich schüttle sie ziemlich heftig, und das Summen verstummt. »Diesmal nicht, Polly, du kleines Arschloch.«

So schnell ich kann, steige ich in den Van, die Drohne mit weit ausgestrecktem Arm vor mir her tragend.

Toni sitzt mit finsterem Blick auf dem Fahrersitz und starrt durch die Windschutzscheibe. Ich warte auf ihre Erklärung.

Aber offenbar hat sie nicht vor, mir eine zu geben. Stattdessen dreht sie den Zündschlüssel und stößt rückwärts aus unserer Parklücke.

»Was ist denn nur los, Toni?«

»Was soll denn los sein?« Sie legt den ersten Gang ein.

»Ich dachte, wir wollten das Ding auf dem Laternenmast platzieren.«

»Ja, das dachte ich auch, aber es hat nicht geklappt, oder?« Sie funkelt mich kurz an, ehe sie sich wieder der Gangschaltung widmet.

Ich lege die Hand auf ihre, um ihr Einhalt zu gebieten. Diese Verletzlichkeit ist ein ganz neuer Zug an ihr. »Was ist los?«

Sie holt tief Luft und seufzt dann. »Ich habe total versagt.«

Mit gerunzelter Stirn mustere ich die Drohne in meiner Hand. »Hast du nicht. Du hast sie zum Abheben gebracht.«

»Aber es ist nicht gelungen, sie an ihren Zielpunkt zu steuern.«

»Vielleicht sollten wir woanders üben und dann wieder herkommen.«

Sie parkt aus. »Ozzie erwartet uns bald zur Nachbesprechung zurück.«

»Es wird vermutlich höchstens dreißig Minuten dauern.« Ich schaue auf die Uhr. »Die Zeit hätten wir.«

Sie nagt an ihrer Unterlippe, während sie den nächsten Häuserblock ansteuert. »Wo?«

Ich deute auf ein unbebautes Grundstück, das die Nachbarschaft all den herumliegenden leeren Flaschen und Plastiktüten nach zu urteilen offenbar als Müllkippe nutzt. »Da.«

Sie fährt auf den Gehsteig, und der gesamte Van schwankt, als sie zwei Räder wieder auf die Straße zurücklenkt.

»Super eingeparkt.«

»Schnauze!« Sie kuppelt aus und schaltet den Motor ab. Seltsam ausdruckslos sieht sie mich an. »Bist du sicher, dass du das durchziehen willst? Ich habe dir vorhin fast das Bein abgetrennt.«

Ich lächle. »Ach was. Ich habe Reflexe wie ein Ninja.«

Sie schnaubt.

»Hier«, sage ich und reiche ihr die Drohne. »Du setzt Polly aus, und ich versuche, sie zu steuern.«

Sie starrt die Drohne in ihrer Hand an. »Glaubst du, du kannst das?«

»Ich hatte früher viele Spielsachen mit Fernsteuerung. So schwer kann es nicht sein.«

»Erzähl das deinem Bein.« Sie deutet auf meinen Overall. Wo die Drohne mein Bein getroffen hat, befindet sich ein roter Fleck.

»O mein Gott! Du hast mich gekratzt!«

Sie lächelt leicht bedauernd. »Ich habe doch gesagt, ich bin da echt nicht gut drin.«

Ich öffne die Tür. »Komm. Bring die Fernsteuerung mit. Ich mach das schon.«

Sie folgt mir nach draußen, und wir stehen nebeneinander am Rand des Grundstücks.

Kapitel 31

»Du bist echt scheiße, das weißt du, oder?« Toni hat die Arme vor dem Körper verschränkt und funkelt mich an.

Ich lasse die Drohne in wenigen Metern Abstand vor ihr auf Kopfhöhe schweben »Das ist doch noch gar nichts.« Ich kichere vor Verzückung und klinge dabei leicht manisch.

»Wie kannst du das Ding nach nicht mal zehn Minuten so gut im Griff haben, während ich damit immer Leute verletze, obwohl ich stundenlang geübt habe?«

»Ich bin einfach eine begnadete Pilotin. Damit wirst du dich abfinden müssen.« Mühelos lande ich die Drohne zu ihren Füßen. »Können wir jetzt verschwinden? Ich sterbe vor Hunger.« Es ist schon fast drei, und ich habe nach dem Bagel mit Frischkäse, den wir zum Frühstück bei der Arbeit bekommen haben, nichts mehr gegessen.

»Wir können erst verschwinden, wenn du die Drohne platziert hast.«

Gerade noch ganz die Maulheldin, bin ich jetzt so klein mit Hut. »Platziert? Traust du mir das wirklich zu?«

»Es gibt nur zwei Möglichkeiten. Entweder du schaffst es, oder du zerstörst beim Versuch eines unserer teuersten Überwachungsgeräte.« Sie schnaubt verächtlich.

»Na, da kann ich ja ganz beruhigt an die Arbeit gehen.«

»Ist dir lieber, dass Thibault rausfährt und unseren Job für uns erledigt? Schön, dann rufe ich ihn an.« Sie hält ihr Handy hoch.

»Nein! Ruf ihn nicht an. Wir schaffen das.« Ich steige auf der Beifahrerseite ein. »Frauenpower, stimmt's?«

»Klar«, erwidert sie, lässt den Motor an und parkt aus. »Wie du meinst.«

Sie klingt eindeutig frostig. Unterwegs kaue ich auf meiner Unterlippe und frage mich, ob ich ihre Feindseligkeit ansprechen soll. Die Angst vor ihrer Reaktion hält mich immerhin ganze drei Sekunden davon ab.

»Was ist eigentlich los, Toni? Bin ich dir irgendwie auf die Füße getreten, oder magst du mich aus Prinzip nicht?«

Darauf sagt sie erst mal gar nichts. Sie schweigt so lange, dass ich schon nicht mehr mit einer Antwort rechne. Das ist ja super gelaufen. Ich will mich gerade dafür entschuldigen, als sie das Wort ergreift.

»Ich habe überhaupt nichts gegen dich. Ich … bin nur nicht so … herzlich und rücksichtsvoll wie andere Leute.«

»Oh!«

»Ich verstehe mich einfach nicht besonders gut mit Frauen.«

Darüber denke ich einen Augenblick nach. »Hast du Schwestern?«

»Nein. Drei Brüder. Einer davon ist Thibault.«

»Cousinen?«

»Nein. Dreizehn Cousins.«

»Wow! Das ist aber ganz schön viel Testosteron für eine Familie.«

Sie zuckt die Achseln. »Ich kenne es nicht anders. Ich habe nie mit Puppen gespielt, immer nur mit Soldaten. Stiefel sind mir lieber als Sandalen.«

Ich betrachte sie lächelnd. Sie ist zierlich und wirkt beinahe so zerbrechlich wie eine Porzellanpuppe.

»Was ist denn?« Sie wirft mir einen finsteren Blick zu, ehe sie wieder die Straße im Auge behält. »Warum starrst du mich so an?«

»Du bist ein Wildfang, der aussieht wie ein süßes Mädchen.«

Sie schnaubt. »Ja, genau. Süßes Mädchen. Von wegen.«

»Du trägst doch Absätze. Die Stiefel, in denen ich dich am ersten Tag gesehen habe, hatten welche.«

»Die tun den bösen Jungs an den wichtigen Stellen so richtig weh.«

Ich zucke innerlich zusammen. »Oh, krass!«

»Außerdem wirken meine Beine darin länger. Ich hasse es, so klein zu sein.«

Ich bin eins dreiundsiebzig groß und kann das daher schlecht nachempfinden.

»In unserem Business muss man knallhart sein, um sich Respekt zu verschaffen.«

Ich runzle die Stirn. Das klingt alles ganz und gar nicht gut.

Sie schaut zu mir rüber und zwinkert. »Keine Sorge, Miss Mittelmaß. Du wirst in absehbarer Zukunft keine Stiefel tragen müssen.«

Ich recke das Kinn. »Ich besitze ein Paar Stiefel.« Dass sie glitzern, muss ich ihr ja nicht verraten.

Sie antwortet nicht, und wir fahren schweigend weiter. Als wir am Zielobjekt ankommen, schlägt mir das Herz bis zum Hals. Die schwierigen Manöver, die ich zuvor mit der Drohne geübt habe, müssen jetzt alle klappen.

»Bereit?«, fragt sie und verharrt reglos auf dem Fahrersitz, bis ich antworte.

»Besser wird's nicht.«

Sie öffnet den Mund, um etwas zu erwidern, schüttelt dann aber nur den Kopf und will die Tür aufmachen.

»Was ist denn?« Ich lege ihr eine Hand auf den Arm, um sie aufzuhalten. »Du wolltest doch gerade noch etwas loswerden.«

Sie seufzt und spuckt es schließlich aus, ohne mich dabei anzusehen. »Ich wollte dich nur bestärken und dir sagen, dass ich froh bin, dich dabeizuhaben. Im Team.«

Ich knuffe sie in den Arm, weil ich genau weiß, dass es ihr mächtig schwergefallen ist, das zu sagen, und dass sie ausflippen würde, wenn ich mich zu überschwänglich dafür bedanken und sie beispielsweise in den Arm nehmen würde.

»Ich auch«, pflichte ich ihr aufrichtig bei. »Na komm. Setzen wir dieses Vögelchen mal auf den Mast.«

Sie gleitet von ihrem Sitz, doch im Seitenspiegel sehe ich, dass sie lächelt. Mein Herz macht einen Sprung bei dem Gedanken, dass ich durch meine exzellenten Drohnenflugkünste möglicherweise soeben eine Freundin gewonnen habe.

Ich kletterte in den hinteren Teil des Vans, setze mich vor den Computer und stelle die Joysticks auf meinen Schoß.

»In Ordnung«, sagt sie durch das Handfunkgerät. »Bleib einfach ganz locker. Empfängst du das Bild der Drohnenkamera?«

»Ja«, entgegne ich und lege das Walkie-Talkie beiseite, um mit beiden Händen steuern zu können. Ich starre auf den Bildschirm. Die Kamera ist vorn an der Drohne angebracht und fängt fast die gesamte Umgebung um sie herum ein. Das ist echt beeindruckend.

»Wir haben abgehoben«, verkündet sie, als ich die Drohne über dem Van steigen lasse.

»Ruhig, ganz ruhig«, murmle ich vor mich hin.

Der Mast kommt in Sicht.

»Pass auf die Stromleitung zu deiner Linken auf.«

Ich will mir gar nicht ausmalen, wie sauer Ozzie auf mich wäre, wenn ich seiner Drohne durch einen Stromschlag den Todesstoß versetze. Dann wäre ich in der Firma hundertpro für immer als Henkerin verschrien. Sosehr ich den Spitznamen

Miss Mittelmaß auch loswerden möchte, mir wäre etwas ... weniger brutal Klingendes doch lieber. Es muss ja wohl möglich sein, irgendeine Bezeichnung zwischen einer langweiligen Durchschnittsperson und einem Mörder zu finden.

»Hör zu, siehst du das schmale Holzstück auf der rechten Seite? Da kannst du die Drohne landen und verankern.« Das kleine Fluggerät hat eingebaute Haken, damit man es an Masten und anderen Spähposten deponieren kann, ohne dass es vom Wind davongeweht wird.

Es ist ganz schön schwierig, die Drohne genau zu positionieren, aber es gelingt mir. Tonis Stimme erklingt durch das Funkgerät, als ich gerade nach dem Knopf suche, mit dem ich die Haken ausfahre.

»Oh, oh!«

»Was heißt ›oh, oh‹?«, frage ich in die Leere des Vans hinein. Ich kann mich gerade nicht umdrehen und ins Mikrofon sprechen, weil ich beide Hände für die Drohne brauche.

»Möglicher Verdächtiger auf zwölf Uhr. Bleib ruhig.«

Mit einem Knopfdruck verankere ich die Drohne im Mast, bevor ich mich zurücklehne, um die Deckung der Vordersitze zu nutzen. Nicht, dass es sicherheitstechnisch eine Rolle spielen würde, schließlich sind die Vorhänge zugezogen. Wen sie wohl gemeint hat?

Die Antwort liefert mir ein Blick auf den Computerbildschirm, der das Bild der Drohnenkamera überträgt. Ein Typ wird von seinem angeleinten Pitbull in unsere Richtung gezerrt. Ist er aus dem Zielobjekt gekommen? Ich versuche zu schlucken, aber der Kloß in meinem Hals macht es mir nicht gerade leicht.

Ich höre ihre Stimmen durch die Hintertür des Vans.

»Hey, was geht?«, fragt der Typ.

»Nicht viel. Und selbst? Süßer Hund.«

»Danke. Wir gehen nur eine Runde Gassi. Was wird hier gemacht?« Er zeigt auf den Mast. »Stromversorgung?«

Unser Van trägt keinen Schriftzug oder Werbung, doch die anderen haben mir erzählt, dass es ein Magnetschild gibt, das von den Mitarbeitern des Telefondienstleisters verwendet wird.

»Nee. Telefon.« Toni gestikuliert in Richtung eines Verteilerkastens ganz in der Nähe. »Ich schließe ein paar neue Leitungen ans Netz an. Das Geschäft brummt.«

»Schön zu hören.«

»Ja. Na ja, ich muss los. Schönen Tag noch.« Sie winkt ihm zum Abschied, geht um den Van herum und steigt ein.

»Bleib unten«, raunt sie mir zu.

Ich schaue konzentriert auf den Bildschirm, als sie den Motor anlässt. Der Mann behält uns im Auge, während wir ausparken und davonfahren.

»Ich glaube, er weiß genau, was Sache ist«, meint Toni.

Ich beobachte, wie er sich abwendet und vom Zielobjekt entfernt.

»Glaube ich nicht. Er geht einfach weiter und hat die Drohne bisher nicht entdeckt.«

Toni atmet erleichtert auf. »Gott sei Dank.«

Ich platze förmlich vor Stolz. »Wir haben's geschafft.«

»Ja, haben wir.«

Wir strahlen den gesamten Weg bis zum Lagerhaus beide wie Honigkuchenpferde. Als wir ankommen, erwartet uns Thibault bereits, die Hände in die Hüften gestemmt.

»Und?«, fragt er, noch bevor Toni den Motor abgestellt hat.

Wir steigen aus dem Van, und sie geht zu ihm und klatscht mit ihm ab. »Dank Miss Mittelmaß ist alles erledigt.«

Ich trete näher und bin ganz verlegen ob ihrer Lobpreisungen. »Ich habe echt nicht viel dazu beigetragen. Toni hat die Kamera hinter dem Haus angebracht, sodass alles gut einsehbar ist.«

»Dafür hat sie die Drohne auf den Mast geflogen und dort gesichert«, fügt Toni hinzu.

»Ach echt?« Thibault sieht mich fragend an. »Warum hast ausgerechnet du das gemacht?«

»Ich, äh …« Ich werfe einen Blick zu Toni. Sie starrt angestrengt zu Boden. »Ich wollte es einfach mal ausprobieren. Ich mag ferngesteuerte Autos und dachte deshalb, dass mir das Drohnenfliegen bestimmt auch Spaß macht.«

»Was ist mit deinem Bein passiert?«, fragt er und zeigt auf den Blutfleck knapp oberhalb meines Knies.

Ich schaue an mir hinunter. »Hm? Keine Ahnung.« Das kaufe ich mir noch nicht einmal selbst ab. Das Lügen habe ich echt nicht erfunden.

Thibault grinst. »Du bist nicht zufällig mit einer Drohne zusammengestoßen?«

»Oh, Himmelherrgott, Thibault, wie oft willst du noch darauf anspielen?!« Toni stürmt wütend davon, schreit aber so laut, dass alle im Hafen es hören müssen: »Es war nur einmal! Ich habe dich ein einziges Mal erwischt!«

Als er das Bein ein Stück dreht und mir eine kleine Narbe auf seiner Wade zeigt, muss ich unweigerlich lachen. »Sie hat mich förmlich durchbohrt. Es ist gemeingefährlich, ihr das Ding zu überlassen.«

Ich ziehe meine Hose ein Stück hoch und zeige ihm den kleinen Schnitt an meinem Oberschenkel. »Wem sagst du das.«

Thibault legt den Kopf in den Nacken und lacht schallend.

Kapitel 32

»Was ist denn so witzig?«, fragt Ozzie und tritt aus dem Schatten der Trainingsgeräte. Er ist ganz verschwitzt. Ach, du meine Güte. Sahara trottet hinter ihm her und sieht so platt aus, wie ich mich fühle. Hat er mit ihr auch trainiert? Es würde mich nicht überraschen.

»Toni hat versucht, sie mit der Drohne zu ermorden.« Thibault deutet auf mein Schienbein, während ich das Hosenbein wieder hinunterstreife.

»Schon wieder?« Ozzie schüttelt den Kopf. »Mann, sie ist echt gemeingefährlich.«

»Aber die Mittelmaßfrau hat die Drohne in die Luft gekriegt. Das Mädchen ist unleugbar begabt.«

Ozzie mustert mich nachdenklich, und ich erröte. »Lass mich das mal anschauen, bevor du hochgehst«, sagt er.

»Oh, es ist wirklich keine große Sache. Sie hat mich kaum berührt.«

»Trotzdem … geh mal da rüber zu dem Tisch. Ich bin gleich bei dir.«

Ich humple zu einem Stuhl hinüber, nicht wegen meines Unfalls mit der Drohne, sondern weil mir jetzt, wo all das Adrenalin aus meinem Körper weicht, die Muskeln wieder wehtun. Heilige Scheiße, wann wird sich mein Körper bloß wieder normal anfühlen?

Sahara und Thibault gehen gemeinsam die Treppe hoch und verschwinden im Samuraizimmer. Ich nutze die ungestörte Zeit, um meine Arme und Beine zu massieren, während ich darauf warte, dass Ozzie herüberkommt, um meine Verletzung in Augenschein zu nehmen oder was auch immer er vorhat.

Es gelingt mir nicht, mir den Gedanken zu untersagen, dass seine Sorge für meinen Körper über die hinausgeht, die ein Chef seiner Angestellten gegenüber empfinden sollte, schon gar nicht, als er wieder herunterkommt, sich neben mich setzt, langsam mein Hosenbein hochkrempelt, meine Wade mit seiner warmen Hand umfasst und mein Bein auf seinen Oberschenkel legt.

»Tut das weh?«

Er ist besorgt, das geht aus seinem ernsten Gesichtsausdruck und seinem Tonfall klar hervor.

Ozzie betastet ganz sanft die Haut rings um die Wunde. Ich wünschte wirklich, er würde mit dem Quatsch aufhören und seine großen Hände stattdessen auf meine Brüste legen.

O mein Gott, habe ich das gerade gedacht?

»Nicht so sehr wie der Rest meines Körpers«, scherze ich und versuche, lässiger zu sein, als ich mich eigentlich fühle.

Verwirrt schaut er zu mir auf. Zum ersten Mal fallen mir die bernsteinfarbenen Sprenkel in seinen grünen Augen auf. Ich versuche, nicht wie eine Irre hinzustarren, aber sie sind wunderschön.

»Ich habe immer noch Muskelkater von unserem gemeinsamen Training.«

»Ah! Das tut mir leid.« Er schraubt eine Flasche Desinfektionsmittel auf und tränkt einen Wattebausch damit. »Vielleicht habe ich ein bisschen übertrieben.«

»Nein, schon gut. Ich will keine Sonderbehandlung. Geh mit mir um wie mit allen anderen auch.«

Er tupft mit dem Wattebausch die Wunde an meinem Bein ab. »Du weißt, dass mir das nicht gelingen wird, oder?«

Er schaut mich nicht an, aber verhindert das, dass mein Blutdruck neue Rekordwerte erreicht? Nein, natürlich nicht. Dieser eine Satz lässt meinen kompletten Körper erglühen.

Aber vermutlich sollte ich da nicht zu viel hineininterpretieren. Ich bin sicher, er will damit sagen, dass ich schwächer bin als seine anderen Mitarbeiter, weshalb ich ein spezielles, leichteres Trainingsprogramm brauchen werde.

»Warum nicht?«, frage ich. »Ich verspreche, ich werde so hart wie nötig arbeiten, um mich für das Team zu qualifizieren.« Nach dem heutigen Tag bin ich sicher, dass ich dazugehören will. Ich möchte zur Familie der Bourbon Street Boys gehören. Bisher hat mir kein Job so viel Spaß gemacht. Außerdem gibt es da Ozzie. Ihn bei der Arbeit zu sehen ist wie täglich Weihnachtsgeld.

»Daran habe ich keinen Zweifel. Du gibst ja schon hundertzehn Prozent. Mehr kann ich nicht verlangen.«

»Was ist dann das Problem?« Mit angehaltenem Atem warte ich auf seine Antwort.

Er starrt mein Bein an und streicht mit der Hand von meinem Knöchel bis zu meinem Knie, während er sich vorbeugt, um sich die Verletzung genauer anzusehen.

Mit dieser einen Bewegung, in der er seine Finger über meine empfindliche Haut gleiten lässt, setzt er mich in Brand. Er dreht mein Bein nach links und rechts, nimmt die Verletzung in Augenschein, aber die Sanftheit seiner Berührung ist nicht normal für einen einfach nur besorgten Arbeitgeber. Das bilde ich mir doch nicht alles ein, oder?

Als er zu mir aufschaut, schimmern seine Augen dunkler als zuvor. »Ich kann dich nicht wie alle anderen behandeln, weil du nicht bist wie alle anderen.«

Meint er …? Nein. Natürlich nicht. Er meint, ich bin ein Schwächling. Im Vergleich zu Toni bin ich das ja auch tatsächlich.

»Du willst damit sagen, ich bin schwach, nicht wahr? Miss Mittelmaß. Die naive Kleine.« Ich hasse mich selbst. Warum war ich nie im Fitnessstudio? Warum esse ich so viel Käsekuchen?

Sein Lächeln ist nur angedeutet, aber unübersehbar. »Nein, das will ich damit nicht sagen.« Er hebt die Hand und drückt auf meinen Bizeps.

Ich versuche, nicht zusammenzuzucken, was mir nicht ganz gelingt. Mann, habe ich Muskelkater.

»Du bist stark. Wir werden einfach auf dem aufbauen, was du mitbringst. Ich weiß, du hast es drauf. Sonst hätte ich dich niemals eingestellt.«

»Wirklich?« In meinem Kopf schwirren so viele alternative Bedeutungen unserer Worte herum. Reden wir davon, dass ich eine geeignete Angestellte bin oder eine Frau, für die er etwas empfindet? Denn ich weiß jetzt, dass ich etwas für ihn empfinde. Ich kann es nicht mehr leugnen. Mit jeder Begegnung fühle ich mich ihm näher. Ich möchte ihn besser kennenlernen. Ich frage mich, ob das überhaupt möglich ist. Er wirkt so verschlossen.

Er zuckt die Achseln und setzt sich auf. »Ich weiß nicht.«

»Du weißt es nicht?«

Wie bitte? Was ist das denn? Gerade eben war er ganz weich, und jetzt ist er wieder der ganz normale Ozzie. Bedauert er, mich eingestellt zu haben?

»Nein, ich weiß es nicht.« Er umfasst meinen Knöchel und stellt meinen Fuß langsam auf den Boden. Als er sich wieder aufsetzt, lehnt er sich seufzend zurück und stemmt die Hände auf die Oberschenkel. »Ich muss zugeben, du verwirrst mich.«

Ich lächle. Endlich habe ich das Gefühl, dass wir von gleichen Voraussetzungen ausgehen. Vielleicht.

»Das scheint dir zu gefallen.« Er runzelt die Stirn.

»Ja, weil ich jetzt nicht mehr als Einzige verwirrt bin.«

»Du bist verwirrt, was mich angeht?«

»Das könnte man so sagen.« Unter keinen Umständen werde ich als Erste zugeben, dass zwischen uns etwas sein könnte. Vielleicht redet er ja von etwas ganz anderem.

»Wir sind also beide verwirrt«, sagt er. Langsam verzieht er die Mundwinkel zu einem Lächeln.

Ich trete nach ihm. »Hör auf.«

»Womit?«

»Zu lächeln.«

Er hebt die Brauen. »Ich soll aufhören zu lächeln?«

Mir wird heiß. »Ja. Es macht mich nervös.«

Jetzt grinst er eindeutig frech. »Nervös? Wieso nervös?«

Ich trete erneut gegen seinen Stiefel, diesmal härter. »Im Ernst, hör auf.« Ich stehe auf, weil ich den Druck nicht mehr ertrage.

Er nimmt meine Hand und schaut zu mir auf. »Wo gehst du hin?« Seine Finger sind so warm.

Zu warm. O mein Gott!

»Ich muss … gehen. Ich komme damit nicht klar … was auch immer es ist.«

Er wartet auf eine Erklärung.

O Mann! Ich halte das nicht aus! Dieses Spiel habe ich noch nie beherrscht. Es wird Zeit für etwas Ehrlichkeit. Jemand muss ja schließlich das Eis brechen, oder? »Es ist für mich nur … eine Weile her, und ich bin nicht besonders erfahren, deshalb …« Ich zucke die Achseln und starre zu Boden.

Er antwortet nicht sofort, also blicke ich zu ihm auf.

Er hat die Stirn gerunzelt. »Wovon genau redest du?«

Frustriert seufze ich tief, und dann sage ich es einfach. Ich kann mich nicht länger beherrschen. »Von Sex natürlich, wovon denn sonst. Wovon redest du denn?«

Er erhebt sich, ohne meine Hand loszulassen. »Ich habe von deinem Training gesprochen.«

Ich erbleiche und habe plötzlich große Schwierigkeiten zu atmen. Krächzend antworte ich: »O mein Gott! Das ist mir unglaublich peinlich. Ich muss weg.« Ich versuche, ihm meine Hand zu entreißen und um ihn herum zu gehen, aber er lässt sie nicht los.

Wieder lächelt er.

Was zum Teufel …? Warum grinst er so?

»Hörst du jetzt bitte mal damit auf?«

Sein Lächeln verwandelt sich in ein Kichern.

Ich starre ihn an und begreife, dass er mit mir gespielt hat. Die ganze Zeit. Vielleicht vom ersten Augenblick an.

»Verdammt, du bist so ein Arsch.« Ich spüre, wie ich wieder rot werde, die Hitze steigt von meiner Brust über den Nacken bis zu meiner Stirn. Kein Mann hat mich je so erröten lassen.

»Ach ja?« Er tritt näher an mich heran.

»Du hast mit mir gespielt. Die ganze Zeit.« Ich weiß nicht, ob ich vor Freude singen oder ihm in die Eier treten soll. Was hier genau läuft, verstehe ich noch immer nicht, aber jetzt bin ich sicher, dass wir beide etwas füreinander empfinden. Ich kann mir das unmöglich alles eingebildet haben.

»Sei nicht sauer.« Jetzt versucht er auch noch, niedlich zu sein.

»Sauer? Ich? Also bitte.« Ich trete einen Schritt zurück, um etwas Abstand von ihm zu gewinnen. Vor allem, weil ich besser denken kann, wenn er nicht so nah bei mir steht. »Um mich sauer zu machen, musst du deutlich mehr tun, als mich zu verarschen.« Ich wende mich ab.

»Wo willst du hin?«, fragt er und lässt endlich meine Hand los.

»Ich habe noch nicht zu Mittag gegessen.«

Er beugt sich vor, ergreift wieder meine Hand und zieht mich an sich. Überrumpelt stolpere ich und pralle gegen ihn. Er fängt mich mit beiden Armen auf, als würden wir gerade Swing miteinander tanzen.

»Du hast vergessen, dich zu verabschieden.« Mit blitzenden Augen beugt er sich über mich.

Kapitel 33

Erinnerungen an unser Hummer-Abendessen und den Abschiedskuss an der Tür brechen über mich herein. Er hat ihm auch gefallen. Er will eine Zugabe, genau wie ich. Ich werde am Arbeitsplatz einen Herzanfall bekommen.

Über uns öffnet sich eine Tür. Panisch richte ich mich auf und löse mich aus seinem Griff. Ein verstohlener Kuss dann und wann ist eine Sache. Andere Mitarbeiter wissen zu lassen, was zwischen uns läuft, aber eine ganz andere. Kommt nicht in die Tüte. Das würde mich jeglichen Respekt meiner Kolleginnen und Kollegen kosten, und da ich diesen Respekt sowieso nur in homöopathischen Dosen erringe, zählt jedes kleinste bisschen.

»Auf Wiedersehen, Ozzie. Schönen Tag noch.« Ich entferne mich hoch erhobenen Hauptes, aber mit tiefroten Wangen und werfe im Gehen das Haar über die Schulter zurück. Gar kein Problem. Ich kann total cool rüberkommen, selbst wenn mein Inneres schmilzt wie ein Schokoriegel in der heißen Sommersonne Louisianas.

Lucky kommt mir die Treppe herunter entgegen, als ich die erste Stufe erreiche. In der rechten Hand hat er einen Singlestick.

»Ich habe gehört, du bist im Krankenstand«, sagt er und bleibt auf gleicher Höhe mit mir stehen. Die Waffe hängt locker an seiner Seite. Er nimmt sie gar nicht richtig zur Kenntnis, als einen Teil seiner Kleidung, wie ein Gürtel oder eine Armbanduhr.

Hmm, seltsam. Hat er ihn oben verwendet? Vermutlich schon, warum hätte er ihn sonst dabei? Ich sage nichts, vielleicht ist das ganz normal für sie. Vielleicht laufen sie einfach grundlos bewaffnet herum.

»Nein, ich bin nicht im Krankenstand«, widerspreche ich und ignoriere den Schmerz, der mir noch immer durch alle Muskeln zuckt. »Mir geht's gut.«

»Habt ihr die Überwachungsgeräte angebracht?«

»Ja.« Ich bin so stolz und froh, über etwas anderes sprechen zu können als über meine Blessuren, meinen sexuellen Notstand und den Wunsch, ihn mit Ozzies Hilfe gründlich auszugleichen.

»Gut gemacht.« Wir tauschen eine Ghettofaust aus. Ich glaube, das habe ich zuvor auch noch nie getan. »Bis morgen?«

»Bist du für heute raus?«

»Ich muss aufs Revier und mit ein paar Polizisten reden, werde also den ganzen Spaß des heutigen Nachmittags verpassen.«

Ich werfe einen Blick über die Schulter. Ozzie beobachtet uns. »Spaß?« Ich wende mich wieder Lucky zu, denn ich bin nicht sicher, ob ich verstehe, was er meint. Ich dachte, wir hätten jetzt oben eine Besprechung. Die letzte war zwar interessant, aber als Spaß hätte ich sie eigentlich nicht bezeichnet.

Lucky schaut zu Ozzie hinüber und runzelt kurz die Stirn, ehe er mir wieder seine Aufmerksamkeit zuwendet. »Ja. Die Statusbesprechung. Findet üblicherweise alle paar Tage statt.«

Ich nicke. »Oh. Okay. Na, dann bis morgen.«

»He, wärst du so nett?« Er hält mir den Singlestick hin.

»So nett …?«

»Ihn für mich mit nach oben zu nehmen. Ich wollte ihn eigentlich oben lassen, aber ich schätze, ich war abgelenkt und habe ihn einfach mitgeschleppt.«

Ich lächle. »Ja, klar. Kein Problem. Wo soll ich ihn hinlegen?«

Er unterdrückt den Anflug eines Grinsens. »Gib ihn Dev.«

»Alles klar.« Ich mustere ihn mit zusammengekniffenen Augen und versuche herauszufinden, warum er so unbedingt ernst bleiben möchte, wo er doch eigentlich eindeutig lächeln will. Ein Blick auf den Stock verrät mir nichts. Er sieht aus wie immer, etwa neunzig Zentimeter lang, zweieinhalb Zentimeter Durchmesser und an dem Ende, an dem Lucky ihn gehalten hat, etwas dicker. Ich finde auch, dass er besser in der Hand liegt, wenn man ihn am dickeren Ende greift. Er ist ziemlich schwer, aber nicht so schwer, dass ich ihn nicht führen könnte. Vielleicht werde ich Ozzie später mal fragen, wie man eigentlich damit kämpft.

Lucky springt die letzten paar Stufen hinunter. »Bis dann.«
»Ja, gut. Bis dann.«

Ich gehe weiter die Treppe hoch und bleibe vor dem digitalen Eingabefeld an der Tür stehen. Wessen Name liefert den Code auf dieser Seite der Tür? Toni? Ich gebe T-O-N-1 ein, doch es geschieht nichts. Gut, dann ist dies also nicht Tonis Tür. Dann ist es … Thibaults Tür? Ich gebe T-B-O-1 ein und höre ein Klicken. Obgleich ich weiß, dass Ozzie da unten ist und meinen Fehlversuch beobachtet hat, lächle ich. Letztlich habe ich es doch noch geschafft, oder? Ich bin kein totaler Volltrottel, wenn es um diesen Sicherheitskram geht.

Ich öffne die Tür und werde Zeugin einer blitzschnellen Bewegung.

»Huuraaaaaaaahhhhhhh!«, schreit eine laute Stimme, eindeutig ein Kriegsschrei.

Etwas Silbernes blitzt vor meinen Augen auf, und eine riesige weiße Bestie stürmt auf mich zu.

Ich schreie Zeter und Mordio und springe zurück, schließe die Augen und reiße mit aller Kraft, die mir die Angst verleiht, den Singlestick hoch, ohne im Mindesten auf meinen Muskelkater zu achten. Der Stick prallt heftig gegen etwas.

»Uuuff!«, sagt die laute Stimme, als der Singlestick sein Ziel trifft.

Ich öffne die Augen und sehe Dev, der gekrümmt vor mir steht und sich den Bauch hält. In der anderen Hand hat er ein großes Schwert, das jetzt an seinem Bein herunterbaumelt.

»Bist du …? Bist du …?« Ich kann mein Entsetzen nicht in Worte fassen. Dann gelingt es mir, und ich frage stocksauer: »Bist du gerade mit einem Katana auf mich losgegangen?«

»Ich hab's versucht«, antwortet er grunzend.

Ich hebe den Stock und ziehe ihn ihm über das Schulterblatt.

»Auuuuuuu, Scheiße!«, brüllt er. »Was sollte das denn?« Er krümmt den Rücken und versucht, dem Schmerz zu entgehen.

»Das war dafür, dass du mich fast zu Tode erschreckt hast, du Idiot!« Ich werfe ihm den Singlestick vor die Füße und schiebe mich an ihm vorbei. »Da hast du deinen blöden Stock, du Dummkopf. Tu das nie wieder!«

Er kippt nach rechts, als ich ihn beiseitestoße, kracht gegen den Türrahmen und rutscht zu Boden.

»Deine Reflexe sind viel besser, als ich gedacht hätte«, knurrt er schmerzerfüllt.

Ich habe den Raum schon fast durchquert und die Küche betreten, als ich ihm antworte. »Du hast gerade eine Tracht Prügel von jemandem bezogen, den du als Miss Mittelmaß bezeichnest. Ich an deiner Stelle würde mal über meine Menschenkenntnis nachdenken.«

Als ich in die Küche komme, sitzen Toni und Thibault breit grinsend am Tisch.

»Du hast ihn flachgelegt, oder?«, fragt Toni. Noch immer lächelnd, beißt sie in ein Sandwich.

»Nein. Es war nur ein Klaps.«

»Klang nach mehr.«

Dev kommt mit nacktem Oberkörper in die Küche gehumpelt. Er hat einen roten Striemen auf dem Bauch. »Habe ich einen blauen Fleck?«, fragt er und legt sich mit dem Oberkörper auf den Tisch, um seinen Rücken zu zeigen.

Ich nehme Platz und versuche, mich nicht schlecht zu fühlen, weil er auch da einen Striemen hat. Er wird definitiv eine ganze Weile Schmerzen haben.

»Noch nicht, aber bald«, antwortet Thibault. »Ich habe dir gesagt, du sollst dich nicht an sie anschleichen.«

Ich platze fast vor Stolz. Thibault glaubt, man könne mich mit einem Angriff mit einem Katana nicht überrumpeln?

Cool. Vielleicht bin ich ja doch hart wie Stahl. Ich nehme mir eine Serviette vom Stapel und ein Sandwich von dem Tablett auf dem Tisch. Mir ist völlig egal, womit es belegt ist. Ich bin am Verhungern. Etwas an der Tatsache, dass jemand mit einem Schwert auf mich losgegangen ist und ich es überlebt habe, macht mich extrem hungrig.

»Sie braucht aber das Training«, murrt Dev.

»Ich schlage eine andere Form von Training vor«, sage ich und beiße ein Stück von dem Sandwich ab, das, wie ich inzwischen festgestellt habe, mit Truthahn belegt ist. »Ohne hinterrücks durchgeführte Angriffe.«

»Du musst deine Reflexe scharf halten.« Dev setzt sich und nimmt sich sechs Sandwiches. Niemand zuckt angesichts seines Appetits auch nur mit der Wimper.

»Sieht aus, als wären deine eigenen Reflexe etwas eingerostet«, neckt ihn Thibault.

»Nein. Ich hatte ein Schwert. Aber ich wollte sie nicht damit treffen. Dafür ist sie noch nicht bereit.«

Ich schlucke einen Bissen Sandwich, der nach seinen Worten plötzlich wie Sägemehl schmeckt.

»Bereit? Glaubst du wirklich, ich werde eines Tages bereit sein, mich von jemandem mit einem Schwert angreifen zu lassen?«

»Wenn ich meinen Job richtig mache, dann ja.« Dev zwinkert mir mit vollem Mund zu. »Du schaffst das schon. Vertrau dem Training.«

Kopfschüttelnd nehme ich einen weiteren Bissen. »Du bist verrückt«, sage ich entgegen allen Umgangsformen mit einem Mund voller Tomaten, doch das ist mir in diesem Augenblick völlig egal. Wer mich hinterrücks angreift, hat seinen Anspruch auf gute Manieren verwirkt. Ich muss allerdings zugeben, dass ich die Vorstellung ziemlich cool finde, so austrainiert zu sein, wobei alles in mir sich dagegen sperrt zu erleben, dass mich jemand ernsthaft mit einem Schwert angeht. Gott im Himmel, ich habe mich diesem Team angeschlossen, um zu fotografieren, nicht, um gegen Ninjas zu kämpfen.

Ozzie betritt das Zimmer und nimmt am Kopfende Platz. »Wie ist es heute gelaufen?« Er sieht Toni an, also halte ich den Mund. Ich bin froh, dass er sich bei ihr erkundigt, denn ich mache mir ein bisschen Sorgen, was passieren würde, wenn er mich direkt ansprächte. Es ist nicht auszuschließen, dass ich ihn zur Antwort einfach nur anschmachten würde.

»Gut«, antwortet sie, ohne von meinem Unbehagen Notiz zu nehmen. »Wir haben eine Kamera auf der Rückseite des Hauses. Bei der müssen wir in ein paar Tagen die Batterie wechseln. Der Papagei sitzt auf dem Mast, wir haben also auch die Vogelschau. Miss Mittelmaß hat ein paar Bilder von jemandem gemacht, der herauskam, während wir dort waren.«

Ich höre auf zu kauen. Wahrscheinlich hätte ich die Kamera zur Besprechung mitbringen sollen, um ihnen die Bilder zu zeigen. Verdammt! Anfängerfehler. Grrr, ich hasse das.

»Ich kann dir die Bilder zeigen, wenn du willst. Ich muss nur runtergehen …«

Ozzie winkt ab. »Später. Was war mit dem Kerl?«

Toni zuckt die Achseln. »Er war mit seinem Hund Gassi.«

»Wen hat er gesehen? Euch beide?«

»Nein, nur mich.«

»Alles klar, ich möchte bis auf Weiteres nicht, dass du wieder hingehst.«

Toni lässt das Sandwich auf ihre Serviette fallen. »Was soll das, Mann? Er hat keinen Verdacht geschöpft.«

Ozzie erstarrt. »Wir haben schon Harley verloren. Auch in meinem Fall steht nicht fest, dass sie Verdacht geschöpft haben, aber wenn, darf dieselbe Person nicht zweimal in der Gegend auftauchen, verstanden?«

Sie schaut finster drein, nickt aber. »Ja, verstanden.«

»Du kannst die Bilder auswerten, wenn sie hier eingehen.«

Sie nickt einmal und widmet sich wieder ihrem Sandwich. Glücklich ist sie damit definitiv nicht.

»Was meinst du?«, fragt er und schaut mich an.

Ich mustere die Gesichter, die meiner Antwort erwartungsvoll entgegensehen und hoffe, ihnen irgendeinen Hinweis entnehmen zu können, was von mir erwartet wird, aber das ist nicht der Fall. Ich seufze schicksalsergeben. Der Anfänger-Schleudersitz. Ich hasse ihn jetzt schon und sitze doch erst seit zwei Tagen darauf.

Kapitel 34

»Worüber?«, frage ich. Ich hasse es, so im Mittelpunkt zu stehen. Außerdem war ich auf die Frage nicht vorbereitet. Was, wenn meine Antwort dumm klingt? Ich habe bisher noch kein Spionagetraining gehabt. Mir fehlt es sogar an den richtigen Begriffen.

»Was denkst du über das, was ihr heute getan habt?«, will Ozzie wissen. »Irgendwelche Kommentare?«

»Na ja ...« Ich überlege einen Augenblick, ehe ich fortfahre: »Ich finde, es ist gut gelaufen. Eine Person hat uns gesehen, aber der Mann dachte, wir kämen von den Stadtwerken. Toni hat gesagt, wir kämen von der Telefongesellschaft. Wir haben ihn beobachtet. Er hat keinen einzigen Blick in Richtung Drohne geworfen.«

»Gut. Sonst noch was?«

»Mmm ... na ja, ich habe mich gefragt ... es hat nichts mit dem zu tun, was wir heute getan haben, aber wie haben sie Harley als Deckidentität entlarvt? Als ich mit Felix in der Bar war. Du hast gesagt, es sei meine Schuld gewesen.«

»Der Typ, der auf uns geschossen hat, gehörte zu ihnen. Dass er auf mich geschossen hat, bedeutet, dass er wusste, dass etwas nicht stimmt. Ich muss davon ausgehen, dass es etwas damit zu tun hatte, dass du mit deinem Hund in der Handtasche reinspaziert kamst, denn bis dahin schien alles gut zu sein. Vielleicht irre ich mich auch, aber ich habe einen Blick in deine Richtung geworfen, und als ihm das auffiel, ist er argwöhnisch geworden. Als ich dir dann zu Hilfe eilen wollte, hat das für ihn nur bestätigt, dass ich nicht der war, der ich zu sein vorgab. Du bist nicht grade Harleys Typ.«

»Er will damit sagen, er hat sich wie einer von den Guten und nicht wie einer von den Bösen benommen«, klärt Toni mich auf, die wahrscheinlich meinen verwirrten Gesichtsausdruck bemerkt hat.

»Ja.« Ozzie nickt. »Richtig. Ich bin aus der Rolle gefallen. Keine gute Idee bei diesen Typen. Die sind ziemlich paranoid.«

Ich versuche, mir die Szene ins Gedächtnis zu rufen. Aber an den Typen, der neben Harley stand, kann ich mich nicht mehr erinnern. War es der, der auf uns geschossen hat? »Redest du von dem Glatzkopf mit dem Schnurrbart und dem riesigen Muttermal auf der Wange?«

»Das hast du alles gesehen?« Ozzie ist plötzlich wieder ganz auf mich konzentriert. Mann, seine Stimmungswechsel sind auch schneller, als die Polizei erlaubt.

»Klar. Er hat genau in meine Richtung geschaut, nachdem er abgedrückt hat. Du hast versucht, mich von dem Tisch wegzuziehen, aber ich dachte, meine Schwester sei dort und habe mich deswegen ziemlich gut festgehalten. Ich hatte ihn die ganze Zeit im Blick.«

Thibault seufzt tief.

»Was?« Ich schaue in die Runde, und alle werfen einander Blicke zu. Sie sind offenbar besorgt.

»Du sagtest, jemand habe sie nach Hause verfolgt«, erinnert Thibault Ozzie. »Das ist nicht gut.«

»Aber ich habe jetzt meine Alarmanlage, und es hat mich niemand mehr belästigt.« Ich bin nicht sicher, wogegen ich da gerade anrede, aber sie schmieden offensichtlich irgendeinen Plan. Eingeweiht sind alle außer mir.

»Sie sollte hierbleiben«, schlägt Thibault vor. Dann springt er überrascht auf, fährt herum und funkelt seine Schwester an.

Ich schaue sie an und versuche zu begreifen, warum sie ihn dafür unter dem Tisch getreten hat. Will sie mich nicht hier haben? Macht sie sich Sorgen wegen Ozzie und mir? Steht sie auf ihn? O Gott, das wäre furchtbar. Dabei war ich gerade dabei, mich mit Toni anzufreunden.

Eine Dreiecksgeschichte. Verdammt!

Ich beschließe, sie genauer im Auge zu behalten. Das Letzte, was ich will, ist, ins Revier einer anderen Frau einzudringen, selbst wenn es um Ozzie geht.

»Du hast recht.« Ozzie sieht mich sehr entschlossen an. »Ich fahre dich heim, damit du packen kannst.«

»Braucht ihr Unterstützung?«, fragt Toni und reckt das Kinn.

»Nein, das schaffen wir schon.«

Ich hebe einen Finger.

Ozzie hebt eine Braue. »Ja? Du hast eine Frage?«

Ich lächle höflich und lasse den Arm sinken. »Eher eine Anmerkung. Ich möchte nicht hier schlafen.«

»Sie mag das Feldbett nicht«, sagt Thibault. »Du solltest ihr dein Bett anbieten.«

»Es geht nicht um das Feldbett.« Die Worte sprudeln aus mir heraus, weil ich dieses Gespräch so schnell wie möglich beenden will. Schon bei dem Gedanken, in Ozzies Bett zu sein, bricht mir kalter Schweiß aus. »Es ist nur … ich habe Felix und kann ihn nicht allein lassen, und es ist mein Haus mit all meinen Sachen darin.« Die Entschuldigung klingt sogar in meinen eigenen Ohren lahm.

»Es wäre wie Urlaub«, widerspricht Toni ziemlich unbeeindruckt. »Dein Haus kommt doch ein paar Tage ohne dich klar, bis wir die Bedrohungslage richtig einschätzen können. Worüber machst du dir denn solche Sorgen? Deine Pflanzen?«

»Tatsächlich besitze ich Pflanzen.« Nicht, dass sie mich vermissen werden. Sie müssen nur einmal die Woche gegossen werden, da sie alle im Schatten stehen. Ich mache mir nur Sorgen um die Dummheiten, die ich sagen und zu tun versucht sein werde, wenn ich mehrere Tage mit Ozzie zusammen in seinem Zuhause wohne. Auch meine Willenskraft hat Grenzen.

»Wenn nötig, werden wir uns um die Pflanzen kümmern.« Ozzie macht eine Geste in Richtung Thibault.

Der reicht ihm einen Ordner.

»Aber …«

Ozzie hebt den Blick von der Akte, die er aufgeschlagen hat. »Du bist eine Angestellte dieser Firma. Ich kann dich nicht heimschicken, wenn du nicht sicher bist. Tut mir leid. Hoffentlich werden wir in der Lage sein, eventuelle Probleme innerhalb weniger Tage zu neutralisieren, dann haben deine Pflanzen gar keine Zeit zu vertrocknen.«

Mir bleibt der Mund offen stehen. Ich werde hier im Hauruckverfahren zu etwas gedrängt, und obgleich mir die Vorstellung, mit Ozzie zusammenzuleben, nicht völlig unangenehm ist, mag ich es nicht, überhaupt nicht mitreden zu können.

»Ich weiß eure Worte zu schätzen und danke euch für eure Sorge, aber ich fürchte, ich muss euer Angebot ablehnen.« Mit einem Nicken bekräftige ich meine Aussage. Ich werde bei verschlossener Tür und mit einem großen Küchenmesser unter dem Kissen schlafen. Ich komme schon klar. Vielleicht leiht mir Dev diesen Singlestick. Ich scheine ganz gut damit umgehen zu können.

Thibault und Toni schauen Ozzie an. Er nickt ihnen zu. Sie stehen auf, verlassen den Tisch und gehen durch den Raum der

Schwerter zur äußeren Treppe. Ich höre, wie sich die Eingangstür hinter ihnen schließt. Vermutlich war Ozzies Nicken der Code für *Verzieht euch, damit ich ihr Vernunft beibringen kann.*

»Ich bleibe nicht hier, Ozzie, Ende der Diskussion.«

In seinen Augen brodelt es, doch sein Gesicht bleibt ausdruckslos. »Ich werde woanders unterkommen, wenn es dir so unangenehm ist, in meiner Nähe zu sein.«

»Darum geht es nicht.« Ich nage an meiner Unterlippe, nachdem diese Lüge meinen Mund verlassen hat. Mir fällt einfach keine sinnvolle Ausrede ein. Ich bevorzuge meine eigene Dusche? Deine Hündin hat Blähungen? Mir wird mein Hibiskus fehlen?

»Was auch immer das Problem ist, ich bin sicher, ich kriege das hin.«

»Na schön!«, sage ich viel zu laut. »Es liegt an dir! So, bist du jetzt glücklich?«

»Nein.«

Ich bin nicht sicher, aber sein Gesichtsausdruck scheint zu sagen, dass ich ihn verletzt habe. Ich versuche es mit Betteln statt mit Frustration. »Komm schon, Ozzie, du verstehst doch sicher, wie das für mich ist.«

»Nein, eigentlich nicht. Erklär's mir.«

»Wir haben uns erst vor einer Woche kennengelernt, und da trugst du noch den schrecklichsten Bart, der je das Gesicht eines Mannes geziert hat.«

»So schlimm war er auch wieder nicht.«

»Doch, vertrau mir. Das war er. Wahrscheinlich haben kleine Vögel darin genistet. Aber dann hast du mich gerettet und dich rasiert, großartiges Essen zubereitet und mich geküsst, und ich bin nicht immun gegen deinen Charme, klar? Ich bin es einfach nicht, und wie ich vorhin schon peinlicherweise zugegeben habe, hatte ich schon eine Weile keinen Sex mehr. Die Situation zwischen uns ist also ziemlich erotisch aufgeladen, und da ist es gar nicht gut, wenn du gleich den Flur entlang schläfst.«

Er sitzt eine Ewigkeit einfach nur da und starrt mich an. Das macht mich verrückt, aber ich weigere mich, noch ein weiteres Wort zu sagen, bevor er sich geäußert hat. Wenn ich will, bin ich der sturste Mensch auf Erden. Außerdem habe ich mich für einen Tag schon genug blamiert.

»Wenn ich dich also richtig verstehe, sagst du … ich bin unwiderstehlich.« Sein Gesichtsausdruck ändert sich nicht.

»Das hast du gesagt, nicht ich.«

»Wenn ich verspreche, dir ein eigenes Zimmer zu geben, wo du dich einschließen und dein Ding machen kannst, wäre das in Ordnung?«

»Nein, das habe ich nie gesagt. Ich will in meinem eigenen Bett und in meinem eigenen Haus schlafen.«

»Auf die Gefahr hin, dass dort jemand auftaucht, um sicherzustellen, dass du ihn nicht der Polizei beschreibst?«

So ausgedrückt fällt es mir deutlich schwerer zu antworten. Aber ich tue es trotzdem. »Ja. Ich komme damit klar.«

Er zuckt die Achseln. »Prima. Du hast zwei Schlafzimmer. Ich nehme das Gästezimmer.«

»Nein!«

»Gut, dann schicke ich dir Thibault.«

»Nein, nicht Thibault!« Es wird immer schlimmer statt besser. Seit wann bin ich so eine schreckliche Verhandlerin?

»Lucky? Er könnte ohne große Probleme mit seinem Goldfisch vorübergehend bei dir einziehen.«

»Nein, auf keinen Fall.« Ich kann meinen Kollegen keine solchen Umstände bereiten. Wie peinlich! Mein Spitzname wird sich nie ändern, wenn ich gleich in der ersten Woche einen Babysitter brauche. Außerdem glaube ich gar nicht, dass ich in Gefahr bin. Wenn dieser Typ mich hätte überfallen wollen, dann hätte er es längst getan.

»Dev kann es nicht tun«, erklärt Ozzie, »und ich bin ziemlich sicher, dass Toni eine ziemliche Nervensäge wäre, bleibe also nur ich.«

Ich recke das Kinn. »Ich nehme Toni.« Solange es sich um eine Frau handelt und keinen der Jungs, werde ich damit klarkommen. Ich weiß auch nicht, warum. Es ergibt keinen Sinn. Babysitter ist Babysitter. Aber eine Frau würde sich eher anfühlen wie eine vorübergehende Mitbewohnerin als wie ein Leibwächter.

»Dir ist es lieber, wenn Toni auf dich aufpasst als ich?«

Bilde ich mir das nur ein, oder klingt er verletzt? Vielleicht ist er auch nur beleidigt. Sie ist ja im Vergleich zu ihm wirklich ziemlich schwächlich.

»Nein, darum geht es nicht. Aber bei Toni kann ich ganz ich selbst sein, und das ist mir zu Hause wichtig.« Mein Tonfall wird flehend. »Das verstehst du doch, oder?« Ich habe ihn fast so weit. Er hängt in den Seilen. Ich sehe förmlich, wie er nachgibt …

»Nein«, sagt er. »Das ergibt überhaupt keinen Sinn. Ich bleibe heute Nacht und in der nächsten Zukunft bei dir, bis wir die Bedrohungslage eingeschätzt haben und zu der Auffassung gelangt sind, dass entweder von selbst keine Gefahr mehr besteht oder wir sie ausgeräumt haben.«

Ich erhebe mich. »Was ist, wenn ich Nein sage?«

»Ich kenne den Code deiner Alarmanlage.« Es sieht aus, als würde er gleich anfangen zu lächeln, er ist aber klug genug, sich zu beherrschen.

»Nein, tust du nicht.« Er hat ihn nicht geändert, als er bei mir war.

»Thibaults Geburtstag.«

Als ich meinen sicher geglaubten Sieg so unvermittelt verliere, komme ich mir vor wie ein Ballon, aus dem man die Luft gelassen hat. »Verdammt!«

Auch er klingt plötzlich weniger großmäulig. »Wäre es wirklich so schlimm, mich nach der Arbeit um dich zu haben?«

Ich verschränke die Arme vor der Brust. »Weiß nicht. Kannst du deine Hände bei dir behalten?«

Er zuckt die Achseln. »Wenn du's kannst, kann ich es auch.«

Ich verdrehe die Augen. »Ach, bitte. Lass dein Ego vor der Tür, Oswald, denn ich werde nicht auf deinen Charme hereinfallen, den du hier verteilst wie Erdnussbutter.«

Er kichert. »Wie Erdnussbutter, ja?«

Ich werfe einen Bleistift nach ihm. »Oh, halt die Klappe.« Ich weiß, dass alles, was ich von jetzt an sage, nur defensiv und dumm klingen wird, deshalb verlasse ich den Raum. Er ruft mir nach: »Geh nicht ohne mich!«

»Ich gehe in fünf Minuten, also beeil dich!« Ich meine es ernst. Ob er dann so weit ist oder nicht, ich werde gehen. Ich werde nicht auf ihn warten. Auf diesen dummen, egoistischen, rechthaberischen ... Chef.

Ich werde immer langsamer, obwohl ich mir deutlich sage, dass ich mich beeilen muss wegzukommen. Der Weg zu meinem Auto scheint ewig lang. Ich hasse es, wenn mein Körper sich meinem Gehirn derart widersetzt. Das scheint jedes Mal zum Problem zu werden, wenn ich in Ozzies Nähe bin. Wie zum Teufel soll ich auf mein Gehirn hören, das mir sagt, ich soll mich bloß von ihm fernhalten, wenn mein Körper ständig die Hand ausstrecken und seine wundervollen Muskeln berühren will?

O Mann, das ist ein Fehler. Das wird ganz böse enden.

Kapitel 35

Na schön, es ist also nicht so schlimm, wie ich befürchtet hatte. Ozzie fährt mir in seinem Pick-up nach, Sahara ist auf dem Rücksitz angeleint. Er ruft mich aber unterwegs auf dem Handy an und bittet mich, auf einen Platz abzubiegen. Als wir nebeneinander parken, erklärt er, es gebe hier einen großartigen Bioladen, wo er die Zutaten für ein Chicken Curry kaufen will, das er zum Abendessen zubereiten möchte. Als ich zuvor gesagt habe, ich wolle nicht, dass er bei mir wohnt, hatte ich zeitweise vergessen, wie gut er kocht.

Neunzig Minuten später esse ich den letzten Bissen der köstlichsten Mahlzeit, die ich je genossen habe. Ich ächze, weil sich mein Magen schmerzlich dehnt, bereue aber keine einzige Kalorie.

»Gut?«, fragt er und nippt an einer Flasche Bier. Es ist seine zweite. Ich bin bei Wasser geblieben, weil ich mir in seiner Gegenwart selbst nicht vertraue. Nüchtern zu bleiben ist meine einzige Hoffnung.

»Gut? Nein. Nicht nur gut. Exzellent. Erstaunlich. Köstlich.« Ich reibe mir den Bauch. »Du darfst jederzeit wieder für mich kochen.«

»Dann hast du nichts mehr dagegen, dass ich hier bin?«

Seine Frage ist eine Herausforderung. Ich erhebe mich und sammle die Teller ein, wobei ich mich frage, ob ich mich auf das Spiel einlassen oder einfach ehrlich sein soll. Schließlich entscheide ich mich für Letzteres. Mit Ozzie Spielchen zu spielen kann gefährlich sein. Ich habe das Gefühl, ich würde jedes Mal verlieren.

»Ich schätze, ich hatte nie etwas dagegen, dass du herkommst. Das wäre falsch ausgedrückt. Ich gelte nur nicht gerne als schwach.«

»Nur weil jemand es möglicherweise auf dich abgesehen hat, bist du doch nicht schwach. Du warst einfach zur falschen Zeit am falschen Ort. Das hat nichts damit zu tun, wer du bist und ob du stark bist oder nicht.«

Während ich über diese Worte nachdenke, spüle ich die Teller vor.

»Ich weiß nicht ...« Manchmal sind mir Dinge sonnenklar, manchmal ist aber auch das Gegenteil der Fall. Dies ist eine der weniger klaren Situationen. Wie immer, wenn die Schicksalsgöttinnen sich in mein Leben einzumischen scheinen, frage ich mich, wie selbstbestimmt ich eigentlich wirklich bin. »Hm, ich schätze, es fällt mir schwer, diese Worte mit dem, was geschehen ist, in Einklang zu bringen.« Ihm das zu sagen, fühlt sich an wie eine Beichte.

»Inwiefern?«

»Nun, alles begann damit, dass ich eine falsche Nummer verwendet habe.«

»Wieder so eine Situation mit falschem Ort und falscher Zeit«, sagt er.

»Nein, eigentlich nicht.«

Er nimmt einige Schalen vom Tisch und kommt damit zu mir in die Küche. Dann tritt er zur Geschirrspülmaschine, nimmt Teller und Besteck von mir entgegen und räumt sie säuberlich in die Maschine ein.

»Ich finde, obwohl mir am Anfang alles falsch vorkam und du mit diesem schrecklichen Bart so furchtbar ausgesehen hast, haben sich die Dinge in der Rückschau doch ziemlich gut entwickelt.«

»Du meinst, du bist froh, dass ich die falsche Nummer hatte.«

»Ja. Die falsche Nummer, aber der richtige Typ.« Ich grinse. »Du bist ein guter Chef.«

Er knurrt und beugt sich über die Spülmaschine, um einen Teller ganz hinten hineinzustellen. »Ach ja?«

»Ja. Du hast für deine Angestellten ein angenehmes Arbeitsumfeld geschaffen, bietest uns viele Vergünstigungen und sorgst dich um unsere Sicherheit. Tatsächlich bist du hier bei mir, um dich zu überzeugen, dass es mir gut geht. Das würden nicht viele Chefs tun.«

Er richtet sich auf und nimmt den nächsten Teller von mir entgegen. Aber er bückt sich nicht, um auch ihn in die Spülmaschine zu stellen. »Du hast recht. Das würden nicht viele tun.«

Ich grinse. »Siehst du? Toller Chef.«

Er schaut mich schief an. »Aber ich will ehrlich sein. Ich bin nicht sicher, ob ich das auch für Lucky und seinen Goldfisch tun würde.«

Ich verscheuche die Schmetterlinge, die sich in meinem Bauch breitmachen wollen. Er scherzt nur.

»Na ja, er ist ein Mann und extrem gut trainiert.« Ich nehme Ozzie den Teller aus den Händen und stelle ihn selbst in die Spülmaschine. Ich werde das hier nicht zu einem Flirt werden lassen. Wir können als Erwachsene zusammenleben, ohne dass die Dinge außer Kontrolle geraten.

»Ich bin auch nicht sicher, ob ich es für Toni tun würde«, fährt er fort.

Jetzt bin ich nicht mehr so sicher, dass er damit nicht etwas über uns sagt. Trotzdem versuche ich es wegzulachen.

»Sie ist auch extrem gut trainiert.«

»Ja.« Er stellt den nächsten Teller in die Spülmaschine. Dann beugt er sich vor, schnappt sich den Schwamm vom Rand des Spülbeckens und verlässt die Küche, um den Tisch abzuwischen. Ozzies Geruch bleibt zurück, und ich atme ihn leise ein.

Ich bin traurig, dass er das Gespräch beendet hat, aber froh, einen Augenblick zu haben, um mich zu sammeln. Wow! Er sagt, ich bin etwas Besonderes. Zwar hat er nicht zugegeben, dass er mich mag, aber ich habe ziemlich deutlich diesen Eindruck.

Also was nun? Es ignorieren? Es abtun? Ihm Signale von Desinteresse schicken? Oder Signale von Interesse? Ich muss unbedingt mit meiner Schwester reden. Sie wird wissen, was zu tun ist.

»Hast du was dagegen, wenn ich hochgehe, um zu telefonieren?«, frage ich und trockne mir die Hände an einem Geschirrtuch ab. »Meine Schwester dreht immer durch, wenn sie abends nichts von mir hört.«

»Klar, geh nur. Ich mache hier unten alles fertig. Dann setze ich mich im Wohnzimmer an meinen Computer, wenn dir das recht ist.«

Ich wedle mit der Hand. »Ja klar, kein Problem. Mein Passwort klebt drüben am Fenster an meinem Computer. Fühl dich wie zu Hause.« Ich lege das Geschirrtuch weg und versuche, lässig zur Treppe hinüberzugehen. Eigentlich möchte ich rennen, die Treppe hochstürmen, die Nummer meiner Schwester wählen und ihr meinen ganzen Tag haarklein erzählen, es aus mir heraussprudeln lassen wie ein Schulmädchen. Aber ich muss mich benehmen wie eine Erwachsene und die Kontrolle behalten. Es ist ja keine große Sache, wenn Ozzie mit mir schlafen will. Sind schließlich beide erwachsen und können tun und lassen, was wir wollen. Es ist ja nicht so, dass ich mich dann gleich in ihn verlieben würde.

Ich schließe mich in meinem Schlafzimmer ein und lege Musik auf, nur für den Fall, dass er zu lauschen versucht. Beim dritten Klingeln nimmt meine Schwester ab.

Kapitel 36

»Du hättest mich früher anrufen sollen«, sagt sie tadelnd.

»Ich weiß. Auf der Arbeit war schrecklich viel los.« Felix springt auf das Bett und rollt sich auf meinem Schoß zusammen. Ich streichle ihm über das Köpfchen und kraule seine winzigen Ohren, während ich mich auf das Telefonat mit meiner Schwester konzentriere.

»Ich schätze, das sind gute Neuigkeiten. Du sprichst doch von deinem neuen Job?«

»Ja. Wie geht's den Kleinen?« Ich muss Zeit schinden, um herauszufinden, wie ich Jenny am besten beibringe, dass Ozzie bei mir ist. Bis dahin lenke ich sie mit Plauderei über ihre Kinder ab.

»Gut.« Sie seufzt. »Miles holt sie nächstes Wochenende zu sich, zumindest hat er das behauptet.«

»Dann kannst du dir eine schöne Zeit machen.«

»Wenn er überhaupt kommt.«

»Was hast du an den beiden freien Tagen vor?«

»Ach, keine Ahnung. Wahrscheinlich nehme ich ein Bad und trinke dabei eine Flasche Wein. Schaue mir einen Film an. Mache mir die Nägel. Schlafe mal zwölf Stunden durch.«

»Ruf mich an, wenn dir nach Gesellschaft ist. Das Bad musst du allerdings alleine nehmen. Auf Bäder mit dir habe ich wirklich keine Lust mehr.«

»Du könntest so lange auf der Toilette sitzen und dafür sorgen, dass mein Glas nicht leer wird.«

»Ja, das könnte ich für dich tun.« Ich schmunzle. Für meine Schwester würde ich liebend gern den Weinnachschenker spielen.

Das ist das Mindeste, was ich für das Mädchen auf mich nehmen würde, das mir das Fahrradfahren beigebracht hat, und wie man seine Schuhe bindet.

»Erzähl doch mal, was bei dir los ist«, sagt sie. »Wie läuft es im neuen Job?«

»Ziemlich gut. Ich habe ein bisschen trainiert.« Die Überwachungsgeschichte spare ich lieber aus.

Sie würde sich nur Sorgen machen. »Ein paar Fotos gemacht. Nahkampf trainiert.« *Ups.* Das hätte ich vielleicht auch lieber für mich behalten sollen.

»Wie bitte? Hast du gerade Nahkampf gesagt?«

Ich lache beim Gedanken an den auf dem Boden liegenden Dev. Hoffentlich macht es mich nicht zur Sadistin, dass ich die Szene amüsant finde. »Ja, dieser Typ, von dem ich dir auch schon erzählt habe, Dev, der verdammt große … er hat heute einen Überraschungsangriff versucht, aber ich hatte eine Waffe parat, deshalb hat er verloren.«

Lange herrscht Stille, bis Jenny schließlich wieder das Wort ergreift.

»Ich mache mir Sorgen, Kleines.«

Meine Laune sinkt in den Keller. »Warum?«

»Ich weiß gar nicht, ob es mir mehr Sorgen bereiten sollte, dass deine Kollegen dich angreifen, oder dass du das runterspielst. Das klingt für normale Menschen beides ziemlich abgedreht. Du warst auch mal normal. Was ist da mit dir passiert?«

Mir schießt das Bild von Ozzie, der mit verschränkten Armen dasteht, in den Kopf. *Ozzie ist mir passiert, Schwesterherz. Das liegt an Ozzie.*

»Mir geht es gut, wirklich, versprochen. Allerdings brauche ich deinen Rat.«

»Hat es etwas mit deiner verrückten Arbeitsstelle zu tun?«

Jetzt bin ich echt aufgeregt. Vielleicht war es ein Fehler, sie anzurufen. Sie ist jetzt schon ziemlich voreingenommen.

»Jaaa.«

»Ich höre.«

Es ist zu spät für einen Rückzieher. Ich versuche, heiter zu klingen, damit sie nicht gleich in Panik ausbricht.

»Ozzie bleibt vorübergehend bei mir zu Hause.« Jawohl, hervorragender Einstieg. Super gemacht! Warum um den heißen Brei herumreden, wenn man auch gleich mit Anlauf mitten reinspringen kann?

»O mein Gott! Im Ernst?!« Wenigstens klingt sie nicht allzu erbost.

»Es ist kompliziert.«

»Stehst du auf ihn? Steht er auf dich? Hattet ihr schon Sex?«

»Nein, verdammt! Warte doch mal! Hör einfach zu.«

»Alles klar. Du darfst allerdings nicht vergessen, dass ich quasi kein eigenes Leben habe, deshalb klingt alles, was bei dir passiert, für meine Ohren wahrscheinlich aufregender, als es ist.«

Ich muss lachen. »Verstanden. Danke für die Warnung, mir deine enthusiastischen Reaktionen nicht zu sehr zu Herzen zu nehmen.«

»Das habe ich damit nicht gemeint, aber sprich einfach weiter. Ich brenne auf die Einzelheiten.«

»Erinnerst du dich an den Abend, an dem ich mit ihm gesimst habe und dachte, du wärst am anderen Ende?«

»Ja.«

»Also, der Typ, der in dieser Nacht die Waffe abgefeuert hat … ich habe ihn gesehen. Ozzie befürchtet, der Typ könnte rausfinden, wer ich bin, deshalb wohnt er so lange bei mir, bis die Gefahr gebannt ist.«

»Gefahr.«

»Sag das nicht so, Jen. Es ist wirklich kein großes Problem.«

»Ich bin felsenfest davon überzeugt, dass es ein Riesenproblem ist.«

»Nein, ehrlich nicht. Versprochen. Ich habe ein hervorragendes Sicherheitssystem, Ozzie und sein Riese von einem Hund sind hier, außerdem habe ich Felix …«

»Der einem Mörder sicherlich hervorragend die Knöchel durchlöchern könnte, wenn er nicht vorher von ihm an die Wand getreten wird.«

»Das ist echt gemein.«

»Das ist nicht gemein, May. Aus mir spricht die schwesterliche Sorge. Wie schon gesagt, ich glaube, dieser neue Job hat deinen Realitätssinn verwirrt. Wenn ein Gangster hinter einem her ist, will der einen töten. Mit seiner Knarre. Der klingelt nicht einfach an der Tür und unterhält sich vorher nett mit einem. Er könnte durch das Fenster oder sogar durch die Wand kommen. Wirklich. Das habe ich in einer True-Crime-Serie gesehen.«

Ihre Stimme erinnert mich an mein Gewissen. Sie klingen wirklich verdammt ähnlich.

»Es ist mein Leben, Jenny. Ich habe ihn nun mal gesehen, als ich dich und die Kinder retten wollte, das kann ich jetzt auch nicht mehr ändern.«

»Es ist total unfair von dir, mich jetzt für deine Misere verantwortlich zu machen!«

»Das mache ich doch gar nicht, wirklich nicht.« Ich hole tief Luft, um mich abzuregen. »Jedenfalls war das nicht meine Absicht. Es ist Schicksal. Dass die fehlgeleitete SMS ausgerechnet dann bei mir ankommt, nachdem du dir ein neues Handy gekauft hast, dass ich ins Frankie's gehe, wo Ozzie gerade verdeckt ermittelt, dass ich Fotografin bin und sie jemanden suchen, der Fotos schießt – das ist alles Schicksal. Es soll einfach so sein.«

»Hältst du es auch für Schicksal, dass Ozzie in diesem Augenblick bei dir ist und über Nacht bleibt?«

»Weiß ich nicht. Deshalb habe ich dich ja angerufen.«

»Ich soll dir sagen, ob es Schicksal ist, dass Ozzie bei dir ist?«

»So in der Art.«

»Du denkst darüber nach, mit ihm zu schlafen, stimmt's?« Sie klingt nicht mehr ganz so aufgebracht. »Du kleine Schlampe.«

»Hör auf. Das ist nicht witzig.«

»Nein, da hast du völlig recht. Er ist dein Boss. Er ist da, damit dir nichts passiert.«

»Das heißt, ich soll deiner Meinung nach nicht mit ihm ins Bett gehen.«

»Das habe ich nicht gesagt. Ich habe gesagt, was ich eben gesagt habe.«

»Du hast gesagt, was du gesagt hast. Das ergibt für mich keinen Sinn.«

»Es ist kompliziert.«

Ich fuchtele wie wild mit den Armen herum. »Genau deshalb habe ich dich ja angerufen.«

Felix schaut besorgt zu mir auf. Ich tätschele ihm den Rücken, und er döst wieder ein, den Kopf auf meinem Oberschenkel.

»Okay. Na schön. Gehen wir die Sache mal in Ruhe durch.«

»Ja.« Erleichterung durchflutet mich. »Bitte.«

»Er ist dein Chef.«

Ich rolle die Augen. »Das Thema hatten wir schon.«

»Er ist heiß.«

»Oh, ja.« Ich lächle. Er ist so unheimlich süß. Wenn ich noch mal sechzehn wäre, würde ich seinen Namen in all meine Hefte schreiben.

»Gehe ich recht in der Annahme, dass er auf dich steht?«

»Er hat mich schon zweimal geküsst. Na ja, einmal, beim zweiten Mal blieb es bei einem Versuch.«

»Was hat ihn abgehalten?«

»Ich.«

»Gut.«

»Was ist daran gut?«

»Damit behältst du in seinen Augen die Oberhand. Also, was noch?«

»Keine Ahnung.« Ich bin mittlerweile richtig niedergeschlagen. Das ist alles so vertrackt. »Ich kann keinen klaren Gedanken fassen, wenn es um ihn geht. Ja, er ist mein Chef, und ja, er ist aus beruflichen Gründen hier, und nein, ich will mir nicht das Herz brechen lassen. Mehr kriege ich nicht zusammen.«

»Was ist mit Sex? Hast du daran gedacht?«

»Nicht wirklich.« Bei dem Gedanken werde ich rot. »Natürlich finde ich ihn richtig heiß, aber ich werde so nervös, wenn ich in seiner Nähe bin, dass ich total dämliche Sachen sage, deshalb haue ich immer schnell wieder ab.«

»Wow! Oje! Dich hat es schlimm erwischt.«

»Ich weiß«, jammere ich und lasse mich rückwärts aufs Bett fallen. Ich starre an die Decke, während Felix auf mich klettert, um sich auf meine Brust zu legen. »Er ist klug und männlich und heiß und sexy und er kocht wie ein Gott und …«

»Außerdem ist er dein Boss.«

Ich stürze schlagartig aus Wolke sieben und knalle mit voller Wucht auf den Boden. »Ja. Außerdem ist er mein Boss.«

»Was könnte denn schlimmstenfalls passieren? Wenn du mit ihm schläfst, meine ich.«

Ich denke einen Augenblick darüber nach. »Na ja, das mit uns könnte schiefgehen, und dann wäre es mir unangenehm, in seiner Nähe zu sein, und ich müsste meinen neuen Job aufgeben.«

»Dann wärst du wieder am selben Punkt wie vorher: Du würdest ungeschoren aus der Sache rauskommen.«

»Ich mag meinen neuen Job aber.«

»Natürlich, ich will damit nur sagen, dass du in dem Fall nicht schlechter dran wärst als vorher.«

»Nur dass ich dann ein gebrochenes Herz hätte.«

»Ach, das würde heilen. Vertrau mir.«

»Außerdem könnten meine Kollegen den Respekt vor mir verlieren.«

»Die du erst kurze Zeit kennst, und die dir vergeben, wenn sie dich besser kennenlernen. Vielleicht fänden sie es ja auch gar nicht so schlecht, wenn ihr Chef in einer Beziehung wäre.«

»Was willst du damit sagen?«

»Es ist allgemein bekannt, dass Chefs wesentlich verträglicher sind, wenn sie regelmäßig flachgelegt werden.«

»Das ist allgemein bekannt?«

»Ja.«

»Ich wusste das nicht.«

»Na, du bist auch noch jung.«

»Und du erst zweiunddreißig!«

»Ich bin eben verdammt weise für mein Alter.«

»Rätst du mir gerade dazu, mit ihm zu schlafen?«

»Ich rate dir, deinem Herzen zu folgen, denn selbst wenn das mit euch schiefläuft, ist das für dich nicht das Ende aller Tage, und wenn es gut geht, umso besser.«

Ich grinse über beide Ohren. »Ich liebe dich, Jenny. Du bist so klug.«

Sie seufzt. »Du hättest ohnehin mit ihm geschlafen, egal, was ich gesagt hätte.«

»Das ist nicht wahr. Deine Meinung bedeutet mir viel.«

»Mag sein, aber du bist total geil auf ihn. Mit gesundem Menschenverstand bringen wir deine Hormone jetzt auch nicht mehr runter von ihrem Trip. Mach einfach, bring's hinter dich. Ich schwöre, du bist hinterher froh darüber.«

Ich verspüre plötzlich den heftigen Drang, Ozzie zu sehen. »Okay. Ich muss weg.«

Sie lacht. »So schnell? Willst du denn gar nichts über das neue Programm hören, an dem ich gerade arbeite? Es ist total aufregend.«

»Ganz bestimmt.« Sie arbeitet für eine Firma, die Apps programmiert, mit denen man Kalorien zählen kann. »Erzähl mir am Wochenende davon.«

»Kommst du etwa vorbei? Sicher, dass du nicht viel zu beschäftigt damit sein wirst, alle Arten von schmutzigem Sex mit deinem neuen Freund zu haben?«

»Er ist nicht mein Freund.«

»Noch nicht.«

»Jen, hör auf! Jetzt fühle ich mich unter Druck gesetzt!«

»Na gut, ich lasse dich damit in Ruhe. Liebe dich. Tue nichts, was ich nicht auch tun würde.«

»Aber du bist voll das Flittchen.«

»Früher vielleicht. Hab Spaß!«, trällert sie und legt auf.

Ich seufze vor Erleichterung und lasse das Handy neben mich fallen. Meine Schwester hat mir ihren Segen gegeben. Sie und die Schicksalsgöttinnen haben gesprochen. Es wird Zeit, dass ich Ozzie sage, was ich für ihn empfinde.

Kapitel 37

Ozzie sitzt vor seinem Computer gebeugt in meinem Wohnzimmer. Er hat die Decke, die normalerweise über der Rückenlehne meiner Couch liegt, vor die Fenster gehängt. Sahara schläft im Flur. Felix trabt zu ihr hinaus und legt sich auf ihre Pfoten. Sie macht ihm Platz, und mir geht das Herz auf, als ich ihr dabei zusehe. Ab jetzt darf sie in meinem Wohnzimmer pupsen.

»Was läuft?«, frage ich und setze mich neben Ozzie. Ich schnappe mir eine Zeitschrift, um zu demonstrieren, wie cool und entspannt ich bin. Er wird gar nicht mitbekommen, dass ich innerlich in Flammen stehe und mir vorstelle, wie es wäre, wenn ich ihm sage, dass ich spüren will, wie sich sein Körper an meinen presst. Ich hasse es, dass ich im Kopf Britney Spears singen höre.

Um mein überaktives Gehirn abzulenken, übe ich im Kopf lässige Anmachsprüche, während ich auf seine Antwort warte:

Du siehst heiß aus in diesem Shirt. Willst du es nicht ausziehen?
Hast du eine Freundin? Hättest du gern eine?
Ich habe mich geirrt, Ozzie. Gründlich geirrt. Bring mich ins Bett.
Kommst du oft hierher?

Ich will Sex. Schnurr.

»Nicht viel«, sagt er und bekommt gar nicht mit, wie manisch ich bin, »ich überprüfe nur verschiedene Kameras, die wir in der Stadt installiert haben.« Er dreht den Laptop in meine Richtung. Auf dem Bildschirm sind mehrere offene Fenster zu sehen. Als ich eines der Häuser erkenne, deute ich darauf.

»He! Das ist unser heutiges Zielobjekt!«

»Ja.« Er vergrößert das Fenster. »Sieht aus, als wäre dort was los.«

Vor dem Haus stehen zwei Autos, ein weiteres trifft gerade ein. Die Qualität der Aufnahme ist nicht besonders, nur Straßenlaternen beleuchten die sich durchs Bild bewegenden Personen, aber eines ist klar erkennbar.

»Das ist der Typ!«, rufe ich, stehe auf und knie mich neben den Computer. »Da. Das ist der Glatzkopf.« Ich deute erneut auf den Bildschirm.

»Ja«, sagt Ozzie und hämmert auf seiner Tastatur herum. Das Bild wird größer, als zoome die Kamera der Drohne heran.

»Wow!«, staune ich. »Das ist ja mal cool.«

»Nicht annähernd so cool wie das, was du gleich sehen wirst.« Er wirft mir ein flüchtiges, heiteres Lächeln zu und schaltet dann auf ein anderes Fenster um. Zu seiner Rechten befindet sich auf meinem Schreibtisch ein Joystick, der mir bisher gar nicht aufgefallen und per USB mit seinem Rechner verbunden ist.

Die Finger seiner linken Hand fliegen über die Tastatur. Die Rechte hat er am Joystick. Plötzlich haben wir eine andere Ansicht des Hauses, aber es handelt sich um ein bewegtes Bild, und die Kamera bewegt sich viel schneller als die des Papageis, den ich heute in der Hand hatte.

Mir wird ein wenig schwindelig, als ich das Haus aus dieser Perspektive betrachte. »Was geht da vor sich?« Es scheint, als hätte er die Drohne von ihrem Laternenmast weg gelöst und könne sie jetzt steuern.

»Eine unserer Wanzen.«

»Wanzen?«

»Wanzen. Elektronische Geräte zum Belauschen von Gesprächen und so weiter.« Er klingt abgelenkt, weil er sich auf das konzentrieren muss, was er eigentlich tut. Die Wanze, die bisher auf das Haus zugehalten hat, fliegt jetzt an dessen Seite entlang.

»Wo soll sie hin?«

»Schau einfach zu.« Als sie einen heruntergekommenen Holzgartenzaun erreicht, hält sie inne.

Dort befinden sich mehrere Personen, die eine Art Grillparty zu feiern scheinen. Ozzie drückt die Funktionstasten seines Laptops, und plötzlich ertönen Geräusche aus seinem Computer. Partygeräusche.

»O mein Gott! Es ist wirklich eine Wanze! Wie in den Filmen!« Ich klatsche vor Begeisterung in die Hände wie ein kleines Kind. Als mir klar wird, dass ich aussehe wie Sammy, als er sich selbst auf der Toilette gratulierte, höre ich damit auf.

»Ja, nur dass das eine echte ist.« Er drückt einen weiteren Knopf. »Jetzt zeichnen wir alles auf, damit wir die Daten später analysieren können.«

»Kann ich dabei helfen?«

»Ich zähle darauf.«

Mir wird innerlich ein wenig warm. Er zählt auf mich. Cool. Hoffentlich nimmt diese Wanze etwas Gutes auf. Vorausgesetzt natürlich, sie bleibt unbemerkt. Aber ich bin nicht sicher, wie man sie übersehen könnte. Ich meine, ich kann sie feiern hören, aber das macht sie ja noch lange nicht blind.

»Werden die nicht merken, dass da eine Drohne auf ihrem Zaun hockt?«

»Die hier werden sie nicht bemerken. Sie hat die Größe einer Libelle und sieht auch ganz so aus.«

»Wow! Das ist tatsächlich ziemlich unheimlich.« Ich schaue mich im Raum um und frage mich, ob hier auch irgendwo Wanzen versteckt sind.

Er dreht den Kopf, um mich anzusehen, und nimmt gleichzeitig die Hände vom Joystick und vom Computer. »Wolltest du gerade über irgendwas mit mir reden?«

Plötzlich fällt mir das Gespräch mit meiner Schwester wieder ein, und ich wechsle von fasziniert und beeindruckt wieder zu ängstlich. »Ähhh, hehe …« Mist! Mein Gehirn und mein Mund interagieren nicht mehr.

»Alles in Ordnung?«, fragt Ozzie und schaut mich stirnrunzelnd an.

»Ja, klar, es geht mir gut.« Puh, Gott sei Dank, das Gehirn ist wieder online. Wenn ich jetzt noch meinen Blutdruck wieder in den Griff kriege, geht es mir bestens.

Ich stehe auf und weiche vor ihm zurück, bis meine Waden an die Kante eines Stuhls stoßen. In der Hoffnung, dass ich nicht so nervös aussehe, wie ich mich fühle, setze ich mich hin. »Ich habe gerade mit meiner Schwester geplaudert. Dann dachte ich, ich komme mal runter und schaue, was du so treibst.« Ich gucke auf die Uhr. »Normalerweise gehe ich nicht vor zehn ins Bett.«

»Ich auch nicht.« Er lehnt sich auf dem Bürostuhl zurück, der im Rhythmus seines leichten Schaukelns quietscht. »Ich schätze, da müssen wir noch ein paar Stunden totschlagen.« Er mustert mich von oben bis unten. Durch das Schaukeln sieht es aus, als nicke er beifällig.

Wow! Harte Nummer.

Ich kann seinem Blick nicht standhalten. Also lasse ich meinen durch den Raum schweifen. »Ja, noch ein paar Stunden oder so. Wir könnten fernsehen.« Ich zucke die Achseln. Ich bin cool. Ich bin lässig. Ich kann zwei Stunden lang mit einem heißen Typen fernsehen und meine Finger bei mir behalten. Aber ich mache mir besser Popcorn. Dann sind meine Hände beschäftigt.

»Könnten wir.« Er nickt langsam. Der Stuhl bewegt sich nicht mehr, ich weiß also, dass das Nicken diesmal Absicht ist. Es ist schwer zu sagen, aber ich habe den Eindruck, dass er ein Lächeln unterdrückt.

»Wir könnten auch … Karten spielen«, schlage ich vor.

Er hört auf zu nicken. »Ja, oder …«

Ich zucke die Achseln, und mein Mund öffnet sich und sagt: »Oder miteinander schlafen. Dann haben wir es hinter uns.«

O mein Gott! Das habe ich gerade laut gesagt! Hilfe! Jetzt bin ich geliefert!

»Das geht natürlich immer«, antwortet er genauso ruhig, wie er dem Kartenspiel zugestimmt hat.

Was zum Teufel …

Als ich ihn ansehe, lächelt er.

»Hör auf, mich so anzusehen«, sage ich etwas atemlos, denn ich bin mit meinen Nerven am Ende. Natürlich schwitze ich auch. Hoffentlich kriegt er es nicht mit.

»Wie soll ich dich denn ansehen? Du hast mir gerade ein unmoralisches Angebot gemacht.«

»Nein, hab ich nicht.« Ich runzle die Stirn, als sei er verrückt und nicht ich. Allerdings bezweifle ich, dass das sehr überzeugend ist, denn auf meiner Stirn steht ja förmlich geschrieben: »Hallo, mein Name ist DURCHGEKNALLT.« Ich wende den Blick ab, überzeugt, dass es auf den Regalen etwas sehr Interessantes geben wird, das unbedingt meiner Aufmerksamkeit bedarf.

»Möglicherweise bin ich in diesem Bereich ein wenig eingerostet, aber ich bin ziemlich sicher.«

»In welchem Bereich?« Jetzt hat er meine volle Aufmerksamkeit. Hat er mir gerade gestanden, dass auch er lange keinen Sex mehr gehabt hat? Genau wie ich? Haben wir beide eine lange Trockenperiode hinter uns?

»Im Bereich der Frauen, die sich mir an den Hals werfen.«

Ich stehe auf, Empörung dringt mir aus allen Poren. »Das habe ich überhaupt nicht getan! Wie kannst du es wagen!« Ich bin so blamiert! Gedemütigt! Das ist furchtbar! Der für mich schlimmste denkbare Fall war nicht einmal annähernd so furchtbar wie die Realität. Nichts wie weg hier!

Auch er springt auf, wirft sich auf mich und umarmt mich stürmisch, ehe ich ausweichen kann. Der Drecksack lacht.

»Ich mache doch nur Witze.« Er schmiegt sein Gesicht an meinen Hals, als ich ihm zu entkommen versuche. »Beruhige dich, Miss Mittelmaß, ehe du noch jemandem wehtust.«

»Ich werde dir wehtun, sobald du mich loslässt.« Der Ärger über seine Frotzelei lässt nach, weicht der Wärme seiner Berührung. Unsere Körper berühren einander von den Zehen- bis zu den Nasenspitzen. Natürlich werde ich ihn trotzdem ohrfeigen, aber für das, was danach passiert, kann ich nicht garantieren.

»Ach, das willst du doch nicht wirklich, oder?«

Ich stelle die Gegenwehr weitgehend ein. »Irgendwie schon.«

Er küsst die zarte Haut an meinem Hals und bricht damit meinen letzten Widerstand. »Bist du sicher?«, flüstert er.

Ich seufze vor Freude und im Eingeständnis meiner Niederlage. »Was dich angeht, bin ich mir über gar nichts sicher, Ozzie. Ernsthaft. Im Augenblick verwirrst du mich total.« Er ist ein vollkommen Fremder, aber irgendwie auch nicht. Ein riesiges Gebirge von einem Mann mit einem schrecklichen Bart, aber irgendwie auch nicht. Gefährlich, aber irgendwie auch nicht. Verflixt! Irgendwas könnte doch auch mal Sinn ergeben …

»Gut. Verwirrung mag ich«, knurrt er und knabbert an meinem Hals.

»Au! Pass doch auf.« Ich drücke gegen seine Brust und tue so, als wolle ich ihn von mir stoßen.

Aber er weiß, dass ich nur so tue. Das wissen wir beide. Außerdem werde ich aus diesem Käfig aus schieren Muskeln nur entkommen, wenn er es will. Hoffentlich wird das nicht so bald der Fall sein. Mir spuken die Worte »für immer« durch den Kopf.

Wieder küsst er mich, saugt sacht an der Stelle, wo er mich gebissen hat. Es jagt mir Schauer über den Rücken, und ich habe das Gefühl, Feuer zu fangen. Mein Körper dreht durch. Ozzie küsst sich an meinem Hals nach oben, leckt die Haut neben meinem Ohr, dann wechselt er die Richtung und arbeitet sich zu meiner Schulter hinunter. Mein Puls rast, und mein Atem geht immer schneller. In meinem BH werden meine Brustwarzen hart, und andere Teile von mir, weiter unten, schmerzen.

Er stöhnt. »Mmm, du schmeckst so gut. Ich frage mich … ob du überall so gut schmeckst.«

Jetzt stehe ich auch zwischen den Beinen in Flammen. Na toll! Wie soll ich denn jetzt noch Nein zu ihm sagen?

Seine linke Hand gleitet an meinem Rücken abwärts und umfasst meinen Hintern, drückt ihn und presst mich dann an sich. Er ist steinhart. Ich spüre seine Erregung durch alle Kleidungsschichten hindurch, und er ist dort genauso groß wie überall sonst. O mein Gott!

Ein seltsames Piepsen, das ich noch nie gehört habe, erklingt draußen im vorderen Eingangsbereich.

Ozzie erstarrt für zwei Sekunden, dann lässt er mich abrupt los. Er tritt zurück, und jede Faser seines Körpers strotzt vor Alarmbereitschaft.

Ich stehe da wie eine Schaufensterpuppe im Fenster eines Sexshops. Meine Augen bleiben noch ein paar Sekunden lang halb geschlossen, bis ich erfasse, dass er sich entfernt.

»Wa…?«

»Pssssst.« Er legt einen Finger an die Lippen und geht in den Eingangsbereich.

Ich höre auf, die sexy Schaufensterpuppe zu spielen, und folge ihm zu dem Eingabefeld an meiner Haustür. Die Zahl Acht ist rot erleuchtet. So verrückt es klingt, es sieht bedrohlich aus. Ich glaube, die Tatsache, dass sich Ozzie von meinem sexy möglichen zukünftigen Liebhaber in einen kampfbereiten Kommandosoldaten verwandelt hat, unterstreicht diesen Eindruck noch. Es ist gleichzeitig furchterregend und rattenscharf, ihn in Aktion zu erleben.

»Bleib da drin«, sagt Ozzie und zerrt mich am Handgelenk zum Bad neben der Haustür. »Geh da rein, schließ die Tür ab und komm erst wieder raus, wenn ich es dir sage.«

»Aber …?« Na schön, das ist nicht sexy. Das ist furchterregend. Ich will nicht mehr spielen.

»Mach schon! Sag mir, dass du verstanden hast, was ich gesagt habe.« Er umfasst mein Kinn und hält mein Gesicht ganz fest. Sein Blick ist so intensiv, dass ich keine Wahl habe, als zu nicken.

»Ich habe dich gehört und verstanden, was du gesagt hast«, versichere ich, so deutlich ich angesichts der Tatsache, dass er noch immer meinen Unterkiefer mit der Hand umschlossen hält, kann. »Was bedeutet das Licht auf dem Eingabefeld?«

»Jemand hat vielleicht versucht, ins Haus zu kommen.«

Mein Herz krampft. Wird wieder jemand auf mich schießen? Das wäre mir sehr unrecht. Ozzie und ich wollten doch gerade loslegen. »Warum habe ich keine Sirene gehört?«, flüstere ich quieksend.

»Weil noch niemand ins Haus eingedrungen ist. Die Acht bedeutet lediglich, dass jemand die Grundstücksgrenze überschritten hat.«

Jetzt erst fällt mir auf, dass im Vorgarten ein Außenlicht angegangen ist. Wann ist das denn installiert worden? Ich kann mich nicht erinnern, je so eines gehabt zu haben.

»Wann hat …? Seit wann habe ich …?«

»Wir haben es heute Nachmittag installiert. Ich habe Thibault gebeten, herzukommen und das System einzubauen.« Er beugt sich vor und küsst mich auf den Mund, ehe er mein Kinn loslässt und mich allein im Bad zurücklässt.

Als er weg ist, schaue ich zur Tür hinaus.

»Felix!«, flüstere ich. »Hierher!«

Felix kommt brav ins Bad, seine Krallen machen auf den Fliesen Geräusche wie winzige Steppschuhe. Sobald ich die Tür hinter mir zugemacht und uns beide eingeschlossen habe, sinke ich auf den Vorleger und verfalle in Panikstufe zehn.

Kapitel 38

Wir hören eine gefühlte Ewigkeit gar nichts. Dann schrillt plötzlich die Sirene, und ich erdrücke Felix fast vor Schreck und Panik. Er jault vor Schmerz und beißt mir in den Arm.

»Au, du kleiner Stinker!« Ich nehme ihn hoch, steige in die Badewanne und ziehe den Duschvorhang vor. Felix hat ein schlechtes Gewissen wegen des Bisses, das er dadurch zu erleichtern versucht, dass er mir den Arm ausgiebig ableckt. Wunderbar. Ich mache mich unter dem Wasserhahn so klein ich nur kann und hoffe inständig, dass Ozzie beim Versuch, mich und mein kleines Fellknäuel zu retten, nichts passiert. Ich höre mein Herz schlagen – und das von Felix.

Saharas tiefes, bedrohliches Gebell ertönt durch die Tür nebenan. Felix streckt abrupt den Kopf in die Höhe und steigt mit ein. Ich lege ihm die Hand über die Schnauze, sodass er seinem Zorn nur noch gedämpft Ausdruck verleihen kann.

»Wuff! Uff! Uff, uff, uff!«

Der kleine Mann ist gehörig angepisst, aber ich lasse unter keinen Umsränden zu, dass er hinausrennt und gegen die Wand getreten wird.

Jenny hatte recht. Felix würde versuchen, nach den Knöcheln zu schnappen, und dafür teuer bezahlen.

Nach einer gefühlten Ewigkeit, die ausreicht, um mein Shirt komplett durchzuschwitzen, übertönt Ozzies Stimme Saharas lärmende Bekundung ihrer Unzufriedenheit. Er versichert jemandem bei der Wachgesellschaft, dass alles in Ordnung ist. Dann steht er an der Badezimmertür.

»Wie lautet dein Passwort?«, fragt er.

»Wer ist da?« Ich möchte, dass Ozzie weiß, dass ich mich zumindest überzeugen würde, ehe ich auf eine Stimme reagiere. Ich bin praktisch schon Sicherheitsspezialistin.

»Ich bin's, Ozzie. Ich brauche den Code, sonst schicken die die Polizei.«

»Bist du allein oder wirst du mit einer Waffe bedroht?«

»Mach die Tür auf und vergewissere dich.«

Ozzie würde mich niemals dazu auffordern, wenn ein Verbrecher vor der Tür stünde. Ich kenne ihn noch nicht besonders gut, doch da bin ich mir sicher. Er würde für jeden aus seinem Team eine Kugel fangen, auch für mich. Ich steige aus der Badewanne und öffne die Tür einen Spalt breit. »Sahara«, sage ich gerade so laut, dass er es trotz der Sirene hören kann.

Ozzie telefoniert mit meinem Handy. »Sahara.« Er sieht bedeutsam auf mich herunter, aber ich verstehe nicht, was er mit seinem Blick sagen will. Er könnte auf Stress im Umgang mit dem, was gerade geschehen ist, aber auch auf etwas völlig anderes hindeuten. Ich kenne ihn noch nicht gut genug, um ihn zu lesen, und gerade bin ich nicht sicher, ob ich ihn je so gut kennenlernen werde.

Einen Mann wie ihn habe ich noch nie getroffen. Als er glaubte, jemand sei kurz davor, ins Haus einzudringen, hat er mich sofort ins Bad geschickt und die Sache in die Hand genommen. Er hat keine Sekunde gezögert. Ich habe mich in meinem ganzen Leben noch nie so sicher, so beschützt gefühlt. Zwar hatte ich vorher schon gedacht, mehr könne ich nicht mehr auf ihn stehen, doch ich hatte mich geirrt.

Wenn er fragen würde, dann hätte ich hier und jetzt Sex auf dem Badezimmerboden mit ihm.

»Alles klar, danke«, sagt er zu seinem Gesprächspartner. »Ich setze sie jetzt zurück. Wenn Sie heute Nacht noch einen weiteren Anruf bekommen, gehen Sie nicht davon aus, dass es sich um ein Versehen handelt.« Er nickt ein paarmal. »Danke. Bis dann.«

Er beendet das Telefonat und reicht mir das Handy.

»Was zum Teufel war das?« Ich komme auf wackeligen Knien aus meinem Versteck. Felix will runter, ich setze ihn aber vorerst nicht ab. Sahara streift um meine Beine und schnüffelt an seinen Füßen.

»Jemand hat das Grundstück betreten, wurde aber von der Sirene verscheucht.«

»Hast du wen gesehen?«

»Nein, aber ich gehe davon aus, dass es der Mann war, den du in der Bar beobachtet hast.«

»Warum? Es könnte doch genauso gut eine Katze oder ein Hund oder ein Waschbär gewesen sein.« Ich verweigere mich dem Gedanken, dass es der Gangster war. Stattdessen glaube ich lieber an einen Fehlalarm. Es gibt sicherlich eine völlig logische Erklärung dafür, dass diese dämliche Sirene angesprungen ist.

»Gibt es in deiner Gegend Waschbären, die eins zwanzig groß sind, wenn sie aufrecht stehen? Unter dieser Höhe springt das System nämlich nicht an.«

Wir befinden uns mittlerweile mitten im Wohnzimmer. Meine Empörung hat sich in Furcht verwandelt. »Nein.«

»Der Alarm geht nur los, wenn etwas Menschengroßes deine Grundstücksgrenze überschreitet. Leider weiß unser Unbekannter jetzt, dass du ein Perimeter-Alarmsystem hast – vorausgesetzt, er oder sie kennt sich mit Alarmanlagen aus.«

»Wäre das so schlimm?«

»Ja, denn jetzt kann die betreffende Person es umgehen, es hilft uns also nicht mehr.«

»Aber ich dachte, dieses System könne man nicht austricksen.« Ich klinge kläglich und kann nichts dagegen tun.

»Jemand, der kenntnisreich und entschlossen genug ist, kann jedes Alarmsystem austricksen.«

Mir fällt die Kinnlade herunter. »Oh! Das ist echt scheiße.«

»Ich wäre wirklich froh, wenn du mit zu mir kommst.«

Auf meiner Unterlippe kauend, wäge ich die Optionen ab. Plan A: Hierbleiben, Todesangst haben und dabei vielleicht auch Ozzie in Gefahr bringen … oder Plan B: Mit zu ihm gehen und in dem riesigen Lagerhaus geschützt sein. Bei den Schusswaffen, den Schwertern, den Singlesticks und diesem Bett mit der schwarzen Satinbettwäsche …

»Gut. Ich komme mit.« Na, das war doch leicht.

»Danke.« Er kommt näher und legt mir die Arme um die Taille.

»Unter einer Bedingung«, sage ich und lege ihm einen Finger auf die Brust, um ihn auf Abstand zu halten.

»Die wäre?«

Mir fällt dummerweise keine ein. Ich würde gerne sagen, dass er mich nicht durch Tricks dazu bringen darf, mit ihm zu schlafen, aber dann würde ich mich eigenhändig ins sexuelle Fegefeuer werfen. Ozzie täglich sehen, ihn aber nicht berühren dürfen? Nein, danke. Außerdem bräuchte er ja gar keine Tricks anzuwenden, damit ich mit ihm schlafe. Ich habe es ihm ja schon vorgeschlagen, wie er vorhin so unverblümt angemerkt hat.

»Du musst mir was kochen«, sage ich rasch, um nicht völlig dumm dazustehen. »Ich kann überhaupt nicht kochen, du hingegen umso besser.«

»Abgemacht.«

»Außerdem …!« Ich halte ihm einen Finger auf Kinnhöhe ins Gesicht.

Seine Augen funkeln. »Was noch?«

»Außerdem musst du mir beibringen, wie man diesen Singlestick benutzt.«

»Das könnte auch Dev tun.«

»Aber ich will es von dir lernen.«

»Gut, einverstanden. Ich werde dir beibringen, wie man den Singlestick benutzt.«

»Außerdem …« Ich lege ihm sanft die Hand auf die Wange.

Seine Stimme ist kaum mehr als ein Flüstern. »Ja?« Er lächelt.

»Ich will nicht, dass du dir falsche Hoffnungen machst.« Zack! Ich habe es gesagt. Meine schlimmste Angst hängt nun zwischen uns in der Luft. Ich bin eine Niete im Bett. Das haben mir drei verschiedene Männer bescheinigt, deshalb glaube ich es. Außerdem gerate ich beim Sex auch nie in die ekstatische Verzückung, die Frauen in Zeitschriften und auf Blogs beschreiben, was mich nur noch mehr in meiner Haltung bestätigt. Manche Frauen sind Tigerinnen im Bett, ich hingegen bin eher wie ein kleines, schwaches Kätzchen. Ich bemühe mich redlich. Ich versage nur trotzdem.

In Wahrheit ist das Furchterregendste in meinem Leben nicht ein potenzieller Mörder, der da draußen vielleicht darauf lauert, mich abzuknallen. Das Furchterregendste ist vielmehr, dass ich für den Rest meines Lebens zu mittelmäßigem Sex verdammt bin und einen Mann werde finden müssen, der sich damit für den Rest seines Lebens zufriedengibt. Ja, möglicherweise sind meine Prioritäten ein bisschen schräg, aber schlecht im Bett zu sein kann sich ganz schön verheerend anfühlen.

Ich fahre mit meiner Beichte fort: »Ich bin nicht gut im Bett, und ich möchte nicht, dass du hinterher enttäuscht bist, deshalb sage ich es lieber gleich. Offene Karten.«

Er lächelt immer noch.

»Das ist kein Witz, Ozzie. Es ist mein Ernst. Ich bin schlecht im Bett.«

Sobald ich die Worte ausgesprochen habe, hasse ich mich selbst dafür. *Bist du eigentlich völlig bekloppt, May?*

Reiß dich zusammen! Sofort! »Haha! Ich meine, ich bin nicht talentiert im Bett. Keine Granate. Sondern eher mies. Aber ich bemühe mich. Ich bemühe mich wirklich.« Mir fällt die Kinnlade herunter, als mir klar wird, dass ich gerade praktisch dafür gesorgt habe, dass mein Bett jedes Mal leer bleibt, wenn er in der Stadt ist. Er wird auf keinen Fall mit jemandem zusammen sein wollen, der so doof ist wie ich.

Ozzie beugt sich wortlos zu mir herunter und küsst mich.

Zuerst langsam und dann dringlicher streichen seine Lippen über meine. Wir scheinen auf wundersame Weise perfekt zusammenzupassen. Als er seine Lippen nach rechts bewegt, um den Kuss zu intensivieren, lege ich den Kopf nach links schief, und es funktioniert wie Magie. Seine Zunge berührt meine. Sie ist groß, genau wie der Rest von ihm. Heiß. Feucht. Glatt.

Oje …

Ein sanftes Kribbeln macht sich in mir breit, als stünde ich unter Strom. Ich schmiege mich an ihn, will ihm noch näher sein. Er zieht mich zu sich, und ich liebe es, wie sich seine harten Muskeln in meine weicheren Körperteile pressen. Es hat so sein sollen. Es muss so sein. Es fühlt sich zu gut an, als dass es anders sein könnte.

Er legt die Hände auf meine Hüfte, wo sie ein Weilchen reglos verharren, während unsere Zungen miteinander spielen. Er klemmt meine sanft mit den Zähnen ein, und ich kichere und entziehe sie ihm. Dann presst er die Hüften gegen meine, und ich spüre wieder seine harte Erektion. Er legt den Kopf in den Nacken und lächelt auf mich herab.

»Wer so küsst wie du, kann gar nicht schlecht im Bett sein.«

Ich lächle verlegen und ertrinke förmlich in seinen lieben Worten und dem vielversprechenden Blick. »Du bist nur nett.«

»Nein, ich bin nur total geil auf dich und freue mich wirklich darauf, endlich in dir zu sein.« Er gibt mir einen kräftigen Klaps auf den Po und weicht zurück. »Aber das muss warten. Erst die Arbeit, dann das Vergnügen.«

Ich stehe wie vom Blitz getroffen mitten in meinem Wohnzimmer. Mein Höschen ist feucht, mein Körper vibriert vor ungestillter Leidenschaft, und meine Gedanken rennen schreiend im Kreis. Was ist da gerade passiert? Er will in mir sein? Halleluja, Baby, heute Nacht werde ich flachgelegt!

Allein der Gedanke daran stürzt mich wieder in Panik.

Er bekommt natürlich von dem Chaos in meinem Kopf nichts mit, weil er wahrscheinlich im ganzen Leben noch keine Nanosekunde an sich gezweifelt hat.

Seine Stimme klingt wie die eines Ausbilders beim Militär. »Komm schon! Hopp, hopp! Jetzt mal Tempo hier! Wir müssen packen.« Er ist schon halb die Treppe hoch.

Ich schaue zu den Hunden hinüber. Sie schlafen beide. Sie haben beide absolut keine Ahnung, dass ein Typ, der früher den schrecklichsten Bart der Welt hatte, jetzt aber aussieht, als sei er den heißesten, erotischsten, feuchtesten Träumen aller Zeiten entsprungen, gerade meine Welt auf den Kopf gestellt und von innen nach außen gekehrt hat.

Im nächsten Leben möchte ich als Hund wiedergeboren werden. Ich glaube, das würde mein Leben signifikant erleichtern.

Ich seufze und folge Ozzie. Noch ehe ich mein Zimmer erreiche, höre ich ihn Schubladen öffnen.

Ich bekomme endgültig das Gefühl, vollkommen die Kontrolle verloren zu haben, als ich ins Schlafzimmer gehe und einen bereits halb mit meinen Sachen gepackten Koffer auf dem Bett liegen sehe.

»Bist du sicher, dass wir das Richtige tun?«, frage ich, an den Türrahmen gelehnt. Nun, da ich nicht mehr in seinen Armen liege, wird mir klarer, worauf ich mich da gerade einlasse. Es könnte für uns beide ziemlich übel ausgehen. Als er mich diesmal geküsst hat, habe ich es im Herzen gespürt. Jenny hat zwar recht – Herzen heilen –, aber es tut verdammt weh, wenn sie gebrochen werden.

»Ja. Hol aus dem Bad, was du brauchst. Ich gehe so lange aufs Gästeklo. Wir brechen auf, sobald sich die Hunde kurz im Garten ausgetobt haben.«

Ich streife durchs Badezimmer und hoffe sehr, dass die Schicksalsgöttinnen wissen, was sie tun, denn ich habe rein gar nichts mehr im Griff.

Kapitel 39

Im Hafen ist es ruhig, zumindest so ruhig, wie es im Hafen von New Orleans eben sein kann. Selbst mitten in der Nacht ist er geschäftig, es sind Leute unterwegs, Lieferungen treffen ein, Schiffe legen ab, und es werden Geschäfte gemacht. Wir erreichen das Lagerhaus, aber ich steige erst aus, nachdem sich das Tor mit einem dumpfen Knall hinter uns geschlossen hat.

Ozzie macht mithilfe eines Eingabefeldes neben der Haupttür einen Alarm scharf, ehe er zu meinem Auto herüberkommt und mein Gepäck auslädt. Es sind drei Packstücke, darunter eine kleine Tasche für Felix' Spielzeug und Näpfe. Mein Fellbaby springt aus dem Auto und rennt zu Sahara. Sie erklimmen vor uns her die Treppe zu Ozzies Zuhause.

»Du nimmst mein Schlafzimmer und ich das Feldbett in der Küche.«

Seufzend diskutiere ich im Kopf den ganzen Plan mit mir selbst noch einmal durch. Hier wohnen zu müssen verkompliziert eine bereits viel zu komplizierte Situation noch weiter. Ich hasse die Tatsache, dass das meine Schuld ist.

»Du solltest in deinem Bett schlafen. Ich habe kein Problem mit dem Feldbett.«

»Tut mir leid, aber das kommt nicht infrage. Das ist meine Entscheidung.«

»Aha? Entscheiden wir abwechselnd?« Wir sind oben an der Treppe angekommen, und ich gebe den Code ein, den mir Ozzie nennt, um uns Zugang zu verschaffen. Das Schloss klickt, und ich öffne die Tür. Felix und Sahara drängen sich zuerst hinein. Ich halte sie Ozzie, der mit meinen drei Taschen beladen ist, auf. Manchmal sind diese Muskeln echt nützlich. Tatsächlich finde ich es ziemlich beeindruckend, dass sie nicht nur zu Imponierzwecken da sind. Ich glaube, er könnte mich hochheben. Irgendwie geht mir die Frage nicht aus dem Kopf, ob sie wohl im Bett irgendeinen Unterschied ausmachen. Der letzte Typ, mit dem ich zusammen war, wog fast so wenig wie ich. Jenny nannte ihn den *Zweig*.

»Nein«, sagt Ozzie und durchquert den Raum der Schwerter. »Du kannst alle Entscheidungen treffen, es sei denn, ich bin der Auffassung, wir müssen etwas unbedingt auf meine Weise erledigen.«

Ich lächle. »Damit kann ich leben. Solange du nicht mehr als fünfzig Prozent der Zeit darauf bestehst, Dinge auf deine Art und Weise zu tun.«

Als Antwort brummt er.

Auf dem Weg den Korridor entlang merke ich, wie ich immer langsamer werde. Das hier ist seine Domäne, nicht meine. Seine Firma, sein Zuhause, sogar seine Küche. Was tue ich hier? Wird er mich hassen, wenn er mit Rückenschmerzen vom Feldbett aufwacht? Nutze ich seine Gastfreundschaft, sein Bedürfnis, für seine Angestellten zu sorgen, aus?

Er stellt mein Gepäck vor dem Bett ab. »Ich kann ein paar Schubladen ausräumen, damit du nicht aus dem Koffer leben musst.« Er geht zu einer mannshohen Kommode hinüber. »Ich weiß, zwei reichen nicht, aber ich kann hier drin auch eine Kleiderstange freimachen, damit du Dinge aufhängen kannst.«

Ich gehe zu ihm hinüber und lege ihm die Hand auf den Arm. »Ozzie, hör auf.« Mit flehendem Blick sehe ich zu ihm auf.

Er lässt die Hände sinken. »Womit?«

»Mit all dem hier. Damit, dich um mich zu kümmern, indem du dich aus deinem eigenen Zimmer rauswirfst.«

Seine Stimme wird sehr sanft, sehr ruhig. »Tut mir leid, May, aber ich werde nicht aufhören. Das kann ich nicht.«

Frustriert über die Situation stampfe ich mit dem Fuß auf. »Warum?« Das wird unsere gesamte Beziehung beziehungsweise jede Chance auf eine Beziehung, die wir haben, ruinieren. Es ist so was von unfair!

Er nimmt eine meiner Hände bei den Fingern und schüttelt sie ein wenig. »Du machst dir völlig unnötig einen Kopf. Ich habe mehr Nächte auf dem Boden verbracht, als mir lieb ist. Da stellt dieses Feldbett eine echte Verbesserung dar.« Über die Schulter wirft er einen Blick auf sein Bett. »Diese Matratze ist sowieso viel zu weich. Du tust mir einen Gefallen.«

»Das sagst du nur, damit ich hier schlafe.«

Er nimmt mich in die Arme und legt das Kinn auf meinen Kopf. Ich versuche, die Arme um seine obere Rückenpartie zu schlingen, doch es gelingt mir nicht. Er hat zu breite Schultern. Also begnüge ich mich mit seiner Taille, die viel schmaler ist. Jetzt kann ich ihn meinerseits richtig in den Arm nehmen. Ich drücke ihn so fest an mich, wie ich kann.

»Du bist einfach zu nett«, sage ich traurig. »Ich habe Angst, das könnte alles kaputtmachen.«

»Ich mache doch nichts kaputt, indem ich dich so behandle, wie es dir zusteht.« Er löst sich von mir und schaut auf mich herab. »Gehörst du zu den Frauen, die aus einer toxischen Beziehung kommen, in der man ihr erzählt hat, sie sei wertlos oder so?«

Ich schüttle den Kopf. »Nein. Ich hatte bisher erst wenige Beziehungen, und all meine Freunde waren ziemlich nett. Nur …« – ich zucke die Achseln – »der Richtige war eben nicht dabei.«

Er umarmt mich wieder, als genieße er es, einfach mitten in seinem Schlafzimmer zu stehen und lediglich zu versuchen, mir ein gutes Gefühl zu geben. Ich liebe die Kraft, die ich in ihm spüre, nicht nur in seinen Muskeln, sondern auch in seiner Denkweise und seiner Herzensgüte. Dass Ozzie eine Sicherheitsfirma besitzt, fühlt sich total logisch an. Ich fühle mich in seinen Armen uneingeschränkt sicher. Beschützt. Sogar geliebt.

»Ich kann dir nur versprechen, dass du bei mir sicher bist«, versichert er mit rauer Stimme.

Er geht davon aus, dass meine einzige Furcht dem Mann gilt, der bei Frankie's auf uns geschossen hat. Zum Teil hat er ja auch recht. Ich habe Angst vor diesem Mann. Aber das ist nicht das Einzige, das mir Sorgen bereitet. Jenny nennt mich weichherzig, und ich kann ihr da nicht widersprechen.

»Aber was ist, wenn die Gefahr von dir ausgeht?«, antworte ich flüsternd. Ich spüre ein Stechen in der Brust, als ich mir vorstelle, mich in ihn zu verlieben und dann sitzen gelassen zu werden. Es ist schon schwer genug, sich auf eine echte Beziehung einzulassen, aber das Risiko einzugehen und dann auf die Schnauze zu fallen? Ich müsste bei meiner Schwester einziehen, damit sie sich für den Rest meines Lebens um mich kümmert. So hart würde mich das treffen.

»Du hast von mir nichts zu befürchten, versprochen.«

»Ich habe keine Angst, verletzt zu werden«, sage ich kleinlaut. »Ich habe Angst, kaputt zu gehen.«

Er lässt mich los. Ich deute das als Zurückweisung, und sofort kommt der Schmerz, doch als er mich hochhebt wie ein Baby, verfliegt er wieder.

»Wie wäre es, wenn wir jetzt ins Bett gehen und uns über die Dinge, die möglicherweise nie passieren werden, morgen Gedanken machen?«

Mit dem Ellbogen löscht er das Licht. Jetzt ist nur noch eine Nachttischlampe an, deren schwacher Schein den Raum in eine Art Halbdunkel taucht. Es ist diese sexy Lichtstimmung, in der ich nackt richtig gut aussehe, zumindest so gut, wie es mir ohne Klamotten möglich ist. *Großartig.*

Ich strecke die Hand aus und lasse sie über seine Brust gleiten. »Klingt gut.« Ich hebe den Kopf, er senkt seinen, und wir küssen uns.

Aber der Kuss endet viel schneller, als ich gehofft habe. Ich habe keine Zeit, zu erfassen, woran das liegt, denn ich fliege verwirrt und durcheinander durch die Luft, als er mich einfach aufs Bett wirft.

Ich fliege! Oh mein Gott! Werde ich sterben?

Puff! Ich lande mit dem Rücken auf der Matratze und pralle einmal wieder hoch, ehe ich mitten auf dem Bett liegen bleibe. Während mein Gehirn verarbeitet, was gerade passiert ist, starre ich an die Decke.

O mein Gott … er hat mich tatsächlich aufs Bett geworfen!

»Warte hier auf mich. Ich bin gleich wieder da.« Er grinst mich an und eilt aus dem Zimmer.

»Ozzie!«, kreische ich und versuche, nach dieser Nahtoderfahrung wieder zu Atem zu kommen. Ich drehe den Kopf hin und her. Hurra, ich lebe noch. Es ist nichts gebrochen. Ich bin ein bisschen atemlos, aber das gibt sich schon wieder. Beim ersten Aufprall auf das Bett bin ich über einen Meter in die Luft katapultiert worden. Was zum Teufel …?

»Dafür bringe ich dich um!« Ich sehe mich im Zimmer nach einer Waffe um und schwöre mir, sie einzusetzen. Er ist trainiert, kann sich wehren. Wenn er mich gewinnen lässt, ist das sein Problem.

Sein warmes Kichern erklingt aus der Küche, und statt Rachepläne zu schmieden, rutsche ich ein Stück nach oben, lehne mich gegen die Kissen und frage mich, was er jetzt wieder vorhat. Ich habe das Gefühl, es wird mir sehr gefallen und kann ein Grinsen nicht unterdrücken. Mit ihm zusammen zu sein ist wie ein Besuch in einem verrückten Vergnügungspark. Ich weiß nie, was als Nächstes passiert, aber es macht immer Spaß.

Kapitel 40

Ich höre Gläser klirren, ehe er wieder um die Ecke kommt. In einer Hand hat er eine Flasche, in der anderen zwei hohe Champagnerflöten.

»Den hatte ich eigentlich für meinen nächsten Geburtstag aufgehoben, aber ich denke, er wäre jetzt angebracht.«

Ich setze mich langsam auf, etwas benommen von dem, was ich da sehe. Ozzie ist sonst immer so reserviert. Diese enthusiastische, fröhliche Seite von ihm habe ich bisher noch nicht kennengelernt. Es fällt mir schwer, mir vorzustellen, dass ein anderes Mitglied des Teams sie kennt. Mir wird im Inneren ganz warm bei der Vorstellung, dass er nur im Umgang mit mir so ist. Ich glaube, er mag mich wirklich. Ein albernes Lächeln macht sich auf meinem Gesicht breit.

Er stellt die Gläser auf seinen Nachttisch und löst das Drahtgeflecht über dem Korken. »Ich hoffe, du magst Champagner.«

Ich lasse die Beine aus dem Bett baumeln. »Ja. Ich trinke aber nur sehr selten welchen.«

»Ich habe einen Freund, der einen Weinberg in Frankreich besitzt. Er schickt mir jedes Jahr ein paar Kisten.«

»Toller Freund.«

»Wir haben für ihn gearbeitet.«

»Was braucht denn ein Winzer von einer Sicherheitsfirma?«

»Oh, seine Firma hat dem Präsidenten ein paar seltene Jahrgänge geschickt. Wir haben dafür gesorgt, dass sie unbeschädigt angekommen sind.«

»Dem Präsidenten? Etwa dem Präsidenten der Vereinigten Staaten?«

»Genau dem.«

»Wow! Das ist ja … Wahnsinn.«

Der Korken löst sich und schießt durch den Raum, was mich von Ozzies beeindruckender Kundenliste ablenkt. Ich sehe ihn erst wieder, als er von der Wand abprallt und zu Boden fällt. Felix schaut zur Tür herein und entdeckt den Korken sofort. Er schnappt ihn sich und verschwindet wieder. Das bedeutet, ich werde später irgendwo in Ozzies Heim Korkenschnipsel auflesen müssen. *Seufz.* Wenigstens ist der kleine Lümmel auf diese Weise eine Weile glücklich beschäftigt.

Ozzie füllt ein Glas und reicht es mir, als der Schaum sich einigermaßen gesetzt hat. Als das zweite Glas voll ist, stellt er die Flasche auf den Couchtisch und hebt seine Flöte. »Auf Neuanfänge.«

Ich hebe mein Glas und frage mich, ob wir auf meinen neuen Job oder meinen Status als seine Mitbewohnerin trinken.

»Neuanfänge«, sage ich leise und bemühe mich, sein Glas beim Anstoßen nicht zu hart zu treffen. In meiner nervlichen Verfassung würde ich es mir zutrauen, beide Gläser zu zerschlagen.

Der erste Schluck steigt mir in die Nase. Ich niese ziemlich unflätig.

Er lächelt. »Du magst ihn.«

»Ja, ja.« Ich wische mir die Nase ab, damit sie aufhört zu kitzeln. Als ich versuche, das nächste Niesen zu unterdrücken, steigen mir Tränen in die Augen.

»Er ist ziemlich trocken.«

Ich nehme noch einen Schluck und nicke. »Ja, ziemlich, aber ich mag ihn so.« Jetzt, wo ich nicht mehr niesen muss, kann ich den Geschmack auch würdigen. »Es ist, als trinke man Feuerwerkskörper.« Ich lächle.

»Der Gedanke ist mir nie gekommen.« Er trinkt sein Glas aus und behält die Flüssigkeit für ein paar Sekunden im Mund. Anschließend legt er den Kopf zuerst nach links, dann nach rechts, schluckt und nickt. »Du hast recht. Genau wie Feuerwerkskörper.«

Wir trinken beide ein zweites Glas und sehen uns dabei nicht in die Augen. Je mehr Zeit vergeht, desto unangenehmer wird die Situation.

»Also«, sagt er und stellt sein Glas auf den Nachttisch. »Möchtest du fernsehen?«

Die Art, wie er das sagt, signalisiert mir, dass er die Frage nicht ernst meint. Er will wissen, ob ich diese andere Sache tun möchte, über die wir gesprochen haben, ehe der Eindringling auf meinem Grundstück den Alarm ausgelöst hat.

Vorsichtig stelle ich mein Glas ab und hoffe, dass meine Hand nicht zu sehr zittert. »Ich weiß nicht. Vielleicht. Läuft denn was Gutes?«

Er schüttelt ganz langsam den Kopf. »Nein. Es läuft nichts Gutes.«

»Wir könnten uns einen Film ausleihen«, necke ich ihn. Ich will sehen, wie er darauf reagiert.

»Könnten wir. Aber es gibt gerade keine guten Filme.«

»Nein?« Ich versuche, nicht zu lächeln.

»Nein. Nicht einen einzigen.« Er tritt ein paar Schritte zurück und öffnet langsam seinen Gürtel.

Panik macht sich in meiner Brust, in meiner Kehle breit und nimmt mir den Atem.

»Was machst du denn da?«, flüstere ich erstickt. Mehr bringe ich gerade nicht zustande.

»Ich lege meinen Gürtel ab.«

»Oh!« Ich nicke. Natürlich. Wie dumm von mir.

Nachdem der Gürtel auf dem Boden gelandet ist, zieht er den Saum seines Shirts aus dem Hosenbund.

Ich habe einen Kloß im Hals. »Was wird das denn jetzt?«

»Ich ziehe mein Shirt aus.« Mit geübten Bewegungen zieht er es über den Kopf und dann über einen Arm aus und wirft es auf den Boden neben seinen Gürtel.

Ich keuche vor Bewunderung, als ich all die Muskeln sehe. Heilige Scheiße, das Shirt hat viel mehr verdeckt, als ich für möglich gehalten hätte. Sein Körper ist wie gemeißelt. Er sieht aus wie aus einem Werbevideo für ein Fitnessstudio.

Definierte Bauchmuskeln, definierte Brustmuskeln, ein definierter, dreieckiger Muskel, der vorn in seiner Hose verschwindet.

O mein Gott, er zieht die Hose aus!

»Warte!«, rufe ich und strecke die Hand wie zu einem Stoppzeichen aus.

Er hält inne, die Hand am Hosenknopf. »Soll ich aufhören?« Er hebt die rechte Braue, und ein Mundwinkel verzieht sich zu einem tückischen Grinsen.

»Ja. Hör auf. Sofort.«

Er lässt die Hände locker herabhängen. Langsam verschwindet auch sein Grinsen.

Ich falte die Hände im Schoß und presse die Lippen aufeinander. Ich muss aufpassen, dass ich nichts Falsches sage. Bevor ich auch nur ein Wort äußere, muss ich in meinem Kopf alles genau sortieren. Ich will ihn unbedingt nackt sehen. Aber ich bin nicht sicher, ob ich zu mehr bereit bin, und es kommt mir unfair vor, ihn anzugaffen und mich dann nicht angemessen dafür zu bedanken.

»Geht dir das zu schnell?«, fragt er.

»Könnte man so sagen.«

»Soll ich mein Shirt wieder anziehen?«

»Nein, lieber nicht.« Ich zucke ob meiner eigenen Ehrlichkeit zusammen. Ich bin ja so was von schräg. Ich bin Voyeurin.

Er lächelt. »Aber meine Hose soll ich anlassen.«

»Ich glaube, das wäre erst mal eine gute Idee.«

Er nickt. »Okay. Damit komme ich klar.« Er geht zu seinem Schreibtisch.

»Was machst du denn jetzt?« Meine Nerven sind zum Zerreißen gespannt. Ich will ihn, habe aber Angst, mit ihm zu schlafen.

Madonnas bekanntester Hit geht mir durch den Kopf, allerdings leicht schief: »Like a Virgin«. Ja. Genauso fühle ich mich. Wie eine Jungfrau. Wie kann das sein, wenn ich schon mindestens zwanzigmal Sex hatte, wahrscheinlich eher häufiger, ich habe nicht mitgezählt? Aber es ist so. *Touched for the very first tiiiimmme …*«

Er öffnet eine Schreibtischschublade und entnimmt ihr etwas, das klein genug ist, um in seine Hand zu passen.

Das muss ein Kondom sein. Was sollte er sonst zum Bett bringen, wo ich wie eine Jungfrau, die eigentlich keine mehr ist, auf ihn warte?

»Wir können nicht fernsehen, wir können keinen Sex haben, dann spielen wir eben Karten«, sagt er, klettert auf allen vieren aufs Bett und krabbelt bis in die Mitte. Dort setzt er sich und zieht die Beine an.

Ich sehe zu, wie er ein Kartenspiel aus der Schachtel nimmt und es mischt.

Unwillkürlich lache ich auf. »Das ist nicht dein Ernst.«

»Warum nicht?« Zwinkernd schaut er zu mir auf. »Angst?«

»Wer, ich? May ›Kartenhai‹ Wexler? Wohl kaum.« Ich drehe mich um und rutsche in die Mitte des Bettes, zu den Kissen. Dann setze ich mich im Schneidersitz hin. Damit komme ich klar. »Was willst du spielen? Poker? Siebzehn und vier?«

»Wir fangen mal mit Poker an.«

»Ausgezeichnet.« Ich reibe mir die Hände, dankbar, dass der Druck fürs Erste etwas nachgelassen hat.

Vielleicht wird es mir leichterfallen, mit ihm zu schlafen, wenn wir eine Weile gespielt und miteinander gescherzt haben.

Er grinst eindeutig schlitzohrig. »Wir spielen mit sieben Karten, Joker bleiben im Spiel. Der Verlierer muss ein Kleidungsstück ausziehen.«

Vielleicht wird es mir auch nicht leichterfallen. Ich schätze, wir werden es herausfinden.

Kapitel 41

Ich verliere die erste Runde und meine Schuhe. Er verliert die nächsten drei Runden und trägt jetzt nur noch seine Unterhose. Es handelt sich um Boxershorts, natürlich schwarze. Mit auf die Knie gestützten Ellbogen hält er seine Karten hoch. Sein Blick ruht auf mir. »Wie sieht's aus, May ›Kartenhai‹ Wexler? Willst du Karten?«

Ich habe zwei Dreier. Sonst nichts. Außerdem schwitze ich, denn wenn ich diese Runde verliere, muss ich mein Oberteil oder meine Hose ausziehen. Er hat mir schon untersagt, die Ohrringe abzulegen. Nur Kleidung, lautet die Regel.

»Hmm, ja. Ich nehme vier.«

Er kichert und gibt mir die vier obersten Karten vom Stapel. »Oje, May. Ich glaube, du hast ein Problem.«

Lächelnd betrachte ich die Karten, die er mir gegeben hat. »Vielleicht. Vielleicht auch nicht.« Es ist ein reiner Bluff. Ich weiß, dieses Dreierpärchen mit zehn hoch bringt gar nichts. Ich kann nur hoffen, ihn zum Aussteigen zu bringen. Wer aussteigt, muss nichts ausziehen.

»Ich nehme eine«, sagt er, legt eine Karte ab und zieht eine neue.

Eine Karte. O Scheiße!

»Wie sieht's aus?«, fragt er. »Bereit für den Showdown?«

Ich kriege rote Ohren. Showdown? Noch nicht.

»Ich steige nicht aus, das ist mal klar. Aber vielleicht solltest du es tun. Wenn du noch mal verlierst, bist du splitternackt.«

»Vielleicht möchte ich das ja.« Er zwinkert mir zu.

Ich runzle die Stirn. »Hast du absichtlich verloren?«

»Wer, ich?« Er runzelt übertrieben die Stirn. »Mach dich nicht lächerlich. Ich bin viel zu ehrgeizig, um absichtlich zu verlieren.«

Oder zu ritterlich. Ich versuche, die zurückliegenden Runden im Kopf noch einmal durchzugehen. Hat er gute Karten gegen schlechte ausgetauscht? Ich habe nicht aufgepasst, und jetzt ist es zu spät, mir diese Frage zu stellen. Verdammt! Dabei habe ich gedacht, ich sei echt ein Kartenhai, während ich in Wirklichkeit vermutlich nur eine Jungfrau war, die eigentlich keine mehr ist und gerne ein Kartenhai wäre. *Verdammt, verdammt!*

Er zeigt mir seine Karten. »Sieh und weine.« Er hat ein Full House.

Langsam decke ich auch meine Karten auf. »Dreierpärchen, auch als totaler Mist bekannt.«

Er beugt sich vor und greift nach dem obersten Knopf meines Oberteils.

»Was machst du da?«

»Ich helfe dir.« Er öffnet den ersten Knopf.

Ich schlage ihm auf die Finger. »He! Was ist, wenn ich die Hose zuerst ausziehen wollte?« Ich habe das Gefühl, wegen dieser blöden Karten gleich einen Herzanfall zu kriegen. Wir werden in Kürze beide nackt sein, und dafür bin ich noch nicht bereit!

Er lehnt sich zurück. »Dann zieh deine Hose aus, wenn es dir lieber ist.« Er lehnt sich zurück, stützt sich auf die Hände und grinst. »Ich warte einfach hier. Dann bist du die Geberin.«

»Ich weiß«, sage ich genervt. Dann stehe ich auf, knöpfe zuerst mein Oberteil bis ganz oben wieder zu und öffne dann meinen Hosenknopf.

»Angst?«, fragt er. Er lächelt jetzt nicht mehr.

»Nein.«

»Lügnerin.«

Ich seufze. »Ja, das war gelogen. Ich habe Angst.« Ich lasse trotzdem die Hose fallen. Spielschulden sind Ehrenschulden. Ich habe die letzte Runde verloren.

»Wir können jederzeit aufhören.« Er lässt sich auf den Rücken fallen und redet mit der Decke. »Ich habe sowieso keine Lust mehr auf Kartenspielen.«

Ich frage mich, ob er sich noch immer wie ein Gentleman benimmt oder einfach nicht so scharf darauf ist, mich nackt zu sehen. Dieser Gedanke sollte eigentlich erleichternd sein, macht mich aber vielmehr traurig. Ich hoffe, ich habe es mir nicht mit ihm verdorben.

»Was möchtest du stattdessen tun?«, erkundige ich mich.

»Wir könnten fernsehen.«

»Du hast gesagt, es läuft nichts Gutes!« Ich tue empört, bin aber in Wirklichkeit glücklich. Es freut mich, dass er Strippoker mit mir spielen wollte. Das ist ein Kompliment, oder? Außerdem lächelt er, die Dinge zwischen uns können also so schlecht nicht stehen.

»Ich habe gelogen. Komm.« Er macht einen Purzelbaum rückwärts vom Bett und verlässt das Zimmer.

»Warte auf mich!« Nur in T-Shirt und Unterwäsche renne ich hinter ihm her.

Er wartet auf der Couch auf mich, der Fernseher ist schon an. Die Hunde haben sich in einem riesigen Hundekorb am Boden auf der anderen Seite der Couch zusammengerollt. Sahara schnarcht. Felix schläft auf dem Rücken, die Füße in die Luft gereckt. Ich bin versucht, ihn hochzuheben, lasse es aber.

Er wird die ganze Nacht so schlafen, und ich möchte sowieso gerade lieber bei Ozzie sein.

»›Modern Family‹. Saukomisch.« Er richtet die Fernbedienung auf den an der Wand angebrachten Fernseher und schaltet um. Ich sehe die vertrauten Gesichter von Claire und Phil.

»Du kommst mir nicht vor wie jemand, der ›Modern Family‹ schaut«, sage ich und lasse mich neben ihm auf der Couch nieder. Ich sitze ziemlich am Rand, er in der Mitte. Auf dem Ding hätten wahrscheinlich sechs Personen Platz.

Er legt den Kopf in meinen Schoß, als sei es das Normalste von der Welt, dass wir beide halb nackt im Raum der Schwerter eine Sitcom schauen. Offenbar ist in meinem Leben der Wahnsinn inzwischen Normalzustand.

Statt etwas zu überanalysieren, das sich jeder Analyse entzieht, lehne ich mich zurück und schaue mir die Folge an. Meine Hände finden den Weg zu seinem Kopf, den ich kraule. Sacht streichle ich seine Schläfe und seine Wange und spiele mit seinen Ohren. Sie sind weich, während andere Teile von ihm überaus hart sind. Als er lacht, bebt die gesamte Couch. Wenn er sich diese alberne Sendung ansieht, ist er bezaubernd und einfach hinreißend.

Es ist definitiv meine neue Lieblingssendung.

Irgendwann in der ersten Hälfte der Folge schiebt er die Hand unter meinen Oberschenkel. Etwas später wandert die andere hinter meinen Rücken. Das wirkt nicht besonders bequem, aber in der Werbepause stelle ich fest, wie gut es uns beiden tun kann. Er dreht sich auf den Rücken und zieht die Hand unter meinem Oberschenkel hervor. Sie wandert zum Kragenknopf meines Shirts.

Ich tue, als sei ich ganz fasziniert von den hervorragenden Reinigungseigenschaften des Fleckentferners in der Fernsehwerbung, während er drei Knöpfe öffnet, sodass der

Saum meines BHs sichtbar wird. Dann lache ich über einen Werbespot, in dem ein kleiner Hund eine Katze verfolgt, die sein Spielzeug geklaut hat, kann die Scharade aber nicht aufrechterhalten, als er meinen BH-Träger herunterstreift und mit der Hand meine Brust umschließt.

Ich neige den Kopf und starre ihm in die Augen. Er ist jetzt ganz ernst.

»Ich mag es, wenn du auf meiner Couch bist«, stellt er fest.

»Hast du keine Angst, es könnte jemand vom Team hereinkommen?«

»Nein. Ich habe eine Alarmanlage, erinnerst du dich?« Er schaut hinüber zum Korridor, der zur Außentür führt. »Ich habe das Schloss blockiert. Hier kommt niemand rein.«

»Nicht mal mit dem Code?«

»Nicht mal mit dem Code. Du könntest hier nackt rumrennen, ohne dass es jemand mitbekommt.«

Bei der Vorstellung kriege ich rote Ohren. »Du würdest es mitbekommen.«

»Aber ich würde es niemandem verraten.« Er zieht mich zu sich herunter und küsst mich auf den Mund, seine Zunge tastet nach meiner. Es ist nicht die bequemste Stellung der Welt, aber es fühlt sich total heiß an. Es ist ihm gelungen, mich halb auszuziehen, ohne dass ich mir deswegen einen Kopf mache. Ich sehe seine Erektion in seinen Boxershorts, was mir verrät, dass ich nur ein Wort sagen müsste, und er würde sich auf mich stürzen. Stattdessen lässt er mich los und schaut mich an.

Wartet auf meine Reaktion.

»Ich bin nicht mehr so nervös wie vorhin«, sage ich. Er soll begreifen, dass ich zu schätzen weiß, was er tut.

»Gut. Willst du Popcorn?« Er setzt sich auf.

Ich runzle die Stirn. »Möchtest du welches?«

Er zuckt die Achseln. »Eigentlich nicht. Aber wenn du welches willst, mache ich welches.«

Ich schüttle den Kopf. »Nein, es ist schon spät. Ich glaube, ich verzichte.«

Er lehnt sich gegen die Kissen und zieht mich an sich. Die Haut seines Oberschenkels ist warm, als sie meine berührt. Ich bin so froh, dass ich mich heute rasiert habe. Seine dunkle, drahtige Beinbehaarung kitzelt meine zarte Haut. Ich stelle mir vor, wie wir zusammen im Bett liegen, uns überall berühren, ohne störende Klamotten …

Er drückt mich eng an sich und küsst mich auf den Kopf, als die Sendung weitergeht. »Jetzt kommt das Beste«, verspricht er und geht begeistert in den Fernsehmodus über.

So viel zum Thema stahlharte Erektion. Ich werfe immer wieder Blicke darauf, während sie langsam schrumpft, wobei sein Schwanz allerdings – nur fürs Protokoll – auch im unerregten Zustand noch so groß ist, dass er zweifellos manchmal Probleme hat, passende Hosen zu finden. Holla!

Je länger ich hier mit ihm sitze, während er sanft meinen Arm streichelt, mein Haar berührt und mich an sich zieht, desto wohler fühle ich mich. Mit diesem Wohlgefühl geht allerdings Frustration einher. Wir sind ständig kurz davor, Sex zu haben, gehen den entscheidenden Schritt aber einfach nicht. Er verhält sich wie ein untadeliger Gentleman, und das macht mich wahnsinnig.

Daran muss sich etwas ändern. Auf der Stelle.

Kapitel 42

Ich nehme die Fernbedienung und schalte den Fernseher aus.

Ozzies Hand, die die ganze Zeit meinen Arm gestreichelt hat, erstarrt mitten in der Bewegung.

Ich warte auf seine Reaktion.

»Du hast ausgeschaltet.«

»Ja.« Mein Herz rast.

»Heißt das, du bist bereit, mit mir ins Bett zu gehen?«

Ruhig, May, ruhig. Du schaffst das. »Eigentlich nicht.«

Er seufzt tief. Für einen Augenblick glaube ich, er sei wütend. Doch dann sagt er: »Steh auf, May.«

»Ich soll aufstehen?« Ich bin verwirrt.

»Ja, steh auf. Hier, vor mir.« Er drückt sich tiefer in die Kissen und schiebt den Hintern ein wenig vor, sodass er in der Couch versinkt.

Ich weiß nicht, was er vorhat, aber ich stehe trotzdem auf.

»Sieh mich an.«

Ich drehe mich um.

Er nimmt meine linke Hand und zieht mich nach links, bis ich zwischen seinen Knien stehe.

»Zieh dein Shirt aus.«

Ich habe einen Kloß im Hals. Wir tun es wirklich. Wir werden gleich Sex haben. In diesem Raum. Auf dieser Couch. Heilige Scheiße!

Mit zitternden Fingern öffne ich die restlichen Knöpfe. Aber für mehr habe ich keine Kraft. Als ich fertig bin, lasse ich die Hände einfach sinken. Ich kneife, dabei bin ich doch noch nicht einmal nackt.

Ich hasse mich! Mein Kopf sackt auf meine Brust.

Ozzie setzt sich auf und zieht mein Shirt an einem Ärmel herunter. »Zieh das aus!«, befiehlt er ruhig. Die Tatsache, dass er weder wütend noch furchterregend klingt, macht mich völlig fertig. Es ist, als sei er wieder mein Chef, der irgendeine Übung mit mir durchführt. »Zieh dein Shirt aus, May. Ich sage es nicht noch mal.«

Mir läuft ein Schauer über den Rücken direkt zwischen die Beine, *ka-wumm*!

Ich tue, was er sagt, weil ich keine Idiotin bin.

»Braves Mädchen«, sagt er leise. Seine Stimme klingt fast gefährlich.

Da stehe ich in meiner hübschen Unterwäsche, die ich mir im letzten Jahr geleistet habe, als ich viele Hochzeitsfototermine hatte. Ich bin so froh, dass ich sie heute anhabe. Habe ich gewusst, dass ich mich vor Ozzie ausziehen würde? Vielleicht. Ich schätze, ich habe es gehofft. Mein Gott, ich bin so leicht zu durchschauen.

»Zieh den BH aus.« Er lehnt sich wieder auf der Couch zurück und mustert mich von oben bis unten.

Der Fernseher läuft wieder, aber ohne Ton. Hinter mir flackert Licht. Ich hoffe, es lässt mich geheimnisvoll und sexy wirken, nicht fett.

Ich streife zuerst die Träger von den Schultern und sehe erfreut die Beule in seinen Boxershorts. Er legt die Hand darauf und reibt sie, macht mit der Hüfte eine stoßende Bewegung.

Mein ganzer Körper zuckt. Ich hätte nie gedacht, dass es mich anmachen würde, wenn man sich selbst anfasst, aber ich lag falsch. Falsch, falsch, falsch, falsch, falsch.

Als die Träger lose über meine Oberarme hängen, öffne ich den Verschluss an meinem Rücken. Ich verschränke die Arme über der Brust und presse den Stoff an meinen Körper. Es wäre zu viel, meinen Oberkörper komplett nackt zu präsentieren, während er da halb unter mir sitzt. Dazu ist deutlich mehr Selbstvertrauen nötig, als ich gerade aufbringen kann.

»Lass los, May!«

»Ich kann nicht.« Ich zittere schon wieder, wenn ich auch nicht weiß, ob aus Furcht oder aus Vorfreude.

»Du kannst, und du wirst es auch.«

Ich schüttle den Kopf, bringe aber kein Wort heraus. Furcht und Nervosität lähmen meine Zunge und scheinen sie nie wieder loslassen zu wollen.

Er beugt sich vor und legt die Hände auf meine Oberschenkel. Seine Finger sind heiß auf meiner von der Klimaanlage gekühlten Haut. Langsam wandern sie über meine Hüfte und Taille zu meinen Ellbogen.

»Gib dich mir ganz hin, May.«

Tränen schimmern in meinen Augen. »Ich kann nicht.«

»Natürlich kannst du das.« Er ergreift den Saum meines BHs und zieht ihn sanft unter meinen Armen weg.

Ich lasse los, weil der größte Teil von mir es will, weil ich zusammen mit ihm nackt sein möchte. Der kleinere Teil von mir, der gehemmt ist und mich nicht schön findet, will das Weite suchen und nie wieder zurückschauen.

Ein Sturz aus dieser Höhe wird wirklich, wirklich wehtun, und wir haben noch nicht einmal Sex gehabt.

Jetzt bedecken nur noch meine Arme meine Brust. Warum müssen sie so dünn sein? Meine Brüste schauen überall heraus.

Er lehnt sich wieder auf der Couch zurück und schnuppert an meinem BH. Mit geschlossenen Augen atmet er ein. »Riecht wie deine Haut.« Seine Augen öffnen sich, und er lächelt.

Fast bringe ich ein Lachen zustande. »Das klingt unheimlich.«

Er wirft den BH beiseite und setzt sich wieder auf. Seine Hände legen sich auf meine Waden und wandern langsam aufwärts, kitzeln mich und setzen mich gleichzeitig in Brand. Ich habe überall Gänsehaut.

»Ich liebe deinen Duft, ich liebe es, wie sich deine Haut anfühlt, wie du mich mit dieser Falte zwischen den Augen anschaust.«

»Falte? Welche Falte?«

Ich bin zu abgelenkt, um zu bemerken, was er vorhat, bis seine Finger den oberen Saum meines Höschens erreichen.

Ich behalte einen Arm über meiner Brust und greife mit der anderen Hand nach meinem Slip. »Was machst du da?«

»Willst du ihn anbehalten?« Er zuckt die Achseln. »Ist mir recht.« Er beugt sich vor und presst sein Gesicht in mein Höschen.

Heilige Scheiße, was tut er …? O mein Gott, das ist … schön.

Meine Hand ist im Weg, doch er bewegt sein Gesicht, bis er mit dem Mund zwischen meinen Fingern durchkommt. Sein heißer Atem durchdringt das dünne, seidige Material, erwärmt meine empfindlichste Körperregion. Ich habe das Gefühl, viel erotischer kann es nicht mehr werden, doch dann bewegt er den Mund, und ich erkenne meinen Irrtum.

Ich stöhne auf, als meine Gefühle außer Kontrolle geraten. Wie macht er das nur? Auch er stöhnt, bewegt weiter den Mund und haucht heiße Luft überall hin, und ich habe das Gefühl, als bekäme ich gleich einen Orgasmus, obwohl ich mein Höschen noch anhabe. Was zum Teufel …? Ich kriege gar keine Orgasmen. Mein Orgasmuszentrum ist kaputt oder so. Das weiß ich schon lange, und all meine Freunde bisher haben das bestätigt. Ich bin einfach eine dieser Frauen, die nie kommen.

Meine Hand, die versucht hat, seine Invasion abzuwehren, wandert wieder zu meiner Brust.

Es wäre lächerlich, so zu tun, als wolle ich nicht, dass er weitermacht. Das kann ich niemandem erzählen.

Er nutzt meine Kapitulation aus, indem er mein Höschen herunterzieht und sein Gesicht in meinem Venushügel vergräbt. Damit habe ich nicht gerechnet.

Ich keuche und lasse die Hände sinken, lege sie erst auf seinen Kopf und dann auf seine Schultern. Ich muss mich irgendwo festhalten, um nicht zusammenzubrechen. Seine Zunge gleitet in meine heiße, feuchte Mitte, und ich schreie vor Lust. Vielleicht sollte ich verlegen reagieren, weil ich ihm gegenüber so frei und offen bin, aber ich bin zu erregt, um mir jetzt über so etwas Gedanken zu machen.

Ich spüre, wie er sich bewegt, während er mich weiter leckt, merke aber erst, dass er seine Boxershorts ausgezogen und ein Kondom übergestreift hat, als er die Hände auf meine Hüften legt und ein Stück von mir abrückt.

Ich schaue nach unten und sehe seine Erektion stolz aufragen. Mein Höschen spannt sich um meine Oberschenkel. Er schaut zu mir auf, und sein Mund ist mit meiner Nässe bedeckt. Ich lasse mein Höschen auf den Boden fallen.

»Komm her!«, befiehlt er und zieht mich auf sich.

Ich knie mich über ihn.

»Nimm ihn dir«, knurrt er.

Mein Herz rast, aber ich muss ihn jetzt in mir spüren. Seine Zunge hat mich wirklich auf Touren gebracht.

Ich vergesse jedes Schamgefühl, vergesse, dass ich nackt am Arbeitsplatz bin. Ich brauche es, und zwar jetzt.

Als unsere Unterleiber sich zum ersten Mal berühren, bin ich nicht sicher, ob es funktionieren wird. Er ist zu groß, und ich bin bereits zu stark durchblutet von dem, was er getan hat, um mich zu erregen. Aber als er in mich stößt, beweist es mir das Gegenteil, und zwar völlig eindeutig. Und wieder. Er passt ganz knapp in mich. Ich senke mich auf ihn hinab und stöhne die ganze Zeit, als er mich bis zum Äußersten dehnt.

»Mmm …« Er hat offenbar auch Spaß. Ich lächle über seinen Gesichtsausdruck, als ich das Becken ein Stück anhebe und mich dann wieder auf ihn hinabsenke. »May, du bist der Wahnsinn …«

Ich beuge mich vor und stütze mich mit den Händen auf der Couch ab, um mich besser bewegen zu können. Meine Brüste berühren sein Gesicht.

Er nimmt sie in die Hände und saugt nacheinander an beiden Brustwarzen. Das Gefühl, ihn in mir zu spüren, während seine Hände und sein Mund gleichzeitig meine Brüste liebkosen, ist unvorstellbar. Ich bewege mich schneller, um mit meiner wachsenden Begierde Schritt zu halten. Er massiert und knetet. Meine Brustwarzen werden härter als je zuvor.

»Küss mich«, flüstert er.

Ich beuge mich vor, so gut ich kann, aber es ist nicht leicht, seinen Mund zu erreichen. Gerade will ich aufgeben, da packt er mich an der Hüfte und dreht mich auf den Rücken. Jetzt ist er über mir, mit einem Knie auf der Couch und dem anderen auf dem Boden.

»Was tust du da?«, frage ich atemlos.

Er dringt ganz in mich ein, noch tiefer als zuvor. »Ich ficke dich, May.«

Die derben Worte und sein gefährlicher Gesichtsausdruck erfüllen mich mit sexueller Energie. Meine Muskeln krampfen und umklammern ihn von innen. Er reißt die Augen auf, als er es spürt, beißt sich auf die Unterlippe und dringt dann bis zum Anschlag in mich ein.

»O mein Gott …« Ich hebe die Beine an und umschlinge ihn damit. »Ozzie …« Es ist ein Flehen. Ich bin nicht sicher, worum ich bettle, hoffe aber, dass er es mir bald gibt.

Langsam und bedächtig beginnt er zu stoßen. Wir küssen uns, unsere Zungen tanzen, unsere Lippen sind aufeinandergepresst, seine Bartstoppeln kratzen über mein Kinn. Ich spüre, wie sich seine Rückenmuskeln unter der Haut bewegen. Große Muskeln, straff und wohldefiniert, die sich mit den Stößen bewegen, die in mir eine Spannung aufbauen, welche nach Erlösung fleht. Meine Hände gleiten zu seinen Hüften und seinem Hintern, um ihn fester gegen mich zu pressen. Er versteht meine Signale genau, wird am tiefsten Punkt langsamer, reibt sich, zieht sich zurück, nur um wieder zuzustoßen.

Ich spüre, wie er die Kontrolle verliert. Sein Schweiß tropft auf meinen Bauch, wo er sich mit meinem vermischt. Er keucht. Sein Gesichtsausdruck spricht von Schmerz und Lust zugleich.

»Oh, Ozzie«, schreie ich und habe das Gefühl, jeden Augenblick zu explodieren. Ich bin nicht sicher, wie das hier weitergehen soll. Das Einzige, was ich weiß, ist, dass es niemals aufhören soll.

»Komm, Baby«, sagt er und drängt mich auf etwas hin.

Ich muss mich schneller bewegen. Mein Körper verlangt es. Mein Innerstes beharrt darauf. Es geht nicht anders. Nur so kann diese süße Folter enden.

Dann hört er einfach auf. Erstarrt. Er ist ganz in mich eingedrungen und hört plötzlich schwer atmend auf, sich zu bewegen.

»Was tust du denn da?«

»Beweg dich. Du bist dran«, sagt er.

Verwirrt liege ich unter ihm. »Wie soll ich mich denn bewegen, wenn du oben bist?«

Er deutet ein Achselzucken an. »Weiß nicht. Probier mal.«

Wenn es ihn glücklich macht, werde ich es tun. Außerdem macht mich dieses Gefühl, seinen großen, harten Schwanz in mir zu haben, verrückt. Selbst wenn ich es wollte, ich könnte nicht ruhig halten. Meine Hüften bewegen sich bereits.

Ich recke ihm mein Becken entgegen. Bei dieser winzigen Bewegung spüre ich tief in mir einen Stich, der zugleich ganz und gar unglaublich ist. Als ich mich zurückziehe und die Bewegung wiederhole, spüre ich es ein zweites Mal. Ich spreize die Beine weiter.

»Genau so, Baby …«

Ich brauche keinen Ansporn, doch als er mit mir spricht, während ich mich an ihm reibe, fühle ich mich wild. Ungezügelt. Fast schon primitiv. Sehnsüchtiger dränge ich mich gegen ihn, reagiere auf das Verlangen, das aus einem urtümlicheren Teil meines Ichs erwächst. Mit jedem Stoß nehme ich ihn tiefer in mich auf, bis meine empfindlichste Stelle sich an seinem Körper reibt, während er mich ganz und gar ausfüllt.

»O mein Gott!«, stöhne ich, als ein neues Feuer langsam in mir aufglimmt.

»Oh, ja. Komm, meine Schöne, komm.« Er drängt mir entgegen, als ich mich aufbäume. Wir treffen uns auf halbem Weg, und ich spüre, wie er in mir noch einmal wächst.

Dann ist mir, als würde ich ertrinken. Zwischen meinen Beinen lodert ein alles verzehrendes Feuer. Er spürt es und stößt härter, schneller. Ich bewege mich im Takt, und jeder Stoß bringt mich dem Höhepunkt näher.

»Ozzie! Ozzie!« Ich klammere mich an ihn, habe Angst, für immer verloren zu gehen, wenn ich loslasse.

»Komm für mich, Baby, *komm*!«, schreit er.

Er stößt so tief wie nie zuvor in mich, dann zuckt er in mir. Ich halte es nicht mehr aus. Mit einem Aufschrei klammere ich mich an ihn, als ginge es ums nackte Überleben. Ich überlasse mich dem Gipfel der vollkommensten Lust, finde keinen Halt. Und da ist er endlich: der Orgasmus, den ich noch nie hatte, von dem ich aber in Liebesromanen so viel gelesen habe.

Kapitel 43

Als Ozzie fertig ist und ich nicht mehr wie eine Irre kreische, sinkt er erschöpft auf mich.

»Uff.« Mehr bringe ich nicht raus. Mein Hals ist wund. Ich glaube, eines meiner Stimmbänder ist gerissen.

Er rollt sich von mir und der Couch und landet unsanft auf dem Rücken.

»Au!« Er klingt so erschöpft, wie ich mich fühle.

Ich schmunzele. »Alles klar bei dir?«

»Ich werde es überleben. Wenn du mir das nicht allzu bald noch einmal antust.«

Ich beuge mich zu ihm hinunter und stupse ihn an. »Du hast den Anstoß gegeben, nicht ich.«

Er nimmt meine Hand und küsst meine Finger. »Zeit fürs Bett, Miss Mittelmaß. Wir müssen morgen früh arbeiten.«

»Wie spät ist es?« Ich drehe mich auf die Seite und suche nach einer Uhr.

»Mitternacht.«

Ich seufze und starre an die Decke. Er lässt meine Hand los, und ich lege sie flach auf meine Brust.

»Zufrieden?«, fragt er.

Ich nicke grinsend. »Zufrieden.«

»Müde?«

Ich schüttle den Kopf. »Überhaupt nicht. Ich könnte Bäume ausreißen.«

»Du bist gefährlich.«

Ich liebe es, gefährlich zu sein. »Du bist doch derjenige, der anständige Mädchen dazu verführt, ihre Sachen auszuziehen und wilden Sex auf dem Sofa der Arbeitsstätte zu haben.«

»Ich habe dich nicht verführt. Du hast mich um den Finger gewickelt.«

Ich rolle mich wieder in seine Richtung und sehe ihn an. »Ach ja?« Ich tue, als sei ich über seinen Vorwurf empört.

»Du bist letzte Woche in dieser Hose und dieser Bluse mit deinem kleinen Hund in diese Bar marschiert, wie aus dem Ei gepellt, und ich habe gedacht, du wärst eine gelangweilte Hausfrau auf der Suche nach etwas Abwechslung … und jetzt muss ich feststellen, dass du eine skrupellose, taserschwingende Meisterin des Singlesticks mit einer Vorliebe für bärtige Ex-Knackis bist.«

Ich kann nicht aufhören zu lachen. Seine Beschreibung meiner Person könnte lächerlicher nicht sein.

»Warum lachst du? Du weißt genau, dass das die Wahrheit ist.«

»Ich weiß, dass du völligen Unsinn redest.«

»Nenn mir eine Unwahrheit.«

»Ich hasse Bärte.«

Er springt vom Boden auf, und ehe ich ahne, was er vorhat, hat er mich hochgehoben.

»Was tust du denn da?«, brülle ich. Ich klinge viel zu glücklich, als dass er meine Reaktion fälschlicherweise für Ärger halten könnte.

»Ich trage dich ins Bett und versohle dir den Hintern.«

»Ohhh, du versohlst mir den Hintern. Das möchte ich sehen.« Ich habe den Taser in meiner Handtasche in seinem

Schlafzimmer gelassen. Wenn er auch nur daran denkt, mir den Hintern zu versohlen, werde ich ihn unter Strom setzen.

Er rast mit mir aus dem Raum und den Gang entlang, und ich lache die ganze Zeit. Ich habe so die Kontrolle verloren, dass ich das Gefühl habe, diesmal hätte mein Taser mich erwischt oder so. Es ist, als hätte zuvor noch nie jemand den Schalter umgelegt, der mein wahres Ich aktiviert, und als hätte Ozzie diesen Schalter irgendwie gefunden. Das ist die wahre May Wexler, die hier nackt mit Ozzie durchs Haus rennt. Total ausgeflippt. Ich bin May »Orgasmuskönigin« Wexler.

Diesmal bin ich kein bisschen überrascht, als er mich in hohem Bogen aufs Bett wirft. Dann allerdings schon, als er mich auf den Bauch dreht und mir auf den Hintern haut.

»Du …!«, kreische ich. »Das wirst du büßen!« Ich drehe mich um und greife nach seinem Arm, doch er ist zu verschwitzt, und ich kann ihn nicht festhalten.

Er stößt mich bäuchlings wieder aufs Bett. »Bleib schön da, Mädchen. Ich werde dir Manieren beibringen. Wie kannst du es wagen zu sagen, mein Bart sei schrecklich gewesen?«

Ich hebe den Kopf, um mich ihm zu widersetzen, da packen seine Hände meine Taille und reißen meine Hüfte hoch.

»Was hast du …«

Plötzlich ist er hinter mir. »Überraschung«, sagt er mit einem bösen Grinsen. Er presst seine Erektion gegen mich. Problemlos gleitet sie in meine feuchte Mitte.

»Schon wieder?«, frage ich kaum hörbar.

Er schlägt mir wieder auf den Hintern, diesmal ganz leicht. »Jetzt geht's los, Baby. Ob du bereit bist oder nicht.«

Oh, ich bin so was von bereit für ihn. Ich hebe den Hintern, so hoch ich kann, und seufze vor Lust, als er mich erneut ausfüllt.

Diesmal macht er langsam, lässt die Leidenschaft sich aufbauen, achtet auf meine Reizempfindlichkeit. Seine Finger tasten sich zu meiner Vorderseite, streicheln mich im Rhythmus seiner Stöße.

»Gefällt dir das?«, fragt er und presst mich an sich, während er in mich stößt.

»Mmm ...« Ich lächle mit geschlossenen Augen. Ich spreize die Arme weit und kralle mich ins Laken. Sein Rhythmus wird schneller, und er drückt mich gegen die Matratze.

»So ist es gut«, ermutige ich ihn. »Härter.«

Er kommt meiner Aufforderung nach, stößt immer schneller in mich. Ich halte dagegen und lasse ihn wissen, dass ich noch mehr brauche.

Er beugt sich vor und fasst mich wieder an. »Komm schon, Baby.«

»Fick mich, Ozzie.« Die Worte entschlüpfen mir, aber ich bereue es nicht.

»Sag das noch mal«, knurrt er.

»Fick mich ...«, ich muss keuchend Luft holen, »... Ozzie.«

Er brüllt auf wie ein verwundeter Löwe und stößt so heftig in mich, dass wir beide zusammenbrechen. Sein Körper zuckt auf mir, als stünde er unter Strom, und ich spüre, wie er sich in mich ergießt.

Seine Hand befindet sich immer noch unter mir und bewegt sich jetzt wieder. Zu wissen, dass ich ihn mit meinem Körper und meinen Worten zum Höhepunkt gebracht habe, reicht mir. Ich weine und ringe mit dem Orgasmus, der meinen Körper durchzuckt. Mir ist egal, dass ich völlig die Kontrolle verloren habe.

Als er endlich vorbei ist – es kommt mir vor, als habe er mehrere Minuten gedauert –, komme ich mir vor wie tot oder zumindest nach einem Marathon. Ich kann mich nicht bewegen.

»Schön, dass du beschlossen hast, mit hierherzukommen«, flüstert er mir ins Ohr.

Kichernd wie ein Schulmädchen schnaube ich träge. »Ich auch.«

Er rollt sich zur Seite und liegt dann neben mir auf dem Rücken. Ich drehe den Kopf, um ihn anzusehen.

»Glücklich?«, fragt er.

Ich grinse nach Kräften. Mein Gesicht funktioniert nicht richtig. »Glücklich.«

»Gut.« Er beugt sich über mich, küsst mich und steht auf.

»Wohin gehst du?«, frage ich.

»Ins Bad.«

»Gut.« Ich strecke mich auf dem Bett aus, krieche unter die Decke und lege meinen Kopf aufs Kissen.

Dieses Bett ist unheimlich bequem. Ich werde mich mal ein bisschen entspannen, bis er zurückkommt. Vielleicht will er ja reden oder so. Vermutlich sollten wir uns einigen, wie wir morgen bei der Arbeit miteinander umgehen wollen. Ich will keine Peinlichkeiten, und er bestimmt auch nicht.

Das ist der letzte Gedanke, an den ich mich erinnern kann, dann klingelt der Wecker neben meinem Kopf, und auf dem Zifferblatt steht 7:30 Uhr morgens.

Kapitel 44

O mein Gott! Ich habe hier geschlafen! Mit ihm! In seinem Bett! Ich muss raus, mein Dienst geht gleich los. Außerdem muss Felix raus! Verflucht!

Es sieht aus, als habe Ozzie neben mir geschlafen. War er die ganze Nacht da, ohne dass ich ihn bemerkt habe? Wow! Der Sex hat mir wirklich das Bewusstsein geraubt oder so.

Ich schwinge die Beine aus dem Bett und sehe mich um. Hoffentlich führt Ozzie gerade Felix und Sahara aus. Ansonsten werde ich putzen müssen.

Hinter mir befindet sich eine Tür, die nicht auf den Flur hinausführt. Ich hoffe sehr, es ist die Tür zum Badezimmer, denn ich werde unter keinen Umständen in den Küchenbereich hinausgehen und meiner Kollegin und meinen Kollegen in einer Aufmachung unter die Augen treten, als hätte ich mich gerade im Heu gewälzt. Zweimal.

Ich grinse, als ich mir Klamotten aus den Schubladen schnappe, die Ozzie mir überlassen hat, und dann ins Bad gehe.

Wow! Das ist ja mal ein Badezimmer. Marmor, Glas und Metall verbinden sich in dem großen Raum zu einer Spa-artigen Oase. Zuerst putze ich mir die Zähne, für den Fall, dass Ozzie auftaucht und meine Nähe sucht. Ich will nicht, dass er mir wegen Mundgeruch den Laufpass gibt.

Die Dusche ist groß genug für mehrere Personen, hat drei verschiedene Duschköpfe und mehrere verschiedene Wasserstärken. Ich benutze Ozzies Shampoo und Duschbad und suche gar nicht erst nach Haarspülung, weil ich glaube, dass er bei seiner Stachelfrisur keine braucht. Ich bin allerdings überrascht, dass er keine mehr aus der Zeit mit diesem Bart übrig hat. Er hat für dieses Chaos doch sicher welche verwendet?

Ein Geräusch hinter mir reißt mich aus den Erinnerungen an das Vogelnest, das bis vor Kurzem noch sein Gesicht zierte.

Ich wirbele herum und sehe Ozzie dastehen, vollständig angezogen und bereit für die Arbeit. Er trägt sogar schon seine Kampfstiefel.

Schüchtern verschränke ich die Arme vor der Brust. Dieses Szenario werde ich ganz bestimmt mal für eine erotische Fantasie verwenden, wenn ich eines Nachts allein und gelangweilt bin. Ich nackt und nass, und er, mein Chef, steht muskelbepackt vor der Dusche. Apropos erotisch.

»Guten Morgen«, sagt er.

»Guten Morgen.« Ich bin ganz gehemmt, was lächerlich ist, wenn man bedenkt, was wir in der letzten Nacht getan haben, aber ich habe meine Gefühle nicht im Griff. Warum ist er in der vergangenen Nacht einfach ins Bett gegangen, ohne mich zu wecken? Hat er überhaupt neben mir geschlafen? Vielleicht hat er auch das Feldbett genommen. Diese Vorstellung macht mich traurig. Sie fühlt sich an wie Zurückweisung.

»Besprechung in fünfzehn Minuten.«

»Fünfzehn?« Ich gehe daran, mein Haar auszuspülen. »Gut.« Ich hoffe, er erwartet nicht, dass ich dann toll aussehe. Ich brauche nicht gerade ewig im Bad, aber in fünfzehn Minuten kann auch ich keine Wunder vollbringen.

»Geht's Felix gut? Ich hätte längst mit ihm Gassi gehen sollen.«

»Alles klar bei ihm. Er war mit seiner Freundin draußen.«

Ich lächle schweigend. Ozzie soll nicht denken, ich würde ihm Druck machen, weil ich will, dass er mich als seine Freundin bezeichnet, auch wenn mich nichts glücklicher machen würde. Ich drehe das Wasser ab und verlasse die Dusche. Ozzie gibt mir ein Handtuch, das auf einem Handtuchwärmer gehangen hat.

Ich wickle mich hinein und blinzle das Wasser aus meinen Augen. Die Wärme des Handtuchs dringt in meine Haut, und ich entspanne mich. Ich habe keinen Grund zur Nervosität, oder? Wir sind vielleicht kein Paar, aber wir hatten Sex, und ich bin erwachsen. Ich verfüge über ausreichend Selbstvertrauen, um darüber hinwegzukommen, was auch immer es genau ist, in guten wie in schlechten Zeiten.

Ach du liebe Güte! Warum zucken mir Ehegelöbnisse durch den Kopf? Habe ich völlig den Verstand verloren?

»Sonst noch was?«, frage ich, weil ich nicht begreife, warum er einfach nur dasteht und mich anstarrt. Gott helfe mir, wenn er Gedanken lesen kann.

Er beugt sich zu mir vor und küsst mich auf die Wange. »Nein.« Dann dreht er sich um und verlässt das Bad.

Mein Körper wird noch wärmer, nicht nur von dem Handtuch, sondern auch von seiner Berührung, auch wenn es nur ein Kuss war, noch dazu ein so züchtiger, wie es in einer Dusche nur möglich ist.

»Ozzie?«

Mit einer Hand an der Tür bleibt er stehen. »Ja?«

Ich habe keine Ahnung, was ich sagen soll, aber ich habe das Gefühl, etwas sagen zu müssen. Egal was.

»Danke. Für alles.«

Er dreht den Kopf und schaut mich an. »Alles?«

Ich kann mein Lächeln nicht unterdrücken. Wieder bin ich diese Jungfrau, die eigentlich keine ist. Lächerlich, schließlich hatten wir letzte Nacht nicht nur einmal, sondern zweimal Sex. »Ja, alles. Dafür, dass ich hierbleiben durfte, dass du dir um mich Sorgen gemacht hast, für Felix, für … die Fernsehsendung. Für alles eben.«

Er lässt die Tür los und tritt vor mich hin.

Ich sehe zu ihm auf und drehe fast durch, weil er so dicht bei mir ist, voll bekleidet, während ich nackt und nass bin. Werden wir wieder Sex haben? Alle auf uns warten lassen, während wir seufzen, stöhnen und vor Ekstase schreien?

Er zieht mich an sich, presst dabei meine Arme an meine Brust, und das Handtuch zwischen uns verhindert, dass es richtig ernst wird.

»Gern geschehen.« Er grinst kurz. »Alles.«

»Wird es unangenehm werden?«, frage ich, als mir die ersten Zweifel kommen. Was wird das Team denken?

Werden die anderen mich schon rein aus Prinzip hassen, weil ich in der ersten Arbeitswoche mit dem Chef geschlafen habe?

Er schüttelt langsam den Kopf. »Nicht unbedingt.« Seine grünen Augen blicken klar und freundlich. Er wirkt sehr selbstsicher.

»Was werden die anderen wohl sagen?«

»Gar nichts, denke ich. Warum auch? Du hast aus Sicherheitsgründen die Nacht hier verbracht. Das hat doch Thibault selbst vorgeschlagen.«

»Oh. Gut.« Er meint, er wird sich vor den anderen mir gegenüber nicht anders benehmen als bisher, obgleich wir miteinander geschlafen haben. Ich sollte nicht unglücklich darüber sein, denn es ist besser, wenn niemand weiß, was wir nach der Arbeit tun. Aber das alberne Schulmädchen in mir will händchenhaltend durch die Korridore spazieren. »Gut.«

»Keine Sorge«, sagt er mit ausdruckslosem Gesicht.

»Ich bin nicht besorgt.«

»Du siehst aber so aus.«

»Bin ich aber nicht.«

»Du klingst auch besorgt.«

Ich runzle die Stirn. »Nein. Ich klinge ganz normal.«

»Ich habe dir ein Omelett gemacht.«

»Echt?« Mir wird schon wieder ganz warm. »Hast du für jeden eins gemacht?«

»Nein, nur für dich.«

Er steht da und lässt mich seine Worte verdauen. So, wie er mich anschaut, könnte ich schwören, dass er etwas für mich empfindet. Warum sonst sollte er nur für mich ein Omelett machen? Etwas, das sich ziemlich wie Liebe anfühlt, macht sich in meinem Herzen breit und ergreift mich ganz.

Er beugt sich vor, und ich lasse das Handtuch los, um ihm die Arme um den Hals zu schlingen und ihm den wohlverdienten Kuss zu geben.

Unsere Zungen tanzen wieder miteinander, den Tanz, den wir letzte Nacht eröffnet und perfektioniert haben. Seine großen, warmen Hände liegen in meinem Lendenwirbelbereich. Innerhalb weniger Sekunden herrscht sengende Hitze zwischen uns. Ich stöhne, als meine Gefühle mich übermannen. Vor meinem geistigen Auge sehe ich, wie er mich über das Waschbecken beugt und mich von hinten nimmt, doch er weicht zurück.

»Besprechung. Muss los.« Er lässt mich stehen, und ich habe beinahe wieder meine sexy Schaufensterpuppenpose drauf.

Er ist schon an der Tür, da sage ich: »Ozzie?«

»Ja?«

»Ich mag dich.«

Ich senke das Kinn auf die Brust, hebe das Handtuch auf und presse es an mich. In diesem Augenblick hasse ich mich rückhaltlos und abgrundtief, weil ich so ein Dummkopf bin.

Was zum Teufel soll das, Mann? Warum kann ich nicht mal ein paar meiner Gedanken für mich behalten? Seine Küsse schwächen meine Willenskraft und lockern meine Zunge allzu sehr.

»Ich mag dich auch, Miss Mittelmaß. Aber glaub bloß nicht, dass du deswegen heute ein leichteres Training kriegst.«

Ich grinse unsagbar breit in mein Handtuch und bete, dass er gerade nicht hersieht. Leider kann ich unmöglich nachsehen. Als ich mich wieder im Griff habe, nehme ich das Handtuch von meinem Mund und trockne mir den Bauch damit ab. Ich habe Angst, es von meiner Brust wegzunehmen und mich zu entblößen, ich alberne Jungfrau, die eigentlich keine ist.

»Wir trainieren heute?«, frage ich und versuche, beiläufig und lässig zu klingen.

»Das kannst du glauben.«

Vor meinem geistigen Auge sehe ich Dev mit einem Schwert. »Wartet Dev da draußen, um mich anzugreifen?«

»Ich schätze, das wirst du gleich rausfinden.« Er öffnet die Tür, geht hinaus und lässt mich im Badezimmer allein.

Mein Herz macht einen Freudensprung. Er mag mich auch! Er wird mich weiter trainieren und nicht rausschmeißen! Ich reiße die Arme hoch und drehe mich vor Freude um die eigene Achse. Das war ein Fehler, da meine Füße noch nass sind und der Boden marmorgefliest ist. Ich rutsche aus und kann mich gerade noch abfangen. Jetzt strömt auch das Adrenalin. Ich hoffe beinahe, dass Dev draußen für einen weiteren seiner dummen Überraschungsangriffe auf mich lauert. Ich werde so was von bereit für ihn sein. Ka-wumm! Karateschlag!

Ich mache mich in Rekordzeit fertig und gleite genau fünfzehn Minuten nach meinem Weckruf im Bad aus seinem Schlafzimmer. Ja, Baby. Ich habe mein neues Leben super im Griff.

KAPITEL 45

Ich husche den Korridor entlang und rechne jederzeit mit einem Angriff. Als ich die Küchentür erreiche, sehe ich mich erst mal um. Ich muss Dev ausfindig machen, bevor ich mich zeige.

Alle außer mir sitzen am Tisch, auch Mr Hinterrücks. Das Omelett liegt auf einem Teller neben dem Herd, aber ich lasse es erst mal dort. Ich kann mich jetzt unmöglich hinsetzen und vor meinen Kollegen das speziell für mich zubereitete Frühstück verschlingen. Meine alles andere als heimlichen Blicke zu Ozzie sind schon suspekt genug.

»Morgen, Miss Mittelmaß«, begrüßt mich Lucky und grinst mich an, als ich mich dem Tisch nähere. Er sieht für den frühen Zeitpunkt viel zu frisch und munter aus. Will er nach der Besprechung Zahnpastawerbung machen gehen? Ist das ein Lächeln des Wissens auf seinem Gesicht? Ich glaube schon. Trotzdem versuche ich, mich ganz natürlich zu verhalten.

»Guten Morgen, Lucky. Wie geht's deinem Goldfisch?«

»Sunny geht's prima, danke der Nachfrage.«

Ich ziehe meinen Stuhl unter dem Tisch hervor und setze mich, schiebe die Akten vor mir hin und her und versuche, geschäftig zu wirken. Ich kann Ozzie nicht anschauen. Zweifellos würde ich ihn nur anschmachten, und dann würde mir Toni in die Fresse hauen wollen. Ich brauche noch eine gute Idee, wie ich mit ihr umgehen soll. Dazu muss ich herausfinden, ob sie ihn mag oder warum sie sonst Probleme damit hat, dass ich über Nacht bei ihm bleibe. Gestern schien ihr die Idee ganz und gar nicht gefallen zu haben.

»Guten Morgen allerseits«, grüßt Ozzie. »Beginnen wir mit der Operation Harley. Seit letzter Nacht können wir das Ziel belauschen. Im Augenblick noch vom Garten aus, aber ich hätte gerne etwas im Gebäude.«

»Du solltest es Miss Mittelmaß versuchen lassen«, sagt Toni mit einem Hauch von Bitterkeit. »Sie konnte sehr gut mit dem Papagei umgehen.«

»Was meinst du, May? Willst du's versuchen? Möchtest du probieren, die Wanze ins Haus zu steuern? Wir können vorher mit einer anderen üben.«

Ganz geschäftsmäßig sehe ich zu meinem Chef auf. »Klar, Ozzie. Gern.« Ich grinse enthusiastisch, merke aber, dass ich es total übertreibe, als mich alle anstarren. Mein Lächeln weicht purer Verlegenheit.

Verdammt! Steht mir die Tatsache, dass Ozzie und ich uns gestern Nacht splitternackt gesehen haben, ins Gesicht geschrieben oder was?

»Gestern Abend hat sich ein weiteres Problem im Zusammenhang mit der Operation ergeben«, verkündet Ozzie.

Ich kriege keine Luft. Will er allen erzählen, dass wir Sex hatten? *Um Himmels willen!*

»Gegen neun hat jemand versucht, bei May einzubrechen. Hat den Perimeter-Alarm ausgelöst.«

Ich seufze tief, aber ganz langsam, damit es niemand hört.

»Das ist schlecht«, sagt Thibault und sieht mich an. »Geht es allen Beteiligten gut?«

Ich nicke. Vor Sauerstoffmangel bin ich zu benommen, um meiner Stimme zu vertrauen.

»Ja«, antwortet Ozzie, »aber wir haben die Nacht vorsichtshalber hier verbracht.«

Ich beneide ihn wirklich um die Fähigkeit, das so beiläufig zu erwähnen. Hätte ich das gesagt, hätte ich gekichert und wäre rot geworden. Es fällt mir so schon schwer genug, keine Miene zu verziehen. Ich muss mich wirklich mal in den Griff kriegen. Wahrscheinlich wäre ein Anruf bei Jenny angebracht. Vielleicht gelingt es mir, sie vor der Arbeit rasch vom Klo aus anzurufen.

»Du solltest besser hierbleiben, bis wir der Sache auf den Grund gegangen sind«, sagt Dev. Er sieht sich um und runzelt die Stirn. »Isst jemand dieses Omelett noch?«

Ich öffne den Mund, um zu antworten, aber Ozzie fällt mir ins Wort: »Nicht anfassen. Gehört nicht dir.«

Dev runzelt die Stirn. »Mein Gott, ist ja schon gut, hab ja nur gefragt.«

Thibault schüttelt den Kopf. »Unersättlich, Mann.«

Dev verpasst ihm einen Ellbogenstoß. »Schnauze! Ich habe noch nicht gefrühstückt.«

»In der Speisekammer ist Müsli«, sagt Ozzie, ehe er einen Ordner aufschlägt, der vor ihm liegt. »Wir haben etwa vierundzwanzig Stunden lang Daten gesammelt. Ich würde schätzen, wir haben etwa eine Stunde Kram, den anzuschauen sich lohnt. Freiwillige?«

Ich hebe die Hand.

»Ich würde auch mitmachen«, sagt Toni achselzuckend, »denn ich darf ja sowieso nicht mehr vor Ort auftauchen.«

»Gut. Toni und May, ihr kümmert euch darum. Stellt einen Bericht über alles Interessante zusammen und gebt ihn mir heute Abend.«

»Wird erledigt.« Toni nickt mir zu, und ich erwidere das Nicken.

»Dev, Trainingsplan?«

»Heute Morgen habe ich May«, erwidert Dev. »Ihr anderen macht das übliche Zirkeltraining.«

Rings um den Tisch erklingt Murren.

»Hier wird nicht gejammert. Ich habe es heute Morgen vor der Besprechung noch geändert. Das neue wird euch gefallen. Werft einen Blick auf das Klemmbrett, bevor ihr anfangt. Verwendet die Stoppuhren. Keine Schummeleien. Wen ich beim Schummeln erwische, der wird dafür bezahlen.«

Ich habe keine Ahnung, was das für ein Zirkeltraining ist, aber es scheint nicht besonders beliebt zu sein.

»Fürs Erste kümmere ich mich um Mays Training«, erklärt Ozzie. In meinen Ohren klingt seine Stimme ein wenig barsch. Ich schaue in die Runde, kann aber nicht sagen, ob es sonst noch jemand bemerkt hat.

»Warum?« Dev ist eindeutig unzufrieden. »Traust du mir das nicht zu?«

»O doch. Ich will nur, dass du dich auf das Kampftraining konzentrierst. Ich sorge bei ihr zunächst mal für das nötige Ausdauertraining. Danach gehen wir an den Muskelaufbau.«

Ich konzentriere mich auf die Papiere vor mir. Instinktiv möchte ich Ozzie anstarren und ihn albern angrinsen, aber selbst mir ist klar, dass das keine gute Idee wäre. Ich will ihn nicht verlegen machen, damit er mich nicht hasst, bevor er eine Chance hatte, mich länger als vierundzwanzig Stunden zu mögen. Das wäre in Anbetracht des wunderbaren Sex, den wir letzte Nacht zweimal hatten, jammerschade.

»Gut. Mit dem Singlestick fangen wir an.«

Ich werde Ozzie nicht daran erinnern, dass er versprochen hat, mich in dieser Waffe zu unterweisen. Er kümmert sich um mein Training. Das ist Sonderbehandlung genug. Ich will nicht, dass mich alle für eine Primadonna halten.

»Was noch?«, fragt Thibault.

»Ich brauche jemanden, der den Eindringling von letzter Nacht aufspürt«, sagt Ozzie. Er klingt wütend.

»Darum kümmere ich mich«, erbietet sich Thibault. »Ich bin nicht sicher, was ich rausfinden kann, aber ich probier's mal.«

»Vielleicht finden wir etwas auf den Bändern«, schlägt Toni vor.

»Spitzt auf jeden Fall die Ohren«, sagt Ozzie. Dann wendet er sich an Lucky. »Wie läuft's mit der Operation Blue Marine?«

»Tatsächlich weiß ich das nicht.« Lucky klingt frustriert. »Ich habe mich hingesetzt und bin ihre Finanzen durchgegangen, und sie wirken ganz normal … aber da stimmt etwas nicht. Die hatten recht, uns hinzuziehen.«

»Was meinst du damit?« Ozzie hört auf, mit seinen Ordnern zu spielen, und starrt Lucky an.

»Ich bin mir nicht sicher. Dafür müsste ich vor Ort sein und mich umsehen.«

»Nur zu. Sprich nur nicht mit Mitarbeitern, ohne zuvor unseren Kontaktmann zu informieren. Natürlich darfst du dich auch gegenüber niemandem dort ausweisen, nicht einmal gegenüber unserem Kontaktmann.«

»Nein, natürlich nicht. Ich werde etwas Angelausrüstung einkaufen.«

»Was denkt Sunny wohl darüber?« Dev lächelt Lucky böse an.

»Was Sunny nicht weiß, macht ihn nicht heiß.« Lucky wirft seine Ordner mitten auf den Tisch. »Sind wir fertig? Ich muss los.«

»Heißes Date?«, fragt Thibault grinsend.

»Wenn du es unbedingt wissen musst, ich habe einen Arzttermin dort. Aber danke, dass du dich um mein Privatleben sorgst.«

Thibault hebt eine Hand. »Apropos, ich brauche bis heute Abend von allen ihre Einsatzbögen. Am Freitag ist Zahltag, nicht vergessen. Wenn ihr Geld wollt, brauche ich eure Zeitpläne. Keine Entschuldigung.«

Ringsum am Tisch wird gestöhnt. Ich mache mir ein wenig Sorgen, weil ich überhaupt nichts von Zeitplänen weiß. Muss ich auch einen ausfüllen oder enthebt mich die Probezeit von dieser Verpflichtung?

Thibault verdreht die Augen. »Ich sage es noch mal, da wir jemanden Neues am Tisch haben: Füllt euren Plan täglich aus, tragt eure Zeiten ein. Sonst habt ihr das als große Aufgabe vor dem Wochenende vor der Brust.« Er deutet auf mich. »Deinen übernehme ich fürs Erste, aber ab der zweiten Woche machst du das selbst.«

Ich nicke.

»Buh«, sagt Dev und senkt den Daumen.

Thibault schüttelt den Kopf. »Mein Gott, Leute, werdet doch mal erwachsen. Das ist ein Zeitplan, kein Mathetest.«

Ozzie erhebt sich. »Eins noch, bevor ihr alle geht.«

Ich werde panisch. Ich weiß, das ist irrational und läuft allem zuwider, wie er mich bisher behandelt hat, aber mir drängt sich wieder der Gedanke auf, er werde es ihnen jetzt sagen. Er wird mich als die Schlampe bloßstellen, die ich bin, wird enthüllen, dass ich nur wenige Tage nach unserer ersten Begegnung mit ihm geschlafen habe.

»Wir brauchen einen Firmenwagen für May. Hat jemand Vorschläge hinsichtlich Marke und Modell?«

Ich bin zu verblüfft, um etwas zu sagen. Ein Firmenwagen? Bedeutet das, meine Probezeit ist vorbei?

Bin ich die Einzige, die mitkriegt, wie verrückt das ist?

»Wie wäre es mit einem Minivan?«, schlägt Toni mit amüsiertem Schnauben vor.

Ich funkle sie an, und alle Bedenken sind vergessen. »Was ... willst du damit sagen, ich sehe wie eine Frau aus, die einen Minivan fährt? Wie eine Mutter mit einem Stall voll Kinder? Nein, danke.«

Sie zuckt die Achseln. »Du bist Miss Mittelmaß. Dann können wir auch mit deiner natürlichen Tarnung arbeiten.«

»Keine schlechte Idee«, meint Ozzie.

Verräter! Ich drehe mich zu ihm um. »O doch, das ist eine schlechte Idee. Es ist geradezu eine schreckliche Idee. Ich kann keinen Minivan fahren! Minivans sind für Mütter. Für verheiratete Frauen, nicht für Singles.«

Sehe ich etwa aus wie eine Minivanfahrerin? Ich könnte heulen. Ja, die Dinger sind schön hoch, haben viel Stauraum und bieten acht Personen Platz, aber mal ehrlich ... um Himmels willen, ich bin Single!

»Machst du dir Sorgen, es könnte deinen Marktwert drücken?« Unbeeindruckt wartet Ozzie meine Antwort ab.

Mein Gesicht verzieht sich, nimmt nacheinander mehrere verschiedene Ausdrücke an. Frustration. Verlegenheit. Trauer. Eifersucht. »Wieso darf Toni einen SUV fahren?«

Ja, ich bin kindisch, aber was soll's? Sie läuft in knallengen Hosen und Stiefeln mit Bleistiftabsätzen herum. Ich trage Espadrilles und fahre einen Minivan. Da stimmt doch was nicht! Mir drängt sich die Frage auf, warum Ozzie überhaupt mit mir geschlafen hat. Ist er irgend so ein Spinner mit Ödipuskomplex?

»Ich fahre den SUV, weil er zu mir passt.« Sie lächelt mich an, und in ihrer Miene sehe ich mehr als nur einen Anflug von Selbstgefälligkeit. Oh, sie bettelt geradezu darum, nähere Bekanntschaft mit meinem Taser zu machen, oder zumindest um eine Tracht Prügel mit der Pinkelhandtasche.

Mit zusammengekniffenen Augen sehe ich sie an. »Ein Minivan passt aber ganz und gar nicht zu mir.«

»Wie wäre es, wenn ich mit ihr ein Auto kaufen gehe?«, schlägt Dev vor. »Ich habe später Zeit.«

»Tu das.« Ozzie nickt. »Ich bin gegen neun mit ihr fertig.«

»Ich gegen zwei«, setzt Toni hinzu. Ich finde, sie redet mir ein bisschen viel in meinen Zeitplan hinein. Wir werden mal ein Wörtchen miteinander reden müssen. Mit solchen Problemen kann ich mich nicht an Ozzie wenden, schon gar nicht jetzt, wo wir miteinander schlafen. Ich will keine Sonderbehandlung. Ja, Toni und ich werden uns später ein paar Takte unterhalten, um ein paar Dinge auszuräumen.

»Sollen wir uns um halb drei hier treffen?«, fragt mich Dev.

»Klar. Solange du mir nicht mit einer Waffe auflauerst.«

Er lächelt. »Das kann ich nicht versprechen.«

Ich zucke die Achseln. »Auch gut. Dann kann ich auch nichts versprechen.«

»Oooh, Baby, das klingt wie eine Drohung!« Thibault lacht. »Da hast du ein ganz schönes Fass aufgemacht, Dev. Ich glaube, du solltest mal über einen Rückzug nachdenken.«

»*Rückzug* gehört nicht zu meinem Vokabular«, gibt er zurück und richtet sich zu seiner vollen Größe von fast zwei Meter zehn auf.

Ich muss zugeben, dass er ziemlich beeindruckend aussieht. Aber das werde ich niemanden merken lassen. Ich zucke die Achseln. »Keine Sorge, Thibault. Du weißt doch, was man über Typen wie ihn sagt.« Ich deute mit dem Kinn auf Dev.

Thibaults Augen blitzen praktisch vor Erheiterung. »Nein, was denn?«

»Je größer sie sind, desto tiefer fallen sie.«

Selbst Ozzie lacht, als Dev erwidert: »Oh, jetzt bist du dran, Miss Mittelmaß. Jetzt bist du so was von dran.«

Kapitel 46

Nachdem ich meine Sportklamotten angezogen habe, treffe ich Ozzie in der firmeneigenen Sporthalle. Er trägt auch Sportklamotten, und ich muss den Blick von seinem Schritt abwenden, von dem ich schwören könnte, dass er sich mit jeder Sekunde stärker ausbeult. Aber das hilft mir auch nicht, mich zu beruhigen. Bei Tageslicht ist seine Brust unglaublich breit, und ich weiß noch, wie sie sich unter meinen Händen angefühlt und wie sie nackt direkt über mir ausgesehen hat.

»Ich zeige dir heute Devs Zirkeltraining, damit du es zukünftig ohne mich absolvieren kannst.«

Mir fällt die Kinnlade herunter. Alle erotischen Gedanken sind wie weggeblasen. Das Zirkeltraining? Niemand mag das Zirkeltraining. Ich weiß nicht mal, was es ist, und mag es jetzt schon nicht.

»Was ist?«, fragt er und kommt näher.

Ich weiche zurück. »Nichts.« Ich mustere die Geräte und tue so, als täte es mir nicht weh, dass er bereits sein Versprechen zu brechen versucht, mit mir zu arbeiten. »Wo fangen wir an?«

»Gar nicht, bis du mir sagst, was ich falsch gemacht habe.« Er schaut mit einem Gesichtsausdruck auf mich herab, der mir verrät, dass er es ernst meint.

»Gar nichts. Ich bin halt ein Mädchen. Albernes Zeug. Komm schon, lass uns trainieren.« Ich muss wirklich aufhören, so ein Waschlappen zu sein. Langsam gehe ich mir selbst auf die Nerven.

Er bleibt noch ein paar Sekunden reglos stehen, doch dann stellt er sich rechts neben mich. »Hier drüben ist das berühmte Klemmbrett.«

Er nimmt es vom Tisch und hält es mir hin. Selbst bei dieser kleinen Bewegung schwellen seine Muskeln. *Lecker.*

»Dev hat hier Übungen zusammengestellt, die man an bestimmten Geräten absolvieren muss. Man wiederholt jede eine Minute lang so oft, wie man kann, und macht zwischen den einzelnen Übungen jeweils fünfzehn Sekunden Pause. Länger darf man sich nicht ausruhen, sonst platzt er vor Wut.«

»Woher weiß er, ob man sich an den Plan gehalten hat oder nicht?«

»Er ist ein Freak. Vertrau mir, er sieht es einem an. Ich weiß nicht, ob er heimlich vom anderen Ende des Raums aus die Sekunden mitzählt oder was, aber er weiß es. Wer beim Zirkeltraining betrügt, betrügt sich selbst, und sich selbst zu betrügen heißt, das Team betrügen. Also lass es einfach. Folge den Anweisungen auf dem Klemmbrett.«

»Klingt bedrohlich«, versuche ich, über die Tatsache zu scherzen, dass ein Feldwebel für mein Training zuständig zu sein scheint. Ich bin ja gar nicht mehr so sicher, ob ich wirklich fit werden will.

»Nein. Man gewöhnt sich daran. Außerdem … zeigt es Ergebnisse.« Er zeigt mir das Klemmbrett. »Hier ist die erste Übung. Dev hat die Geräte durchnummeriert. Die erste Übung absolviert man an Nummer acht. Man zieht den Griff hinter dem Kopf nach unten. Bilder der Übungen findest du an den Geräten selbst, daran kannst du dich während des Trainings orientieren.« Er deutet auf das Papier und geht dann zum Gerät.

»Setz dich.«

Ich nehme auf der kleinen, gepolsterten schwarzen Bank Platz und warte, was Ozzie als Nächstes tut. Er schiebt einen Arretierstift in irgendwelche Gewichte, die ich ziehen soll. Vor mir sehe ich das erwähnte Bild, das mir zeigt, wie die Übung aussehen soll. Es ist eine Zeichnung einer Person, die einen Griff in ihren Nacken zieht, genau wie er gesagt hat. Ich nicke. Sieht ziemlich einfach aus.

»Nimm den Griff da über deinem Kopf und zieh ihn in deinen Nacken. Langsame, kontrollierte Bewegungen, so oft du kannst, und die Hände weit auseinander.« Er beugt sich vor und drückt einen Knopf an einer Stoppuhr, die mit Gaffer Tape an das Gerät geklebt ist. »Stoppuhr läuft.« Er drückt einen weiteren Knopf.

»Los!« Die Stoppuhr zählt von sechzig herunter.

Ich ziehe den Griff nach unten und lächle, als ich sehe, dass das Gewicht, das er für mich ausgesucht hat, machbar ist. Ich schaffe das. Ich werde nicht einmal bei den Sekunden betrügen müssen.

Ozzie starrt den Griff an, den ich nach unten ziehe. Dann beobachtet er mich, konzentriert sich auf mein Gesicht.

»Du hast dein Omelett nicht gegessen«, sagt er leiser, damit man ihn nicht im gesamten Lagerhaus hört.

»Weiß ich.« Ich warte, ehe ich den Griff wieder herunterziehe. »Ich wollte es nicht vor allen tun.«

Zischend entweicht die Luft aus meiner Lunge, als ich versuche, den Griff daran zu hindern, nach oben zu schnellen. Es ist also doch nicht so einfach, wie ich gedacht habe.

»War es dir peinlich, dass ich es für dich zubereitet habe?«

Die Gewichte prallen scheppernd aufeinander, als mir der Griff entgleitet.

»Ganz ruhig«, mahnt er.

Ich umfasse den Griff fester und mache die nächste Wiederholung. »Nein, es war überhaupt nicht peinlich. Ich habe mich darüber gefreut. Ich will nur … nicht, dass jemand etwas mitbekommt, was du geheim halten willst.«

»Zum Beispiel?«, fragt er.

Ich bemühe mich, den Griff langsam wieder nach oben gleiten zu lassen. Irgendwie habe ich das Gefühl, die Gewichte werden schwerer, obwohl ich sehen kann, dass Ozzie sie nicht berührt hat.

»Du weißt schon.« Mein Gesicht wird ganz rot, zum Teil von der Anstrengung, aber auch wegen seiner Fragen. »Zwing mich nicht, es zu sagen.«

»Du willst nicht, dass jemand weiß, dass wir miteinander geschlafen haben.«

Ich lasse den Griff in die Ausgangsposition zurückschnellen. Die Gewichte knallen aufeinander. »Das habe ich nicht gesagt.« Ich muss mir die Hände an den Shorts abwischen. Ich schwitze bereits, wobei ich nicht sicher bin, ob das am Training oder an unserem Gespräch dabei liegt.

»Wenn du alles diskret behandeln willst, soll mir das recht sein.« Ozzie zuckt die Achseln.

»Ich meine nur, wenn die anderen es wissen, werden sie schlecht von mir denken.«

»Dann bekämen sie ein Problem mit mir«, sagt er. Ich bin nicht sicher, ob ihm das klar ist, aber er wirft sich bei diesen Worten ein wenig in die Brust.

Ich lächle, als sich sein Beschützerinstinkt wieder in den Vordergrund drängt. Es ist wirklich eine seiner attraktivsten Eigenschaften. »Wenn du nichts dagegen hast, würde ich meine Kämpfe gern selbst austragen.«

»Gut. Aber sag mir, wenn jemand dir Probleme bereitet.«

Ich schüttle den Kopf. »Nein, das werde ich nicht tun.«

»Betrug!«, brüllt eine Stimme vom anderen Ende des Lagerhauses, und ich zucke zusammen.

Ozzie winkt mir mit dem Klemmbrett. »Komm schon, nächste Übung.« Er geht zu einem anderen Gerät und deutet auf den Sitz. »Stell die Stoppuhr. Eine Minute. Dann ruh dich fünfzehn Sekunden lang aus, bevor du anfängst.«

Ich drücke die Knöpfe dieser neuen Stoppuhr, genau wie es Ozzie bei der letzten getan hat, und lege die Hände auf meine Beine. Tatsächlich bleibt mir jetzt schon ein bisschen die Luft weg. Wie lahm.

»Stell das Gewicht auf dreißig Kilo ein.«

»Gilt das für alle Geräte?« Ich beuge mich vor, ziehe einen Metallstift aus dem Gewichtestapel und stecke ihn in das mit der Zahl Dreißig.

»Nein. Dev gibt uns eine Liste, was wir einstellen sollen. Hier ist deine.« Ozzie deutet auf eine Tabelle auf der ersten Seite, die die Gewichte der einzelnen Mitarbeiter für jedes Gerät enthält. Ozzies Zahlen sind natürlich hoch. Riesig im Vergleich zu meinen. An diesem Gerät soll er neunzig Kilo einstellen. Geht das überhaupt? Ich schaue nach unten und sehe, dass die Gewichte nur bis fünfundsiebzig reichen.

»Wow! Sieht er das mit diesem Training möglicherweise ein klein bisschen zu eng?«

Ozzie flüstert beinahe: »Sagen wir, er nimmt seinen Job ernst.«

»Ich sehe, dass ihr da drüben betrügt!«, brüllt Dev. »Fünfzehn Sekunden Pause! Keine fünfzehn Minuten!«

Ich drücke den Knopf der Stoppuhr und beginne mit der Übung, allerdings nur mit halber Kraft, weil ich mich so sehr bemühen muss, mein Lachen zu unterdrücken.

Ozzie muss sich abwenden, um nicht auch zu lachen.

»Welche Laus ist Toni über die Leber gelaufen?«, frage ich und fühle mich jetzt, da ich mich darauf konzentrieren kann, dass sie mir aus irgendeinem geheimnisvollen Grund gram ist, stärker. Die Gewichte fliegen praktisch durch die Luft.

»Inwiefern?«

»In Bezug auf dich. Habt ihr miteinander geschlafen?«

Ozzie verzieht das Gesicht. »Toni und ich?«

»Ja.« Ich tue, als würde mir das nichts ausmachen, und starre auf die Gewichte, die ich langsam auf und ab bewege.

»Nein. Nie.«

»Warum ist sie dann sauer, weil ich über Nacht geblieben bin?«

»Keine Ahnung.« Er schüttelt den Kopf. »Vielleicht aus übertriebenem Beschützerinneninstinkt.«

»Für dich?«, schnaube ich. »Sehr witzig.«

»Toni ist loyal. Nimmt es persönlich, wenn Außenstehende ihre Familie bedrohen.«

»Ich bin also eine Außenstehende.« Es macht mich traurig, dass er mich so bezeichnet. Mehr als alles andere möchte ich hierhergehören. Ich habe seit mindestens achtundvierzig Stunden nicht mehr an Hochzeitsfotos gedacht, obgleich ich in den vergangenen sieben Jahren an nichts anderes gedacht habe. Freiheit! ... Ich will sie nicht wieder verlieren, jetzt, wo ich sie gekostet habe. Jetzt kann ich mir eingestehen, dass ich meinen früheren Beruf gehasst habe. Es brauchte die Bourbon Street Boys, um mir das vor Augen zu führen, um mir zu ermöglichen, mir selbst gegenüber ehrlich zu sein.

»Das würde ich eigentlich nicht sagen. In ihren Augen läuft deine Probezeit noch. Aber keine Sorge. Sie wird dich schon noch irgendwann akzeptieren.«

»Wenn ich ihren Ansprüchen gerecht werde.«

»Das wirst du.«

Ich drücke die Griffe vor mir zum zehnten Mal von mir weg, als die Stoppuhr piepst. Knurrend drücke ich die Gewichte, die sich jetzt viermal so schwer anfühlen wie zu Beginn, ein letztes Mal. »Eeerrrgh!«

»Du schaffst es, Mädchen!«, brüllt Dev vom anderen Ende des Raumes herüber.

Ich lache und lasse die Griffe los, ehe die Wiederholung vollendet ist.

Ozzie legt mir die Hand auf die Schulter. »Fünfzehn Sekunden Pause. Du wirst sie brauchen.«

Mit schweißüberströmtem Gesicht schaue ich zu ihm auf. »Ist die nächste Übung hart?«

Er grinst und flüstert: »Nein, aber ich habe Pläne für heute Nacht.«

Ich kann mich ums Verrecken an keine Übungen dieser Trainingseinheit mehr erinnern. Dafür war ich viel zu abgelenkt von der Frage, was er mit mir anstellen und zu wie vielen Orgasmen ich dabei kommen würde.

Kapitel 47

»Das Ganze nennt sich Data-Mining«, erklärt mir Toni und fährt den Computer hoch. Wir sind durch ein Labyrinth aus Korridoren und Türen in einen Bereich des Lagerhauses gelangt, von dem ich bis eben nicht einmal wusste, dass er existiert, und sitzen in einem Großraumbüro. »Hierher wird alles übertragen, was die Überwachungstechnik aufnimmt. Wir verteilen es auf die jeweiligen Ordner und befassen uns damit, wann immer wir Zeit dafür haben. Manchmal helfen uns bestimmte Programme, manchmal muss man es sich im Schnellvorlauf anschauen und warten, bis etwas Interessantes passiert.«

Sie öffnet einen Ordner und klickt auf eine Datei. »Das hat der Papagei gestern übermittelt. Der Feed reicht bis heute Morgen um neun.« Sie steht auf. »Ich schaue mir mal die Bilder der Libelle an, und du befasst dich mit den Aufnahmen des Papageis. Danach prüfen wir mal, was die Go-Pro aufgenommen hat.« Sie setzt sich vor den Computer, klickt auf einen Ordner und setzt sich die Kopfhörer auf, die auf dem Schreibtisch bereitliegen.

Ich tippe ihr auf die Schulter, und sie sieht zu mir auf.

»Was genau soll ich jetzt machen?«

Seufzend nimmt sie die Kopfhörer wieder ab. »Schau dir das Video an. Notier die Zeitstempel von allen interessanten Ereignissen. Mach einen Screenshot, wenn du ein Gesicht erkennen kannst.«

Sie will die Kopfhörer gerade wieder aufsetzen, als ich sie mit einer weiteren Frage davon abhalte.

»Was genau meinst du mit ›interessanten Ereignissen‹?«

Sie verdreht die Augen. »Meine Güte, Miss Mittelmaß, soll ich dich beim Mittagessen auch noch füttern?«

Ich lehne mich auf dem Bürostuhl zurück und verschränke die Arme. Ich bin vom Training zu erschöpft, um mir das jetzt anzutun.

Gewichte zu heben, scheint offenbar nicht nur meinen Körper, sondern auch mein Gehirn auszulaugen. »Bevor es dazu kommt, könntest du mir einfach mal verraten, was du eigentlich gegen mich hast.«

Sie sieht mich trotzig an. »Ich habe nichts gegen dich.«

»Doch, hast du.«

Sie zuckt die Achseln und tut jetzt ganz cool. »Bist du vielleicht ein bisschen paranoid? Mensch, Miss Mittelmaß. Entspann dich mal. Du bekommst später deinen Minivan.«

Ich beuge mich zu ihr rüber und schlage ihr die Kopfhörer aus der Hand, als sie sie gerade wieder aufsetzen will. Am Arsch, Minivan. Ich fahre den verdammten Minivan nirgendwohin.

Sie wirbelt herum und funkelt mich wütend an. »Pass lieber auf, Miss Mittelmaß. Im Augenblick ist niemand hier, der dich vor deinem losen Mundwerk bewahren könnte.«

Ich hebe eine Braue. »Soll mir das Angst machen?« Gestern hätte es das vermutlich, heute weiß ich, dass ich mich ganz auf Ozzie verlassen kann, deshalb bin ich ziemlich unbeeindruckt. Sie hat augenscheinlich ein Problem mit mir, und wenn ich langfristig hier arbeiten will, müssen wir es aus der Welt schaffen. Es wäre auch gut möglich, dass mir das Training sämtliche

Transmitter aus dem Hirn gebrannt hat, und die angemessene Reaktion auf ihre Drohung deshalb ausbleibt. Statt mir vor Angst beinahe in die Hose zu machen, schalte ich instinktiv auf stur und lege mich mit ihr an.

»Wenn du clever wärst, hättest du Angst.«

Ich lege die Hände auf die Stuhllehnen. »Nehmen wir einfach mal an, ich sei nicht clever. Was willst du machen? Mir eine verpassen? Mich hier im Computerraum niederringen? Mir eine Lektion erteilen?«

Sie runzelt die Stirn und sieht mich an, als hätte sie es mit einer völlig Verrückten zu tun. »Nein.«

»Was dann?« Ich zucke die Achseln. »Was ist dein Problem? Warum bist du in einer Sekunde noch nett zu mir und verpasst in der nächsten Thibault unter dem Tisch einen Tritt?«

Na also. Wäre das auch endlich gesagt. Ich hoffe inständig, dass es kein Fehler war, es zur Sprache zu bringen.

»Wovon redest du?«

»Du hast Thibault unter dem Tisch einen Tritt verpasst, als er vorschlug, ich könne über Nacht bei Ozzie bleiben.«

»Hab ich nicht.«

»Doch. Ich hab's gesehen.«

»Mir ist nur der Fuß ausgerutscht. War ein Versehen.«

»Ach bitte. Lass den Scheiß und sag mir einfach, warum du das gemacht hast. Bist du in Ozzie verknallt? Eifersüchtig?«

Ihr klappt die Kinnlade herunter.

»Niemand könnte es dir verdenken. Er sieht gut aus, ist gut gebaut, Single, erfolgreicher Geschäftsmann. Alles in allem ein wirklich guter Fang.«

»Er ist nicht mein Typ.« Toni wendet sich von mir ab und macht wieder Anstalten, die Kopfhörer aufzusetzen.

»Glaub ich dir nicht.«

Sie zuckt wieder die Achseln und schiebt sich die Kopfhörer auf die Wangen. »Glaub doch, was du willst. Ist mir scheißegal.«

Dann setzt sie die Kopfhörer richtig auf und drückt eine Taste auf ihrer Tastatur.

Ich kann mich gerade noch davon abhalten, ihr das F-Wort entgegenzuschleudern. Stattdessen nehme ich einen Stift vom Schreibtisch und schiebe den Notizblock auf die linke Seite, damit ich mitschreiben kann.

Toni will nicht über ihre Gefühle für Ozzie sprechen, ich auch nicht. Sie wird sich einfach damit abfinden müssen, dass er mir gehört. Mir, ganz allein mir. Ich komme mir vor wie der Geizkragen Dagobert Duck, der auf seinem Goldhaufen sitzt und schon ausflippt, wenn sich ihm jemand auch nur nähert. Oje, dieser Mann hat es mir wirklich angetan.

Ich seufze, drücke den Startknopf des Videos und sehe zu, wie sich die Bäume um das Zielobjekt sacht im Wind wiegen. Ansonsten tut sich rein gar nichts.

Nachdem ich zehn Minuten auf dasselbe Bild starre, wird mir klar, wie öde dieses Data-Mining ist. Kein Wunder, dass sich alle gefreut haben, als ich mich freiwillig dafür gemeldet habe. Ich schleudere den Stift auf den Schreibtisch, lehne mich zurück und wippe, vor und zurück, vor und zurück …

»Könntest du damit aufhören?«, fragt Toni gereizt und streift sich die Kopfhörer ab.

»Womit?« Ich mache unbeirrt weiter.

»Mit dem Gezappel.« Sie greift nach der Armlehne meines Stuhls und versucht, mich davon abzuhalten.

Ich stoße sie mit dem Ellbogen weg und wippe noch energischer. »Das ist ein freies Land, ich kann tun und lassen, was ich will.« Über die wirklich wichtigen Dinge will sie nicht sprechen, aber wenn ich versuche, es mir auf dem verdammt harten Stuhl bequem zu machen, heult sie rum? Nein, so lasse ich nicht mit mir umspringen. Das ist mir einfach zu blöd.

Ich starre angestrengt auf den Bildschirm und tue so, als müsse ich ihm meine volle Aufmerksamkeit widmen. Adrenalin durchströmt mich. Ich habe den dringenden Verdacht, dass Toni mich jeden Augenblick anspringt.

Wenn ich meinen Taser an der Frau hätte, wäre das alles kein Problem. Da das nicht der Fall ist, überlege ich angestrengt, ob ich irgendetwas zu Verteidigungszwecken zur Waffe umfunktionieren könnte. Dev wäre stolz auf mich, obwohl mir bisher nichts anderes ins Auge gestochen ist als die Kopfhörer. Was soll ich denn mit denen ausrichten? Ihr mit den Ohrenpolstern Kopf und Schultern verkloppen?

»Hörst du dir eigentlich selbst zu?«, fragt sie. »Das ist ein freies Land? Im Ernst? Wie alt bist du, zehn, oder was?«

»Ich bin alt genug, um zu erkennen, wenn jemand eifersüchtig ist.« Ich verdrehe die Augen, um sie noch mehr zu provozieren. Vielleicht platzt sie ja damit heraus, was ihr Problem ist, wenn ich sie nur wütend genug mache.

»Eifersüchtig? Ich? Du glaubst, ich bin eifersüchtig auf dich?«

»Klar bist du das. Warum solltest du dich mir gegenüber sonst wie ein fieses Miststück benehmen?«

Ihr Angriff überrumpelt mich völlig. Sie saß gerade noch neben mir, jetzt schmeißt sie sich mit voller Wucht auf mich.

Mein Stuhl rutscht unter mir weg, und im nächsten Augenblick hat sie mich fest im Schwitzkasten. Ich hänge gekrümmt zwischen ihren Armen in der Luft und komme mit den Knien nicht bis auf den Boden, um mich abzustützen.

»Wie kannst du es wagen, mich Miststück zu nennen!«, brüllt sie.

Ich strecke verzweifelt die Arme aus, um etwas ... irgendetwas zu fassen zu bekommen, womit ich mich wehren kann.

»Du tust mir weh!«, schreie ich und kralle mich in ihr Bein.

Sie drückt noch fester zu. »Lass mein Bein los, verfickte Miss Mittelmaß!«

»Hör auf, mich Miss Mittelmaß zu nennen!«

»Zwing mich doch!«

»Wer benimmt sich jetzt wie eine Zehnjährige?!«

»Schnauze!«

Mit den Fingern ertaste ich das Kopfhörerkabel, greife danach und ziehe daran so fest ich kann. Ich ramme ihr den Arm ins Schienbein und schaffe es endlich, meine Beine auf den Boden zu bringen.

Sie lässt mich trotzdem nicht los. Ich strecke die freie Hand aus, erwische ihr Haar, kralle meine Finger hinein und ziehe mit aller Kraft daran.

»*Auuu!*«, kreischt sie. »Lass meine Haare los!«

»Lass meinen Hals los!«, fordere ich. Mir wird langsam schwindelig.

»Du zuerst.« Sie schnauft wie ein wütender Bulle.

Scheiß drauf! Sie hat damit angefangen, also kann ich die ganze Sache auch beenden. Ich schließe die Faust um das Kopfhörerkabel und boxe ihr in den Oberschenkel.

Ihr Bein zuckt zurück, und sie schreit vor Schmerz.

Na also, jetzt weißt du auch, wie sich ein Pferdekuss anfühlt, Miststück. Ich habe eine ältere Schwester und weiß wie keine andere, wie man sich aus dem Schwitzkasten befreit.

Sie lockert unweigerlich den Griff, ich rapple mich sofort auf und stoße sie mit voller Wucht von mir weg. Das Adrenalin verleiht mir Superkräfte, und da sie ein Fliegengewicht ist, segelt sie durch das halbe Kabuff. Sie landet rückwärts auf der Kante ihres Bürostuhls. Er gibt nach, fällt um, und sie knallt auf den Boden.

Ich schwinge mich rittlings auf ihren Brustkorb, packe eine ihrer Hände und wickle in rasender Geschwindigkeit das Kopfhörerkabel darum. Das Ganze hat etwas von Cowboy und Kalb beim Rodeo. Ehe sie sich von den Schmerzen des Pferdekusses erholen kann, schnappe ich mir ihre andere Hand und fessle sie ebenfalls. Mir fallen die Kopfhörer auf die Hand, als ich nach dem anderen Ende des Kabels angele.

»Was machst du da?!«, schreit sie und holt danach scharf Luft. Ich muss sie ziemlich übel erwischt haben.

Sie klingt, als hätte sie ernst zu nehmende Schmerzen.

»Ich mache dich unschädlich, damit du dich beruhigen kannst.«

»Du solltest besser ganz schnell verschwinden«, knurrt sie und zerrt an meinen ziemlich stümperhaft angebrachten Fesseln. Ich kann das Kabel nicht richtig verknoten, es ist also nur eine Frage der Zeit, bis sie sich befreit und mir nach dem Leben trachtet.

Ich suche die nähere Umgebung nach einer Lösung für das Problem ab. Außer den beiden Stühlen entdecke ich nichts Hilfreiches.

Ich ziehe einen der beiden Stühle zu mir heran und lege ihn wie ein Zelt über sie, die Rückenlehne berührt rechts von ihr den Boden, die Armlehne links. Dadurch bildet er eine Brücke über ihren gefesselten Händen. Ich stütze mich darauf ab, nutze mein Gewicht, um ihn an Ort und Stelle zu halten, und hänge jetzt über ihrem knallroten Kopf.

»Gib einfach auf, dann lasse ich dich gehen.«

»Das hier ist erst zu Ende, wenn ich dir ein Messer an die Kehle halte, keine Sekunde früher.« Sie ist so sauer, dass sie die Worte förmlich ausspuckt.

Ich blinzle ein paarmal, während ich abzuschätzen versuche, ob sie es wirklich ernst meint. Sie sieht auf alle Fälle so aus.

»Du würdest mit einem Messer auf mich losgehen?« Der Gedanke schmerzt schon ein bisschen. Ich bin ziemlich sicher, dass sie das mit den Jungs nicht machen würde, egal wie sauer sie auf sie wäre.

Sie antwortet nicht, funkelt mich nur weiter wutentbrannt an und zerrt an den Fesseln. Wahrscheinlich ist sie das Kabel jeden Augenblick los, doch solange ich mich auf den Stuhl stemme, kommt sie nicht besonders weit.

»Lass mich frei!«, fordert sie in gefassterem Ton. Sie klingt dabei gefährlich ruhig, deshalb traue ich ihr keinen Meter weit.

»Geht nicht. Ich möchte den Tag überleben.« Ich grinse sie an. Die ganze Situation ist vollkommen lächerlich. Zwei erwachsene Frauen prügeln sich wie Kinder. Bei der Arbeit! Ich kann wirklich nur hoffen, dass keiner der Jungs hereinplatzt und uns so sieht.

»Dann hättest du mich nicht angreifen sollen.«

Ich lege die Stirn in Falten. »Hey, das ist unfair. Du hast angefangen. Ich habe mich nur verteidigt.«

»Du hast es so gewollt.«

Ich schüttle den Kopf. »O nein! Ich wollte nur eine Erklärung dafür, warum du wegen mir und Ozzie eifersüchtig bist. Das war eine vollkommen harmlose Frage.«

Sie starrt mich so lange reglos an, dass ich mir Sorgen mache, ob ihr Gehirn noch genug Sauerstoff bekommt.

»Willst du noch etwas sagen?«, frage ich irgendwann.

»Weiß nicht, ob das überhaupt noch einen Zweck hat.« Sie hebt das Kinn ein Stückchen.

»Warum?«

»Weil du wahrscheinlich nächste Woche sowieso nicht mehr hier bist.«

»Sagt wer?«

»Sage ich.«

»Wow! Danke, dass du mir so viel zutraust.«

»Du gehörst hier nicht her.«

»Au!« Ich reibe mir mit der Hand die Brust. »Das tut weh.«

»Halt die Klappe!«

»Nein, im Ernst.«

»Siehst du? Du bist zu empfindlich. Du gehörst nicht hierher. Warum tust du uns nicht allen einen Gefallen und gehst freiwillig wieder, ohne dein Gesicht dabei zu verlieren?«

»Würdest du das denn machen?«

»Nein, natürlich nicht.«

»Dann mache ich es auch nicht.«

»Du bist nicht wie ich. Wir sind grundverschieden.«

Offenbar fühlt sie sich dadurch angegriffen, dass ich ihr durch die Blume gesagt habe, dass ich sie bewundere. Wie verkorkst ist das denn bitte?

»Vielleicht möchte ich mehr wie du sein«, erwidere ich und dehne dabei die Wahrheit nur ein klitzekleines bisschen. »Vielleicht will ich ja härter werden, mehr Selbstvertrauen aufbauen.«

Sie mustert mich eindringlich, vermutlich um herauszufinden, ob ich es ernst meine oder sie gerade gehörig veräpple. Sie scheint nicht so richtig zu wissen, wie sie reagieren soll. Ich habe ihr ein ziemlich großes Kompliment gemacht, bin jedoch alles andere als sicher, ob das reicht, um ihren Zorn zu bändigen. Mir dämmert langsam, was der Grund für ihr aggressives Verhalten sein könnte.

»Wir sind zu verschieden«, sagt sie schließlich.

»Ach, da bin ich mir gar nicht so sicher.« Ich verringere den Druck auf den Stuhl. »Ich mag die Neue im Team sein, aber ihr seid mir alle wichtig. Ich habe großen Respekt vor jedem Einzelnen von euch und gesehen, wie hart ihr arbeitet, wie bedingungslos ihr zusammenhaltet. Ich weiß, dass ihr Ozzie stolz machen wollt, und dass er ein toller Chef ist. Mir ist klar, dass du bisher die einzige Frau im Team warst und dass sich durch mich jetzt vieles ändert.«

Als sie den Blick abwendet, weiß ich, dass ich genau ins Schwarze getroffen habe. Oder zumindest dicht dran bin.

»Aber das muss doch nichts Schlechtes für dich bedeuten. Es schmälert doch deine Verdienste nicht, dass es jetzt zwei Frauen im Team gibt. Das ändert doch nichts daran, wie gut du bist.«

»Du kannst besser mit dem Papagei umgehen«, flüstert sie. Tränen sammeln sich in ihren Augenwinkeln. Ich weiß, dass sie es hasst, Schwäche zu zeigen. Ihr Gesichtsausdruck wird wieder aufmüpfig.

»Na und? Du bist die wesentlich bessere Kämpferin.« Ich versuche, ihr ein Lächeln zu schenken, doch sie funkelt mich weiter böse an.

»Sagt das Mädchen, das mich mit einem Stuhl am Boden festnagelt. Du hast mich mit dem Kabel meiner eigenen Kopfhörer gefesselt, May.«

»Du hast meinen Namen benutzt.« Ich strecke den Arm aus und drücke ihr sanft auf die Nase. Sie ist so niedlich, wenn sie wütend ist. Es freut mich, dass sie endlich mit dem Miss-Mittelmaß-Mist aufgehört hat.

»Mir ist die Zunge ausgerutscht.« Sie versucht, an ihrem Ärger festzuhalten, aber das werde ich nicht zulassen.

»Wie wäre es mit einer Abmachung?«, schlage ich vor.

»Was für eine Abmachung?«

»Ich verspreche dir, dass ich dir beibringe, wie man dieses dämliche Ding steuert, und du gibst mir dafür die Chance zu beweisen, dass ich deinen Respekt verdiene.«

Sie sieht mich nicht an. Eine Träne löst sich aus ihrem rechten Augenwinkel und perlt über ihr Haar.

»Ich bin nicht an einer Freundschaft mit dir interessiert«, erklärt sie schließlich. Unsere Blicke treffen sich, und sie funkelt mich wieder an.

»Ich bitte dich auch nicht darum, mit mir befreundet zu sein. Ich möchte von dir respektiert werden.« Es macht mich traurig, das sagen zu müssen, doch es ist wahr. Wenn sie nicht meine Freundin sein will, kann ich sie nicht dazu zwingen. Allerdings hat mich noch nie jemand so deutlich von sich gestoßen. Ich habe nicht gelogen, als ich sagte, dass mir ihre Worte wehtäten.

»Den musst du dir verdienen«, antwortet sie und stößt ein lang gezogenes Zischen aus.

»Gib mir nur eine Chance.«

»Von mir aus. Und jetzt lass mich hier raus.«

Wieder ergreift der Teufel Besitz von meiner Zunge. »Erst, wenn du deine Niederlage eingestanden hast.«

Wenn Blicke töten könnten, würde ich augenblicklich zu Staub zerfallen, doch ich lächle munter weiter.

Ihre Stimme klingt leise und bedrohlich. »Wenn du jemals jemandem verrätst, dass ich mich geschlagen gegeben habe, erdolche ich dich im Schlaf.«

Ich lache. »Sag es, sonst wird Ozzie dir das Abendessen unter diesem Stuhl servieren müssen.«

Sie knirscht eine Zeit lang mit den Zähnen, ehe sie es endlich über die Lippen bringt. »Ich gebe auf. Jetzt schwing deinen Arsch von mir runter.«

Ich hebe den Stuhl hoch, trete zur Seite und mache mich innerlich darauf gefasst, dass das wütende Rumpelstilzchen, das nicht meine Freundin sein möchte, einen Mordanschlag auf mich verübt.

Sie tut nichts dergleichen. Stattdessen steht sie einfach auf, stellt die Stühle wieder ordentlich hin und wickelt sich das Kabel von den Handgelenken. Als sie fertig ist, setzt sie sich wortlos an ihren Platz, setzt die Kopfhörer auf und lässt das Video weiterlaufen.

Ich setze mich vorsichtig vor meinen Bildschirm und mache mich ebenfalls wieder an die Arbeit, behalte sie dabei aber die ganze Zeit im Auge. Der Überraschungsangriff, mit dem ich die nächsten drei Stunden jederzeit rechne, bleibt aus.

Kapitel 48

»Bist du soweit?«, fragt Dev und kommt händereibend quer durch das Lagerhaus auf mich zu.

Ich stecke die Hand in die Handtasche und umfasse meinen Taser. »Wofür?«

»Fürs Autokaufen.« Er wirkt verwirrt. »Hatten wir das nicht geplant?«

Ich nehme die Hand wieder aus der Handtasche. »Ja klar, natürlich. Was hast du denn gedacht, wovon ich rede?«

Er deutet auf mich und zwinkert mir zu. »Du spielst Spielchen. Gut. Ich mag deinen Stil.«

Ich verdrehe die Augen, und wir gehen zu seinem Auto. »Ich habe keinen Stil.«

»O doch, Miss Mittelmaß. Vertrau mir.« Kichernd schiebt er sich in das große, alte Auto.

Ich schwinge mich auf den Beifahrersitz und zucke zusammen, als ich merke, wie schwer die Tür ist. Dieses Zirkeltraining hat mich fast umgebracht. Jetzt hat sogar mein Muskelkater einen Muskelkater. Ich habe das Gefühl, mich nie wieder zu erholen.

Alles … jeder Muskel, jeder Knochen, jede Zelle in meinem Körper schmerzt.

Er fährt rückwärts aus dem Lagerhaus, und ich denke an seine Worte, an die Tonis und daran, wie die anderen alle mit mir umgehen. Sogar Ozzie.

»Ihr nennt mich immer Miss Mittelmaß, und ich muss sagen, ich empfinde das nicht gerade als Kompliment.«

Dev steuert nur mit dem Handballen. So braucht er fünf Umdrehungen, um auch nur im Neunzig-Grad-Winkel abzubiegen.

»Das ist ein Kompliment. Vielleicht ist es auch eher die Feststellung, dass du über eine wirklich gute Tarnung verfügst.«

»Was meinst du damit?«

Er schürzt die Lippen. »Hmm, wie sage ich das jetzt so, dass es dich nicht verletzt …«

»Du brauchst keine Angst zu haben, mir auf den Schlips zu treten«, sage ich. »Das hat Toni schon erledigt.«

»Nein, ich suche nur nach einem Weg, dir zu zeigen … ah, ich weiß.« Er hebt den Zeigefinger. »Woran denkst du, wenn du Ozzie siehst?« Er schaut mich an und wartet auf meine Antwort.

Mir fallen fast die Augen aus dem Kopf. Ist das eine Fangfrage? Eine Eröffnung für ein Gespräch darüber, dass ich mit dem Boss geschlafen habe? *Igitt!*

»Wie meinst du das?« Ich täusche eine Lässigkeit vor, die ich nicht empfinde.

»Wenn er da mit seinem Shirt, den Jeans, den Stiefeln und dem militärischen Haarschnitt steht … was fällt dir bei diesem Anblick ein?«

Na schön, ich kann nicht *Wie heiß ist der denn?* sagen, auch wenn es die Wahrheit wäre. Dev will auf etwas anderes hinaus. »Ähm, Kommandosoldat?« Ich kriege rote Ohren.

Dev lacht. »Ausgezeichnet.« Er sieht mich lächelnd an, ehe er seinen Blick wieder auf die Straße richtet.

»Genau. Das sieht jeder, der ihn anschaut. Er fällt auf wie ein bunter Hund. Ozzie wirkt bedrohlich, wie jemand, den man im Auge behalten muss. Er kann in keiner Situation unauffällig bleiben. Das ist einfach unmöglich.«

Ich betrachte Devs lange, schlanke Beine. »Fällt dir wahrscheinlich auch schwer, was?«

»Genau. Er ist ein bunter Hund, und ich bin eine bunte Giraffe. Ich kann einfach nicht verdeckt ermitteln. Ich bin nur gut, um Leichen im Kofferraum abzutransportieren oder das Fluchtauto zu fahren. Ab und zu auch für ein Ablenkungsmanöver.«

»Willst du damit sagen, ich kann nicht verdeckt ermitteln?«
Er lacht. »Oh, und wie du das kannst.«

Ich seufze resigniert. »Willst du damit sagen, ich sehe aus wie eine Minivan-Mutter, die kein Leben hat?«

Er runzelt die Stirn. »Ähhh, nein, eigentlich nicht.«

Ich schaue aus dem Fenster und versuche, nicht verletzt zu sein. Ich weiß, Mutter zu werden ist eine größere Berufung, als ein harter Typ zu sein, aber deshalb will ich es trotzdem noch nicht so bald werden.

»Was ich meinte, war, dass du nicht auffällst. Wenn du eine Minivan-Mutter sein willst, gelingt dir das mit den richtigen Klamotten und der richtigen Frisur auch. Aber wenn du eine Femme fatale sein wolltest, könntest du auch das.«

Ich schaue hinüber, um festzustellen, ob er mich aufzieht, aber er scheint es ernst zu meinen.

Dev fährt fort: »Lederhose, hohe Hacken, andere Frisur ... Kein Problem. Erledigt. Aber trotzdem würde dich niemand als Bedrohung empfinden.«

»Weil ich eine Frau bin?«

»Weil du etwas Entwaffnendes an dir hast.« Er lächelt, streckt die Hand aus und tätschelt meinen Arm. »Du solltest darüber nicht so traurig sein. Das ist in unserer Branche ein großer Aktivposten.«

Leicht besänftigt zucke ich die Achseln. »Ich schätze, ein Aktivposten zu sein ist gar nicht so schrecklich.«

»Nein, vertrau mir ... ein Aktivposten zu sein ist alles. Ozzies einzige verdeckte Ermittlung für die Gruppe war diese Harley-Sache. In dieser Stadt sind einfach zu viele Leute unterwegs, um allzu bald versuchen zu können, wieder auszurücken. Er ist jetzt erst mal eine ganze Weile aus dem Spiel. Ich war nie im Spiel. Zuvor hatten wir nur Thibault, Toni und Lucky. Jetzt haben wir zusätzlich dich.«

Ein wenig Angst ballt sich in meinem Magen. »Um verdeckt zu ermitteln?«

Er zuckt die Achseln. »Eher, um einfach unauffällig anwesend zu sein.« Dev hält auf die Hauptstraße zu, die uns in einen Stadtteil führt, der für seine Zusammenballung von Autohändlern bekannt ist.

Ich nicke. »Gut. Ich schätze, damit kann ich leben.«

»Ein Minivan ist toll, weil man darin unsere gesamte Überwachungstechnik und die Hunde transportieren kann, und was die Unauffälligkeit angeht – na ja, nichts fällt weniger auf als ein Mädchen in einem Fahrzeug, das seiner Mutter gehört.«

Ich seufze laut. »Jetzt bin ich wieder nur noch die Hundesitterin und Taxi-Mama.«

Er lacht, antwortet aber nicht.

Nach einigen Minuten in tiefem Schweigen wird mir klar, dass ich nie wieder eine bessere Gelegenheit haben werde, einem ahnungslosen Opfer Informationen zu entlocken. Er sitzt noch mindestens weitere fünfzehn Minuten mit mir in diesem Auto fest.

»Sag mal ... was ist eigentlich mit Toni los?«, frage ich.

»Wie meinst du das?« Er legt das Handgelenk aufs Lenkrad. Den anderen Arm hat er im offenen Fenster liegen.

»Liebt sie Ozzie? Warum hat sie etwas gegen mich?«

»Ozzie?« Er schnaubt. »Wohl kaum. Er ist nicht ihr Typ.«

Ich runzele die Stirn. »Das hat sie auch gesagt, aber ...«

Ich sehe, dass er mir aus dem Augenwinkel einen Blick zuwirft.

»Was?«, frage ich.

»Du kapierst es echt nicht, oder?«

»Was denn?« Ich hasse es, wenn alle anderen ein Geheimnis kennen, nur ich nicht.

»Warum Ozzie nicht ihr Typ ist.«

Da dämmert es mir. »Oh! Ist sie ... ist sie etwa ... hmm ...« Ich kann es nicht sagen. Wie dumm von mir.

»Ist sie was?« Er genießt offenbar mein Unbehagen.

Ich bekomme die Worte kaum heraus, komme mir unendlich prüde vor. »Eine Lesbe?«

Er lacht. Wirklich laut und wirklich heftig.

»Was?« Jetzt bin ich peinlich berührt.

»Ich sehe dir an, dass das schwierig war.«

»Schnauze!« Mit brennend rotem Gesicht starre ich aus dem Fenster. »Bitte nimm zur Kenntnis, dass ich zahlreiche Homosexuelle kenne. Ich habe mehrere schwule Freunde.«

»Klar.«

»Ehrlich.« Ich funkle ihn an. Woher weiß er, dass ich genau einen schwulen Freund habe? Hat er mir nachspioniert?

»Nun, das ist nett, aber Toni ist keine Lesbe. Zumindest nicht, dass ich wüsste.«

Ich knuffe ihn in die Seite. »Warum hast du mich dann gezwungen, es auszusprechen, du Idiot?«

Er lacht immer noch, hält sich aber die Rippen, wo ich ihn geknufft habe. Dann seufzt er vor Vergnügen. »O Mann, war das witzig.« Er schaut zu mir rüber. »Ich liebe es einfach, wenn du dich so windest.«

»Du bist ein Spinner.« Trotzdem kann ich irgendwie ein Lächeln nicht unterdrücken.

Er lacht noch zu Ende, dann sagt er: »Sie hat eine Vergangenheit. Ozzie hat ihr da durchgeholfen. Trotzdem würde sie in einer Million Jahren nicht auf einen Typen wie ihn abfahren.«

»Eine Vergangenheit? Was für eine Vergangenheit?«

»Ich bin nicht sicher, ob ich dir das sagen darf. Aber du könntest sie fragen.« Diese Idee gefällt ihm für meinen Geschmack viel zu gut.

»Damit sie mir dann den Arsch aufreißt? Nein danke.«

»Es heißt, du könntest mit so etwas umgehen.« Sein Tonfall klingt irgendwie mysteriös.

»Was soll das denn heißen?«

»Oh, ein Vögelchen hat mir gezwitschert, dass es möglicherweise heute Morgen während der Datensichtung zu Fesselungen gekommen ist.«

Mir wird schlecht. »Was? Wer hat dir das erzählt?«

Er kichert. »Nicht Toni, so viel kann ich dir sagen.«

»Jemand hat uns also heute Morgen beobachtet? Wie unhöflich.«

»He, wenn ihr so einen Aufstand veranstaltet, kommt natürlich jemand nachschauen.« Er zuckt die Achseln.

Ich lege mein Gesicht in die Hände und lasse es dort. »O mein Gott, Toni wird mich umbringen.«

»Oh, keine Sorge wegen Toni. Achte nur darauf, immer Kopfhörer dabeizuhaben, dann wird alles gut.«

Ich denke unentwegt an den Vorfall heute Morgen, während Dev weiterfährt. Was soll ich jetzt nur tun? Sie wird mir niemals verzeihen, dass ich sie unter dem Stuhl eingesperrt habe, wenn sie erfährt, dass das Team Zeuge davon geworden ist.

Dev tätschelt meine Schulter. »Keine Sorge. Niemand wird ihr gegenüber ein Sterbenswörtchen erwähnen.«

»Sie wird mich für immer hassen.« Ich nehme die Hände vom Gesicht. »Ich stehe bereits auf ihrer Liste der uncoolen Leute.«

»Keine Bange. Arbeite einfach hart weiter, dann kriegt sie sich schon wieder ein.«

Ich schnaube. »Ja klar.«

»Es ist hart, aber sie ist nicht dumm. Sie wird erkennen, dass du eine gute Verstärkung für das Team bist, und lockerer werden.«

»Was macht dich so sicher, dass ich eine gute Ergänzung bin?«

»Du hast mich zweimal überrumpelt. Toni einmal. Dich hingegen hat bisher noch niemand überraschen können.« Er zuckt die Achseln. »Außerdem hast du, wie gesagt, die perfekte Tarnung. Du bist ein Chamäleon.«

»Jedenfalls ziehe ich diesen Spitznamen dem dummen Miss Mittelmaß vor«, erwidere ich.

Er lacht und hört nicht mehr auf zu kichern, bis wir den Gebrauchtwagenhändler erreichen, bei dem gleich vorn an die zehn Minivans stehen.

Kapitel 49

Zwei Stunden später, nachdem wir uns umgeschaut haben, Probe gefahren sind und über Preise verhandelt haben, fahre ich mit einem jungen Gebrauchten als neuem Firmenwagen ins Lagerhaus: einem goldenen Toyota Sienna. *Geht.* Ich hasse das Ding. Hinter dem Steuer fühle ich mich sofort zehn Jahre älter. Vermutlich sollte ich Felix gegen einen Golden Retriever eintauschen, um den Look abzurunden.

Doch als ich sehe, wie er durch das Lagerhaus auf mich zugerast kommt, so aufgeregt, dass sein kleiner Körper die Form eines Kommas hat, verwerfe ich diesen Gedanken als dumm. Felix ist mein kleiner Mann. Vielleicht kann ich ihm einen kleinen Hundesitz für die Rückbank besorgen. Wenn ich schon aussehen soll wie eine Mutter aus einer Vorortsiedlung, die viel Zeit damit verbringt, ihre Kinder von einer Sportveranstaltung zur nächsten zu fahren, und nur fürs Muttersein lebt, kann ich auch einen Kindersitz für meinen Hund haben, oder?

Ozzie kommt die Treppe herunter und schließt die Fahrertür für mich, während ich Felix hochhebe und an mich drücke. Ich genieße die Liebe des glücklichen Hündchens für ein paar Sekunden und lasse sie mein heftig klopfendes Herz beruhigen.

Ozzie versucht, bei meinem Eintreffen nicht zu lächeln – doch mich kann er nicht täuschen. Sein Gesicht zuckt.

»Mir gefällt dein neues Auto«, sagt er.

»Ich hasse es.«

Als ich seinen Gesichtsausdruck sehe, setze ich rasch hinzu: »Ich meine, ich hasse es nicht wirklich. Ich mag's nur nicht besonders.« Wow! Der Typ stellt mir einen Firmenwagen zur Verfügung, und ich sage ihm als Erstes, wie scheiße ich ihn finde. Toll.

Er sieht mich an und hebt eine Braue.

Ich seufze. »Ich hasse es, wie eine Fußball-Mutter auszusehen, die ich nun mal nicht bin. Ich schätze, es passt einfach nicht zu meinem Selbstbild.« Mein Schmollen ist nicht vorgetäuscht.

Er tätschelt meinen Rücken und nimmt mir Felix ab, spielt mit dessen winzigen Ohren, während der Hund ihn zu Tode zu lecken versucht. Ozzie tut das völlig unbewusst. Mein Herz beruhigt sich und fliegt ihm zu.

Ich verzeihe ihm, dass er mich zwingt, einen Minivan zu fahren.

»Es ist nur ein Dienstwagen. Privat musst du ihn ja nicht fahren. Aber es wäre mir lieber, wenn du bis auf Weiteres den Van nimmst, bis wir sicher sind, dass bei dir zu Hause alles in Ordnung ist.«

Dev steigt aus seinem Auto und kommt zu uns herüber. »Bereit für unser Training, Miss Mittelmaß?«

»Schätze schon. Ich muss nur noch kurz mit Felix Gassi gehen.« Ich greife nach dem Hund und ignoriere den Gedanken, dass es gefährlich sein könnte, mein rotes Auto zu fahren. Das will ich einfach nicht glauben.

»Das mache ich schon«, sagt Ozzie und wendet sich ab, sodass ich ihm Felix nicht abnehmen kann. »Trainiert ruhig. Ich schließe mich euch in ein paar Minuten an.«

Langsam gehe ich in den Bereich hinüber, in dem Dev Matten auf dem Boden ausgebreitet hat, während Ozzie Felix zu seiner Freundin hinüberträgt und absetzt. Die beiden Hunde traben in einen anderen Teil des Lagerhauses davon und lassen uns Menschen allein.

Mein Körper protestiert entschieden gegen das, wovon mein Gehirn ausgeht, dass Dev und ich es gleich tun werden.

Genug ist genug, sagt er mir. Heute wird nicht mehr gekämpft. Aber Ozzie sieht uns zu, also kann ich nicht kneifen. Außerdem muss ich das durchziehen, wenn Toni mir vertrauen und aufhören soll, so ein Schmerz im Arsch für mich zu sein. Ich muss tun, was sie in meiner Situation täte, und ich bin ziemlich sicher, Toni würde kämpfen, bis sie vor Erschöpfung zusammenbräche.

Dev hält mir ein Paar Armschützer hin. »Zieh die an.«

Ich bin dankbar für den Schutz. »Was ist mit dir?« Er steht einfach nur da und tut gar nichts.

»Ich brauche keine.«

Ich schnaube. *Das werden wir ja sehen.*

Er wendet sich einem Tisch hinter ihm zu und nimmt zwei Singlesticks herunter, von denen er mir einen gibt.

»Also, das Erste, was du wissen musst, ist, dass man ihn hier hält, an diesem Ende, hinter dem Ledergriff.«

Ich verdrehe die Augen. »Ja, da wäre ich auch selbst drauf gekommen.«

»Du bist Linkshänderin? Gut, sehr schön. Nimm die rechte Hand auf den Rücken. Leg sie auf deinen Steiß.«

Ich ahme seine Bewegung nach und fühle mich mit nur einem ausgestreckten Arm verletzlicher.

»Warum so?«, frage ich.

»Das trägt zum Muskelaufbau bei und verbessert dein Gleichgewicht, außerdem verhindert es, dass dir jemand mit dem Stock den anderen Arm bricht.«

»Oh!« Bricht? Ist er verrückt? »Ich glaube, ich spare mir meine Fragen zukünftig einfach.«

»Angst?«, fragt er mit einem Blitzen in den Augen.

Ich recke das Kinn. »Nein. Du?« Ich steche ein paarmal mit dem Stock nach ihm. Selbst für mein laienhaftes Auge sieht die Bewegung alles andere als geschmeidig aus.

Er lacht. »Wohl kaum.«

Ich halte mir den Stock vors Gesicht.

»Die Hand höher. Du willst unten ein Stück Stock herausstehen haben, um es Leuten überzuziehen, die dir zu nahe kommen.«

»Ich dachte, nach Leuten, die mir zu nahe kommen, schlage ich mit dem langen Ende.«

»So einfach ist es nicht immer«, gibt er trocken zurück.

Ich lege die Hand etwas höher um den Stock.

»Nicht so fest zupacken. Sonst krampft deine Hand.«

»Gut, nicht zu fest.« Das dumme Ding rutscht in meiner Hand nach unten.

»Aber etwas fester schon. Gerade so, dass er gut in der Hand liegt. Wenn du ihn zu fest packst, kann ich an deiner Handhaltung all deine Bewegungen ablesen, und das willst du nicht.«

»Nein, definitiv nicht.«

»Gut, dann lautet die erste Regel: Der Stock muss in Bewegung bleiben.« Er beginnt, seine Waffe um sein Gesicht, seine Schultern und dann seinen Unterleib zu schwingen.

Meine Bewegungen sind deutlich weniger anmutig. »Warum?«

»Weil es besser ist. Du willst nicht, dass man dich auf dem falschen Fuß erwischt. Außerdem kannst du dann schneller schlagen.« Er bewegt die Füße ein wenig. »Bleib in Bewegung. Schlaf mir hier nicht ein.« Er streckt den Arm aus und trifft meinen Stock hart genug, um ihn mir beinahe aus der Hand zu schlagen.

»He! Ich war noch nicht so weit.«

»Sei immer bereit.«

Er starrt jetzt praktisch Löcher in mich hinein, und ich bin wirklich froh, dass ich die Armschützer trage.

»Denk immer an das Akronym B-A-U-Z«, rät er und geht ein paar Schritte zur Seite.

Ich vollziehe die Bewegung spiegelbildlich nach. »Bauz?«

»Ja. BAUZ. Das sind deine Defensivmöglichkeiten. Blocken. Ausweichen. Umlenken. Zuschlagen.«

Ich wiederhole das ein paarmal in Gedanken. »Alles klar. Kapiert. Bauz.«

»Fertig … *blocken*!« Mit hoch erhobenem Stock kommt er auf mich zu.

»Ach je!« Ich ducke mich und halte ohne nachzudenken den Stock horizontal hoch. Seiner kracht darauf und erschüttert meine Armknochen.

»Gut! Noch mal! *Blocken!*« Wieder rast sein Stock auf mich zu.

Erneut blocke ich ihn, nur diesmal ohne Schrei.

»Ausgezeichnet! *Ausweichen!*« Er schwingt den Stock seitwärts in meine Richtung, und ich springe aus dem Weg. Er bewegt sich so schnell, dass mir keine Zeit zum Nachdenken bleibt, geschweige denn für Beschlüsse, was ich als Nächstes tun soll. Ich agiere rein instinktiv.

»Perfekt! Und noch mal!«

Ich springe erneut, senke diesmal aber auch den Stock. Seine Waffe trifft ihn heftig.

»He! Das hätte wehgetan!«, brülle ich verärgert darüber, dass er so brutal attackiert.

»Dann lass dich besser nicht treffen.« Er tigert über die Matte und wartet auf eine Gelegenheit, mich anzugreifen.

Mein Herz rast, während ich meine Waffe schwenke. *In Bewegung bleiben, in Bewegung bleiben, in Bewegung bleiben.* Ein Teil von mir will schreiend aus dem Lagerhaus fliehen, aber der Rest will ihm eine Lektion erteilen. Wie kann er es wagen, mich so zu unterrichten? Was ist bloß aus der Auftragen-Polieren-Methode geworden? Karate Kid musste auch nicht am ersten Tag anfangen, nach Leuten zu treten.

»Was bedeutet umlenken?«, frage ich und versuche, ihn so vom Todesstoß abzuhalten.

»Eine Mischung aus Ausweichen und Blocken. Du triffst den Stock, lenkst ihn aber mit seinem eigenen Schwung in eine nicht tödliche Richtung um.«

Ich habe keine Ahnung, wovon er redet. Langsam werde ich panisch. Sicher wird er mich gleich wieder angreifen. Gewinne ich, wenn ich auf meinen Gegner kotze?

»Was ist mit der letzten?«, frage ich keuchend. »Zuschlagen?«

»Die erklärt sich von selbst«, knurrt er. Dann greift er mit hocherhobenem Stock an.

Ich trete beiseite und schlage gegen seinen herabsausenden Stock, will ihn seitlich ablenken.

Stattdessen lenke ich ihn in die andere Richtung ab, und er trifft mich an der Schulter.

»Auuu! Verdammt, hat das wehgetan!« Beim Versuch, von ihm wegzukommen, stolpere ich beinahe über meine eigenen Füße. Mein Schlagarm fühlt sich wie tot an. Ich kann kaum die Waffe heben.

»Sag gute Nacht«, fordert mich Dev auf, umkreist mich und macht einen Schritt auf mich zu.

Ich hebe die Waffe auf Oberschenkelhöhe und lege die andere Hand quer darauf, sodass ein T entsteht. »Auszeit!«

»Keine Auszeiten! Tod dem Verlierer!« Er stößt einen wirklich lauten Kriegsschrei aus und attackiert mich.

Ich lasse den rechten Arm ruckartig sinken und packe den Stock mit der Rechten.

Dev hat den Arm erhoben, holt zu einem Schlag aus, der mich auf die Matte schicken soll.

Mit der rechten Hand schlage ich ihm den Singlestick so hart ich kann in die Rippen.

Sein Gesichtsausdruck, als ich ihn treffe, ist saukomisch.

Schock. Schmerz. Wut. Dann wieder Schmerz.

Ich springe aus dem Weg, als er über seine eigenen Füße stolpert und auf die Matte kracht. Er lässt den Singlestick fallen und kriecht über den Betonboden, wobei er sich in Fötusstellung zusammenrollt.

»Ohhh, Scheiße«, ächzt er, »ich glaube, du hast mir eine Rippe gebrochen.«

Ich stütze mich auf meinen Singlestick und beuge mich vor, um zu Atem zu kommen. Ich weiß nicht, inwieweit meine Atembeschwerden vom Training kommen und wie viel von meiner schrecklichen Angst. Ich kann nicht glauben, dass ich das gerade getan habe.

»Tut mir leid«, keuche ich zwischen zwei Atemzügen.

»Entschuldige dich nicht.« Er stöhnt ein paarmal. »Verdammt, hast du gerade die Hand gewechselt?«

»Ja.«

»Was um alles in der Welt ... bist du etwa beidhändig?«

Ich zucke zusammen. »Ein bisschen?«

Er stöhnt und bricht dann in Gelächter aus. Dann stöhnt er noch etwas mehr. »Oh, Scheiße, tut das weh.«

Die Tür oben an der Treppe öffnet sich, und Ozzie und Thibault kommen herunter. Als sie uns hier unten sehen, legen sie einen Zahn zu und eilen quer durch das ganze Lagerhaus zu uns.

»Was ist passiert?«, fragt Thibault.

»Er sagt, ich hätte ihm eine Rippe gebrochen.«

Thibault muss sich abwenden, damit Dev sein Lächeln nicht sieht.

Ozzie kniet sich hin und berührt Dev an der Schulter. »Kannst du aufstehen?«

»Wenn mir meine Freunde etwas helfen«, antwortet er. Seine Stimme gibt eindeutigen Aufschluss über seine Schmerzen, und ich fühle mich noch schlechter.

»Tut mir leid, Dev. Wirklich. Ich hätte nicht so fest zuschlagen sollen.«

Mit Ozzies Hilfe und auf seinen Singlestick gestützt beginnt er, sich aufzurichten. »Entschuldige dich nicht.« Er presst die Hand auf die Rippen. »Das war der Hammer. Ich sage doch … perfekte Tarnung.« Er zuckt zusammen, als er sich zu bewegen versucht.

»Krankenhaus?«, fragt Thibault Ozzie.

»Stell ihn erst mal auf die Füße. Ich will ihn mir anschauen.« Gemeinsam richten sie Dev auf. Das ist nicht leicht, da er mindestens dreißig Zentimeter größer ist als Thibault. Den Großteil der Arbeit übernimmt Ozzie. Sanft streicht er über Devs Rippen.

Noch immer keuchend, steht Dev leicht vornübergebeugt da.

»Was ist passiert, Mann?«, fragt Thibault ihn.

»Sie hat mich reingelegt.«

Mir bleibt der Mund offen stehen. »Dich reingelegt? Kein Stück.« Ich deute mit dem Stock auf ihn. »Er hat einfach völlig ohne jede Vorbereitung mit dem Training angefangen. Kein Auftragen-Polieren, kein gar nichts – nur zack, zack, zack! Blocken, ausweichen, abwehren …«

»Umlenken, nicht abwehren«, korrigiert Dev.

»Ja, ja! Du hast mich einfach zu schnell angegriffen. Ich hatte keine Wahl.« Ich senke den Blick auf die Matte und fühle mich schuldig. Der Grund dafür ist mir selbst unklar, schließlich habe ich mich nur verteidigt. Ich bin nur froh, dass ich gerade keinen Taser zur Hand hatte. Ich hätte ihm einen Elektroschock verpasst und ihn mit meinem Stock verprügelt.

»Was ist denn hier los?«, fragt Toni vom oberen Ende der Treppe her.

»Miss Mittelmaß hat Dev auf die Bretter geschickt«, erklärt Thibault.

Toni schüttelt angewidert den Kopf und kehrt in den Raum oben zurück.

Na toll! Genau das habe ich gebraucht – jetzt ist Toni auch noch deswegen sauer auf mich.

»Ich muss nicht ins Krankenhaus. Es geht mir gut. Ich glaube, es ist nur eine Prellung.« Er richtet sich auf und sackt sofort wieder ein bisschen in sich zusammen. »Vielleicht.«

Ozzie deutet auf die Tür des Lagerhauses. »Lass dich röntgen.«

Dev schlurft davon, wirft aber nach einigen Schritten einen Blick über die Schulter, so gut er kann. »Behalt den Stock. Zum Üben. Beim nächsten Mal wirst du kein solches Glück haben.«

»Ich fahre ihn«, sagt Thibault. Er kommt zu mir herüber und legt die Hand auf meinen Oberarm. »Gut gemacht. Nimm's nicht so schwer. Du hast mit fairen Mitteln gewonnen.«

Ich versuche zu lächeln, aber es sieht wohl mehr nach Magenkrämpfen aus. »Danke, Thibault.«

Er zwinkert. »Nichts zu danken. Wir sehen nicht häufig, wie ein Riese in die Knie gezwungen wird.«

Ich versuche, nicht stolz auf das zu sein, was ich getan habe, doch das fällt mir ziemlich schwer, als er Dev einen Riesen nennt. Er ist tatsächlich ziemlich groß. Unser Kampf hat wahrscheinlich ausgesehen wie die legendäre Auseinandersetzung auf Leben und Tod zwischen David und Goliath.

Ich merke, dass Ozzie mich beobachtet, während Thibault und Dev ins Auto steigen.

»Was?«, frage ich.

Er schüttelt mit undurchdringlichem Gesichtsausdruck den Kopf. »Nichts.«

»Kann ich jetzt gehen?«, frage ich fast flehentlich. Ich schaue zu meinem Sonic hinüber. »Ich muss duschen und mich umziehen, und ich habe die dauernden Kämpfe satt.«

Er kommt zu mir herüber, legt mir die Hand auf den Hinterkopf und beugt sich herunter, um mir in die Augen zu schauen.

»Du wohnst jetzt hier, weißt du noch?«

Ich blinzle ein paarmal, ohne zu antworten. Gemischte Gefühle überwältigen mich. Ich bin glücklich, ängstlich und traurig zugleich. Möglicherweise habe ich PMS. »Ach ja. Das habe ich ganz vergessen.«

»Geh schon hoch. Tu, was du tun musst. In einer Stunde beginnt die Nachmittagsbesprechung.«

Ich nicke. Wahrscheinlich wird er hören wollen, was ich heute auf den Videos gesehen habe, mein Tag ist also vermutlich noch nicht vorbei. Ich gehe zu meinem Auto hinüber, aber nur, um den Singlestick hineinzulegen. Üben werde ich später, wenn ich hier weg bin. Vielleicht werde ich ja Zeit finden, Jenny zu besuchen. Sie wird voll auf die primitive Waffe stehen, und ich bin ganz sicher, dass Sammy damit auf Bäume oder Gartenmöbel wird losgehen wollen.

Es ist ein Abenteuer, die Treppe zu erklimmen. Ich muss mich am Geländer hochziehen. Ich habe es eindeutig übertrieben – heute Nacht gibt es keinen Sex für mich.

Was wird Ozzie dazu sagen? Erwartet er jetzt Sex von mir? Denkt er genau wie ich den ganzen Tag daran? Er geht die ganze Sache vermutlich viel cooler an als ich. Ich bin sicher, er kann im Gegensatz zu mir mit mir zusammenarbeiten und leben, ohne den Verstand zu verlieren.

Gefühle wallen in mir auf und drohen, mich zu überwältigen. Was zum Teufel tue ich eigentlich hier? Ich kann nicht mit Ozzie zusammenleben! Ich kann keine Kollegen mit Stöcken verprügeln! Das ist lächerlich! Um Himmels willen, ich bin Hochzeitsfotografin!

Ich ziehe mein Handy aus der Tasche, während ich die oberste Treppenstufe erreiche und die Tür öffne. Ich brauche auf der Stelle eine schwesterliche Therapiesitzung.

Gott sei Dank nimmt Jenny nach dem zweiten Klingeln ab. »Hallo Schwesterchen! Was gibt's?«

Ohne ein Wort zu Toni gehe ich durch die Küche. »Ich rufe nur an, um zu plaudern.« Erst nachdem ich die Schlafzimmertür hinter mir geschlossen habe, breche ich in Tränen aus.

Kapitel 50

»Hey, hey, hey, warum weinst du denn?«, fragt sie, was mich noch heftiger weinen lässt. Das passiert immer, wenn sie mich bemuttert. Dann werde ich jedes Mal zum Kleinkind.

Schluchzend bringe ich hervor: »Ich weiß es nicht. Ich wollte nur deine Stimme hören, und dass du mir sagst, dass ich mich hier nicht wie eine Riesenidiotin benehme.«

»Wo bist du denn, Liebes?«

Sie hat keine Ahnung, was letzte Nacht passiert ist, und ich bin eigentlich davon überzeugt, dass ich es ihr nicht erzählen sollte. Sie wird mich nur dazu zwingen, bei ihr einzuziehen, und das kommt nicht infrage. Wenn ich wirklich in Gefahr bin – was ich äußerst bezweifle –, kann ich ihr Zuhause unmöglich zur Zielscheibe machen. Sie ist echt eine Helikoptermutter. Jedenfalls wenn es um mich geht.

»Ich bin bei der Arbeit«, kläre ich sie auf.

»Warum weinst du auf der Arbeit? Waren sie fies zu dir?«

Ich lache trotz meiner Tränen. »Nein, sie waren nicht fies. Sie sind alle echt nett.« Außer Toni, aber die lasse ich lieber außen vor.

»Was ist denn dann los? Hast du deine Tage?«

»Nein.« Ich wische mir mit dem Handrücken über die Nase und schaue mich nach einem Taschentuch um. Auf dem Nachttisch steht eine Box, aus der ich eines ziehe. »Ich habe die Nacht hier verbracht und hatte heftigsten Sex mit Ozzie.«

»Oha! Heftigsten Sex? Unterscheidet der sich irgendwie von normalem?«

»Na logo.« Sie hat es bereits geschafft, mich zum Lächeln zu bringen. Die Tränen fließen noch, aber immerhin schluchze ich nicht mehr.

»Gut, und warum weinst du dann?«

Ich seufze und versuche, den Kummer für den Augenblick beiseitezuschieben. »Kann ich ehrlich sein?«

»Äh, ja?«

»Ohne, dass du ausrastest und wütend auf mich bist?«

Sie zögert einen Augenblick, bevor sie antwortet: »Hattet ihr Analverkehr? Willst du mir das sagen?«

»Jennifer Alexandria Wexler! Nein! Darum geht es nicht!« Nach dem ersten Schock lache ich wieder. Sie ist vollkommen bekloppt.

»Alles klar, worum geht's dann? Auweia.« Sie kichert.

Ich kann ihr nicht erklären, warum ich so aufgewühlt bin, ohne ihr die ganze Geschichte zu erzählen. Eigentlich möchte ich viel lieber alles verschweigen, was ihr Sorgen bereiten könnte, doch mir bleibt nichts anderes übrig. Ich brauche ihren Rat, weil ich mir nicht zutraue, allein die richtige Entscheidung zu treffen. Mein Herz ist nämlich schon auf Ozzies Seite.

»Letzte Nacht hat mein Sicherheitssystem Alarm geschlagen. Jemand war auf meinem Grundstück.«

»O nein!« Sie hört schlagartig auf zu lachen und klingt jetzt besorgt.

»Ozzie war bei mir. Er hat bei der Sicherheitsfirma angerufen, nachdem er draußen niemanden entdeckt hat, wollte dann aber, dass ich so lange bei ihm bleibe, bis er herausgefunden hat, was passiert ist.«

»Natürlich.« Ich höre das Lächeln in ihrer Stimme.

»Das ist nicht lustig, Jen.«

»Nein, ganz und gar nicht. Ich bin froh darüber, dass niemand eingebrochen ist und dass Ozzie für dich da war. Sprich weiter.«

»Na ja, es kam, wie es kommen musste, und wir haben miteinander geschlafen. Zweimal.«

»Hmm …«

»Es war megagut.«

»Ihr hattet aber keinen Analsex, oder?«

»Also bitte!« Ich muss wieder lachen. Ich kann mir nicht helfen. Es ist auf jeden Fall besser, als zu weinen.

»Tut mir leid, ich konnte es mir nicht verkneifen.«

»Auf jeden Fall … war heute mein zweiter Arbeitstag. Und ich habe die ganze Zeit an nichts anderes gedacht als an das, was wir letzte Nacht gemacht haben.«

»Wie er sicherlich auch.«

»Woher willst du das wissen?«

»Wie könnte er nicht? Männer denken über hundertmal am Tag an Sex. Oder war es sogar tausendmal? Ich erinnere mich nicht so genau. Auf jeden Fall verdammt oft. Und glaubst du nicht, dass er sich dabei jedes Mal an die vergangene Nacht erinnert hat? Sich ausgemalt hat, was er noch alles mit dir anstellen will? Ich bitte dich. Wahrscheinlich hatte der Typ den ganzen Tag einen fiesen Ständer.«

»Ich weiß nicht.«

»Ich schon. Hatte er. Glaub mir. Wahrscheinlich stellt er sich gerade vor, wie du bäuchlings auf der Toilette liegst.«

»Wow! Das klingt echt verführerisch.«

»Du hast ja keine Ahnung, was Männer so geil finden. Die haben echt kranke Fantasien.«

»Es beunruhigt mich echt ein bisschen, dass du so viel darüber weißt.«

»Was soll ich sagen? Miles trug das Herz auf der Zunge.«

»Bäh! Nicht alle Männer sind wie Miles.«

»Doch, sind sie. Ausnahmslos. Was war sonst noch? Warum weinst du?«

Ich zucke die Achseln. »Ich weiß es nicht genau.«

»Du kriegst bestimmt deine Tage. Muss so sein.«

»Nein. Ich glaube, ich bin einfach ... überwältigt. Ich habe erst vor wenigen Tagen den Job gewechselt, bin Teil eines Teams verdammt netter, aber auch ein bisschen verrückter Leute geworden, ich schlafe mit meinem neuen Chef – und wohne bei ihm zu Hause, verdammt noch mal. Mein Hund ist in seinen verliebt ... das ist doch verrückt! Der blanke Wahnsinn! Wer macht denn so was?!«

»Das klingt um einiges interessanter als mein Leben. Weißt du, was ich heute gemacht habe?«

»Nein. Was hast du denn heute gemacht?« Ich putze mir die Nase und seufze tief. Mir geht es jetzt schon besser.

»Ich habe ein Haarknäuel aus dem Duschabfluss gezogen, das so groß war wie ein Baseball.«

»Igitt!« Vor meinem inneren Auge manifestiert sich ein ekliges Bild. Meine Schwester hat extrem langes, dickes Haar. »Das ist widerlich, Jen. Warum musstest du mir das erzählen?«

»Ich war kurz davor, Miles eine E-Mail zu schreiben, habe es dann aber doch gelassen.«

»War wahrscheinlich besser so. Wäre echt schlecht, wenn er dich vom Gericht für unzurechnungsfähig erklären lässt.«

»Wenn er dieses Wochenende nicht hier auftaucht, um mir die Kinder abzunehmen, wird er lernen, was unzurechnungsfähig wirklich bedeutet, vertrau mir.«

»Wenn er sich nicht blicken lässt, komme ich vorbei.« Mir wird ganz warm ums Herz, als ich an meine Schwester und ihre

Kinder denke. Dass ich bei ihnen immer eine große Portion Liebe, verpackt in ordentlich viel Lärm bekomme, ist eine der wenigen Konstanten in meinem Leben.

»Und was denkt der Mann in deinem Leben darüber?«, fragt Jenny.

»Der Mann in meinem Leben? Welcher Mann?«

»Felix.«

»Oh!« Ich denke daran, wie er sich an Sahara gekuschelt hat. »Er ist in Ozzies Hündin verschossen. Er schläft nicht mal mehr bei mir.«

»Wow! Das scheint etwas Ernstes zu sein.«

»Ja.«

»Ich glaube, du kannst dich auf Felix' Urteil verlassen.«

»Echt?« Es klingt vielleicht verrückt, aber ich finde das vollkommen nachvollziehbar. Felix hat mich noch nie enttäuscht.

»Ich weiß ja nicht, aber haben Hunde nicht ein besonderes Gespür für Menschen?«

Ich denke kurz darüber nach. »Er hat schon so seine Vorlieben.«

»Einen deiner Freunde hat er total gehasst, erinnerst du dich?«

Ich schnaube. »Wie könnte ich das vergessen? Der Typ war ein Schwerverbrecher und hat leider vergessen, das bei unserem Kennenlernen zu erwähnen.«

»Wie gut, dass deine Schwester mit Computern wahre Wunder vollbringen kann und den Kerl gründlich durchleuchtet hat.«

Ich lächle. »Du hast mir wie so oft den Arsch gerettet.«

»Ich bin eben für dich da. Immer.«

»Danke, Schwesterherz.«

»Heißt das, du willst am Ball bleiben?«, fragt sie.

Ich nicke und fühle mich wesentlich zuversichtlicher als vor zehn Minuten. »Ja. Ich habe Angst davor, dass er mir das Herz bricht, wenn ihm irgendwann klar wird, dass wir doch nicht so gut zusammenpassen, aber bis dahin kann ich es doch einfach genießen.«

»Ja, genau. Gute Idee. Mach dir keine Sorgen, was morgen sein könnte, sondern lebe lieber im Hier und Jetzt.«

»Das hat er auch gesagt.«

»Siehst du? Er ist offenbar ein kluger Junge. Wann stellst du ihn mir und den Kindern vor?«

»Darf ich? Sollte ich? Ist es dafür nicht zu früh?«

»Wie kann es dafür zu früh sein, wenn du bereits mit ihm geschlafen hast. Daraus schließe ich, dass es dir ernst mit ihm ist, und das ist alles, was für mich zählt.«

»Vielleicht schlafe ich ja auch nur mit ihm, weil ich wild und frei und triebgesteuert bin.«

»Ja, sicher. Wie lange hat dein letzter Freund warten müssen, bis er dir an die Wäsche gehen durfte?«

»Vier Monate.«

»Genau. Bei diesem Ozzie ist offenbar vieles anders. Wenn du Lust hast, kannst du morgen mit ihm vorbeikommen. Die Lasagne ist bereits fertig.«

Ich kaue auf meiner Lippe, während ich über ihr Angebot nachdenke. »Ich sage dir noch Bescheid.«

»Okay. Hör zu, Sammy ist schon viel zu lange still, ich sollte besser mal nach ihm sehen. Wahrscheinlich köpft er mal wieder sämtliche Puppen seiner Schwestern.«

»Wow! Das klingt ja überhaupt nicht gruselig.«

»Er ist eben ein Junge.« Sie seufzt. »Jungs sind so anders als Mädchen.«

»Alles klar, dann sperr ihn besser ein. Danke, Jenny. Ich weiß es wirklich zu schätzen, dass du dich mit meinem wahnhaften Verhalten auseinandersetzt.«

»Das ist kein wahnhaftes Verhalten. Du bist ein Mädchen, also darfst du dich auch wie eins benehmen.«

»Ich hab dich lieb.«

»Ich hab dich noch mehr lieb! Tschüss!« Sie legt auf, bevor ich etwas erwidern kann.

Mist! Ich hasse es, wenn sie das Liebhaben-Spiel so leicht gewinnt.

Also schicke ich ihr noch schnell eine Nachricht, ehe ich das Telefon ausmache.

Ich: Ich hab dich noch viel mehr lieb! Ha!

Kapitel 51

Mit einem Waschlappen beseitige ich die Spuren meines kleinen Nervenzusammenbruchs, dann kehre ich mit neuem Elan und gestärkter Zuversicht in die Küche zurück und setze mich zu Ozzie und Toni an den Tisch. Als Ozzie gerade das Wort erhebt, kommt Lucky herein und setzt sich neben mich.

»Hat eine von euch heute etwas in den Feeds gesehen, über das wir sprechen müssten?«, fragt Ozzie und sieht dabei Toni an.

»Ich weiß nicht so recht. Ich habe mir ein paar Notizen gemacht.« Sie holt einen Notizblock aus einer Mappe und streicht mit dem Zeigefinger über eine Seite. »Ich schätze, irgendjemand hat irgendwann das Fenster geöffnet, weil ich ab einem gewissen Zeitpunkt Gespräche im Haus mit anhören konnte.«

»Gut.« Ozzie nickt.

»Ich habe mir ziemlich viel Mist reinziehen müssen, sie haben über Belangloses gequatscht und rumgealbert, aber dann haben sie über ein ungelöstes Problem gesprochen.«

»Haben sie erwähnt, worum es sich handelt?«

»Nein, es ist nur der Name Petit Rouge gefallen. Wer oder was auch immer das ist. Sie haben darüber geredet, es stillzulegen.«

Ozzie nickt langsam und scheint mit den Gedanken bereits ganz woanders zu sein.

»Was hat das zu bedeuten?«, frage ich verwirrt.

»Gangs haben für alles und jeden ein Codewort. Bei Petit Rouge könnte es sich um eine Drogenlieferung, illegale Importe, eine rivalisierende Gang, ein Unternehmen, das kein Schutzgeld bezahlt, oder eine Person handeln … das werden wir erst herausfinden, wenn wir mehr über den Kontext in Erfahrung bringen.« Ozzie wendet sich wieder an Toni: »Hast du diesbezüglich schon was rausgefunden?«

Sie schüttelt den Kopf. »Nein. Ich kann nur noch hinzufügen, dass vor allem ein Typ die ganze Zeit darüber geredet hat. Ich glaube, er ist ziemlich spät auf der Party aufgeschlagen. Mein Gefühl sagt mir, dass sie über eine rivalisierende Gang oder ein Konkurrenzunternehmen gesprochen haben.«

Ozzie kneift die Augen zusammen. »Bei welchem Zeitstempel hast du seine Stimme zum ersten Mal gehört?«

Toni überfliegt die Seiten des Notizblocks. Ihr Blick verharrt auf der vierten. »23.33 Uhr, ungefähr um den Dreh.«

Ozzie sieht mich an. »Schau nach, was zu diesem Zeitpunkt bei dir passiert ist. Hat kurz zuvor irgendjemand das Haus betreten?«

Wenn ich mir unsere Aufzeichnungen so ansehe, hatte Toni eindeutig den härteren Job. Ich habe nicht einmal halb so viele Seiten vollgeschrieben. »Es haben nur sieben Leute das Haus betreten, vier sind rausgekommen.« Ich suche die Seite nach dem Zeitstempel ab. »Zwei Leute sind reingegangen, bevor die Unterhaltung zu hören war.« Ich blättere meinen Stapel Ausdrucke durch und finde die Screenshots der beiden. »Man sieht ihre Gesichter nicht, nur die Köpfe und Konturen. Es war ziemlich dunkel.«

Ich reiche Ozzie die Blätter, und er betrachtet sie eingehend. Als er sich das zweite Bild ansieht, runzelt er die Stirn und dreht es um, damit ich draufschauen kann. »Erkennst du den Kerl?«

Ich erkenne lediglich eine gebeugt gehende Gestalt in einem dunklen Mantel mit einem glänzenden Kopf. Das Licht der Straßenlaterne ganz in der Nähe wird von seiner Glatze reflektiert.

»Eigentlich nicht.« Ich zucke die Achseln und habe das Gefühl, ich müsse mich entschuldigen. Mir war nicht klar, dass wir hier ein Ratespiel veranstalten.

Ozzie dreht die Seite wieder um und starrt sie noch einmal ausgiebig an. »Ich glaube, das ist Doucet.«

Toni streckt die Hand nach dem Blatt aus, und Ozzie schiebt es ihr über den Tisch zu.

»Wer ist Doucet?«, frage ich.

Toni nickt. »Ja, kann gut sein. Mehrere Merkmale stimmen überein. Schulterbreite, Statur. Die Glatze, natürlich.«

Ozzie seufzt und schenkt mir einen Blick, in dem ich Reue zu erkennen glaube. »David Doucet ist der Mann, der uns in der Bar mit der Waffe bedroht hat.«

Mir läuft ein Schauer über den Rücken, und mein Mund wird plötzlich ganz trocken. »David Doucet ist der Schütze?« Allein sein Name jagt mir eine Höllenangst ein.

»Ja. Er ist der Bruder von Guy Doucet, der in diesem Stadtteil das Sagen hat.«

»Glaubst du, er ist derjenige, der über Petit Rouge spricht?«, fragt Toni.

»Könnte sein.« Ozzie gestikuliert in Tonis Richtung. »Was hast du noch von ihm?«

Sie zuckt die Achseln. »Ich könnte es mir noch mal anhören. Vielleicht ergeben manche Dinge, die er gesagt hat, jetzt mehr Sinn, wo ich weiß, wem die Stimme gehört.«

»Ja, mach das. Morgen.« Er sieht mich an. »Was kannst du mir sonst noch über die dort ein und aus Gehenden sagen?«

»Mal sehen … diese Männer sind alle ins Haus gegangen«, ich reiche ihm die Screenshots, »allerdings sind nur die ersten vier wieder rausgekommen. Die anderen blieben zumindest so lange, bis der Feed endet.«

»Wann endet die Aufnahme?«

Ich werfe einen Blick auf meine Aufzeichnungen. »2.14 Uhr.«

Ozzie richtet seine Aufmerksamkeit wieder auf Toni. »Lade noch mehr Material vom Papagei runter. Ich will die Bewegungen bis sechs Uhr nachvollziehen können.«

»Verstanden.« Sie will aufstehen.

»Morgen. Du hast heute genug geleistet.«

»Sicher, kein Problem.« Toni setzt sich wieder hin.

»Gibt es sonst noch etwas zu berichten?« Er mustert uns einen nach dem anderen.

»Habe heute bisschen Angelkram gekauft«, sagt Lucky.

»Und?«

»Irgendwas stimmt da nicht.«

»Inwiefern?«

Lucky kratzt sich am Kopf. »Ich bin nicht ganz sicher.« Er schaut niedergeschlagen in die Runde und verschränkt die Arme vor der Brust. »Ihre Ausgaben sind typisch für einen Einzelhändler, der auch Dienstleistungen anbietet.« Er zuckt die Achseln. »Sie verkaufen Produkte und reparieren darüber hinaus Schiffsmotoren, für gewöhnlich außer Haus. Sie beschäftigen Subunternehmer, die gewisse Aufgaben für sie erledigen, sowohl im als auch außer Haus. Außerdem verpflichten sie gelegentlich auch Fremdfirmen als Drittanbieter. Wenn man sich ihre Bilanzen ansieht, merkt man allerdings, dass unverhältnismäßig hohe Summen in Bereiche fließen, die eigentlich nur wenige Prozent ihrer Gesamtausgaben ausmachen sollten.«

»Wie zum Beispiel?« Ozzie ist voll und ganz auf Lucky konzentriert, genau wie Toni und ich.

»Na ja, nehmen wir mal die Sondermüllbeseitigung als Beispiel. Sie müssen das Altöl, das sie aus den Schiffsmotoren ablassen, fachgerecht entsorgen. Die meisten Firmen bezahlen jemanden dafür, damit es abgeholt und aufbereitet wird. Das ist eigentlich keine große Sache, und so macht es auch Blue Marine. Das Problem ist nur, dass dieser Service weniger als ein Prozent ihrer Ausgaben ausmachen dürfte. Bei Blue Marine sind es fast zehn Prozent.«

»Das ist ja lächerlich.« Ozzie sieht ziemlich sauer aus.

»Ich weiß. Aber das ist noch nicht alles. Die Reinigungskräfte, die ebenfalls zehn Prozent ausmachen? Ich war im Laden. Die haben da überall Wollmäuse. Die Toiletten sind seit Wochen nicht geputzt worden. Die Angestellten sagten, der Müll würde regelmäßig geleert und manchmal sähen sie nachts dort jemanden putzen, doch für das Geld müsste man in dem Laden vom Boden essen können. Sie könnten sich eine Vollzeitkraft leisten für das, was sie dieses Jahr an Reinigungskosten bezahlt haben.«

»Was noch?«

»Die Liste geht ewig so weiter. Reparaturen, Retouren, einmalige Dienstleistungen – und so weiter. Ihre Zahlen stimmen hinten und vorne nicht.«

»Was unternehmen wir?« Ozzie lehnt sich zurück.

Lucky löst die Arme und legt die Handflächen auf den Tisch. »Ich muss mich mit ihren Dienstleistern in Verbindung setzen und herausfinden, was da los ist. Wenn wir es schlicht und ergreifend mit einem völlig untalentierten Manager zu tun haben, der keine Ahnung von Buchhaltung hat, schön. Das Problem können wir beheben. Ich fürchte jedoch, das ist nicht des Pudels Kern.« Er schüttelt demoralisiert den Kopf. »Du weißt selbst, wie schwer es ist, jemandem Veruntreuung nachzuweisen, wenn man kein Geständnis hat.«

»Blue Marine befürchtet, dass mehr dahintersteckt. Deshalb haben sie sich an uns gewendet. Sprich mit den Dienstleistern und halt mich auf dem Laufenden. Wenn wir an den Punkt kommen, an dem uns nur noch ein Geständnis weiterhilft, sorgen wir dafür, dass es eins gibt. Besorg mir einfach die Beweise, die ich dafür brauche.«

»Wird erledigt. Soll ich mich gleich an die Arbeit machen?«

»Nein, morgen. Heute arbeitet niemand mehr.« Ozzie erhebt sich. »Ihr könnt nach Hause gehen. Dev und Thibault werden sicherlich einige Stunden im Krankenhaus bleiben. Wir machen morgen früh um acht weiter.«

Die Stühle kratzen alle gleichzeitig über den Boden, als wir aufstehen.

»Du bleibst heute Nacht hier«, verkündet er mit einem Blick in meine Richtung. Er redet mit mir wie mein Chef, doch der Blick, den er mir dabei schenkt, kommt von meinem Liebhaber. Ich glaube, Jenny hatte recht. Er hat wirklich den ganzen Tag an Sex mit mir gedacht. Jetzt überkommt mich eine ganz andere Sorte Schauer.

»Hast du eine Minute für mich? Unter vier Augen?«, fragt Toni ihn. Ich habe den Eindruck, dass sie mich absichtlich keines Blickes würdigt, obwohl sie mir eigentlich gerne einen zuwerfen würde. Das macht mich natürlich sofort hellhörig.

»Klar. Ich bringe dich zur Tür.«

Ich mache mich eifrig daran, die ausgedruckten Seiten wieder zusammenzusammeln, als sie alle gemeinsam die Küche verlassen.

Felix kommt in die Küche gerannt und springt stürmisch auf meinen Schoß, um mir das Kinn abzulecken.

»Wo warst du denn, du kleiner Gauner?«

Sahara schlendert hinter ihm in den Raum und setzt sich neben meinen Stuhl. Ich kraule sie einen Augenblick hinter den Ohren, bevor ich aufstehe und Felix absetze. »Na, alles fit, Hunde?« Ich schmunzle. Sarkastische Gespräche mit Tieren sind meine Spezialität. »Hattet ihr heute Spaß dabei, euch gegenseitig am Hintern zu schnüffeln und dasselbe zu essen wie jeden Tag?«

Sie sehen mich beide erwartungsvoll an.

»Ich gebe euch keine Leckerli. Ihr müsst mich gar nicht so anschauen.«

Felix winselt.

»Na schön, ein kleines vielleicht.« Ich gehe in die Speisekammer und suche die Regale ab. Es ist irgendwie faszinierend, ins Herz von Ozzies Küche zu blicken. Alles steht in Reih und Glied, die Etiketten zeigen alle nach vorn. Sämtliche Dosen stehen beieinander, ebenso wie die Pappverpackungen, wodurch die Zutaten für das Abendessen von denen fürs Frühstück getrennt sind.

Ich höre Geräusche hinter der Tür zur Speisekammer und glaube zunächst, dass die Hunde herumtoben, dann erstarre ich, als ich deutlich Stimmen vernehme, die aus dem Ninjaraum in die Küche dringen.

»Lass mich nur diesen Ordner holen, dann bringe ich dich zur Tür«, sagt Ozzie.

»Wir können genauso gut hier reden«, erwidert Toni und klingt dabei ziemlich frustriert. »Im Lagerhaus hören zu viele Leute mit.«

»Schieß los! Was möchtest du mit mir besprechen?«

»Ich will nicht, dass sie sich in meine Angelegenheiten einmischt.«

Ich schätze, sie meint mich.

»Das verstehe ich, aber ich möchte dir versichern, dass absolut kein Grund zur Sorge besteht.«

Sie schnaubt verächtlich. »Mir ist klar, dass du dich für einen unbeteiligten Dritten hältst, aber das bist du nicht. Alle wissen, dass du auf sie stehst.«

»Was führt dich zu der Annahme?«

»Also bitte. Das ist doch offensichtlich. Du stellst sie mit neunzig Tagen Probezeit ein und kaufst ihr am nächsten Tag ein Auto? Du lässt sie bei dir einziehen? Meine Güte, Oz, warum kaufst du ihr nicht gleich einen verdammten Ring und fragst, ob sie dich heiraten möchte.«

»Das hat dich nicht zu interessieren.« Ozzie klingt wütend.

Ich ziehe mich ein Stück weiter in die Speisekammer zurück. Die Tür ist nur angelehnt, und ich bete zu Gott, dass sie mich nicht sehen können. Sie würden denken, ich hätte sie mit Absicht belauscht.

»Ach, darf ich jetzt nicht mal mehr sagen, was ich denke?«

»Doch. Ich schätze es nur nicht besonders, dass du dich in mein Privatleben einmischst. Oder in das, was du für meine Privatangelegenheiten hältst.«

»Wenn es keine Privatangelegenheit ist, wie erklärst du dir dann, dass sie eine Sonderbehandlung erfährt?«

Ich hasse dieses Wort. Sonderbehandlung. Wusste ich doch, dass es sie ankotzt, dass alle mich so sehr verhätscheln. Verdammt!

»Ich muss dir gar nichts erklären. Ich bin hier der Chef, falls du das vergessen haben solltest.«

»Früher hast du alles mit mir besprochen, Ozzie. Was hat sich verändert? Was ist mit uns passiert? Wir hatten so lange ein tolles Verhältnis.«

Mir rutscht das Herz in die Hose. Er hat behauptet, sie hätten nie miteinander geschlafen. Das war eine Lüge! Was sollte sie sonst meinen?

Mir kommen die Tränen. Furchtbare Erinnerungen an meinen Vater zucken mir durch den Kopf. Bilder von meiner schluchzenden Mutter, die sich hemmungslos besäuft, um den Schmerz zu ertränken, den er ihr bereitet hat. Seine Lügengeschichten, die wir hätten glauben sollen. Das Leid, das er über uns gebracht hat. Ich werde diesen Teil meines Lebens nie vergessen können, und jetzt fühlt es sich so an, als durchlebe ich ihn noch einmal, nur dass ich diesmal meine Mutter ersetze und Ozzie den Lügner.

Natürlich hat Ozzie gelogen. Das war ja auch alles zu schön, um wahr zu sein. Ich habe ihn auf ein Podest gehoben, in ihm den perfekten Mann gesehen, einen Superhelden, doch ich hätte es besser wissen müssen. Kein Mann ist perfekt, auch Ozzie nicht. Er ist genau wie alle anderen.

Ich bin fix und fertig. Am Boden zerstört, wie ich es vorhergesehen habe. Natürlich hatte ich angenommen, dass es zumindest ein paar Wochen dauern würde, bis mir die Wirklichkeit mit voller Wucht in die Fresse schlägt, doch das spielt keine Rolle mehr. Es ist gleich passiert. Jetzt. Vielen Dank, Arschloch, dass du mir Hoffnungen gemacht hast, nur um mich danach gleich wieder fallen zu lassen. Verdammt, er war so süß! Und so lustig!

Außerdem hatten wir heftigen Sex. Mir zerreißt es förmlich das Herz.

Ich kann vieles ertragen, aber Lügen gehört nicht dazu. Nicht nur mein Vater war ein verlogener Dreckskerl, sondern auch Jennys Ehemann Miles, weshalb sie ihn letztes Jahr rausgeschmissen hat. Es ist furchtbar, dass ich mit Ozzie geschlafen habe. Zweimal. Ich kann heute Nacht nicht hierbleiben – das kommt gar nicht infrage. Ich lege mir gerade eifrig eine Ausrede zurecht, warum ich nach Hause muss, als er antwortet.

»Du hast dich weiterentwickelt, Toni. Du brauchst mich nicht mehr wie früher.«

»Wer sagt das?«

»Ich. Und du hast es selbst gesagt. Du hast dich von mir gelöst, nicht andersherum. Ich halte das aber für richtig.«

»Weil sie jetzt da ist.«

»Nein, weil es richtig ist. Du musst die Vergangenheit hinter dir lassen und endlich in die Zukunft blicken.«

»Meine Vergangenheit ist meine Zukunft.« Die Bitterkeit, die aus ihren Worten trieft, erreicht mich selbst in der Speisekammer. Ihre Absätze klappern über den Boden, als sie sich entfernt.

»Es kommt nur darauf an, was du daraus machst!«, ruft er ihr hinterher.

Die Tür des Lagerhauses fällt donnernd ins Schloss.

»Gottverdammt.« Ozzie klingt völlig fertig. Ich höre, wie er sich in Richtung seines Schlafzimmers entfernt und schleiche auf Zehenspitzen zur Tür der Speisekammer. Ich muss unbedingt sofort abhauen, bevor er herausfindet, dass ich nicht in seinem Schlafzimmer bin, sondern mich die ganze Zeit in der Speisekammer versteckt habe.

Kapitel 52

Gott sei Dank habe ich meine Handtasche unten in einem Spind gelassen. Ich renne die Treppe hinunter, sprinte hinüber und zerre sie aus dem Metallschrank. Felix versucht, sich aus meinen Armen zu winden, vermutlich, weil ich Sahara oben gelassen habe.

»Hör auf, Fee. Wir müssen gehen. Tut mir leid wegen deiner Freundin.« Mir kommen die Tränen, aber ich unterdrücke sie. Nicht hier. Später werde ich mich in meinem Selbstmitleid suhlen, daheim, wo ich größere Mengen Wein dazu trinken kann.

Ich krame in meiner Tasche nach meinem Schlüssel und finde ihn, als ich gerade in meinen Sonic steige. Weniger als eine Minute später fahre ich aus dem Lagerhaus, dankbar, dass Toni das Rolltor offen gelassen hat. Mir ist erst klar geworden, wie gefängnisartig Ozzies Zuhause sein kann, als ich gemerkt habe, dass ich keinen Schlüsselanhänger mit Fernsteuerung für das Rolltor habe. Ich hätte durch die kleine Tür gehen können, aber dann hätte ich mein Auto zurücklassen müssen, und es kommt nicht infrage, dass ich diesen dummen Minivan nehme. Noch ist nicht entschieden, ob ich je wieder zurückkomme.

Als ich den Highway entlangfahre, um auf dem schnellsten Weg nach Hause zurückzukehren, schweifen meine Gedanken ab. Kann ich bei den Bourbon Street Boys arbeiten, wenn Ozzie und ich keine sexuelle Beziehung mehr haben? Können wir zu einem Chef-Angestellten-Verhältnis zurückkehren? Ich glaube, ich kann es. Jedenfalls möchte ich es. Zuerst werde ich das Ende dieser Beziehung betrauern müssen, aber das wird nicht lange dauern, oder? Höchstens ein paar Monate. Der Gedanke, wieder Hochzeitsfotos zu machen, deprimiert mich regelrecht. Bei den Bourbon Street Boys hatte ich zur Abwechslung mal das Gefühl, ein aufregendes Leben zu führen. Menschen bewunderten mich für Dinge, die mir leichtfielen. Ständig geschah etwas Neues. Ich habe schrecklichen Muskelkater, aber bald werde ich viel stärker sein, und dann werde ich wissen, wie man sich in einer Welt, in der verdammt verrückte Dinge passieren können, verteidigt.

Ich nicke. Ozzie und ich kriegen das hin. Wir können beschließen, wie Erwachsene damit umzugehen, und anerkennen, dass die Dinge besser laufen werden, wenn wir nicht miteinander verbandelt sind. Dann kann er wieder mit Toni zusammenkommen, und ich kann meinen Job behalten.

Sie wird mich nicht mehr hassen, wenn sie sieht, dass ich ihn bereitwillig aufgebe, und dann können wir uns vielleicht anfreunden.

Ich schluchze erstickt auf. Warum hat er mich belogen? Warum hat er mir nicht einfach die Wahrheit gesagt? Ich habe ihn soooooo gemocht. Wahrscheinlich habe ich ihn sogar schon geliebt. Oh, wie ich mich im Augenblick selbst hasse. Warum muss ich so leichtgläubig sein? Es macht mich so wütend, dass die Tränen versiegen.

Ozzie aufgeben? Wie soll ich das denn machen? Kann ich so tun, als hätte ich nie von seiner Lüge erfahren und sie einfach ignorieren? Wenn ich mir vorzustellen versuche, wie ich *Auf*

Nimmerwiedersehen sage oder die Worte *Tut mir leid, das mit uns wird nicht funktionieren* höre, würde ich am liebsten wieder heulen wie ein Baby. Warum?

Warum, verdammt? Warum musste er so toll und doch so ein Lügner sein? Warum kann das Äußere eines Mannes nie seinem Inneren entsprechen?

Ich klammere mich an das Steuer und schüttle es. Tatsächlich bebt mein gesamter Körper, doch es fühlt sich gut an, meine Wut an dem Kunstlederbezug auszulassen. Ich reiße das Steuerrad hart nach rechts und biege viel zu schnell in meine Einfahrt ein.

Dann muss ich eine Vollbremsung hinlegen, um nicht mein Garagentor zu rammen. Bestimmt habe ich Reifenspuren auf dem Boden hinterlassen. Gut. Nach heute werde ich etwas brauchen, was mich eine Weile beschäftigt. Auf allen vieren werde ich in der nächsten Woche das Gummi abschrubben. Ich werde die sauberste Einfahrt in ganz New Orleans haben.

Ich bremse so heftig, dass mir meine Haare ins Gesicht fallen, Felix vom Sitz kippt und auf dem Boden landet. Nachdem er sich wieder aufgerappelt hat, blickt er zu mir auf, und ich schwöre, ich sehe Enttäuschung in seinem Gesicht.

»Tut mir leid, Baby. Ich bin nur so aufgeregt. Du weißt, ich fahre fürchterlich, wenn ich schlecht gelaunt bin.«

Er funkelt mich noch immer an.

»Keine Sorge. Du wirst Sahara wiedersehen. Irgendwie ...« – das Wort bleibt mir halb im Halse stecken – »kriege ich das hin.«

Mit Felix unter dem Arm gehe ich schlurfend den Gehweg vor dem Haus entlang. Ich will nicht allein hier sein, aber ich will auch nicht bei der Arbeit sein. Ozzie könnte ich im Augenblick nicht sehen. Ich muss mich beruhigen, ehe er mir ins Gesicht lügt. Zu meiner Schwester kann ich auch nicht. Sie wird zu sehr versuchen, mich aufzuheitern, und dafür bin ich nicht in Stimmung. Ich muss mal ein Weilchen in Selbstmitleid baden. Mir meinen Schmerz zu eigen machen. Darin leben wie in einer zweiten Haut, damit ich nicht einknicke, wenn mich Ozzie um Verzeihung bittet. Das passiert mir zu leicht. Ich muss härter werden. Irgendetwas sagt mir, dass Ozzie erstaunlich überzeugend sein wird.

Ich trete ein und lasse alles fallen: meine Handtasche, den Singlestick, den mir Dev zum Üben geschenkt hat, und die Ordner, die vor mir auf dem Tisch lagen. Felix setze ich natürlich vorsichtig ab.

Er hat nichts falsch gemacht. Er ist desselben Verbrechens schuldig wie ich – zu sehr, zu schnell und zu leicht zu lieben.

Ich weiß nicht, warum ich den ganzen Kram von der Arbeit mitgenommen habe. Ich schätze, mein Herz möchte so tun, als arbeite ich noch für die Bourbon Street Boys, auch wenn mein Hirn mir rät zu kündigen. Blödes Herz. Es versucht, dafür zu sorgen, dass es zertrampelt wird, statt nur massiv ramponiert zu werden.

Ich habe den Wein aus dem Kühlschrank geholt und das Glas halb an die Lippen gehoben, als Felix plötzlich bellt wie ein Irrer.

Dann fällt es mir wie Schuppen von den Augen.

Als ich hereingekommen bin, hat die Alarmanlage nicht angeschlagen. Was ist aus dem *piep, piep, piep* geworden?

Ganz langsam stelle ich mein Glas auf den Küchentresen und spitze die Ohren, lausche auf Geräusche, die Felix' Erregung erklären könnten. Ich höre nichts, aber er ist zweifellos stinksauer. Wenn ich es nicht besser wüsste, würde ich davon ausgehen, dass er durch das bodentiefe Fenster zur Straße hinausschaut. Üblicherweise steht er dort Wache, weswegen es normalerweise keine große Sache ist, wenn er Dinge wie im Wind wehendes Gras oder ein vorbeifahrendes Auto verbellt. Aber diesmal gibt er alles. Er klingt völlig durchgedreht, und das tut Felix sonst nie. Außerdem gibt er sonst nach drei- oder viermaligem Bellen auf.

Plötzlich jault er sehr laut und verstummt dann. Es folgt ein Winseln. Dieses Geräusch habe ich von meinem Kleinen nur einmal gehört, nämlich als er sich als Welpe beim Sprung von der Couch einen Muskel gezerrt hat.

Mir bleibt fast das Herz stehen. Ich bin ziemlich sicher, dass jemand gerade meinen Hund getreten hat, und eine Person, die einen süßen Chihuahuamischling wie meinen Felix treten würde, muss ein schwarzes Herz und eine leere Hülle statt einer Seele haben. Ich möchte den Hund zu mir rufen und in einem Schrank verstecken, wo ihm nichts passieren kann, aber ich möchte dem Tierquäler auch nicht verraten, wo ich mich aufhalte.

Langsam ziehe ich ein Messer aus dem Messerblock auf meinem Küchentresen und schiebe mich von der anderen Seite Richtung Durchgang ins Esszimmer. Hoffentlich wird, wer auch immer da draußen ist, den Flur benutzen, dann kann ich mit Felix auf den Armen zur Tür hinausrennen, bevor er mich auch nur sieht.

Bitte, lieber Gott, lass Felix unverletzt und noch immer im Gang an der Eingangstür sein.

Felix knurrt, und mir geht das Herz auf. Wenn er wütend genug ist, um sich so aufzuregen, dann muss das etwas Gutes bedeuten. Ich folge den Geräuschen aus seiner winzigen Kehle. Er ist irgendwo im Wohnzimmer, und hoffentlich ist er allein.

KAPITEL 53

Ich bücke mich, um Felix vom Teppich im Wohnzimmer aufzuheben, als die Stimme ertönt.

»So, so, so ... wenn das nicht Petite Rouge ist«, sagt sie mit einem kreolischen Akzent.

Mein Gehirn übersetzt rasch.

Petite Rouge. Die kleine Rote.

Dann dämmert es mir.

Rotkäppchen! Er meint mich! Ich bin die kleine Rote!

Dann wird mir eine zweite Tatsache klar.

In meinem Haus ist ein verdammter Mörder, und er wird mich umbringen!

Ich nicke ihm zu, und meine Körpersprache drückt eine Coolness aus, die bei mir leider nur sehr oberflächlich ist.

»David.« Ich hebe das Messer auf Schulterhöhe, doch es zittert, weil mein gesamter Körper sich anfühlt, als tobe darunter ein Erdbeben. Ich will noch nicht sterben. Ich habe noch so viele ungelöste Probleme zu klären.

Was sollen denn Jenny und die Kinder ohne mich machen? Was ist mit Ozzie? Was ist mit Fee?

Wenn dieses Arschloch auch nur einen Schritt auf mich zukommt, werde ich ihm dieses Messer in den nächstbesten

Körperteil rammen. Er hat aber eine Schusswaffe in der Hand, ich werde also vermutlich nicht nahe genug an ihn herankommen, um mich zu verteidigen. Ich hätte Ozzie zuerst um Messertraining bitten sollen. Verdammt! Jetzt ist es zu spät. Für alles. Ich habe nie gewollt, dass mein Leben so voller Bedauern endet.

»Du kennst meinen Namen«, sagt er. »Wie nett.« Sein Gesichtsausdruck ist alles andere als erfreut.

»Warum bist du hier?«, frage ich in der Hoffnung, ihn in ein Gespräch verwickeln zu können, bis vielleicht jemand vorbeikommt, mich findet und rettet, ehe er mir etwas tun kann.

»Ich hätte gedacht, das sei offensichtlich. Tatsächlich warte ich hier schon eine ganze Weile. Ich frage mich, wo du den ganzen Tag warst.«

Ich zucke die Achseln. »Ich bin Fotografin und viel unterwegs.«

Er starrt mich lange an.

Ich muss mein Gewicht auf den anderen Fuß verlagern. Mein linkes Bein schläft vor lauter Stress ein. Mein ganzer Körper ist dank des heutigen Trainings fast vollkommen kraftlos. Ich hasse es, diesem Typen mit der Kraft einer Dreijährigen gegenüberstehen zu müssen. Selbst Sammy würde mich im Augenblick im Armdrücken schlagen.

»Nun, ich frage mich, was eine Fotografin zusammen mit Harley im Frankie's macht.«

»Harley?« Ich schaue so verwirrt wie möglich. »Ich habe keine Ahnung, wer das sein soll. Ich war dort, um mich mit meiner Schwester zu treffen.«

Wahrscheinlich werde ich heute Nacht hier sterben, aber wenn ich dabei Ozzies Deckidentität zu retten vermag, kann er vielleicht der Sache auf den Grund gehen und helfen, sie alle wegzusperren. Keine besonders tolle Rache, aber besser als nichts. Vielleicht werden sie auf dem Flur bei den Bourbon

Street Boys eine Gedenkplakette mit meinem Bild anbringen, neben dem Brief des Polizeipräsidenten.

Ich versuche zu lächeln. »Der Barkeeper hat mir deinen Namen verraten, als ich meinte, du seist süß.« Mein Gesichtsausdruck verzieht sich ob der haarsträubenden Lüge. Das wird er niemals glauben. Er kann den Schrecken, den er auslöst, nicht verdrängt haben, oder?

Der Typ erwidert mein Lächeln und hebt zur Betonung noch ein paar Mal die Augenbrauen.

Pah, wem versuche ich denn hier etwas vorzumachen? Er hält sich mit seinem unförmigen Glatzkopf wahrscheinlich für Gottes Geschenk an die Weiblichkeit.

»Deine Schwester also, wie? Wer ist das? Vielleicht kenne ich sie ja.«

»Es geht dich nichts an, wer meine Schwester ist.« Ja, klar. Als würde ich einem Mörder diese Information geben.

Er muss mich für Mittelmaß oder so halten.

Sein Lächeln erlischt, und er kommt langsam auf mich zu. Ich weiche nach rechts aus und versuche, mich der Ausgangstür zu nähern.

Dort warten meine Handtasche, mein Taser und mein Singlestick auf mich. Nur drei Meter entfernt …

»Du hast mich in der Bar gesehen«, sagt er. »Du hättest nicht dort sein sollen. Das Frankie's ist nicht deine Sorte Kneipe, richtig? Ich hatte dort an diesem Abend viele Freunde, aber du gehörtest nicht dazu.«

»Es war etwas schwierig, dich nicht zu bemerken, schließlich hast du auf mich geschossen.«

»Du warst mit Harley zusammen. Versuch nicht, es zu leugnen. Ich habe gesehen, wie er dich angesehen hat. Er hat dir SMS geschickt. Aber ich habe auf ihn geschossen, nicht auf dich.«

Ich tue angewidert. »Zum letzten Mal, ich war nicht mit diesem *Harley* dort. Ich war da, um mich mit meiner Schwester zu treffen. Irgendein großer, haariger Wookie hat mich geschnappt und anzugreifen versucht, als ich dort im Nebenraum war. Ich habe angenommen, er sei ein Freund von dir.«

Er hebt die Brauen.

»Ich habe ihn in der Gasse mit dem Taser erwischt, als er mich verfolgt hat.«

»Ich war auch in der Gasse. Davon habe ich nichts gesehen.«

»Es war nicht die Gasse direkt neben der Bar. Sie lag ein paar Blocks entfernt, und ich weiß ganz genau, dass wir allein waren. Der Idiot rannte mir nach, glaubst du das? Arsch!« Ich stoße ein falsches, selbstzufriedenes Lachen aus. »Wahrscheinlich hat er gedacht, mir würde die Puste ausgehen, und er könnte sich mich einfach schnappen und sich an mir vergehen, aber dem habe ich es gezeigt. Ich habe seinen Arsch unter Strom gesetzt. Er ist umgefallen wie ein großer, haariger Felsbrocken, direkt auf sein fettes, dummes Gesicht.«

Vielleicht bin ich immer noch wütend auf Ozzie, weil er mich belogen hat. Das könnte erklären, warum ich plötzlich so eine gute Schauspielerin bin.

»Darauf wette ich«, erwidert David geistesabwesend und starrt mich durchdringend an. Seine Hände tauchen mitsamt der Knarre hinter seinem Rücken ab. Es ist seltsam, aber jetzt habe ich noch mehr Angst als vorhin, als er mir die Knarre unter die Nase gehalten hat. Warum steckt er sie jetzt weg? Lässt er mich gehen? Glaubt er meine lahme Ausrede?

Er kommt einen Schritt auf mich zu. »Du siehst so unschuldig aus.« Seine Stimme ist sanfter geworden. »So … hübsch in diesem rosa Oberteil.«

Ich schaue hinunter auf meine Brust. Ich trage ein Polohemd, das ich mir vor einem Jahr selbst zum Geburtstag geschenkt habe. Es erinnert mich an die Zeit der Kuchenverzierungen.

»Äh, danke«, sage ich und gehe noch einen weiteren Schritt nach rechts. »Schätze ich.«

»Warum legst du nicht das Messer weg, und wir ... reden einfach.« Er streckt ganz unschuldig die Hände aus. »Siehst du? Ich lege meine Knarre weg. So ist niemandem etwas zugestoßen.« Er lächelt mich an, als sei ich wirklich Rotkäppchen und er der böse Wolf, und das macht mir schreckliche Angst. *Was hast du nur für große Zähne, Großvater.* Er hat spitze Eckzähne wie ein Vampir. Wie er da in seinen schwarzen Jeans steht, bin ich fast geneigt zu glauben, dass es diese Monster wirklich gibt. Aber in dieser Geschichte sind sie Dämonen, denn es ist absolut nichts Erotisches an diesem Vampir mit der Knarre im Hosenbund. *Igitt.*

»Ja, gut.« Ich schaue Richtung Tür und dann zu den Regalen daneben. »Ich könnte zum Beispiel das Messer auf die Regale da drüben legen.« Ich werfe ihm einen entschuldigenden Blick zu. »Es war teuer, wenn du also nichts dagegen hast, würde ich es lieber nicht auf den Boden legen.«

Er deutet auf das Bücherregal. »Nur zu. Mach ruhig.« Sein Lächeln wird breiter.

Ich nehme eine weniger wachsam wirkende Haltung ein und gehe langsam zu den Regalen hinüber, wobei ich so tue, als beobachtete ich ihn nicht aus dem Augenwinkel. *Behalt nur das rosa Oberteil im Auge, du Irrer. Rosa Oberteil ...*

Er richtet sich auf und tritt hinter mich. David ist nur noch knapp einen Meter entfernt, als ich Felix im Flur liegen sehe, wo er sich hingeschleppt hat. Keuchend liegt er auf der Seite, den Kopf in den Nacken gelegt, sodass er mich ansehen kann. Als er sieht, dass ich ihn anstarre, winselt er.

»Felix!«, brülle ich, lege das Messer auf das Regal, renne hinüber und beuge mich über ihn. Ja, ich mache mir Sorgen um das Leben meines Hündchens, aber ich versuche auch, an meine Waffen heranzukommen, um mich ordentlich an dem Mann rächen zu können, der meinem Baby wehgetan hat.

»Es geht ihm gut. Ich bin nur auf dem Weg den Flur entlang über ihn gestolpert.«

Ich verbeiße mir die Antwort, die sich mir aufdrängt. Vorsichtig berühre ich Felix' Köpfchen und überlege mir, ob ich schnell genug bin, um zur Seite zu springen und mir eine meiner beiden Waffen zu greifen, ehe David kapiert, was ich vorhabe und seine Waffe zieht, um mich zu erschießen.

Taser oder Singlestick? Singlestick oder Tritt in die Eier? Immer diese Entscheidungen ...

»Steh auf!« David ist nur noch sechzig Zentimeter entfernt, und sein Tonfall verrät mir, dass er etwas mit mir vorhat. Ich bin ganz sicher, dass ich es gar nicht so genau wissen möchte.

»Mein Hund ist verletzt«, sage ich panisch. Ich werde meine Handtasche nicht rechtzeitig erreichen. Damit bleibt nur der Singlestick, aber mit dem kann ich gegen eine Schusswaffe nichts ausrichten.

»Der wird schon wieder. Steh auf!«

Ich deute auf meine Handtasche. »Hast du was dagegen, wenn ich rasch meinen Tierarzt anrufe? Mein Telefon ist da drin.«

Er lacht. »Genau wie zweifellos dein Pfefferspray. Steh auf! Ich sage es nicht noch mal.«

Langsam erhebe ich mich und mache dabei leicht humpelnd einen Schritt Richtung Haustür, dann bücke ich mich und berühre mein Knie. »Au, verdammt. Krampf im Bein.«

Ich tue so, als könne ich mein Bein nicht richtig belasten. Dann humple ich zwei halbe Schritte zur Seite. Der Singlestick ruft nach mir.

»Oh, Kacke, ich habe einen fetten Wadenkrampf.«

Er lächelt über meine Wortwahl. Arschloch! Er hält mich wirklich für eine mittelmäßige Frau in einer rosa Bluse.

Das macht mich wütender als die blöde Knarre, die in seinem Hosenbund steckt. Ich bin alles andere als durchschnittlich, verdammt!

»Weißt du, wenn wir uns nur zu einer anderen Zeit an einem anderen Ort getroffen hätten ...«, sagt er, »wäre aus uns beiden vielleicht etwas geworden.« Er greift sich in den Schritt und drückt.

Da bemerke ich, dass er erregt ist.

O Gott! Ich glaube, mir wird schlecht. Er wird mich vergewaltigen, nicht wahr?

Ich erwidere sein Lächeln und versuche mit aller Kraft zu verhindern, dass sich meine Angst und mein Ekel darin widerspiegeln. »Wirklich? Wie süß.«

Nein! Das ist überhaupt nicht süß! Es ist wirklich, wirklich, wirklich furchtbar, du Arschloch!

Ich reiße die Augen auf und seufze, so dramatisch ich nur kann. »Oh! Mein Bein!« Ich gehe zu Boden und lande auf dem Singlestick. Disney würde mich absolut für einen seiner Kinderfilme verpflichten, wenn die Studiobosse mich jetzt sehen könnten. Ich bin so was von unglaubwürdig.

Er knurrt und streckt die Hand nach mir aus. »Jetzt reicht es mir mit deinem Getue! Komm her!« Er packt mich am Hosenbein und zerrt mich zu sich.

Der Singlestick fühlt sich in meiner Hand toll an, als sei ich dazu geboren, ihn zu schwingen. Ich reiße ihn vom Boden hoch und wirble mit aller mir verbliebenen Kraft herum.

»*Rreeeaahh!*«, schreie ich und freue mich über das laute, dumpfe Geräusch, das ich höre, als der Stock sein Bein trifft.

Er schreit vor Schmerz, und seine Knie knicken ein.

In Bewegung bleiben, in Bewegung bleiben, in Bewegung bleiben. Devs Anweisungen zucken mir durchs Hirn.

Ich hebe den Stock und ziehe ihn ihm über den Schädel, als er sich vorbeugt, um mich erneut zu packen.

»Eeerrgh!« Er fällt vornüber und landet auf meinem Schoß.

Ich unterstreiche jedes Wort aus meinem Mund mit einem weiteren Hieb des Stocks auf seinen Kopf, seine Schultern, seinen Rücken und seine Arme.

»Geh!« *Zack!*

»Runter!« *Zack!*
»Von!« *Zack!*
»Mir!« *Zack!*
»Arschloch!« *Zack!*

Endlich erschlafft er, und ich stelle die Prügel ein, um mich unter ihm hervorzuwinden.

Ich richte mich auf die Knie auf, krieche hinüber zu meiner Alarmanlage und ziehe mich an der Türklinke hoch.

Alle Lichter auf dem Eingabefeld sind aus.

»Natürlich!«, kreische ich und werfe einen Blick zurück auf David. »Du hast meine Alarmanlage kaputt gemacht, du Arschloch!«

Er bleibt ganz still liegen.

»O Gott, bitte lass ihn nicht tot sein.« Auf Zehenspitzen schleiche ich hinüber und ziehe die Schusswaffe aus seinem Gürtel. Sie ist viel schwerer als erwartet. Dann öffne ich die Vordertür und werfe sie hinaus auf den Rasen.

Als ich die Tür gerade wieder schließen will, fährt Ozzies Pick-up in meine Einfahrt. Ich mache einen Schritt darauf zu, doch dann breche ich zusammen, als meine Beine mir endgültig den Dienst versagen. Tränenüberströmt lande ich auf der Veranda.

»Ozzie!«, rufe ich und strecke die Hand nach ihm aus. Wieder so dramatisch, aber viel glaubhafter, sodass mich Disney jetzt nicht mehr wollen wird.

Er springt aus dem Auto und kommt herübergerannt, sein Gesicht ist feuerrot, und er wirkt doppelt so groß wie sonst. Sahara ist direkt hinter ihm, sie knurrt, bellt und sabbert wie eine verrückte Höllenhündin.

Meine Helden.

Ich schluchze voller Erleichterung. Sie sind gekommen, um Fee und mich zu retten. Ich war noch nie in meinem Leben so glücklich darüber, jemanden zu sehen. Ist mir egal, ob er Toni liebt. Ich verzeihe ihm ab jetzt alles.

Kapitel 54

Wie sich zeigt, gibt es nichts zu verzeihen. Ich Trottel.

»Ich sage dir das nur, weil ich nicht möchte, dass du glaubst, ich würde dich belügen«, erklärt mir Ozzie, als wir in seinem Bett liegen und ich mich in seine Arme schmiege. Wir sind komplett bekleidet und gerade erst von dem Chaos auf dem Polizeirevier zurückgekommen, wo man uns stundenlang verhört hat. Danach waren wir beim Tierarzt, um dort nach Felix zu sehen, der gerade an seinem gebrochenen Bein operiert worden war. Er wird in ein paar Tagen heimkommen, wenn die Ärzte sicher sind, dass er auf seinem geschienten Bein laufen kann.

»Wenn du mich belügen willst, kannst du das tun«, antworte ich und streiche ihm über die breite Brust. »Du hast mich heute gerettet.« Ich schaue auf die Uhr. »Gestern, um genau zu sein.«

»Zum einen möchte ich dich nicht belügen. Niemals.« Er nimmt meine Finger und küsst sie. »Lügen sind kein gutes Fundament für eine solide Beziehung.«

Ich lächle wie eine Grinsekatze, schweige aber. Er redet gerade wie ein Wasserfall, und ich will ihn nicht unterbrechen. Eine Beziehung! Juchhu!

»Zum Zweiten habe ich Toni gefragt, ob ich dir etwas erzählen kann, was sie betrifft, und sie hat es mir erlaubt.«

»Du warst also nicht mit ihr zusammen?«

»Nein, nicht so, wie du denkst. Ich habe sie angestellt, als sie noch auf Bewährung war. Diese Zeit ist seit ein paar Monaten vorbei. Jetzt steht sie wieder auf eigenen Beinen.«

»Bewährung?« Beinahe hätte ich mich aufgesetzt, aber Ozzies starke Arme halten mich fest.

»Ja, Bewährung. Sie ist eine Straftäterin.«

»Wow!« Das hätte ich vermutlich besser wissen sollen, ehe ich mich mit ihr angelegt habe. »Was hat sie verbrochen?«

»Sie hat jemanden getötet. Einen Mann.«

»Ich ... ähhh ...« Es fällt mir schwer, meine Gedanken zu formulieren. »Das traut man ihr gar nicht zu. Ich meine, sie ist hart und unbeugsam, aber als so kaltblütig habe ich sie gar nicht empfunden.«

»Ist sie auch nicht. Sie war das Opfer ziemlich heftiger häuslicher Gewalt, die begann, als sie fünfzehn war. Bei einem seiner Übergriffe hat sie den Mann getötet, der sie missbraucht hat. Es war Notwehr, aber sie wurde wegen Totschlags verurteilt.«

»Warum?«

»Weil sie ... na ja ... sagen wir mal, sie ist sehr gründlich vorgegangen, als sie ihn getötet hat.«

»Wow!« Natürlich brenne ich darauf, Details zu erfahren, aber ich werde nicht nachbohren. Ich weiß, wie schwer es ihr gefallen sein muss, mich das wissen zu lassen. Außerdem ist es eigentlich auch egal. Ich respektiere sie dafür, dass sie für sich eingetreten ist. Gut, dass sie gründlich vorgegangen ist, als sie getötet hat.

Gleichzeitig bin ich froh, dass ich David Doucet nicht getötet habe. Ihm eine Gehirnerschütterung verpasst zu haben, ist schon schlimm genug. Ich glaube, ich könnte niemanden töten, ohne mir den Rest meines Lebens dafür Vorwürfe zu machen.

Vielleicht wirkt Toni deshalb so wütend. Vielleicht hat sie genau dieses Problem. Ich nehme mir vor, mich stärker darum zu bemühen, ihre Freundin zu werden, jetzt, wo definitiv klar ist, dass ich hier bei den Bourbon Street Boys bleiben werde und sie nicht mit meinem Freund geschlafen hat.

»Sind wir zusammen, Ozzie?« Es fühlt sich blöd an, diese Frage so offen zu stellen, aber ich muss es einfach tun.

»Möchtest du das denn?«

»Ja. Aber es ist nicht nur wichtig, was ich will. Wir müssen uns schon einig sein.«

Er schmunzelt. »Ich bin mir einig.«

»Aber ich will nicht, dass der Rest des Teams es weiß.«

»Ist mir recht.«

»Es wäre nämlich unprofessionell.«

»Was wäre unprofessionell?«, fragt er und rollt sich auf mich.

»Wenn wir intim würden. Bei der Arbeit.« Ich kann einfach nicht aufhören, in sein attraktives Gesicht zu lächeln.

Er beugt sich herab und küsst mich ganz sanft auf die Lippen. »Da stimme ich dir voll und ganz zu.«

Ich lasse die Hand auf seinem Rücken nach oben gleiten und genieße es, dabei all seine Muskeln zu spüren. »Dann solltest du mich wohl besser nicht mehr küssen.«

Seine Lippen berühren wieder meine. »Wir sind hier nicht bei der Arbeit. Dies ist mein Zuhause.«

Ich schaue zur Tür. »Dev und Thibault stehen ziemlich sicher direkt da draußen.«

»Sie sind in der Küche, neun Meter von dieser Tür entfernt, und dürfen nicht näher kommen.«

»Ist das die Grenze?«, frage ich scherzhaft.

»Ja, in der Tat. Niemand außer dir war je weiter als in der Küche.«

»Nicht mal Toni?« Ich fühle mich albern bei dieser Frage, aber ich stelle sie trotzdem. Offenbar bin ich emotional immer noch in der Highschool.

»Nicht mal Toni.«

Ich umarme ihn heftig und ziehe ihn an mich. »Ich liebe dich, Oswald.«

»Was, wenn ich mir meinen Bart wieder wachsen lasse?«

Mein Gesicht zuckt, als ich das Kichern zu unterdrücken versuche. »Lass uns meine Liebe nicht so schnell auf eine so harte Probe stellen, ja?«

Knurrend vergräbt er sein Gesicht an meinem Hals. »Jetzt hast du ein Problem, junge Dame.«

Lachend versuche ich, ihm zu entkommen. »Nein! Nicht schon wieder kratzende Stoppeln auf der Wange!«

Er reibt sein Gesicht an meinem, bis ich schreie.

»Psssssst, die Leute werden glauben, wir seien bei der Arbeit intim geworden«, flüstert er.

Ich packe ihn an beiden Seiten des Kopfes und versuche, ihn anzufunkeln. »Du verspottest mich. Lass das.«

Mein wütender Blick weicht einem Lächeln. Ich liebe seine spielerische Art, aber nur, wenn er mit mir so umgeht. Alle anderen sehen in ihm einen bulligen, skrupellosen Kommandotypen, der nie Scherze macht, aber ich kenne sein wahres Ich: ein großer Teddybär, der alles täte, um die zu beschützen, die er liebt.

»Liebst du mich?«, frage ich ihn und sehe ihm dabei tief in die Augen.

»Was meinst du?« Er grinst mich an und beugt sich vor, um mich erneut zu küssen.

Ich drehe den Kopf weg, sodass er nicht an meine Lippen kommt. »Ich glaube, du solltest es mir besser sagen, wenn du nicht willst, dass ich noch heute Nacht nach Hause zurückkehre.«

Er lacht wirklich laut und dreht sich, wobei er mich mitzerrt. Jetzt sitze ich auf ihm.

»Ich liebe dich, Miss Mittelmaß. Ich hoffe, du kommst damit klar.«

Ich strecke die Hand aus und drücke den Finger in das Grübchen an seinem Kinn. »Hör auf mit diesem blöden Spitznamen.« Ich kann ihm nicht wirklich sauer sein. Er hat mir gerade seine Liebe gestanden. Eine Liebe, um deren Existenz ich schon weiß, seit er in meine Einfahrt gerast kam, um mir das Leben zu retten.

»Wie wäre es mit Rotkäppchen?«, fragt er. »Ist dir der Name lieber?«

Ich strecke die Hand aus und packe eine seiner Brustwarzen, bereit, sie zu drehen. »Was meinst du?«

Er hebt die Hände kapitulierend links und rechts neben seinen Kopf. »Gnade! Ich bitte um Gnade. Ich werde Sie nennen, wie Sie nun mal heißen möchten. Nennen Sie mir den Namen, den Sie fortan tragen wollen, aber machen Sie es mir nicht zu schwer.«

Ich lockere meinen Griff und lehne mich zufrieden zurück. »Ich glaube, ich würde gern so heißen …«

Plötzlich setzt er sich auf und wirft mich wieder auf den Rücken. Er ragt über mir auf und hat wieder diesen Schlafzimmerblick, an den ich mich noch von letzter Nacht entsinne. Eiskalte Schauer jagen durch meinen Körper, als ich auf seine nächsten Worte warte.

»Ich werde dich *meins* nennen. May ›meins‹ Wexler.«

»Ich glaube, das wird dem Team nicht gefallen.«

»Pech gehabt. Du gehörst mir, und ich kriege, was ich will.«

Jetzt schaue ich selbst verschmitzt. »Was willst du denn, oh großer Anführer?«

Er gleitet von mir herunter, legt sich auf die Seite und stützt den Kopf in eine Hand. »Ich will dich …«

»Was, wenn ich zu wund bin, um Sex zu haben?«

»Ich bin vorsichtig.«

»Was, wenn ich zu große Angst habe?«

»Ich werde sie dir nehmen.«

»Was, wenn ich befürchte, du könntest mir das Herz brechen?«

»Ich werde dir zeigen, was das für ein abwegiger Gedanke ist.« Er streckt die Hand aus und legt sie auf meine Wange. »Weißt du, ich sage nicht jeder, dass ich sie liebe.«

»Nicht?«

»Nein. Nur den Mädchen, von denen ich will, dass sie bleiben. Jetzt steh auf und zieh dich aus, bevor noch etwas Schlimmes passiert.«

Ich muss mir auf die Unterlippe beißen, um nicht zu breit zu grinsen. »Etwas Schlimmes? Was denn zum Beispiel?«

Knurrend rollt er sich auf mich. Ich stoße ein schrilles Lachen aus, das ganz tief aus mir emporsteigt, und lege die Arme um ihn. Ich werde in dem ertrinken, was er mir heute Nacht bieten möchte, und morgen in seinen Armen aufwachen. Ich habe meine Entscheidung getroffen. Ich mag ihn unter einer falschen Nummer erreicht haben, aber er ist definitiv der richtige Mann für mich.

Printed in Poland
by Amazon Fulfillment
Poland Sp. z o.o., Wrocław